格非 著

文学的邀约

上海文艺出版社

目 录

自序 001

导言 现代文学的终结 001

第一章 经验与想象 023

　　花非花　025

　　遭遇和经历　033

　　记忆　037

　　同质化　043

　　规训与遮蔽　053

　　陌生化及其后果　060

　　记录与超越　064

　　内在超越　076

第二章 作者及其意图 085

　　什么是作者　087

　　霍桑的隐喻　094

　　意图及修正　101

　　作者与传统　111

典故与互文　118

作者与准文本　125

评点者的角色　136

知音　141

作者的声音　149

作者之死　162

重塑经验作者　168

第三章　**时间与空间**　175

时间与彼岸　177

幽明　183

麦秀黍离　188

物象中的时间　199

时空穿越　206

概述与场景　220

停顿　235

中国传统叙事中的停顿　246

省略　258

叙事的重复与错综　272

《史记》的叙事错综　281

第四章　语言与修辞　289

　　语法与修辞　291

　　聚焦　300

　　距离与人称　313

　　人物话语　323

　　方言与普通话　333

　　语言的准确性　339

　　抒情与议论　349

　　陀思妥耶夫斯基与复调　358

导言　现代文学的终结

1

众所周知，在当今的社会生活或精神生活中，文学的重要性已经显著降低。类似于"文学已死"这样的喧嚷不休，竟然也已成了一种老生常谈，不再具有耸人听闻的效果。文学之濒临绝境，其重要表征无需特别的观察即可一目了然。

首先，构成现代意义上文学殿宇重要基石的"学科机制"，其合法性和重要性均发生动摇。欧美（包括日本）的大学不约而同地削减文学研究的经费和项目、压缩编制和规模的举动，已经持续了相当长的时间。在中国的大学和研究机构中，"文学研究"作为一门学科，虽仍能维持表面的兴盛，但即便与 20 世纪 80 年代的状况相比，其每况愈下的边缘化趋势亦昭昭在目，不待详辨。在现代文学光芒四射的发展过程中，大学体制曾起到举足轻重的作用，而"文学研究"正式进入大学，成为现代知识生产的重要门类，其二百年的历史，基本上与现代文学的发展同步，如果我们认识到这一点，学科机制的这一变化，将会导致怎样的后果，应当不难判断。

其次，就文学的功能或作用而言，不论是从教化、认知，还是审美和娱乐的层面上看，文学都有了更实用的替代品——比如系统且门类齐全的大学教育、电影和电视、日益发达的现代传媒以及作为文化工业而存在的形形色色的娱乐业等等。

最后，由于社会形态和市场机制的变化，文学越来越成为成本高昂而前景难测的事业，其潜在目标与社会和市场的运行模式背道而驰。举例来说，在现代文学中，曾经被特别强调的"美"或"美感"，作为一种独异、敏感的经验，较之于社会生活日益粗鄙化的趋势，越来越显出它的空洞和多余。

不过让我觉得惊异的，与其说是文学危机的严酷性及其诸种表现，倒不如说是国内的文学研究和文学创作对这种危殆状况的视而不见。我以为，这种"视而不见"，并非完全由于个体缺乏足够的敏感所致，而是一种假装的视而不见。其背后潜藏着一个重要逻辑，是对这种危机麻木而平静的接受和迎合，同时也是在特殊意识形态虚幻的保护中，求得一时之安，甚至变相利用、苟延残喘而已。另外，那些宣称"文学已死"的声音，也包含着强烈的幸灾乐祸的意味。文学的死亡如果恰好意味着某种道德义务的解除，那么宣称其死亡就意味着一个价值虚无主义时代的到来。这种"文学已死"的声音与对文学危机的漠视，意见相左，但目标完全一致。

如果"文学已死"不仅仅是一句空洞的口号，如果说这一论题多少还有讨论的价值，那么我们至少要对以下的几个问题进行追问：在文学史上，"文学已死"这样的论调究竟是从何时开始的？这一论调在不同的历史时期其潜在的动机分别是什么？死掉的是广义的文学本身，还是现代意义上的"文学"？是总体性的文学存在，还是在特殊时期形成的文学机制、观念，乃至于修辞方法？

我们总是用"文学"这个概念，来指称有史以来一切文学写作和作品，殊不知现代意义上"文学"这一概念，最早也是从18世纪末才开始出现。从根本上来说，现代意义上的"文学"，不是什么自古以来传统文学的自然延伸，而是被人为制造出来的一种特殊意识形态，是伴随着工业革命、资本主义的发展和壮大、现代民族国家的形成而出现的一种文化策略。由于这种策略对传统的文学强行征用，同时更重要的，是将文学作为弥合资本主义社会秩序所导致的僵化和分裂，作为治愈资本主义精神危机的灵丹妙药，因此它一开始就是作为对传统文学的一种颠倒而出现的。不管怎么说，正是因为这种全新的"文学"观念的出现，19世纪群星闪耀的文学格局才得以产生。因此，我们仅仅将19世纪的文学看成是一个特例，看成是上帝赐予人类的礼物，看成是来无踪、去无影、不可解释的"神秘主义黄金时代"，是远远不够的。

事实上，文学的危殆并不是从今天才开始发生的，其征兆也不是在20年前、50年前才开始出现。这种危机蛰伏于现代文学的内部，在现代文学的大厦奠基之初，斑驳的裂纹就已经清晰可见。自从文学被强行征用的那一刻起，"滥用"也就不可避免。自从文学一夜之间变得辉煌无比的那个时刻起，就已经埋下了巨大的隐患。就我的记忆所及，早在150年前，福楼拜就已经发出"文学已死"的警告。那么，福楼拜从他所处的社会状况中，从他自身所面对的文学现实中，到底观察到了什么？

我们知道，福楼拜是一个对写作十分严谨，既现代又保守的作家。从"现代"的意义上说，他的《包法利夫人》《情感教育》作为现代小说修辞的奠基之作，对法国文学，特别是自普鲁斯特到1950年代的法国新小说都产生了重要的影响。从保守的一方面来说，福楼拜晚年一改《包法利夫人》《情感教育》的创作路径，写出了让读者多少有点迷惑不解的《布法与白居榭》（1882）。这部作品未能写完的根本原因，从某种意义上说，正因为它是无法写完的（这会使我们联想起写作《城堡》的卡夫卡）。写作《布法与白居榭》时的福楼拜，似乎是毫无来由又出人意料地陷入了彻底的怀疑主义境地之中，与他创作脍炙人口的《包法利夫人》时的明晰与控制力形成强烈对照。这部小说写法上的回归传统，特别是描述对象的复杂和玄奥，哲理思辨层次上的晦涩艰深，构成了一个奇妙的统一体。我以为，莫泊桑对他老师的评价是十分切中肯綮的：这部小说所预设的描述对象，本来就不是什么社会生活，而恰恰是观念本身。由于种种原因，这部著作在文学界一直没有得到应有的重视。[1]

我们知道，在19世纪之前，现代文学的实践恰恰将对"现代"的质疑和批判作为自己的首要前提，这种悖论式的实践本身就是现代文学最重要的特征之一。陀思妥耶夫斯基和卡夫卡对"现代"的质疑与批判，不约而同地指向了现代社会最隐秘的核心——法律；而福楼拜的《布法与白居榭》则将反思的锋芒指向了资本主义机制的另一个堡垒——知识和知识生产。正是从这个意义上，我认为

---

[1] 在《布法与白居榭》中译本问世之前，我曾多次向包括米歇尔·布托在内的法国同行请教，征询他们对这部作品的看法。出乎我的意料，他们要么没有读过，要么完全没有兴趣。

《布法与白居榭》作为对当时社会精神困境的隐喻，其重要性甚至要超过《包法利夫人》。

生活于巴黎的两个抄写员，布法与白居榭，因对现代都市生活感到厌倦，产生了悲观厌世的情绪，幻想着离开这个世界，离群索居。一笔意外的遗产，使得两个人不切实际的计划得以实现。他们断然辞掉了抄写员的职位，出发前往乡间，隐居于偏僻的庄园别墅，将自己的余生贡献给各种知识和学问的探讨，并试图梳理这些知识与当代生活之间的关系。他们所涉及的知识领域囊括了园艺学、农学、医学、天文学、地质学、文学、历史、政治、宗教、法学、社会学。甚至还涉及骨相学和养生学（福楼拜似乎像歌德那样，试图将人类一切存在及相关知识认真参详。作者本人为写这部著作，阅读了1500本以上的各类文献）。

然而，从他们抵达乡间的那一天起，各种意想不到的困境和悲哀，一直紧紧地跟在他们身后。这其中有他们与当地居民之间的矛盾，与庄园管理者之间的争执，当然也包括他们两人之间的意见不一。但最大的绝望（尽管福楼拜一开始没有点破），是他们想象或理想中的隐居生活与现实的"所是"构成的巨大反差。钻研学问也不能给他们解决上述问题提供什么帮助。因为他们悲哀地发现，不仅各个门类、各学科的知识之间充满了矛盾和悖论，甚至在单个的知识内部，也充满着矛盾和悖谬的状况（在卡夫卡那里，法律也是作为一个荒谬和充满悖论的存在而出现的）。最后，这两个在乡居生活中被弄得焦头烂额、身心疲惫的现代隐士，终于重新回到了巴黎，回到原来的公司，重操旧业，去当一名抄写员。布法与白居榭，就像卡夫卡笔下的"急性子的年轻人"一样，对资本主义社会严酷性的估计既天真，又单纯，其结局与卡夫卡的人物完全一致。这个结尾充满了暗示性和象征意味，可以看成是福楼拜卡夫卡式的遗言。

在《布法与白居榭》中，福楼拜针对现代资本主义社会特别是精神困境的复杂思考，其中至少有两个方面值得我们认真关注：其一是福楼拜对现代知识生产的全面怀疑。它最终导致作者像列夫·托尔斯泰一样，陷入了彻底的虚无主义。但作品批判的锋芒所向，直接切入资本主义的核心区域，从一个侧面清晰地向我们展示了作者对现代的基本态度。第二个方面，通过对布法、白居榭试图重返"古代"或"传统"而遭到彻底的失败，福楼拜从另一个侧面提醒我们，集资本化、知识的专门化、民族国家体制为一体的资本主义社会，已彻底改变了人类社会的进程，它并非是传统的延续，而是一个全新的"怪物"，而"悖论"和"荒谬"就是它存在的具体形式（关于这一点，福楼拜在写《包法利夫人》时，对此就已经有所察觉。包法利夫人和夏尔的命运虽发生于现代都市，但整个作品仍然暗含着重返"古代"的强烈动机[1]）。白居榭与布法孜孜以求的封建庄园制的理想生活，实际上已经无法复原。从某种意义上说，现代资本主义的城市，并非仅仅是对于乡村的简单反动，反过来说，乡村也不是城市地理上的对应物，城市化恰恰意味着乡村的终结。布法和白居榭的错觉在于，"乡村"或"传统"在城市化的过程中未受撼动，仍然矗立在某个隐秘的地带，他们两人只要跨过塞纳河，就可以随时投入它的怀抱。他们没有意识到，城市的发展必然包含着对乡村的彻底改造——民俗学意义上的乡村固然存在，但也已面目全非。

---

[1] 实际上，福楼拜写作《包法利夫人》的动机之一，是想看看堂吉诃德这样的古代骑士，在现代资本主义社会中将会有何等遭遇和命运。从某种意义上说，现代的堂吉诃德是包法利（善良、诚实）和爱玛（爱幻想、不切实际）的合二为一。

通过上述讨论，我们再来分析福楼拜所提出的"文学已死"的警告，就不难看出他的针对性所指，也不难看到这个警告隐喻性的内涵。考虑到在福楼拜写作的那个年代，欧洲文学仍处于上升通道之中，文学仍然是社会生活（特别是精神生活）的重要存在，严格意义上的"现代主义"小说尚未真正成型，这部作品的问世就更加意味深长了。

在一般文学史的描述中，福楼拜的创作，被认为是欧洲现代主义的重要起点。这一观点正确与否暂且不论，我们或许可以借用这个所谓的起点，对日后成为文学主要潮流的"现代主义"，进行一番清理和考察。

从世界文学的范围来看，在福楼拜写作《布法与白居榭》的同时，陀思妥耶夫斯基也正在创作他的《卡拉马佐夫兄弟》，事实上这两部作品也差不多同时出版[1]。一个有趣的观察角度是，对20世纪"文学现代主义"作出过重要贡献的福楼拜与陀思妥耶夫斯基，与日后的实际意义上的现代主义文学运动，究竟构成怎样一种关系？换句话说，"现代主义"是对福楼拜、陀思妥耶夫斯基的自然继承，还是对他们的借用、歪曲，甚至反动？

2

18世纪以降，随着现代版权法的确立，随着文学写作者的身份由贵族和精英转向一般大众，作者与读者之间渐渐地建立起了一种新型的交流关系。在过去的时代，作家写作与读者阅读这样一种古

---

[1]《卡拉马佐夫兄弟》自1879年起开始在刊物连载，单行本问世于1881年，而《布法与白居榭》则于作者去世（1880）后的第二年发表。

老的关系中，文学的赞助人和供养人是维持这种稳定关系的重要力量之一。在作者、读者、贵族赞助人所组成的三角关系中，赞助人的角色很容易被忽略（他们的名字往往在文学、绘画、音乐作品的"题献"中出现）。到了 19 世纪末，由于传统意义上的赞助者日渐减少，而稳定的文学消费市场似乎已经渐趋形成。这就使得文学的作者有可能离开传统赞助人的支持，直接从市场中获取一定的回报（在中国，"赞助人"的角色虽然并非完全不存在，但却不像欧洲那么重要。中国的文学作者更类似于某种业余的写作者，他们往往集官员与文人于一身。身或有余力，时或有闲暇，则著书立言，吟诗作赋。归隐或致仕，通常是中国文人埋头写作的开端。这也可以反过来解释文学和小说在古代社会结构中的次要和从属地位）。

确实有很多人对这样一个时代的到来感到欢欣鼓舞，对"市场"这个新兴的赞助者的出现感到欣慰。然而没有过多久，人们逐渐发现，"市场"对传统赞助人角色的替代，导致了以下一系列严重问题的出现：

首先，传统文学艺术的赞助人虽然人数不多，有时还很吝啬，但至少在经济上是不图回报的；而市场运行机制却与此截然相反，它基于一种回报或交换逻辑。那么，文学到底能够给市场带来什么样的回报呢？除了帮助市场获利之外，难道还有其他任何途径吗？这样一来，文学中一直隐藏着的幽暗内核之一，即商品属性，直接暴露于光天化日之下，让人触目惊心，却又无法回避。

其次，以中产阶级和一般大众为主体的市场经济，逐渐建立了自己的美学和价值取向。当文学写作者试图拥抱这个市场的时候，这种取向不可能不反过来对写作或文学构成某种无形而又强硬的干涉。这当然触及了写作者的基本尊严。一劳永逸的做法，也许就是向这个市场彻底臣服。20世纪初的第一个十年,形形色色的激进主义流派应运而生,这些在"先锋派"旗号下所酝酿的运动,所要抛弃的,恰恰是传统的文学,而潜在的写作策略,无非是与这个"市场"融为一体。然而,并不是每一个作家都愿意在日益强大的市场面前放弃自己的尊严和写作的独立性,这就导致了如下的困境:他们不愿意向市场屈服,可古老的文学供养制的时代(也就是写作者天然地作为一种精英而存在的时代)已经一去不返。这个困境的压力以及在困境中寻求出路,我认为就是欧洲的"文学现代主义"产生的基本动力之一。

通常我们自然会认为,现代主义在政治上是激进的,因其无一例外地采取了对现代资本主义批判的立场和姿态;而艺术上的特征则是先锋和前卫,他们试图打破一切固有的障碍,带来了结构、文体、语言方面的重要革命,极大地丰富了文学表现的手段,并在相当程度上改变了文学发展的进程;而在作者与读者的关系方面,现代主义是蔑视大众的,同时也是反市场的。据说现代主义的标准口号可以被概括为"我写作,读者学会阅读"。最后,现代主义的实验是成功的,甚至这种成功一度被描述为是空前的。正如布努艾尔所指出的一样,超现实主义运动使得达利、艾吕雅,当然那也包括布努艾尔本人,都成了功成名就的大师。因此,现代主义在一定程度上被神圣化了。

然而美国学者劳伦斯·雷尼在《现代主义文化经济》[1]一文中,却敏锐地观察到了一种"反向运动"。至少,雷尼向我们揭示出,"文学现代主义"与资本主义市场之间的关系远非我们想象的那

---

[1] 感谢李陀先生向我推荐并复印这篇文章。

么简单和纯洁。

劳伦斯·雷尼通过对现代主义重要作家艾兹拉·庞德、T. S. 艾略特、詹姆斯·乔伊斯于1900至1930年代在英国伦敦的文学活动的描述，细致地考察了《荒原》和《尤利西斯》的问世过程，特别是作品的写作、包装、销售与资本主义市场机制之间的复杂关系。由于《荒原》在现代诗歌界的重要地位、《尤利西斯》在现代小说史上的重要影响，都是不言而喻的，因此，我认为雷尼的这种考察，无疑为我们从整体上反思现代主义文学运动，提供了重要的视角。

按照雷尼的描述，《尤利西斯》的成功，是一系列隐晦而高明的市场操作的结果，其成功的奥秘不在于对市场的漠视和轻蔑，而恰恰相反，得益于对市场机制的某种竭泽而渔的利用。

1922年3月前后，《尤利西斯》在法国莎士比亚书店出版。而早在一年前，乔伊斯即和他的密友、出版人西尔维娅为该书的出版进行了详细而周密的策划。他们的策略是，《尤利西斯》首印1000册精装版，分三个版次，印制在三种不同等级的纸张之上，价格也相应地分为了三种。在《尤利西斯》第一版1000册图书中，前100册的售价是30美元，第101到250册的售价是22美元，而最后750册的售价也达到了14美元。如果考虑到这些书籍在市场上的实际价格的一路飙升，《尤利西斯》精装版的售价至少是普通图书的几十倍。[1] 也就是说，这个策略的奥秘不在于大量销售图书以扩大市场占有率，而是恰恰相反，通过对图书的印量进行严格的控制，将书籍变成一种类似于艺术收藏品的特殊商品。

---

[1] 参见劳伦斯·雷尼：《现代主义文化经济》，见［美］莱文森编：《现代主义》，田智译，71-73页，沈阳，辽宁教育出版社，2002年。

因此，这是一个所谓神秘主义的商业策略。

艾略特的《荒原》发表时的市场操作手法与《尤利西斯》不尽相同，但是，将文学作品变成一种带有神秘色彩的商品，从这一点上来说，两者如出一辙。艾略特和庞德的出版人本身就是艺术品的收购商，他们的策略是通过投资人的赞助和推动，将文学作品作为高价的艺术收藏品进入流通领域。伦敦的《小评论》《日晷》《名利场》等重要杂志的编辑，在没有见到《荒原》一个字的情况下，就互相竞价，争夺该作品的版权，就是一个明显的例子。不论是庞德、艾略特，还是乔伊斯，他们本来计划的核心，是通过限量版的发行，或类似于艺术收藏品市场的机制，吸引资产阶级精英和投资人，然后再通过这些精英和投资者来激活市场，让大量的普通读者跟进，这样的操作手法与现代证券市场的操作模式十分类似。也就是说，这种操作的真正动机，是将读者变成文学作品的"投资人"。但具有讽刺意味的是，通过1000册高价的限量版《尤利西斯》的发行，出版人已经收回了投资，获得了商业回报，而作者本人也得到了满意的收益，这使得作家和出版人有了一个新的发现，即普通读者是可有可无的，完全可以被晾在一边："出版《尤利西斯》的结果，非但没有证明聪明读者的意义，反而证明读者或许是多余的。"[1]

通过劳伦斯·雷尼的上述分析，我们不难发现，现代主义为何能在每一个毛孔都渗透着鲜血的资本主义市场中，敢于无视普通读者的存在；为何敢于撇开这些读者，在形式乃至修辞学革命的意义

---

[1] 劳伦斯·雷尼：《现代主义文化经济》，见［美］莱文森编：《现代主义》，田智译，71－72页。

上高歌猛进；为何敢于将对大众文化的拒绝作为其写作的基本策略。至少现代主义文学革命并不是文学史发展的自然阶段，而是有意识的市场运作的结果。由此，劳伦斯·雷尼得出了一个惊人的结论：与其表现形式上激进的姿态和革命行为相反，文学上的现代主义实际上是一种保守的退缩：

> 文学现代主义造成的退却是奇特的，或许是史无前例的。这是从文化生产和文化辩论的大众领域里退却，退缩到一个孤立的世界，一个集赞助、投资和收藏于一体的世界。人们对赞助的道德合理性深感不安，一齐努力把赞助纳入投资和盈利的概念之中，随后试着按照珍版图书或精装图书的形式将文学价值对象化——在作家、出版商、评论家和读者之间的关系中，这一切造成了深刻的丕变。[1]

除了文学表现形式的实践和革新之外，文学现代主义成功地将传统的贵族供养人变成了现代资本主义市场的投资人和赞助商。但问题是，这些投资人和赞助商并不是无私的、纯洁的、不图回报的。无孔不入的市场机制渗透到文学的一切领域，投资人和赞助商当然也不能自外于这个结构。到了1930年代，随着这种投资人的减少，特别是经济危机的到来，现代主义最后不得不转向大学，在高等院校这样一个新兴市场中，找到自己最后的托迹之所。

文学现代主义成为20世纪最重要的文学存在之后，自我神圣化

---

[1] 劳伦斯·雷尼：《现代主义文化经济》，见［美］莱文森编：《现代主义》，田智译，79-80页。

的过程随之而来，其中之一就是将现代主义的出现伪装成自然的历史演进，同时重新描述文学史，从 19 世纪末的作家中追认它的先贤和祖先。他们将福楼拜、陀思妥耶夫斯基，甚至列夫·托尔斯泰册封为现代主义的始作俑者，将他们供奉在先贤祠中，从而抹平了 20 世纪与 19 世纪文学的巨大鸿沟。我们固然不能一概否认 19 世纪作家的创作与文学现代主义手法的联系，不过，存在这种联系是一回事，而将福楼拜、陀思妥耶夫斯基等人的创作内置于现代主义的结构之中则是另一回事——这就给人造成了这样一个错觉，好比说福楼拜、陀思妥耶夫斯基于 1920 年代在伦敦与庞德、艾略特等人一起酝酿和策划了文学现代主义。

19 世纪那些具有创新倾向的作家与 20 世纪现代主义的深刻差异，表现在许多方面。而其中最为重要的就是作家与读者的关系。在这一点上，现代主义与其说是对那些人的继承，还不如说是一种歪曲和反动。福楼拜作品中出现了新的表现手法，如限制叙事，为大家津津乐道，但从整体上说，第一人称限制叙事与第三人称全知叙事并行不悖。在《包法利夫人》中，全知叙事的阴影甚至十分浓郁。福楼拜的实践是渐进式的，因而也是保守的，他的革新根植于一般大众知识论辩的框架之中，并未扭曲这个交流的模式，也就是说，既未使购买书籍的行为变成一种收藏，也没有使阅读变成一种神秘主义的解码过程。陀思妥耶夫斯基也许更为典型，他之所以发明"复调"叙事，并不是一种市场策略，甚至也不是单纯的艺术手法的革新。由于在俄罗斯社会生活中，"复调"，也就是"多声部性"的思想冲突和碰撞，客观上已经出现。陀思妥耶夫斯基不过是顺应了时代的变化，通过"复调"这一结构，将社会各个阶层的思想观念、观点、意识置入同一个交流关系中，让它们展开复杂对话

（关于这一点，本书第四章将有专门的论述，这里不再赘述）。

而现代主义之所以是一种竭泽而渔的革命，是因为它通过对市场过分的、超前的滥用，从根本上改变了阅读和写作的关系。当然造成这种奇怪景观的责任，不应由现代主义单独承担。实际上这种运作手法本身就是现代资本主义经济的主要逻辑之一，它是迟早要到来的。如果不改变这种资本主义的生产关系、市场机制和文学观念，它仍然会变换方式，以更激进的面目出现。因此，对现代主义的反思，我认为至少要重新将视线拉回到 19 世纪末，回到福楼拜、陀思妥耶夫斯基的那个所谓的现代主义的"起点"，并重新分析这个起点。

常有人说，假如纳博科夫没有前往欧洲和美国，一直按照《菲雅尔塔的春天》那样的路子走下去，他最终会写出什么样的作品来呢？相对于《洛丽塔》和《微暗的火》，是更好还是更坏？假如说詹姆斯·乔伊斯沿着《都柏林人》最后一篇《死者》那样的道路进行创作，相对于《尤利西斯》和《为芬尼根守灵》，其结果又将如何？假如没有后来的现代主义极端运动，福楼拜的文学实践又会在后来的文学进程中引发怎样的变化？历史是无法假设的，更何况我们自己也置身于这样一个具体的历史进程中，但上述问题对于我们重新思考文学现代主义并非没有价值。

3

从尼采、海德格尔到福柯，在西方思想界对于"现代性"的批判中，"现代文学"一直是其中最为重要的核心之一。其内在依据主要是，由资本主义机制催生的新闻和商业出版，直接导致了现代文学的产生，而现代文学（尤其是小说）也反过来强化了民族国家的形成。而在非西方的殖民地国家和地区中，现代文学对于社会、语言和文化上的民族主义产生了更大的影响。这也就是本尼迪克特·安德森在《想象的共同体》一书中所论述的重要问题。经典马克思主义对资本主义的批判虽不常涉及文学问题，但自卢卡契以后，运用马克思主义的方法，对现代文学的批判已经成为一种相当普遍的风气。尽管马克思主义的革命理论到了20世纪70年代逐渐衰落，但对现代文学的质疑和批判从未停止。马克思主义的批判话语已经像粉末一样，弥漫于自俄国形式主义、法兰克福学派直至后结构主义的文学空间中。

在亚洲，面对现代文学这一概念提出质疑并加以批判的，是日本的柄谷行人。他的《日本现代文学的起源》并非通过回溯传统来揭示现代与传统的分裂，而是追溯日本现代文学是如何起源的，特别重要的，是这种起源如何构建了文学观念、特质乃至手法方面的一系列的"颠倒"。事实上，在西方现代性的威胁和影响之下，亚洲国家的现代文学进展较之于西方现代文学，并不是次一级的存在，相反，它比西方更为典型和复杂。正由于这个原因，柄谷的这部著作可以带给我们更多的思考。

在《日本现代文学的起源》中译本（2003）的序言中，柄谷行人通过对nation一词的词源学分析，揭示出这一概念一旦确立，它是如何改变并遮蔽实际上的社会现实和历史的。他认为，"民族国家成立后，人们将以往的历史也视为国民的历史来叙述，这正是对nation起源的叙事。其实，nation的起源并非那么古老遥远，毋宁说就存在于对旧体制的否定中。"[1] 从文学角度来看，情形也大致相仿。

---

[1] 柄谷行人：《日本现代文学的起源》，中译本序，赵京华译，4页，北京，三联书店，2003年。

正如我们在前文所谈到的那样，现代主义一旦确立并获得合法性之后，首先要做的就是在18、19世纪乃至更远的历史中追溯其起源，仿佛文学现代主义不是一个全新的东西，而是传统的自然延续，只不过是现代主义的历史长河中的一个典型阶段（很多人认为还是"最高的阶段"，比如"后现代主义"一词的发明，就是这种意识的集中反映）。而整个现代文学也在追溯它的传统起源，仿佛现代文学产生以前的全部文学史都是对它的出现所做的必要准备。由此我们不难理解，柄谷行人在批判现代文学的同时，强烈反对追溯起源走得太远而落入陷阱。如果现代文学的任何现象都是"古已有之"，那么这种追溯事实上就成了一种掩盖，同时也是对现代文学合理性的强化，从而忽略掉现代文学产生过程中的一系列重要的反转和颠倒。所以，《日本现代文学的起源》也暗藏着这样一个动机，那就是对文学史研究中追溯起源方式的批判。

在柄谷行人看来，整个现代文学之所以已日暮途穷，其重要表征不仅仅在于，这个现代文学已经丧失了其否定性的破坏力量，成了国家钦定教科书中选定的教材，成为文学的僵尸，同时更为重要的是，现代文学根植于资本主义制度模式—民族—国家三位一体的固化圆环之中。如果不能打破这个圆环，文学就不可能获得新的生机。[1]

由于沦为半殖民地的这一历史事实，由于日本对中国的侵略，中国近代社会的现代化进程与日本很不一致。由于日本文化和传统汉学之间的关系，由于中国现代社会接受西方文化的影响渠道方面，日本是一个无法忽略的存在（我们仅举出东洋一词，即可以看出近

---

[1] 参见柄谷行人：《日本现代文学的起源》，中译本序，赵京华译。

代日本在中国人心目中的暧昧存在），因此，中国现代文学的进程，较之于日本，既有相似的地方，也有很大的差异。因此，我们在对中国现代文学进行整体性的思考时，必须依据不同的事实，做出全新的描述。然而，中国文学界对现代文学的思考呈现出普遍的惰性、混乱和麻木，令人吃惊。我认为，这种惰性和麻木主要表现在以下几个方面：

第一，西方话语、西方中心主义乃至于全盘西化的话语在今天中国的现实中，仍然是一个顽固的意识形态。与晚清至五四那些激进主义知识分子所不同的是，对西方化话语的肯定和膜拜，并不是作为一种启蒙话语而被尖锐地提出来，在当今的社会中，其表现多半是隐形的、潜在的，但是却扎根于心理意识的深处。现代西方，作为一个神话化的进步象征，仍然在不知不觉中宰制着我们的价值判断，不管这种宰制是一种明确的意识过程，还是无意识的。即便在中国获得完全的国家独立，经济获得空前的飞跃式发展的今天，也是如此。从文学上说，在中国写作，到西方领取奖赏和肯定，这样的写作心态依然随处可见。诺贝尔文学奖，西方电影节，《纽约时报》的关注，都是这种褒奖的重要形式。我这里当然不屑于去描述一种更为糟糕的情境，即利用中国和西方不同的政治差异，人为地制造文学的政治性事件，来获取利益——从表面上说，这种操作方式反映的是政治见解、价值判断的差异，但实际上其背后的推动性力量则相当暧昧。我的意思当然不是说，文学不需要对正义、道德的承担，不需要政治性，不需要对社会的尖锐批判，而是说，这种政治性和价值诉求在多大程度上成了一种故作姿态的表演，成为了某种功利目的的外衣。由于这样的情形在 20 世纪 90 年代以后大量出现，并愈演愈烈，无疑值得我们关注。

第二，我们总是将西方看成是一个一成不变、铁板一块的概念。从空间和时间方面来说，我们一度把外国等同于西方，一度把东欧、西欧和美国都看成同一概念，把古希腊、文艺复兴、巴洛克、古典主义、浪漫主义、现实主义、现代主义，看成是同一个西方。在20世纪80年代中国的文学创作和批评中，这方面的混乱表现得尤为突出。其中最为重要的，是我们把18世纪以后（福柯认为是19世纪以后）才得以出现的"文学"这个概念，来指称所有的西方语文，而无法认识到即便在西方，现代文学乃是作为对其传统的一种反动或颠倒而出现的。

第三，19世纪中期以来，随着西方的"现代文学"通过政治和军事的征服影响中国，中国所谓的现代文学与西方意义上的现代文学在功能、目的、文化策略方面的巨大差异，不难看到。简单地来说，我们必须加以区分的关键在于，西方18世纪以后文学在资本主义社会中扮演了何种角色，而中国在救亡图存的巨大政治压力下，这种现代文学试图扮演怎样的角色，实际上又扮演了何种角色？更重要的是，在近代帝国主义征服中国的过程中，西方的文化话语、殖民主义政治话语与殖民过程构成了怎样的关系？这种殖民话语在当今又是如何被继承并改换面目而出现的？

第四，随着中国经济的高速增长，随着分配所导致的中国社会的急剧分化，随着当代国际政治空间和经济格局的微妙变化，20世纪90年代以来，一种"反西方"的思潮在中国悄然出现。这种思潮在某种程度上说是非理性的，要么向狭隘的民族主义靠拢——我们似乎忘记了法侬的重要警告，民族主义和殖民主义实际上是一回事，只不过方向相反；要么向所谓的传统回归——我们忘记了这个传统不仅无法回去，事实上甚至无法复原，通过"古已有之"这样的论调来为西方现代文学作注解，只能反过来强化这一现代性结构；要么重新回到"毛文学"，回到"十七年文学"，将文学重新政治化、道德化——我们要摆脱一种宰制的努力，为什么总是要寻求另一种宰制取而代之？由于这种思潮的种种表现形式的交互作用，中国近二十年出现的所谓复古运动、国学运动、底层文学运动，皆应运而生。作为对现实危机和困境的一种简单化反映，这些盲动不仅无助于问题的解决，反而加剧了混乱的状况。举例来说，由大众化传媒所主导的"讲经"和国学热，从表面上看似乎意味着一种对传统的回归，但它以市场占有率为旨归，以出版利润为目标的操作方式，以及耸人听闻的传播模式，都深深地依附于当代资本主义的经济关系，甚至构成了对这种经济关系的前所未有的滥用——它不仅构成了对传统知识的曲解，同时也是对所谓传统的扭曲和讽刺。

与1980年代的"新时期文学"对西方现代文学的盲目拥抱所不同的是，20世纪90年代以后的文学（包括一部分所谓"80后"文学）所拥抱的并不是西方现代主义，甚至也谈不上西方文学，而是其背后的市场机制。因此，就对市场的依附关系而言，20世纪90年代的文学并不是对80年代文学的解放，而是对它的反动，表现出对市场的更深的依赖。80年代的文学对西方现代主义文学的盲目推崇，在一定意义上说，是由于对西方的误解和幻觉而导致的，而在90年代，对市场的利用一开始就是一种主动的策略。这种策略之所以被认为是合理或合法的，其根源在于现代版权制度的保护。而现代版权法之所以会在写作活动与个人财富的占有之间建立牢固的联系，其背后的资本主义文化逻辑的作用一目了然。我们心安理得地在享用现代版权法获利的同时，完全忽视了现代版权法的出现，本来就是一种颠倒，我们忘记了在相当长的人类文学发展时期，作家的写作没有任何商业利润这样一个事实。这些在消费主义旗号下所进行的文学实践,由于迫不及待地要去文化—市场的银行中提前支取丰厚的利息,而置整个文化生态的良性循环于不顾。这不仅与中国社会经济发展的一系列"畸变"具有内在的一致性,同时也和1910至1930年代现代主义在伦敦的文化策略遥相呼应——所不同的是,现代主义归根到底从一开始只是一种策略和"权变"而已,它毕竟留下了大量的优秀作品和重要的思考,而中国20世纪90年代以来的文学,却将这种文化策略完全当成了自己的目的;现代主义对市场的利用与对市场的批判构成了极为复杂的悖论关系,而中国20世纪90年代后的文学则干脆将市场销售的数量作为衡量文学作品价值高低的唯一标准。

真正意义上的文学在进入20世纪90年代以后,似乎忽然"眴着"了,进入了集体休眠的状态。而倒是在为精英文学所不屑的电视剧制作领域,出现了某种新的活力。但这种活力对于文学创作而言并非福音。至少,它向文学也发出了这样的警告和质问:当文学(特别是小说)赖以存在的故事被电影和电视攫取之后,沦为次一级存在的"文学",其根本出路何在?这是否意味着我们要把乔伊斯以来现代主义精英的老路再走一遍?或者通过宣布"文学已死"而根本取消这一焦虑,进入某种狂欢化的时代?

实际上,文学不会死亡,正在死去的是现代意义上的文学。

我在本文中所提出的"现代文学的终结"这一概念,并非指向作为一个研究领域而存在的现代文学学科本身(但即便是在现代文学研究的内部,同样的尴尬、暧昧、困境和危机也十分明显,近些年所兴起的跨文化研究和跨学科研究,既是危机的信号,同时也是现代文学研究重新寻求出路的征候),甚至也不是对当今文学创作的简单批判，而是针对支撑当今文学研究和创作的社会文化机制，针对自18世纪以来以现代版权法为基础，伴随着资本主义发展和殖民主义扩张而形成的整体性的现代文学观念以及相应的文化策略。

如果我们不走出这种"现代文学"总体观念的禁锢，不走出资本—民族—国家三位一体圆环的循环，真正意义上文学的出路无从谈起，文学中最宝贵的解放和超越力量，也不会重新焕发出应有的光彩。

第一章 经验与想象

花非花

遭遇和经历

记忆

同质化

规训与遮蔽

阳生化及其后果

记录与超越

内在超越

花非花

> 花非花，雾非雾，夜半来，天明去。
> 来如春梦几多时？去似朝云无觅处。

唐诗中一直有所谓"元白"与"温李"之别。白居易的诗历来以浅白著称，诗意大多显豁无隐。可作者一旦与读者玩起捉迷藏的游戏，虽不会像李商隐那么晦涩艰深，亦颇有飘忽难解之处。这首《花非花》便是一个很有意思的个案。此诗犹如一个谜语的谜面，诱使读者去猜测它的谜底。我们最容易想到的谜底似乎是"春梦"，但谜面之中明明有"春梦"二字，也就是说，春梦与花、雾、朝云一样都是"喻物"，而非"所喻之物"。那么，这个既是花又不是花，既像雾又不是雾，像春梦一样易逝，像朝云聚散一样了无痕迹之物究竟是什么呢？历来的诗评者和读者虽提供了多方面的解释，但却没有定论。从形式上看，这首诗也有独特之处。它既非乐府，也非律诗，倒颇似宋人的词调或元人的小令，似乎受到了当时民间歌谣的影响。

从某种意义上说,这首诗的所喻之物虽无明确答案,但作者提出了两个相似的喻物对读者加以诱导,两个喻物一经提出,又随即加以否定。通过否定向读者暗示某些线索;通过掩盖而故意泄露了某种消息。它很像经过浓缩的克里斯蒂式的侦探小说,作者向读者故意"推荐"杀人凶手,再通过重重否定,将读者的注意力引向真正的凶手。所不同的是,侦探小说的凶手不管隐藏得多深,迟早总会露面,但白居易却将我们扔在了半途。

传统文学理论倾向于认为,文学作品是作者个人经验的传导工具,或者说是一个载体和容器,我们阅读文学作品就是为了穿越作品,抵达作者的个人经验。这一看法在过去被认为是天经地义的,但在今天却受到了普遍的质疑。[1] 尽管如此,我们仍可试着提出这么一个问题:通过《花非花》这首诗,作者究竟要向读者传达怎样一种人生体验?

如果我们渴望找到一个一劳永逸的答案,这首诗显然不会轻易满足我们的愿望。它什么都没有说,作者的笔触游离于答案之外:与其说他要向我们呈现什么,还不如说他是在小心翼翼地将要说的话包裹和掩盖起来。如果说,经过重重包裹之后,仍有一个"内核"等着我们去剥出,万一它不是花生,而是洋葱,那又该如何——罗兰·巴特关于"剥洋葱"的那个著名的比喻,对于所有试图从文学文本中剥出"内核"的读者来说,都是适当的警告。

---

[1] 正如特雷·伊格尔顿所指出的那样,宣称某人拥有一个完整的个人经验是没有任何意义的。因为一切经验都包含语言,而语言必然是社会性的。参见特雷·伊格尔顿《二十世纪西方文学理论》,伍晓明译,58 页,北京,北京大学出版社,2007 年。

这首诗在解读方面的莫衷一是却并不影响它在后世的广为流传，甚至被作为一种"典故"而大量引用。比白居易稍晚的李商隐就有"我是梦中传彩笔，欲书花叶寄朝云"之句，咏的是牡丹，但作者将梦、花和朝云连举并置，并非无因。苏轼的"似花还似非花，也无人惜从教坠"（《水龙吟》），一般读者早已耳熟能详。而张先的"天非花艳轻非雾。来夜半，天明去。来如春梦不多时，去似朝云何处？"（《御街行》）则几乎就是对白香山诗的直接挪用。明代的程孟阳赋《朝云》诗八首，来描摹柳如是的情态，也取喻于白居易《花非花》的意境。陈寅恪考证柳如是一度曾用"朝云"之名，也多次暗示柳如是与《洛神赋》中的人物、《聊斋志异》中艳丽的狐媚、《花非花》中的主人公一样，皆为"神光离合，乍阴乍阳"的美人。[1] 白居易《花非花》的所喻之物，历来有"伤春"、"悼亡"和"禅意"等多种说法，但最为集中的解释多为"美人"。考虑到唐代文人的生活风习特别是白居易"挟妓纵酒"的经历，一些人将《花非花》的描述对象确定为"妓女"，也并非没有根据。至于说，它是某一位特定思慕对象的记述，还是作为类而存在的妓女的总描摹，读者自可见仁见智。与白居易多有酬唱且诗风相近的元稹，也有类似的作品流传，如《才调集》之五中《所思》一首，在诗境和诗意上与白香山亦有几分相似：

庾亮楼中初见时，
武昌春柳似腰肢。
相逢相失还如梦，

---

[1] 参见陈寅恪：《柳如是别传》，514 页，北京，三联书店，2001 年。

为雨为云今不知。

元诗与香山诗虽诗意相仿,但境界却不可同日而语。元诗的直白、狭邪之病,在白居易诗中已滤除殆尽,即便出于童稚之口,亦能雅训可诵,足见含蓄、蕴藉的"烟云之法"对阅读的复杂影响。

当然,我在此引述白居易的这首诗,其目的并非仅仅是为了解读它的内涵和意蕴,而是希望借用这首诗的意境特别是"花非花"这一意象,来讨论文学的一般特性。在我看来,在"花非花,雾非雾"这一特殊的句式中,包含着肯定与否定、隐藏与显露、经验与超越之间的复杂纠缠和交织。花、雾、春梦和朝云都是一般日常生活中的普通物象,可以被我们的经验充分认知和解释。文学所描述的对象总是与我们的日常生活经验发生重叠,文学也只能在物象和日常经验的层面上展开叙事和抒情,也就是说,文学语言和日常生活用语使用的是同一个材料。可一旦进入"文学"的结构,这些普通的物象和经验就会发生奇妙的变化,正如紧随而来的"非花"和"非雾"所暗示的,文学不能仅仅在"指事"的意义上被阅读。我认为,这种"既是"又"非是"的特定结构正是文学特性的基本奥秘。由此我们可以界定出一系列的复杂的辩证范畴:因为"是",文学从表面上看描述的就是日常经验、物象、故事、传奇、言论,因为"非",文学同时也是想象、境界、寓意和超越;因为"是",所有的读者都拥有进入文学世界的请柬,因为"非",作者的邀请仅仅是一个象征性的手势,他并未许诺任何华美的筵席——最终能品尝到什么,总是因人而异;因为"是",文学从理论上说可以被欣赏、解读乃至被消费,因为

"非",真正意义上的文学不会为日常经验所穿透,不会被反复消费而磨损。

与李商隐的《锦瑟》一样,白居易在《花非花》一诗中通过"制谜"向读者发出邀请,但却没有提供任何为现实经验能轻易俘获的答案。它撩拨着千百年读者的好奇心,这在一定程度上造就了它的不可磨损性,从而巩固了它的不朽地位。但如果说,"制谜"是文学的唯一任务,则大谬不然。实际上,文学的"谜语"性质只有通过"既是又非"的结构才能得到合理的说明。作者在"所是"的层面展开叙事或抒情,但总是通过设喻和取譬暗中改变"所是"的性质,使其意义发生某种偏离,从而将读者的目光引向他途。为了防止读者在"所是"的层面上流连忘返,某些作者(比如曹雪芹)不惜直接现身,来提醒读者关注作品另一面的作者意图。[1]

刘禹锡的《元和十年自朗州至京,戏赠看花诸君子》也是一首语言直白、寓意浅显且带有一定游戏性质的诗作:

> 紫陌红尘拂面来,
> 无人不道看花回。
> 玄都观里桃千树,
> 尽是刘郎去后栽。

这首诗既无谜语,也无深奥典故,表面上看讽喻的是所谓"看

---

[1] 在《红楼梦》的第一回中,作者叙至曹雪芹于悼红轩中改《风月宝鉴》为《金陵十二钗》时所提绝句,第十二回中叙至"贾天祥正照风月鉴"时跛足道人的告诫,读者自可细细玩味。

花君子"。稍有阅读经验的读者即便不明所指,也能够一眼看出诗中包含的嘲讽意味。结合标题,读者也许能隐隐感觉到作者与诸君子之间暗藏着的某种过节。倘若我们不依靠注解,这首诗的"本事"几乎难以索解,对于作者的动机及其寓意的解读也会受到一定的影响,正如我们若不知道李龟年是谁,他与杜甫是什么关系,不知道安史之乱的历史背景,对《江南逢李龟年》的解读会大打折扣一样。在诗中,刘禹锡提供了一些线索,但却语焉不详。这倒不是说,作者在故意与读者为难,因为在刘禹锡或杜甫的时代,文学阅读和传播的途径、方式与今天大不相同。作品主要通过寄赠和酬唱等形式传播,也就是说,杜甫的友人与作者一样遭逢安史之乱,刘禹锡因参与王叔文的改革而受到排挤被贬朗州的经历也在朋友间广为流传,所以那个时代的读者对于这首诗的"本事"也心知肚明。这似乎有点类似于海德格尔所谓的"前理解"或姚斯的"期待视域"。而没有这种"前理解"作为阅读背景,后代读者若要理解这首诗的叙事所指,则必须借助于注解和对历史事件的考证。

正因为刘禹锡在这首诗中的寓意十分露骨,"诸君子"对于这首诗的解读亦未发生歧义和偏差,刘禹锡在"尽是刘郎去后栽"的自得中席不暇暖,即被再次流放至远州。而在十四年后,作者再度回到京师,仍以玄都观为题,写出了脍炙人口的《再游玄都观》:

百亩庭中半是苔,
桃花净尽菜花开。
种桃道士归何处?
前度刘郎今又来。

从这首诗来看，刘禹锡的豪气仍在，只是不觉中多了一点伤感。作者在序言中也记述了重游玄都观"荡然无复一树，惟兔葵、燕麦动摇于春风"的悲凉。两首诗串联起一个二十四年的故事，若将两首诗连起来一并欣赏，至少可以有以下三种阅读方式：

第一，读者仅仅关注字面含义，也就是作者闪烁其词的经历本身和表面事实，读者亦会有"花非花"的恍惚之感。若将这两首诗翻译成外文，如不通过注释，国外的读者也会不明究竟。

第二，借助于考释，读者将故事或本事还原，从而了解作者写作的缘起和情感状态，了解作者的寓意所指，也就是所谓的"事实真相"，有考据或索隐癖的人解读到这个层次，也许会有"原来如此"的喜悦。

第三，读者对这两首诗的"本事"和写作的历史情境完全不感兴趣，将文本作为唯一的阅读对象，像英美"新批评"所倡导的那样，致力于文字、修辞、韵律等文本组织结构的"封闭式"精深解读。这样一来，读者可能会在"沧海桑田"或"麦秀黍离"等喻意上发现作者的本文意图。这实际上是一种超越性的阅读，即将作者的动机、缘起、历史背景、现实针对性等等信息放入括号，将文字、修辞和形式视为意义的唯一生产之所。

总体而言，前两个层次的阅读之弊端自不待言，即便是第三个层次的阅读，在我看来，也不是理想的阅读情境。这一类的读者也许准确地把握住了文本的修辞意和引申意（非花），却忽略了文本规定性的所是（花）；强调了读者在阅读过程的自由，却取消了文本的限制性信息；强调了阅读主动性，而忽视了文本产生的历史情境。真正有效的阅读，总是一种"既是又非"的结构：我们不能拘泥于"是"的层面，将作者视为唯一的意义的提供者，把阅读过程变成对作者经验的考释和索隐过程，也不能无视这个"是"，在所谓的文本内部信马由缰地探幽剔微。

"新批评"自有它的历史功绩，作为一种批评实践，新批评确实提供了一系列全新的方法和视野，但完全滤除掉作品生产性的信息，则是阅读中的重大误区。举例来说，如果我们完全不了解"嗟我怀人，寘彼周行"中的"周行"究系何指，"我"指的又是谁，《周南·卷耳》一诗几乎无法解读。或者说，这个"我"被解释为"后妃"、"文王"、"征人"还是"思妇"；"周行"是解释为"周之列位"，还是"通衢大道"，文本的寓意也会完全不同。戴震曾说，若没有制度、名物方面的基本知识，对《诗经》的解读是很困难的。在美国作家纳博科夫心目中，成为一名优秀读者的前提之一，就是身边必须有一本字典。

写作固属不易，阅读又何曾轻松？我们所面对的文本实际上不过是一系列文字信息而已，它既在语法的层面上（为我们经验所熟知）陈述事实，也在隐喻的意义上形成分岔和偏离；它既是作者情感、经验和遭遇的呈现，同时又是对这种经验超越的象征；既是限制，又是可能。既然文学作品的意义有待于读者的合作，我更倾向于将文学视为一种邀约，一种召唤和暗示，只有当读者欣然赴会，并从中发现作者意图和文本意图时，这种邀约才会成为一场宴席。

遭遇和经历

在文学写作过程中，将作者的经验内容简化为一种遭遇和经历，是十分常见的错误。正是这一错误的认识，为形形色色的机械反映论和再现论提供了注释。我们不妨假设如下的场景：两个人同时目睹了一场惨烈的车祸，在其中的一人看来，这不过是一场普通的车祸而已，瞬间的刺激也许会让他大为震惊，但事情过后，他很快将之抛到九霄云外，生活完好地继续，就像什么事情都没有发生过一样。而另一个人，由于敏感和脆弱，也许不得不求助于专门的精神治疗。

海明威的小说《杀人者》为突发事件作用于人的精神所产生的差异和不同后果提供了一个经典的范例。乔治和涅克作为一场预谋杀人事件的目击者，对事件的反应迥然不同，事件在两人身上所产生的后果也有质的差异。乔治在事件平息以后，迅速恢复了常态，继续留在酒店帮工，并以一个成人的口吻对涅克进行劝慰。而涅克则显然无法接受他所目睹的事实，并决定永远搬离这个小镇。借用弗洛伊德的精神分析理论，我们可以清晰地观察到，在乔治和涅克面前突然呈现的，其实不是一场单纯的谋杀，而是整个成人世界的冷漠真相，也许最终击垮涅克脆弱心理防线的，还不是这个世界的凶残，而是成人世界对凶残泰然处之的冷漠和无动于衷。

布鲁克斯和沃伦曾经正确地将这一过程归结为"邪恶的发现"。[1] 但我觉得，这篇小说也可以被理解为儿童在向成年转化过程中所受考验的寓言和仪式。乔治成功地经受了考验，接受、辨认和学习了成人世界的规则和机制，从而与他的儿童意识告别；而涅克则遭到了悲惨的失败，他企图退回儿童世界的欲望，如此之强烈，以至于他选择了一个象征性的行为，通过离开这个小镇，企图重返母腹。实际上，作者本人也是一个涅克式的人物。海明威小说的最大奥秘恰恰在于，作者本人也像涅克那样拒绝长大。也许我们不必要求助于海明威的传记资料，只要将他的《在密执安北部》与《老人与海》做一个简单的比较，即可得出上述结论。[2]

因此，"经验"这个看似简单的词语中，所包含的内容，至少涉及以下两个方面：其一是经历或遭遇；其二是不同的主体对这种经历和遭遇所产生的一系列反应。中国传统文论特别注重作者的阅历和经世的深广，强调"知人论世"，强调"行万里路"一类的生活经验积累。而在西方的美学和文学传统中，"生活是写作的导师"这

---

[1] 克里安思·布鲁克斯、罗伯特·潘·沃伦：《邪恶的发现：〈杀人者〉分析》，见赵毅衡编选：《"新批评"文集》，天津，百花文艺出版社，2001年。
[2] 海明威从《在密执安北部》这样的早期作品至《老人与海》，似乎一直在重复同一个主题，关注同一个问题，那就是儿童世界与成人世界的尖锐对立。他始终未能缓解或消除这一对立。

一类的规箴也由来已久,甚至我们从存在主义"存在先于本质"这句著名的格言中,也可以看出它在当代的延伸。从某种意义上来说,对写作而言,经历和遭遇的独特性、奇异性和剧烈程度,并非无关紧要,而且它对于创作的作用也已经被大量的文学事件所证明。假如沈从文没有凤凰地方的经历积累,没有十九岁就游历了大半个中国的奇特经历,他绝大多数传奇故事的写作是无法想象的。狄更斯的情形也与此相仿。

但是,将这种经历和遭遇完全绝对化,也是有问题的。西方现代文学理论特别注重个体的"反应":一方面考虑到单纯事件在个体身上留下印记的差异性,同时也暗示了社会和时代的变化——18世纪末以来,随着资本主义的发展,科技、交通和传媒的突飞猛进,个人经验差异在迅速缩小。对霍桑、普鲁斯特、卡夫卡这样一类本雅明称之为"足不出户,闭门造车"的小说家来说,经历一场战争,与观看一朵鲜花,具有完全相同的效能。关键似乎不在于经历本身的奇特,而在于这种经历是否对主体产生影响以及这种影响的心理沉积。普鲁斯特的《追忆似水年华》是众所周知的例子。

阿多诺在其遗著《美学理论》(1970)中将"经验"直接解释为主体的反映,也许是最极端的个案。阿多诺的重要发现之一在于,反映或领悟不仅涉及主体的认知能力或智力水平,它还与主体的气质、心理状况、性别、身体有着密切的关系。经验和遭遇本身不过是某种反映的材料和契机而已。正是由于肺病和疑病症,卡夫卡认识到,对于别人而言的一次小小的喷嚏,很可能就会结束他脆弱的生命。他重复了克尔凯戈尔那个著名的声明:世人眼中的大事,在我看来毫无意义;世人认为的屑小之事,对我而言却是异常重大。[1] 正是在这个意义上，作家的才华和能力，在过去往往被解释为天赋异禀似的洞察力和智慧，在今天它更多地指向主体的敏感性。不同的主体（比如说男性和女性）身体、心理状况及敏感程度固然千差万别，但同时，单个的主体也不是一个不言自明的固化的结构，而是一个有待完成的历史化过程的产物。由于主体的建构过程受到社会意识形态，或者语言系统的规训和制约，这种敏感性也不能被神话化和绝对化。按照什克洛夫斯基的分析，主体在认知和创作的过程之中，毫无疑问会受到自动化识别模式的制约，他所提出的"陌生化"概念不仅涉及作家对于创作风格和形式的叙事策略，同时也暗示了作者在经验上的反省和重组。

---

[1] 参见彼得·P. 罗德选编：《克尔凯戈尔日记选》，题辞，上海，上海社会科学院出版社，1995年。

记　忆

　　我们一旦将经验区分为经历以及主体对经历的反映和领悟，"记忆"这个多少有点暧昧的事物在写作中究竟扮演何种角色，就不难理解了。经历是无法即时描述的，更无法使之客观化。我们所经历的事实，绝大部分转瞬即逝，我们无法做到一边经历某件事，一边将它书写出来，在事件发生的同一时间，将它传达给读者。也许新闻报道中的所谓"实况直播"是一个例外。但即便在实况直播中，客观化也是一个谎言。采访的话筒和摄像机的镜头本身即是一个选择器：采访谁，记录谁的声音，拍摄哪些镜头，哪些镜头作为特写而凸显，哪些作为背景而被模糊掉，哪些画面或声音由于意识形态的考虑而被彻底屏蔽和删除……

　　因此，我们也可以这样说，作者所描述的经历无一例外都是记忆中的经历。这虽是一个明显的事实，但常常被我们忽略。很多研究者都注意到了经历与表达之间的时间距离。而将这种距离的作用极端化和简单化看来也没什么道理。比如说，有一个普遍的说法，作家将个人的经历在记忆中保存得越久，表达和书写将会越客观、完美，就如同封在坛子里的酒，时间越长，其味道越甘美。这种见解的荒谬性根本不值一驳。如果情况果真如此，每位作家想必都应该在弥留之际才开始自己的创作。不过这样的说法也提醒了我们这样的事实，将刚刚经历的事件立刻表达出来，的确更容易受到社会意识，作家个人的偏见、习惯、写作功利目的的制约和影响。另外，经历在记忆中的"发酵"过程也可以使经历本身的性质变得面目全非，在这个过程中，时间的距离确实起到了某种神秘的作用。

废名十分形象地将由经历、记忆到写作的这一复杂过程比喻为"反刍"的过程：草料进入牛腹的过程只是储存，未及消化，营养尚未被吸收，而写作则是对记忆中的经历进行反刍。因为反刍的作用，写作与记忆中的现实生活有了根本的不同，并具有了梦境的色彩。[1] 当然，废名所谓的"反刍"并不是一次性的，它可以一而再、再而三地发生，也就是说，在回忆者生命的不同时段中，只要他愿意，他随时可以对记忆中的任何一种储存物进行有选择的"反刍"，从而完成对材料的重复使用。

你和你的父亲去河边钓鱼，河边开满了野蔷薇和金银花，你们在烈日下的河边坐了三个小时，最后在落日时分钓到了一条大鱼，这是一个简单的经历，也是一个被浓缩了的故事。第二天你去学校上学，把这件事作为一件奇闻告诉同学的时候，由于钓到大鱼并享用美食的骄傲尚未消退，你讲述的重心也许会集中于那条鱼的大小重量，河边的三小时的完整信息所遭受到的压缩和简化是可以想见的。我们知道，记述本来就是一种选择性行为。通过选择，这个故

---

[1] 废名：《说梦》，见《冯文炳选集》，322页，北京，人民文学出版社，1985年。

事中有太多的内容被忽略、遮蔽、省略掉了，记忆中的大部分元素仍然在酣睡，但这不能说明这些元素不存在，或者对追忆和写作根本上无关紧要。时间这个魔术师尚未来得及对它加以改造和重组，或者说，经历在记忆中尚未充分发酵。选择和压抑的机制受制于写作和回忆的目的、契机和社会意识的潜移默化。假设二十年之后，当你再次来到这个河边，你发现河流的原址上早已矗立着现代化工厂的厂房，如果你猛然回忆起当初跟随父亲去河边钓鱼的情形时，你是否会回忆起那些岸边的金银花丛那醉人的芳香？回忆起清澈的河水，空旷的原野，劳作的农人，温暖的阳光下植物卷曲的叶子，天空中的白云在河道中投下斑驳的阴影？是否有物是人非、沧海桑田的今昔之感？如果我们再把时间往后推二十年，当你站在父亲的墓碑前，回忆起四十年前的一幕时，你是否会记得，在那个寂静的午后，你和父亲在河边的三个小时之中，到底发生了什么？比如说，你和父亲有没有交谈，谈了什么，在你看来他在想什么，有着怎样的心事？现实中的父亲已经不存在了，可是他的声音、形貌、举止和气味因为那次记忆中钓鱼的经历而历历在目，这正是我们在英格玛·伯格曼的电影《野草莓》中看到的那个感人至深的结尾。

　　经历在记忆中的灵光重现虽然依赖于时间距离这个魔术师的神奇作用，但我要说的是，时间或距离却并非是真正关键的因素——它既不提供回忆的动力，也不提供回忆的对象或内容。人的一生有着无数的经历，这些经历中的绝大部分内容将会湮没无闻。哪些内容在时间的长河中沉渣泛起，取决于经验主体的召唤和选择。这种召唤和选择的过程有时是神秘的。其契机和媒介多种多样，它取决于变动不居的主体的意愿，但我们在许多作家的创作中亦可以发现，对经历的再次"重复"也许最为常见。这个过程有时颇像阅读：你从作品中读到什么，不完全是文字的信息量所决定的，你每次阅读所面对的文字是一样的，但阅读感受却大相径庭。正如变化中的主体和作品信息之间的交流因时而变一样，个人对记忆内容的勘探因其动机和意愿不同，也会有所选择和偏重。

有记忆当然就会有"遗忘"，遗忘掉的记忆内容只不过是被主体的经验暂时遮蔽掉了，它仍然存在。如果说记忆是充满戏剧性情节的白天，那么遗忘则是暧昧不定、飘忽、晦涩难解的夜晚；记忆是清晰的现实境遇，而遗忘则是隐晦的梦幻。正是在这个意义上，瓦尔特·本雅明将遗忘看成是一种深刻得多的记忆。在《论卡夫卡》和《普鲁斯特的形象》这两篇重要的论文中，本雅明将遗忘看成是卡夫卡小说的重要主题，看成是普鲁斯特作品的内在驱动力，甚至本雅明将作家的创作活动从根本上看成是佩内罗普（Penelope）意义上的编织劳作，写作实际上就是依靠追忆而进行的编织活动："记忆就像经线，遗忘像纬线。"[1] 本雅明这么说，尽管有点玄妙，但我认为它实际上是在说明写作活动的一个最常见、最朴素的事实。

普鲁斯特更喜欢将这种遗忘称之为"非意愿性记忆"。对普鲁斯特而言，写作或者说回忆之路犹如一个巨大的过滤器，它过滤掉的恰恰就是被我们的目的、习惯所掌控的现实，对记忆进行蒸馏和提纯，从而避免了传统的反映论的描述谎言，为非意愿记忆的呈现腾出空间，追寻失去了的时间，打捞那些记忆中的沉睡之物。在罗伯特·耀斯看来，《追忆似水年华》通过反对所有叙述的现实主义，重

---

[1] 瓦尔特·本雅明：《普鲁斯特的形象》，见汉娜·阿伦特编：《启迪》，张旭东、王斑译，198 页，牛津，牛津大学出版社，1998 年。

新唤回表面上一个先验的家园和永恒存在，但实际上它敞开的是另一个被尘封的世界，被普遍知觉所遮蔽的非意愿记忆的对象。[1] 普鲁斯特的叙事如此执著，以至于你在阅读《追忆似水年华》这部小说时，也会在不知不觉中由一个故事的阅读者，变成了作者本人一样的白日梦漫游者，纷至沓来的记忆片断会压得你喘不过气来。正如弗洛伊德曾经揭示过的那样，重复是一个幽灵。事件、经历、人物，或某些记忆的碎片，在我们身上会奇怪地重复发生，一个事件会牵出另一个事件，一个片断会引出另一个片断，在这种奇妙的重复中，我们的理性、逻辑和分析能力有时完全无能为力。

对圆月的一次眺望会搅动我们记忆深处无数次对圆月的记忆，它们会在同一个时段中集体呈现，"重复"所引发的对往事的追溯究竟要将我们的意识导向何方，我们事先并不知晓。促使你回忆起与父亲去河边钓鱼情形的契机，有时需要"父亲死去"这样重大事件的重复，有时，也许一朵鲜花或者一缕香味就足够了。在这里，认识事物的真实感彻底让位于回忆中感觉的真实感。任何记忆的图像都是一个全息的图像，可我们的理智、认识和逻辑总是希望将它简化成可以把握的内容加以储存、识别和归类。通过感觉重新寻找记忆之物的冲动，让事物恢复它的本来面目，就如什克洛夫斯基所说的，让石头有石头感。在文学写作中，作者所提供的经验，往往包含着以下两个方面：作者意图所传达的经验，以及作者在无意识中传达的经验，我们从中不难发现非意愿记忆的作用空间。普鲁斯特的历史性贡献在于，他通过追忆式的回忆诗学，压缩意愿记忆，从

---

[1] 汉斯·罗伯特·耀斯：《审美经验与文学解释学》，顾建光等译，107 页，上海，上海译文出版社，2006 年。

而为非意愿记忆的书写提供可能。

不过，在我看来，非意愿记忆永远都不是一个如何获得的问题，而是如何发现它，并加以表达的问题。通过细致入微的观察和某种记录，比如日记和笔记，对于发现非意愿记忆来说，实际上是徒劳无益的。普鲁斯特的回忆之路，既深不可测，又变化不定，这一方面也许得益于作者本人的敏感气质，但更多的则是源于他的疾病和闭门不出。哮喘和常年的卧病幽居既隔绝了他与现实生活的联系，同时也在培养他对追溯往事的无与伦比的好奇心。当他在回忆往事的时候，有如一个侦探，每一个细微的感觉，每一个晦暗不明的空间、片段和枝节，都会在黑暗中被无限地放大，感觉的触须异常地敏锐和纤细，探向每一个幽深的角度。他的才华在相当程度上正是病床的馈赠。普鲁斯特似乎要向我们证明：构成文学作品真正质地的材料，也许不是可以被意愿和逻辑归类的现实经验，而是某种缝隙（gaps），不是已经完成的、等待我们记述的某种经验对象，而是悬而未决、有待完成的诸多可能性。

同质化

我还记得小时候,那些漫长的夏日的夜晚,村里的男女老幼坐在阴凉的巷子里闲聊消夏的情景。讲述故事和闲聊意味着经验的交换,年长者自然会不厌其烦地重复讲述那些陈芝麻烂谷子的往事,走村串巷的手艺人则会报告他们在邻村的最近见闻,而那些能说会道、信息灵通的媳妇当然也会讲述当地的家长里短。不久之后,在所有这些讲述者中,一个更具权威的角色脱颖而出,那就是采购员。在20世纪60年代,在我们的乡居经验中,"采购员"毫无疑问就是见多识广的代名词。对于那些足不出户的农民来说,作为一个故事或见闻的讲述者,采购员周游全国各地的经历使他拥有了与谢赫拉扎德[1]一样的神奇光环。他们的足迹比那些工匠和手艺人走得更远,他们的口中有着说不完的故事。采购员作为一个远游者所具有的特殊优势使他们最终成为了单向度的绝对经验的提供者,其专断

---

[1] 谢赫拉扎德,《一千零一夜》中的人物,也是作者伪托的叙事者。

的讲述口吻也有赖于以下这样一个事实：他们都是本村人，对当地的风俗人情了如指掌，他们无须从这些本村的农民口中学习和了解当地的掌故。没有人在意他的夸张，添枝加叶或杜撰，即便我们对他讲述的真实性心存疑虑，也无权对他提出任何的质疑。因为在某种意义上，他成了一个专断或绝对的讲述者。他几乎是垄断了所有奇闻异事的讲述权和解释权。听众们局囿于一隅的自惭形秽，使他们变得格外温顺。

但这并不是说这些很少外出的农民没有什么故事可讲。我们只要粗略地回顾一下《红楼梦》中刘姥姥进入大观园的情形，即可了解这一点。大观园的一切对于刘姥姥来说固然无异于目睹奇幻，而对于那些生活在大观园的贾母、王熙凤、众多的公子红妆而言，刘姥姥自身的乡野经历在某种程度上来说也是绝对新鲜的。在这里，经验的交换同样是双向互补的。在20世纪六七十年代的知识青年上山下乡的过程中，我们也可以很好地观察这样的经验交流或交换是如何展开的。知青向农民们讲述城市生活的方方面面，作为交换，农民亦将农事稼穑、生产工序、农作物的辨认、农时的判断等具体可感的经验告知这些年轻人。当然，这样的交流和经验交换往往也在更高的层次上展开：现代文明及其价值系统在城市的种种表现，与扎根于传统的乡村民俗、礼仪、图腾和意义展开碰撞和对话，两者之间像镜子一样可以互相观察。我们在20世纪80年代中期大量的伤痕小说中可以看到许多细致的描绘。

采购员的角色，有些类似于早期小说或民间故事的作者：经验的交换是单向的。作者讲述，受众聆听，或者作家写作，我们阅读。曾几何时，采购员在村口讲故事的习俗一夜之间消失得无影无踪，他的权威被另一个角色悄然代替，那就是村中出现的第一台电视机。当全村的人都集中于晒场上，将目光投向那个具有魔力的神奇屏幕时，我们消夏的经验也被永远改变。不过，这样的时光并没有持续很久。很快，当每家每户都拥有了一台这样的电视机时，家家户户大门紧闭，新闻联播同样的声音从不同的窗口飘出，而村中的巷子里少有人迹，空空荡荡。

按照瓦尔特·本雅明的描述，早期故事讲述者大致有两种类型：其一是水手或远游者，其二是蛰居乡村、谙熟本乡本土掌故和传统的农妇。[1] 然而时至今日，不论是前者还是后者，都已经变得可疑、空洞，甚至面目全非。绝对或独占的经验不是说完全不存在，至少也已经大幅度地贬值，而且这个经验贬值的过程也正在加速。

在中国古代文献记载中，官员在履职、贬谪、归乡、迁徙的过程中，客死途中的事例时常发生。即便是到了近代，当年那些从北京城前往海淀上学的学子们告别父母时，往往会因惜别而泪流不止，而住在北京东城的叶圣陶邀请俞平伯前往清华探访朱自清的遗孀，事先必须对行走路线，何处午餐，何处小憩，进行周密的筹划。[2] 对于那些徒步或骑马的旅行者来说，远方始终是一个令人畏惧的所指，旅行本身当然也是一个五味杂陈的历险。可是在今天，随着现代交通工具的快速发展，真正意义上的远方永远地消失了，远游者的面目同时变得有些暧昧：他可以早上从北京起床，在香港享用午餐，到了晚上十二点，他可以再次在北京的家中安然入睡，如果从位移的意义上来说，他的旅行当然是完成了的，而过程却带有强烈

---

[1] 参见瓦尔特·本雅明：《讲故事的人》，见汉娜·阿伦特编：《启迪》，张旭东、王斑译。
[2] 参见叶圣陶、俞平伯：《暮年上娱》（叶至善等编），石家庄，花山文艺出版社，2002年。

的梦幻特征，因而变得很不真实。我的意思当然不是说今天的旅行没有任何个人经验可言，我想说的是，这种经验由于过于日常化，同质化的倾向十分明显，甚至无法在我们的记忆中留下任何痕迹。另一方面，远方的消失也和经验的传播途径革命性的变化密切相关。前文所提到的采购员之所以能够成为远方经验绝对的拥有者，除了他独占性的经验或经历之外，他同时还扮演了信使的角色，他是故事传播的唯一工具，这个角色有点类似于《白鲸》中的以实玛利（Ishmael）：对于闭门不出的乡民而言，他是唯一有资格把远方经验带回村庄的人。[1] 现实赋予了他极大的权力，他在讲述自己的亲身经历，甚至杜撰的故事时，其合法性不会受到任何的怀疑。也就是说，他在讲述的过程中始终信心十足，踌躇满志。可是今天，由电视、报纸、互联网等所构建起来的信息传播网具有神话般的魔力和能量，在呈现远方故事、消息时，无所不包，无远弗届，成为我们这个时代的"超级叙事者"。

这一特殊的现实对文学写作的影响，可以从以下几个方面加以描述。首先，写作者在表达其经验时的信心受到严厉的打击。面对现代传播手段所培养和塑造的读者，你所提供的经验信息，他或许早就谙熟于心，这些读者不再是特殊经验的饥渴的搜寻者，而是过剩信息的消费者。我们只要对当今一般朋友聚会中的故事讲述过程进行一番观察，即可透彻地理解这一点——讲述者因为担心他的故事为听众熟知所显示出来的犹豫，使得讲述这一行为变得十分尴尬，讲述者不得不尝试着先讲一段，然后询问他的听众是否听过。由此

---

[1] 以实玛利（Ishmael）是《白鲸》（*Moby Dick*）的叙事者，作为故事中唯一的幸存者，他向读者报告故事的始末。参见麦尔维尔：《白鲸》，曹庸译，上海，上海译文出版社，1990年。

可以看出，如果写作在今天依然是一种经验的交换，那么作者仅仅是一个相对意义上的经验陈述者。这同时也涉及故事讲述效果的贫困化：博人一笑并不容易，蕴含道德教训于其间则更显虚妄。今天作者的叙事口吻不是全知全能的讲述，不是说教，甚至都算不上是经验的提供者，这在一定程度上也带来了叙事伦理中冷漠的相对主义。正如本雅明所指出的那样，我们对人对己都已无可指教，无可奉告，作者所能提供的不再是什么真理或真知，而恰恰是自己的困惑。我们也许不得不去面对与卡夫卡相似的处境：通过死守真理的可传达性，而牺牲掉真理本身。[1]

其次，由于作者本人在大众传媒的塑造过程中也不能全身而退，他所拥有的经验也越来越不具备具体可感的质地。对于一部分作者而言，写作过程变成了从阅读到阅读的过程：作者通过浏览互联网，阅读图书，观看电影，获得某些信息，然后再通过一定的修辞手段将它重新变为阅读对象。今天的作家习惯于依赖互联网的新闻，或大量的电影光碟获取写作材料，进而进行拼贴式改写的例子并不罕见。毫无疑问，作者是这种同质化经验的牺牲品，但同时他的写作反过来又加剧了这种同质化的倾向。

如果我们对当今经验同质化的问题进行进一步的考察，还必须注意到另一个也许更为重要的因素，那就是社会分工对主体经验的影响。卡夫卡在《中国长城建造时》这篇小说中，非常形象地揭示了局部与整体、经验与意义之间的复杂纠缠。

对于每一个长城的建造者而言，他们的工作只是一辈子经年累

---

[1] 瓦尔特·本雅明：《论卡夫卡》，见汉娜·阿伦特编：《启迪》，张旭东、王斑译，136 页。

月地、一块接着一块地往城墙上砌砖。他们能够看见砖石、泥灰和脚手架,唯独看不到长城的全貌。卡夫卡笔下的万里长城有点类似于巴别塔,据说永远不会完工,而建造这座长城的目的和意义,也许只有帝国的统治者(上帝)才能知晓,而上帝的存在本身即是一个令人焦虑的疑问。这就是卡夫卡令人震惊的悖论。作者不仅细致地描绘了个体劳作的无目的、无意义和种种荒谬性处境,同时也考虑到了统治者(上帝)所给予劳动者的想象性补偿。建造者远离家乡,一辈子被束缚在由砖石构成的巨大迷宫中,毫无疑问会产生绝望和懈怠,甚至有可能对整个世界都失去信心。统治者为了保证劳动和生产效率,或者说为了给枯燥乏味的劳动增添一些新鲜的刺激,他们想出了分段而筑的办法,一旦建造者在某一个地方待得太久而产生了厌倦,他们就会被换往别的工地,沿途的风景与见闻,以及陌生地域的新鲜感会暂时抚慰他们的烦躁。[1]

在今天的社会现实中,由于劳动分工的进一步细密化和经济的专门化,用亚当·斯密的话来形容,即使在生产一根针的过程中,也会出现复杂而细致的分工。工人们同样面临卡夫卡小说中那种百无聊赖的处境,同样面临局部与整体的疏离,面临经验的破碎化和意义的匮乏。举例来说,在1980年代前的中国农村,生产粮食的行为意味着生产者必须经历由选种、育苗、施肥、除草、灌溉,到最终收获、贮藏等一系列的过程。农作物的生长与节气、时序、风霜雨雪都有着十分重要的关联,经验作为一种略显神秘的知识,在其中扮演的角色可想而知。每一环节不仅需要付出劳动的艰辛,同时

---

[1] 参见弗兰兹·卡夫卡:《中国长城建造时》,见《卡夫卡小说选》,叶廷芳译,北京,人民文学出版社,1994年。

也寄托着生产者的情感。而今天，种子公司、农药公司、收割机械的定时介入，使农民的身份也发生了变化，他们变成了看不见的机械流水程序中的一个环节。生产者的经验本身，也已大大地贬值。他们甚至不再是纯粹的生产者，而成了事实上的土地出租者。他们甚至不再介入生产行为，而是基于土地使用权限加入分成。

整体经验不可阻挡地碎片化这一事实，发生在我们日常生活中的每一个领域。附着于劳动过程的那种奇迹的"辉光"早已黯然失色。正因为如此，我们似乎完全可以理解，《鲁宾逊漂流记》的主人公克鲁梭，在荒无人烟的海岛上制作面包时的陌生化喜悦。笛福为了重现传统生产行为，将经济时钟人为地回拨到过去，将他的主人公放置于一种与世隔绝的原始环境中，似乎只有在那里，劳动才可以被表现为富于变化而又鼓舞人心的。[1] 在现代劳动分工中，我们的个人经验的完整性受到巨大威胁，现代社会的组织周密而完备，自动化，程序化，使个人面临的刺激和新鲜感大大减少，每一个劳动者不管他从事何种行业，他们作为现代生产工序庞大流水作业过程中的一个环节，其处境大同小异。这就使得他们的经验束缚于某一个局部，甚至是局部的局部，他们日复一日地重复卡夫卡笔下长城建造者同样细碎的劳作。

经验与意义产生的分离所带来的同质化，也需要某种代偿机制的介入。正如卡夫卡所发现的那样，长城建造者由于繁琐机械的劳作而产生的绝望，呼唤着一个安慰的机制。统治者使工人反复迁徙以刺激他们的感官，今天的劳动者也需要这样一个刺激或补偿，以

---

[1] 参见伊恩·P. 瓦特：《小说的兴起》，高原、董红钧译，75页，北京，三联书店，1992年。

弥补经验遭到压缩的生存处境。伊恩·P. 瓦特将这种补偿称为一种代用经验。在今天，这种代用经验在相当程度上由报纸、电视、互联网、旅游为代表的文化娱乐网络所提供。每一个个体在机械性的工作之外（包括假期）都可以获得这一网络所提供的五花八门的想象性满足。不过，在阿多诺看来，作为一种文化产品的娱乐业，实际上也已经被程式化了。在发表于 1941 年的那篇著名论文《论流行音乐》中，阿多诺富有洞见地揭示出整个娱乐文化的基本特征，那就是标准化（standardization）。阿多诺认为，流行音乐的整体结构、形式和细节都是标准化的产物：

> 作为差异的结合：在贝多芬和其他的优秀严肃音乐中，细节实际上蕴含着整体，并导致对整体的诠释，而且同时它在超越整体概念之外的领域得以产生。在流行音乐中，这种联系纯粹是偶然的，细节与整体没有关联，整体是作为外在框架呈现出来的。[1]

在阿多诺看来，任何一个流行音乐的细节与其他作品都可以进行局部的互换，就如同汽车零配件可以进行互换一样。同任何装配线上的机械产品相类似，流行音乐也受到资本主义工业标准化的制约，人们可以随时替换节奏、速度、节拍和乐器的编排，这就导致了虚假的个性。阿多诺认为，"被称为即席而作"的爵士乐在流行音乐中提供了最夸张、最有欺骗性虚假个性的范例。[2]

---

[1] 转引自伯尔纳·吉安德隆：《阿多诺遭遇凯迪拉克》，见吴士余主编：《大众文化研究》，215 页，上海，上海三联书店，2001 年。
[2] 同上书，214－215 页。

西方 18 世纪初出现的文化消费产品（主要是新闻和小说）仅仅作为一个经验的代偿，给个体枯燥乏味的闲暇生活带来某种慰藉和想象性满足，正如伊格尔顿所说的那样："如果你没有金钱和闲暇去访问远东……那么你总还可以通过阅读康拉德（Conrad）或者吉普林（Kipling）的作品去间接地'经验'它。"[1] 可是到了今天，庞大的文化工业则更具有侵略性的控制力。实际上，无孔不入的资本将对个体在工作时间的那种控制，延伸到了他们的闲暇时间。文化产业中的工业标准化不仅满足了厌倦、缺乏新鲜感的个体的需求，同时也强化了消费者的依赖性。在这样一个产品、消费的双向运动的内部，消费者与文化产品之间也进行着由厌倦到新鲜，再由新鲜到厌倦这样一个恶性的循环。这种循环迫使文化工业不断"创新"，生产更多的产品。事实上，"流行"这个词语本身，即暗示着它一定会过时，或者更进一步来说，成为流行文化的首要前提，就是必须让它很快过时。这也反映出流行文化所带来的消费产品"即用即弃"的特征，文化工业对受众的控制越来越明显，他们甚至把有意识地培养和塑造受众，看成是他们文化工业产业链的重要组成部分，而所谓的"创新"不过是一种带有欺骗性的策略而已。

经验的同质化趋势，已经弥漫于我们日常生活的几乎所有领域。它不仅使得主体性、独异性、个人化等一系列概念变得虚假，同时也在败坏我们的文化消费趣味。个人选择的自由，在反讽的意义上当然还是存在的：你在更换电视频道的时候，很显然你是自由的；当你决定选择哪一条路线，去哪一个具体的目的地旅游时，你当然也是自由的。你甚至还可以拥有更多拒绝的自由，正

---

[1] 特雷·伊格尔顿：《二十世纪西方文学理论》，伍晓明译，25 页。

如法国的德塞都所倡导的那样：你可以不看电视，不读报，不去旅游，不选择任何一种交通工具出行……但德塞都所推荐的这个药方本身就充满了喜剧性：拒绝的后果之一，你只能将自己变成一个怪物，重新回到蒙昧时代。

在今天的文学写作中，个人所谓"独异性经验"也不能说完全不存在，但这种特殊经验在何种程度上是一个同质化经验系统的变体，却很值得警惕。你当然可以杀死一头牛，赤身裸体地钻入牛腹，然后再从牛腹中钻出来，从而完成一次名为"诞生"的行为艺术事件。如果将这一行为和形形色色的当代行为艺术事件，放置到一种机制和话语的系统中去考察，其独特性是不堪一击的。因为一切经验都是话语的产物，我们所拥有的经验本身即是社会意识的一个部分。我们已经知道，在某种意义上，经验无时无刻不受到话语的干预和控制，甚至当你在极力摆脱这种控制时，它依然在起作用。我们在声称自己拥有某种特殊的经验时，只不过是在说明我们拥有一种语言的容器，可以将经验容纳其中。因此，与其将写作看成是召唤或复述个人经验的表述过程，还不如将它视为一种生产过程，视为不同话语纠缠的过程，经验的领域从一开始就是一个充满复杂意识形态斗争的场所，我们需要甄别不同的话语加之于其上的印记，从而避免写作的自动化。

在我看来，追求特殊性的经验本身没有什么意义，重要的是我们的经验如何在语言的上下文语境中和复杂的文化系统中得到确认、留下印记并产生特定的意义，这才是当代写作需要面对的迫切问题。

规训与遮蔽

李清照在《金石录后序》中有这样一段文字：

> 建炎戊申秋九月，侯起复知建康府。己酉春三月罢，具舟上芜湖，入姑熟，将卜居赣水上。夏五月，至池阳，被旨知湖州，过阙上殿。遂驻家池阳，独赴召。六月十三日，始负担舍舟，坐岸上，葛衣岸巾，精神如虎，目光烂烂射人，望舟中告别。余意甚恶，呼曰："如传闻城中缓急，奈何？"戟手遥应曰："从众。必不得已，先弃辎重，次衣被，次书册卷轴，次古器。独所谓宗器者，可自负抱，与身俱存亡。毋忘之！"[1]

时值靖康之乱，金兵攻陷京师，大宋江山半已沦落，李清照独自一人照料着丈夫赵明诚所藏书画、古器，计有十五车，狼狈南奔，

---

[1] 李清照：《金石录后序》，见《李清照集》，71页，北京，中华书局，1962年。

闯东海，渡淮河，涉长江，遂至建康（今日之南京），其中千难万险自不待言，到了第二年九月，赵明诚起复知建康，后又知湖州，夫妻二人羁旅他乡，于家亡国破之际凄然作别。

引文中"余意甚恶"颇值得玩味。"恶"的第一层意思当然是"坏"，亦即心绪大坏，悲戚难禁。国难当头，夫妻诀别，自然是应有之义，不待详辨。联系到赵明诚"精神如虎，目光烂烂射人，望舟中告别"，不发一言之情状，这个"恶"字在无限的惜别和伤痛之外，当然也有女性的幽怨溢于言表。在如此危难关口，赵明诚对妻子的归宿竟然未作任何指示，所以才会有下面情急之中的"呼"（大喊）。李清照的问题问的是，如果遇到不测（金兵陷城），我该怎么办？赵明诚不仅给出了答案，而且十分具体。"从众"二字似乎有点不负责任，又有些无可奈何。关键是后文的"缓急顺序"。从赵明诚所列出的这个等级次序（按价值的大小轻重，由低到高渐次排列）中，不难看出他的价值取向：

辎重（旅行器具）—衣被（生活必需品）—书册卷轴（文化象征）—古器（赵明诚经年所积钟、鼎、盘、彝之物，上合圣人之道，下订史家之失）—宗器（祖传神器）。

这是赵明诚所排的顺序，也是中国古代宗法制社会一般读书人可能会给出的普通答案，当然我们今天可以追问（正如宇文所安先生所提出的那样）：如遇缓急，李清照本人如何处置？[1] 在所有这些器物的排列之中，作为一个女性的李清照，其位置又在哪里？赵明诚当然给出了与宗器共存亡的指令，其着眼点恐怕仍然在于"物"——宗器，人不过是保护它的手段而已。我们也可以这样说，

---

[1] [美]宇文所安：《追忆》，郑学勤译，107 页，北京，三联书店，2004 年。

在宗器与人的选择中，孰先孰后，赵明诚不再细分，由此我们联想到后文"然有有必有无，有聚必有散……所以区区记其始终者，亦欲为后世好古博雅者之戒云……"[1]这样一类意味深长的话，联想到后来李清照颇遭人诟病的改嫁一事，前文"余意甚恶"四字不啻是在中国传统文化话语厚重的铁幕上刻下了锋利的一刀。

可惜的是，由于李清照文字的含蓄沉潜，更由于话语对于阅读的规约，我们在欣赏《金石录后序》这个蕴含女性意识自觉的文本时，难以觉察它的锋芒所向。女性经验遭到压抑、遮蔽的现象，亦非中国所独有，这是以男权为中心的传统话语的馈赠。正是从这个意义上，20世纪文学理论的变革中，女性主义的兴起才会被学术界普遍看成是一个里程碑式的事件。

我的意思还不止于此，正如赵明诚会不假思索地为自己的所藏之物分出等级次序，意识形态话语也一直在试图为我们人类的经验定出等级。最为明显的例子当属一般历史教科书对历史事件的记述。在具体的历史进程中，发生的事件十分繁复庞杂，但哪些事件可以进入历史的记载？依据怎样一个逻辑次序排定这些事件，赋予它们怎样的因果联系？这不仅涉及史书作者的文化立场，也涉及影响作家的一般文化、社会、政治话语，同时也受制于历史记述这样一种写作方式内在的规定性的约束。

米兰·昆德拉曾经将小说与历史写作，作为对立的两极加以区分。言下之意，似乎历史记载的总是大事，而小说则关注小人物和种种小事的细微末节。他进而声称，如果有朝一日欧洲的历史全部亡佚，只要小说还存在，就可以依据小说的记述将历史复原。虽然

---

[1] 李清照：《金石录后序》，见《李清照集》，71页。

昆德拉的描述有一定的道理，但颇具讽刺意味的是，他显然也在历史与小说之间划出了等级，认为小说由于体裁之别，天然地比历史更为真实。这样的一个潜台词当然是错误的。与历史书写一样，小说对经验的处理同样受到观念和意识形态话语的影响和左右，这种控制主要来自以下三个方面：

其一是经验的等级；其二是在许多单列的事件中强行建立联系（主要是因果联系），让它成为一个富有逻辑的叙事；最后，赋予叙事以一定的文化意义。

社会的文化和控制系统总是有一种倾向，给我们的经验特别是我们所遭受的磨难、痛苦和威胁划定等级，从而用"大道理"来压服"小道理"，用普遍的、显见的经验来遮蔽那些尚未进入公众意识的、隐秘的体验。在斯皮瓦克看来，二次大战的屠杀和斯大林主义曾经就是这样的创伤话语。[1] 这些创伤话语的巨大吸引力就像一个漩涡，不仅将一切裹挟进去，甚至将存在于国别、民族、阶级、个体经验中虽细微但具体可感的痛苦、屈辱，立刻变得可有可无、无足轻重。阿多诺甚至下过这样一个著名的判断：在奥斯威辛集中营以后，再写诗就是一件残忍的事。即便考虑到这句话的隐喻方式和象征意义，这样的断语依然是荒谬的。因为奥斯威辛集中营灭绝人性的大屠杀事件，作为人类历史上的灾难，并不是一个独一无二的特例，此前曾无数次发生过，此后谁也不能保证将会绝迹。

在中国的近现代文学发展历程中，启蒙、救亡、革命等激进主义话语占据了意识形态舞台的中心，使其他种种异质的经验受到压

---

[1] 参见《警觉的策略：盖亚特里·斯皮瓦克访谈录》，转引自安吉拉·默克罗比：《后现代主义与大众文化》，田晓菲译，170页，北京，中央编译出版社，2001年。

抑。白话文运动和五四文学革命自有其历史功绩,但它如同任何一种中心话语一样,未尝不具有压抑的性质。陈独秀的《文学革命论》,将先秦至明清的全部文学(《诗经》、《楚辞》、施耐庵、曹雪芹或不在其中)统统归入所谓"贵族文学""古典文学"和"山林文学",所有这些文学皆"有肉无骨,有形无神……目光不越帝王权贵、神仙鬼怪……盖与吾阿谀、夸张、虚伪、迂阔之国民性互为因果",[1] 故而一概在排斥、清除之列。

西方的反核运动将不同族群、阶级的人吸引到一起,给予他们虚假的平等,从而弱化压迫者和被压迫者的真实关系,而反殖民主义运动则将自己的基石建立在殖民与被殖民的二元对立基础上,从而忽略了殖民主义作为一种权力话语的复杂内涵,尤其是在被殖民者内部通常具有的压迫状况。

在今天中国的现实境遇中,也充斥着大大小小、形形色色的各类话语,比如帝国主义,民族主义,消费主义,反腐败,环境保护,动物福利,代际划分,后社会主义……诸如此类。而且所有这些话语也都依据一种看不见的轻重缓急,而被划出了等级。仅仅认识到这种话语规约的力量是远远不够的,当代写作如果说还有什么意义的话,在我看来并不是说要在这些压抑性的话语之后找到所谓真正的个人经验——这种个人经验,在今天实际上已经变得比母鸡的牙齿还要稀少,更不是说要完全忽略这些话语的存在,而是我们必须警惕,这些话语是以何种方式进入我们的意识,成为我们日常经验的一个部分,并将它视为写作的基本前提的。没有这样一种警觉和前提,写作就没有任何意义,因为它将会助长

---

[1] 参见陈独秀:《文学革命论》,载《新青年》,第二卷,第6号。

并固化这种话语的压抑和遮蔽力量,从而造成写作的程式化。

除了经验的等级之外,话语和意识形态的控制还表现在其他方面。比如,通过这种话语,在我们日常生活中所有的单独事件之间,强行建立联系,并赋予它特定的意义。任何一种个人经验,都可以通过科学、社会学、统计学、心理学等话语的介入得到完全的解释。在今天的话语结构中,意义并不是实践和经验的总结,而是在行为之初即已被预先决定。从写作上来说,经验不直接产生意义,而是必须将经验放置到文化话语的结构中,去搜寻早已被决定的意义。借用福斯特的那个著名的比喻,王后之所以会死去,必须与国王死去后的伤心过度之间建立联系,事件才会最终变成情节。在我们这个社会中,由于文化、社会和政治话语的力量过于强大,实际上并不存在"事件",存在的只是"情节";并不存在经验,存在的是经验被建立联系后的"意义"。

正如鲍德里亚所说,我们生活中的每一个细枝末节,都预先被文化化、奇观化了。消费社会的特征之一,就是在"商品"与"生活意义"之间建立联系。你购买了一辆汽车,并不是仅仅选择了一种交通工具,并享受它的便捷与舒适,而是购置了一种被奇迹化的感觉和与众不同的"意义";你还尚未进入电影院,电影作品的意义已经通过广告预先进入了你的大脑——不管你最终是否同意广告的说法,欣赏电影的过程实际上已变成了对消费期待的印证或反证过程。一旦某种经验和行为被命名,命名就取消了任何意义的悬置和犹疑,并取消了它暧昧不明的阴影。

在今天的社会中,命名与归类的力量比以往任何一个时代都更为强大。我们生活在一个意义到处泛滥的时代:没有悬搁,没有延宕,没有暧昧不明。

举例来说，文学和艺术上的"超现实主义"运动在其发端之初，首先是作为一种政治的吁求而出现的，在巴黎一度还爆发了街垒战。这场运动中的政治意图和强烈的社会批判性、它带给公众的震撼效果一度超越了文学艺术的领域。可是在后来的发展中，这场运动的意义得到了归类，至少在文学史的描述中，它被刻意地表述为一种技术及修辞的革命，并作为一种风格化的叙事手段得到后世的确认和继承。所有参与这场运动的艺术家也获得了相应的地位，比如早期的活跃分子达利、布努艾尔、布勒东等人，市场也给予了他们一定的份额。从某种意义上说，吸纳就是瓦解。正因为如此，布努艾尔在其晚年的回忆录《我最后的叹息》中坚持认为，超现实主义是一场失败的运动，正因为它的成功导致了它的失败。[1]

因此，文学与意识形态之间的关系，在一定程度上就是控制与反控制的关系。历来如此，从未变更，只不过在今天它变得更为隐秘、更为复杂而已。

---

[1] 路易斯·布努艾尔认为，超现实主义在次要的方面获得成功，而在主要的方面则失败了。次要的成功使布勒东、艾吕雅等人跻身于 20 世纪最重要的作家行列；让达利等人成为价格最高的画家。而这次运动旨在变革世界和改变生活的政治愿望，则被人遗忘。参见布努艾尔：《我最后的叹息》，傅郁辰、孙海清译，124 页，北京，中国广播电视出版社，1992 年。

陌生化及其后果

主流意识形态通过权力知识的话语和传媒手段，对个人经验的规训如此强大，如何对其进行反控制，从而避免主体性的丧失和写作的自动化就成为一个重要的理论问题。发端于 1915 年前后的俄国形式主义对这一问题进行了系统而深入的研究。在许多方面，俄国形式主义对后来的结构主义、法兰克福学派的文化工业理论都产生了重要的影响。什克洛夫斯基《艺术作为手法》[1]一文被认为是形式主义的宣言和代表文献。

在这篇论文中，作者首先对经验的独创性问题进行了富有洞见的辨析。在他看来，经验（形象）的独特性本身即是一个疑问。什克洛夫斯基特别关注不同作家经验表述之间的互文性，也就是说，某些看似独特性的形象不过是原封未动地从其他作者那里借用的，

---

[1] 参见茨维坦·托多罗夫选编：《俄苏形式主义文论选》，蔡鸿滨译，北京，中国社会科学出版社，1989 年。

写作在一定程度上并非寻找或创造新的形象,而是通过特殊的手法将这些形象(或被语言化的经验),进行重新安排,以体现作家的创作意图。他进而宣称,手法之外无材料,形式之外无内容。什克洛夫斯基将"手法"与"形式"置于首要地位的目的,是为了反对日常生活经验及其呈现过程的"代数思维"和"自动化"。

他敏感地意识到,因为事物的意义总是被语言所固定,实际上我们在日常生活经验中根本看不到任何事物,正如他所引用列夫·托尔斯泰的那句名言所指出的那样,如果许多人的复杂的一生都是在无意识中匆匆过去,那就如同一生根本没有存在过。这种自动化导致了我们感觉的钝化和麻木,而作者开列的药方就是著名的"陌生化"理论。在他的逻辑中,艺术手法和文学形式的目的就是为了使我们赋予太多意义的事物重新陌生化,使形式变得困难、复杂和模糊,从而增加阅读的困难,避免作品被读者一次性地、节约化地消费掉。用什克洛夫斯基本人的话说,要创造事物的特别感觉,创造它的"视觉",而非它的识别。

然而,陌生化并非让事物变得面目全非,而是让事物的本来面目得以呈现。一双鞋子在我们日常经验中被赋予了恒定的意义,而所有这些意义都是工具性的,如它的可穿性、舒适度,鞋子的款式和式样等等,可是当画家(比如凡·高)通过绘画的艺术手段将一双穿坏了的鞋子(它已没有了使用价值)呈现在我们面前时,鞋子即从日常生活中被疏离了出来,变得让我们陌生了,正是这个过程向我们显示了它的本真状态。关于凡·高的这双"农民鞋",20世纪的文学理论进行了太多的诠释,有些解释甚至带有神秘主义性质。

什克洛夫斯基在强调手法和形式设计的同时,也将"感觉"置于重要地位。在他看来,艺术和文学的功能之一是感觉事物,而非认知事物，是表现在文学生产过程中感觉真实，而非这一过程的认识论。这几乎立刻使我们联想到普鲁斯特对于感觉真实的强调。需要说明的是，陌生化作为一种创作方法，并不是什克洛夫斯基等人的发明，从《荷马史诗》、薄伽丘，到马拉美，就西方文学的发展过程而言，陌生化从来都是文学创作的固有手段之一，甚至也可以说，文学的发展历史实际上就是不断陌生化的历史。但作为一种理论的集中表述，特别是由于它的现实针对性，陌生化理论对包括布莱希特的戏剧理论在内的几乎所有20世纪的文学变革都产生了深远的影响，当然也出现了许多有意无意的误解。

另外，我们也注意到，现代主义的诸多实践及其后果，已经与什克洛夫斯基的本意相去甚远。

首先，陌生化的理论虽然具有一定的革命性和前瞻性，但总体而言，它是建立在对于全部文学史现象总结和重新定位的基础上的，它并未抛弃和割裂传统，而是试图对传统加以重新解释，进而将文学演变的规律揭示出来，它所提出的陌生化的典范性例证并非未来主义和其他前卫作家，而是列夫·托尔斯泰和高尔基。正因为如此，什克洛夫斯基认为，几乎有形象的地方就有陌生化。可是，这样一个重要论断，被后继者故意忽略了。

其次，陌生化不是后来的许多作家和学者所错误理解的怪诞、离奇、乖僻的同义语，它是希望把经验和事物从各种功利性、被遮蔽的语言方式和习惯中解放出来，通过疏离这一手段，恢复我们对事物的感知，而非曲解，更不是一味地追新逐异和变形。

再次，什克洛夫斯基十分强调具体文学历史进程中通俗文学、民间文学特别是方言的作用。通过对民间寓言、方言、口头文学的借用，来达到陌生化的效果，是他所倡导的陌生化的常见方法。也就是说，把文学传统中被遮蔽的、不入流的形式上升为正宗，来实现陌生化，为我们找到排除遮蔽和种种话语成见并抗拒"异化"的文学之路。

因此，在我看来，陌生化理论是一种"强调性"的理论，而非像某些学者通常所理解的"颠覆性"理论。作为 20 世纪文学理论的重要源头之一，它在许多方面都被极端化甚至被滥用了。

记录与超越

在日常生活中，一个人因失恋而自杀（失恋的原因因人而异，自杀的方法也不尽相同），这个简单的事件中即包含着一个完整的故事构架。这样的事每天都在这个世界上发生，我们在报纸电视和互联网上也时常可以看见这样的新闻。由于这样的事件太过常见和平凡，我们在浏览这样的新闻时，也许会多少显得心不在焉。甚至我们在互联网的新闻栏目里，看到类似事件的标题，有可能根本不会去点击。然而我们只要回顾一下文学史，就可以吃惊地发现，类似的事件在过去曾经一直是文学的重要题材。形形色色的爱情悲剧，哺育了一代又一代的诗歌、戏剧和民间故事的写作，也产生了《罗密欧与朱丽叶》《少年维特之烦恼》《红楼梦》《梁山伯与祝英台》等伟大的经典，震撼了一代又一代读者的心灵。同样的事件为什么会在历史与现实的表述和阅读中出现如此大的反差?[1]

　　当然我们可以从不同的角度去揭示其原因。比如说，媒体高度发达、信息传播造成的泛滥和过剩，在相当程度上钝化了我们的感觉，而在传统社会中，事件的数量与传播的可能性都受到局限；也有人试图从文学和新闻不同体裁的区别角度去理解这一问题。有人说，新闻不过是一种记录和再现性的形式，它是对一个事件单纯的复现，而文学则是一种表现性的形式，较之于新闻，其感染力当然不能同日而语。可是，我们即使姑且同意这种解释，问题还是没有得到完全解决。我们不妨进一步提出这样一个疑问，单纯的因失恋而自杀的事件在今天的写作中到底在多大程度上仍然是作家写作的题材？或者说当一个作家将这个故事写成小说，它与新闻写作所带给我们的阅读感受到底有多大的不同？

　　瓦尔特·本雅明曾试图将文学与新闻在题材的规定性、写作方式、阅读效果等方面进行某种区分。本雅明的结论是，文学就内涵而言，其容量要大于新闻。假如新闻是一杯水，那么文学的水一定会从杯沿溢出来。新闻是一种短时效的消耗品，它是即用即弃的，我们读完一则新闻，意味着完全占有它，获悉事件的起始、发生、发展和结果及其影响等所有信息。也就是说，新闻是可以被完全消费的阅读对象，没有什么剩余。而文学创作则不同，在某种意义上，它可以被消耗，但真正的文学作品往往不能被阅读所穷尽。当我们读完一部小说时，我们固然已经消费了它，但总有一些不便消化的硬核会存留下来，既然如此，我们马上要问，这个硬核到底是什

---

[1]　关于这方面的问题，耿占春在《我们为什么要有叙事》一文中有过重要论述。参见耿占春：《我们为什么要有叙事》，见《叙事美学——探索一种百科全书式的小说》，郑州，郑州大学出版社，2002年。

么呢？

本雅明在这个问题上语焉不详，但他还是给出了自己的答案：某些不可解释的疑团或矛盾。[1] 假如真的如此，我们在写作中故意制造一些神秘难解的疑团，就像詹姆斯·乔伊斯曾经尝试过的那样——故意拼凑字母甚至不允许编辑去修改,[2] 从而给批评和阅读人为地设置障碍，我们这么做是不是就可以保证所谓的"文学特性"了呢？本雅明是在象征的意义上来解释这一区别的，他的论述中的确包含着某种真知灼见，但总体上仍然不能让人信服。

与本雅明一样，俄国形式主义一度将文学内在的规定性表述为所谓的文学性，但是什么是文学性呢？今天的新闻写作与文学写作的界限较之于本雅明和什克洛夫斯基的时代，已发生了很大的变化。一方面，新闻写作大量地吸取了几乎所有的文学表现手段，比如说时空倒置、插叙、提前叙事、重复叙事、反复叙事等等。这些本来属于文学的技法，新闻写作者早已得心应手。在激发读者的思考方面，新闻写作者也一改过去的冷漠和中立，只要有必要，他们可以随时增加情感的浓度，从而提高新闻作品的感染力。由于"后新闻"这样一个概念的出现，许多新闻事件的采写在引人入胜方面并不逊色于小说。另一方面，为了增加文学的所谓客观性，文学特别是小说，实际上也在向新闻学习，作者故意弱化作品的虚构特质，从而模拟新闻事件的纪实笔法，让事件来讲述

---

[1] 参见瓦尔特·本雅明：《讲故事的人》，见汉娜·阿伦特编：《启迪》，张旭东、王斑译。
[2] 詹姆斯·乔伊斯在《尤利西斯》中，通过故意拼错字母或颠倒文字与读者为难。但"乔学"研究界普遍认为，至少部分错讹的文字，是由于首版时不精通英文的排字工人疏忽所致。

自己。在这方面，美国作家诺曼·梅勒后期的一系列新闻小说堪称典范。

如要较为深入地说明这一问题，单纯从体裁的规定性角度来探讨是远远不够的，我们必须从文学的功能性入手，并将之充分地历史化。

文学在社会中承担何种职能？它的功能和意义如何？我们为什么需要这样一个以虚构为主的叙事方式？这个问题没有固定不变的答案，恰恰意味着文学的功能是随着历史的变化而变化的。我们只能考察文学原先是什么，曾经是什么，现在是什么，它的前景如何。从来就不存在一个本质主义的文学功能或意义。即便在今天，我们多少还抱着通过文学来对抗意识形态的天真幻想，但我们或许忘记了，文学本来就是一种典型的意识形态，它本身就是历史与文化构建的结果。同样的道理，像许多文化虚无主义者所做的那样，我们简单地宣布文学死亡，将这样一个存在了数千年之久的事物从我们的记忆中抹去，也没有什么意义。为了便于讨论，我们不妨将广义的文学缩小到叙事文学的范围内来专门加以观察。

众所周知，小说在西方18、19世纪所取得的辉煌成就仅仅是一个文学史特例，它并非历来如此。事实上，从《荷马史诗》一直到18世纪初的社会生活中，我们今天所说的文学或小说并没有什么特别的重要性。与音乐和绘画一样，文学长期以来一直蛰伏于宗教和权贵的巨大阴影之下，文学与宫廷教会和贵族保护人的供养有着千丝万缕的关系，这种供养关系所指的不仅仅包括寄食意义上的金钱关系，同时也暗含着一种使文学写作合法化的保护机制。直到17世纪初期，我们从塞万提斯写给贝哈尔公爵的那封卑躬屈膝的信中，仍可以看到当时社会的这种普遍风习。[1]

同时，文学的社会性内容也受到一定的压抑，对世俗生活的记录或对个人经验的描述尚未成为文学的重要使命。不论是埃斯库罗斯，还是索福克勒斯，其作品中的世俗社会，与神话或宗教世界是须臾不可分的。这倒不是说他们的作品中没有个人经验的呈现和表述，而是这种表述是在神话的结构下展开的，同时与集体和社会的经验难以区分。悲剧的发生总是与不可知的命运、必然性以及上帝的存在纠缠在一起。在中世纪，薄伽丘和乔叟的写作预示着悲剧中的上帝形象开始向世俗显贵人物转移。按照雷蒙·威廉斯的描述，悲剧的重点已经从亚里士多德的"幸福与苦难"转向世俗社会的"成功与失败"，而"命运越来越多地指涉世俗的成就"。[2] 但从总体上看，对上帝的信仰仍然主宰着悲剧的最终和解。而到了文艺复兴之后，文学对于世俗经验的描述的比重进一步加强，悲剧发生的动力从命运的逻辑和上帝的意志变成了个人选择性的行动，特别是这种行动在道德上的过失和瑕疵。

从文学的功能方面来看，它与宗教一样，都是超越现实的伟大的激情。对现实生活的认识的局限性，生活中的巨大不幸、失败、受到挫折的欲望、受到压抑的痛苦等种种现实缺陷要求文学给予解释，形成升华或完成超越。只不过，这种超越往往是象征性的，是作为一种代偿的机制而出现的，不可能获得理性的证明。和宗教活动一样，超越的途径是一种想象性的和解与欲望的满足，具有一定的仪式性。在西方悲剧常见的形式中，威胁的解除和欲望的满足都

---

[1] 参见《堂吉诃德》卷首塞万提斯给贝哈尔公爵的献辞，见〔西班牙〕塞万提斯：《堂吉诃德》，杨绛译，北京，人民文学出版社，1987年。
[2] 雷蒙·威廉斯：《现代悲剧》，丁尔苏译，13页，南京，译林出版社，2007年。

由于最后上帝的出现或暴力政权的更迭而获得解决。当然，在西方文学史中，未曾达成和解的悲剧也并非不存在，可是按照尼采的观点，未能和解本身就是一种和解，它所体现的正是上帝的意志，它所反映的恰恰是对上帝的确信和敬畏。

在阿拉伯著名的《一千零一夜》中，我们也可以清晰地看到文学代偿性安慰机制的重要性。在假托由谢赫拉扎德所讲述的故事中，不管主人公的经历和遭遇如何充满凶险，曾经出现过怎样的挫折、失败和幻灭，但到了故事的最后，绝大部分结尾总是以和解结束，历尽艰险的主人公几乎无一例外地"过着如意、快乐、舒适的幸福生活，直到白发千古"。[1] 在中国古代的神话作品中，这样的例子也比比皆是，夸父逐日的结果显然是悲剧性的，但夸父被烧死之前所投出的手杖却变成了一个森林，因此这种失败未尝不可以被描述为一次胜利。即便是在《梁山伯与祝英台》这样家喻户晓的民间故事中，爱情悲剧因为一对从坟墓中飞出的蝴蝶而得到了想象性的补偿。

问世于17世纪的中国最重要的古文小说《聊斋志异》为我们考察这种超越机制提供了一个范本。陈寅恪先生曾经提出这样一个问题，为什么《聊斋志异》会出现在中国的北方，而非江南，特别是经济发达的江浙一带？陈寅恪的解释是：

> 清初蒲留仙松龄《聊斋志异》所记诸多狐女，大都妍质清言，风流放诞，盖留仙以齐鲁之文士，不满其社会环境之限制，

---

[1] 故事结尾的词句或有微小差异，但大意如此，这是《一千零一夜》故事套路的重要部分。参见《一千零一夜》，纳训译，北京，人民文学出版社，1958年。

遂发遐思，聊托灵怪以写其理想中之女性耳。实则自明季吴越胜流观之，此辈狐女，乃真实之人，且为篱壁间物，不待寓意游戏之文，于梦寐中以求之也。[1]

陈寅恪认为，《聊斋志异》的出现是社会环境压抑的结果，从而假托于狐女灵怪，对自身的经验和欲望进行宣泄、超越而升华。而在晚明时期的江浙地区，由于地方丝织品经济所造成的社会繁荣，特别是当时社会名流生活风习的政治性空间已有了相当自由度，吴越胜流已经可以在世俗社会中与那些"狐女"（比如柳如是等人）自由往来，不必像蒲松龄那样假托于梦幻了。

我们不妨以《聊斋志异》中的《鸲鹆》为例，来简要分析一下这种代偿机制在文学中具体实现的隐秘形式：

> 王汾滨言：其乡有养八哥者，教以语言，甚狎习，出游必与之俱，相将数年矣。一日将过绛州，去家尚远，而资斧已罄，其人愁苦无策。鸟云："何不售我？送我王邸，当得善价，不愁归路无资也。"其人云："我安忍。"鸟言："不妨。主人得价疾行，待我城西二十里大树下。"其人从之。携至城相问答，观者渐众。有中贵见之，闻诸王。王召入，欲买之。其人曰："小人相依为命，不愿卖。"王问鸟："汝愿住否？"言："愿住。"王喜，鸟又言："给价十金，勿多予。"王益喜，立畀十金，其人故作懊悔状而去。王与鸟言，应对便捷。呼肉啖之。食已，鸟曰："臣要浴。"王命金盆贮水，开笼令浴。浴已，飞檐间，梳

---

[1] 陈寅恪：《柳如是别传》，75页。

翎抖羽,尚与王喋喋不休。顷之羽燥,翩跹而起,操晋声曰:"臣去呀!"顾盼已失所在。王及内侍仰面咨嗟。急觅其人,则已杳矣。后有往秦中者,见其人携鸟在西安市上。毕载积先生记。[1]

在这篇短小的故事中,我们可以发现,主人公所面对的难题是既要返家,又不愿意失去心爱之物。这在日常生活中是不可能消除和解决的难局,现实境遇迫使我们只能取其一端。但这样的紧张关系,在蒲松龄的笔下,通过一只鸟的失而复得而获得圆满解决,这与其说是某种经验的呈现,不如说是对经验进行超越的尝试。在同时期的欧洲文学中,类似的故事比比皆是,而乔叟《失而复得的情人礼物》从故事到主题、寓意,简直与《鸲鹆》如出一辙。

到了18世纪末,现代意义上的文学概念开始在欧洲诞生,由于宗教的衰弱和资产阶级的日益强大,为了化解日益粗鄙化、程序化的功利主义意识形态危机,文学开始以一种全新的面貌出现,其功能在以下两个方面被加以强调:作为一种宗教替代品的价值系统;作为社会认同的一个重要安慰剂和黏合剂。同时文学的社会改造作用得到了前所未有的强化。另一方面,随着科技的进步和启蒙运动的深入,文学从一种神秘的经验开始转变为一个"科学化"的,可以被我们充分认知的知识领域,欧洲的大学相继设立了文学专业。

发轫于18世纪末的欧洲文学变革,与其说是对文学功能的重新发现,还不如说是对文学的强行"征用"。而中国近现代小说革命和

---

[1] 蒲松龄:《聊斋志异》,卷十四,1095-1096页,济南,齐鲁书社,1994年。

文学革命则毫无疑问受到这一变革的影响[1]，尽管两者之间的出发点、具体进程和后果都不尽相同（比如说，中国在殖民主义压力下的救亡与启蒙所带有的被动性质），但是有一点是共同的，那就是对文学作用的过分强调。小说这样一个形式，从"街谈巷议"和"残丛小语"等微末小技，一跃而成为关乎民族、国家存亡的关键。我们只要看一看梁启超写于1902年的那篇著名的《论小说与群治的关系》就可以大致了解这一观念的转变。[2]

现代意义上的文学不仅仅被看作是一种代偿。文学不仅仅是对个人困境与欲望的象征性的隐喻，更重要的，它对社会发展进程具有不可替代的作用。当然，对文学社会功能的认识古已有之（比如孔子的"兴、观、群、怨"之说），但在近代得到了进一步的放大。同时，从认识论上来说，哲学上的"反映论"亦将文学看成是社会认知的重要途径，文学被看成是对社会生活的一种反映。自然主义作为启蒙运动的延续，它强调作家应当细致地观察和描述当代社会，甚至是按照自然和社会本来的样态去描述社会。列宁在评价列夫·托尔斯泰的作品时，明确地使用了"镜子"这样的重要比喻。现实主义文学是作为对自然主义的更高级的超越形式而出现的，但是现实主义的文学观念，在对反映社会现实使命的强调方面，较自然主义有过之而无不及。文学的作者突然变成了一个带有明显科学主义特征的、严肃的社会生活的观察者和描述者，写作也随之变成了一

---

[1] 陈独秀在《文学革命论》中对中国传统文学基本持否定态度，其重要的依据，即为文学在近代欧洲文明史中所起的特殊作用。早在此文发表15年前，梁启超也注意到近代文学的社会作用，但观点与陈独秀不尽相同。
[2] 梁启超在这篇文章中，提出"欲新一国之民，不可不新一国之小说"的著名观点，并将文学的社会作用概括为熏、浸、刺、提四个方面。参见《论小说与群治的关系》，见《梁启超全集》，北京，北京出版社，1999年。

种社会记录。原先附着于文学身上的所有的神秘遭到了科学主义的"祛魅"。

而最为奇特的现象是,就中国近现代文学而论,文学作为社会启蒙者的主角,在提倡"科学、民主"等一系列话语的同时,也对自身进行祛魅,仿佛文学变革的最终的目的就是为了取消自己。从某种意义上说,文学将自身交了出去,服务于社会进步的具体进程,并受到"进步"观念的严格制约。文学将自己所有的成就和荣耀存入了社会发展的"银行",并希望从中获得利息回报的举动,固然可以被描述为一种历史必然,甚至是文学观念的进步,但它所导致的后果却是我们始料未及的。

具体来说,文学作为一种社会记录和反映甚至是干预机制,其作用和功能需要得到社会发展的成效来确认。可是当我们发现这个社会并未因文学的介入而变得更加美好,文学的社会记录行为,势必会陷入某种僵局或尴尬。正如前文所说,在过去,文学想象的安慰和补偿功能、对困境的和解,不管它曾经多么蒙昧,但至少我们在阅读作品时,它毕竟是完成并兑现了的;但在今天,社会的发展和进步、被压迫状况的消除、异化的缓解、环境问题的解决,在相当程度上是一种未来的许诺。也就是说,具体的个人所忍受的苦难在滤除了象征性、想象性的解决途径之后,文学所要求的"现实解决"从来没有、也不可能真正兑现。于是,个人被要求忍受他们实际上不能忍受的社会状况,其愿望和需求的满足,被社会无限制地推后了。因此在这个意义上说,文学即便不是一个被统治阶级利用并操控的意识形态,在它的忠实记录(这种记录以所谓的"真实性"为最高原则和目标)之后所留下的基本上是一个原样的世界。这就导致了加缪式的反省:文学的作用难道仅仅是为了告诉别人这个世界有多么凶残、冷漠、异化，多么令人恐惧，我们的主体性、个人自由的实现是多么遥不可及吗？文学写作的目的难道仅仅就是为了传播世界就要灭亡的消息吗？

如果在18、19世纪，在现代传播手段相对不发达的时代，作家在揭露社会政治、现实的真相方面尚有相当的作用，那么在今天，文学作为一种记录的权力，其本身也已陷入危机之中。关于这一点，我们从鲁迅先生关于"铁屋子"的比喻中，可以看到现代性焦虑的两难处境：如果不去唤醒那些沉睡的人，那么这些人终将湮灭；如果唤醒他们，他们也同样无处可逃。这与卡夫卡的著名比喻是一致的：老鼠的命运似乎只有两个，丧生于猫口，或捕鼠器。

除了无远弗届的传媒和新闻纪录之外，文学的社会认识功能也已受到了学院化体制、学科和知识系统的威胁。也可以这么说，我们如要对这个社会进行深入认识，除了求助于文学之外，新闻传播、社会学、经济学和法学都是可以选择的媒介。在传统教科书中，文学最重要的功能之一就是认识社会，这曾经是文学的当然权利，可是在今天，这一权利已经在相当程度上为其他学科的知识生产所取代。

我们不妨重新回到本节开头的那个问题。在今天，为什么曾经是作家们写作内在动力之一的"爱情故事"不会产生《罗密欧与朱丽叶》那样伟大的经典？我倾向于认为，主要的原因是，围绕这一事件的那个超越性的"光韵"已经不复存在了。由于科学主义的洗礼，我们对于"蝴蝶飞出墓穴"一类的隐喻再也不会信以为真。甚至，新闻中的殉情故事在科学主义的解释之下，似乎不再与我们的具体命运有什么特殊联系，当然也就不构成我们被压抑的困境的一种隐喻。它就是一个单列的事件，没有任何的悲剧存在，所有的不幸都是由于机构或某些个人的行为不当所引起,因而只能由个人和社会机制负责。因此,它只能在新闻中占据一个不太显眼的位置,如此而已。

内在超越

文学固然离不开对现实经验的陈述和描述——不管是直接描述，还是通过隐喻的方式来呈现，同时，文学也是对这种现实经验进行超越的象征。但在西方和中国的哲学和文化背景中，超越的方式有着根本的不同。余英时认为，西方哲学的主要兴趣，贯注在永恒不变的超越本体或真理世界，他们以思辨理性（speculative or theoretical reason）对超越世界进行静观冥想（contemplation），而不大肯注意流变扰攘的世间生活，"此在"与"彼岸"的神秘世界断然两截，而中国的"道"则注重内向的超越（inward transcendence）。中国的哲学、文学和知识系统具有某种向内超越的特色，儒家、道家，甚至包括禅宗，都讲究超世间而不离世间，王阳明诗中曾有"不离日用常行内，只造先天未画前"（《别诸生》）的说法，道家则更是如此，郭象注《庄子》也强调"与世同波而不自失，则虽游于世俗而泯然无迹"（《庄子·天地》），而禅宗的《坛经》则说："法原在世间，于世出世间，毋离世间上，外

求出世间。"(《敦煌本第三六节》)[1]

过去的论者,讲出世与入世,讲所谓庙堂与山林之别,讲个人命运的穷达,认为中国文化的特质是儒道互补,言下之意,儒者入世,道家超逸,殊不知就超越现实的方式而言,儒道之间实在没有什么显著的差别。中国的"神"这个概念,当然预示着某种超越性的存在,但它的作用并非那么绝对,不像西方的上帝那样无所不能。

根据《左传》的描述,鲁庄公32年,传说中有神降临于虢国的莘地,周惠王遂请内史过解释其吉凶,内史回答说:

> 国之将兴,神明降之,监其德也;将亡,神又降之,观其恶也。故有得神以兴,亦由以亡,虞、夏、商、周皆有之。[2]

他的意思是说,神明降临,凶吉皆有可能。周惠王派他前往莘地一探究竟,内史过前去查看以后回来覆命说:"虢必亡矣,虐而听于神。"[3]他判断虢必亡的理由竟然不是不敬神,反而是国君虐待百姓,不以民为兴,而去求助于神。由此可见,求助于神也会带来某种罪愆。因此,中国的神的概念与福音书中的上帝(God)完全不同。在这一点上,虢国的太史与周内史的看法完全一致:

> 虢其亡乎?吾闻之:国将兴,听于民;将亡,听于神。神,

---

[1] 参见余英时:《现代危机与思想人物》,12 – 14 页,北京,三联书店,2005 年。
[2] 《左传·庄公三十二年》,见杨伯峻编著:《春秋左传注》(修订本),251 – 252 页,北京,中华书局,1990 年。
[3] 杨伯峻编著:《春秋左传注》(修订本),252 页。

聪明正直而壹者也，依人而行。[1]

这里的"依人而行"四字十分关键，中国古人既承认天地神灵的特殊地位，同时更强调世俗与世间的修养和作为，两者互相包蕴，不可分离。"神"固不可知，子产所谓"天道远，人道迩，非所即也，何以知之"，[2] 然而它并不是绝对的实在，是凶是吉，要"依人而行"，在很大程度上取决于人在世间的作为和修炼。

牟宗三将《周易》解释为中国哲学的形而上学，他认为"超越型的道体"可以解释为以乾卦为代表的"创生原则"，而人在世间的修为和道德修养则更需要法坤：

> 人的生命本体是创造原则，使这个创造原则显现出来，体现出来，要通过修养，因为人不是创造原则本身。创造原则是你生命中的本体，这个本体要能体现出来就要通过工夫。依照西方的讲法，这个本体抽象就是上帝，人不能是上帝本身，我们只能说人怎么跟上帝合一。中国人不讲上帝，只讲创造性本身，创造性作为我们生命的本体，就是道体。中国人讲道体，不把它客观化，也不把它人格化。西方对绝对本体客观化，绝对化。客观化是第一步，第二步是人格化，绝对本体通过这两步成为崇拜的对象……中国人在这个地方最理性，把客观化、人格化两步化掉。中国人知道客观化、人格化的两步是假的，只承认天道性命通而为一的道体，绝不把道体客观化、人格化。

---

[1] 杨伯峻编著：《春秋左传注》（修订本），252–253 页。
[2] 同上书，1395 页。

中国文化儒、释、道三家都有这个智慧，最典型的是儒家……[1]

牟宗三作为新儒家哲学的重要代表，他认为西方文化在现象（phenomenon）和阐释方面很了不起，在本体（noumena）方面则是一种权宜之法，是陆象山的所谓"平地起土堆"，将那个神凸显出来，进而把它客观化、人格化。这固然也是西方的智慧，但与中国的传统判然有别。在中国人的想象中，神并非不存在，但他是静默的，他的存在不能通过逻辑去证实，而只能通过体悟和领会。在《论语·阳货》中，有一段十分漂亮而传神的文字，当孔子说"予欲无言"时，子贡反问道："子如不言，则小子何述焉？"孔子的回答神思何其绵邈："天何言哉？四时行焉，百物生焉，天何言哉？"[2]在这个意义上，荀璨也认为，圣人之意，蕴而不出，六籍虽存，不过是周圣人的糠粕而已。

中国文化重人伦，重世间，重人情，并非没有超越，不过是通过世间而达于天道，两者密不可分。正如章学诚所描述的那样：

> 形而上者谓之道，形而下者谓之器，道不离器，犹影不离形……夫天下岂有离器之道，离形存影者哉！彼舍天下事物人伦日用，而守六籍以言道，则故不可与言道矣。[3]

---

[1] 牟宗三：《周易哲学演讲录》，53页，台北，台湾联经出版公司，2003年。
[2] 《论语·阳货》，见杨伯峻注释：《论语译注》，北京，中华书局，2007年。
[3] 章学诚：《文史通义·原道中》（仓修良编注），杭州，浙江古籍出版社，2005年。

在欧洲的文学传统中，作为一种外在的超越性力量，神或上帝一直是个终极的存在，这个被绝对化、人格化的形象不仅是善恶是非的裁判，而且也提供意义和价值依据。不过，从文学作品中看，它既是一种超越，同时也是一种禁锢。这或许就是造成真正意义上悲剧或悖谬的根本原因。从古希腊神话到希伯来的《圣经》，从荷马、奥维德、班扬、高乃依、莫里哀、但丁到莎士比亚，我们都不难看到这种超验力量的作用。启蒙运动之后，随着理性主义和人本主义的兴起，这个形象存在的合法性和意义都受到了普遍的质疑。它的存在受到理性和科学主义以及以法律为代表的世俗权力系统的有力挑战。但即便到了19世纪，在宗教整体信仰面临崩溃的时刻，这个形象在文学作品中依然普遍存在，并在暗中扮演重要角色。

列夫·托尔斯泰希望在人间寻求上帝的天国，他在写作《安娜·卡列尼娜》的时候，被虚无和绝望压得喘不过气来，这个"上帝"再次于结尾出现，作为价值真空和虚无的一种象征性出路。托尔斯泰借助于人物蒂丽亚之口，说出了小说中唯一真正的慰藉。它当然是软弱无力的，但却是那个时代的大部分作家共同的心理吁求：上帝给了我们那么多的苦难，就一定会给我们忍受苦难的能力。当人类在面临无法化解的个人命运的困境和危机时，总是会不约而同地将目光投向这个超验的象征。在《战争与和平》中，娜塔莎与安德烈的爱情悲剧最终的解决仍然是娜塔莎与比埃尔的结合，这个结尾我甚至认为是列夫·托尔斯泰早就安排好的，它源于托尔斯泰心中顽固的东正教信仰，它不过是欧洲文学长河中所常见的所谓"宗教之爱"与"人间之爱"冲突的翻版。甚至我们在安德烈·纪德的《窄门》中也可以看到，侍奉上帝为什么是人间爱情悲剧的化解之道。同样，在陀思妥耶夫斯基的《罪与罚》中，拉斯科尔尼科夫在到达西伯利亚之后，上帝的神秘光环再度出现。而在卡夫卡的小说中，作者对上帝存在的质疑也可以完全从反面来看，将其视为对上帝存在的寻找和呼唤。《城堡》中的那个既不存在，又随时通过种种"神迹"（自相矛盾、充满悖谬的、模棱两可的所谓命令）来显示它的意志的克拉姆，无疑是上帝的另一个形象——正是从这个意义上，美国存在主义牧师保罗·蒂利希（Paul Tillich）将它称之为"超越上帝的上帝"。[1]

而在中国文化传统中，由于这个外在超越力量的缺乏，人在对抗世俗权力的过程中没有任何的外在力量可以依托，这就导致了某种文化"向内超越"的倾向。这并不是说中国文学在向内超越的过程之中就没有形成代表性的文化价值符号和参照物，我以为，中国人完成向内超越的重要标志性系统是道德和时间。从字面意义上看，"道"这个词代表的内涵也许更具形而上学的玄思，而"德"则多半指向个人的修养。这个词在文学和文化中也可以互换，比如说，宋代以来一直到明清之际，所谓的"尊德性"与"道问学"之争一直是对"六经"阐释的关键所在。道德化的制约力量在中国如此强大，在史传、文章、诗歌，乃至话本小说中，"教化"和"训诫"一直是叙事的重要驱动力之一，"道德"不仅仅是日常生活的伦理规范，同时也是本体论意义上的超越性价值。

而面对时间的有限性问题，中国文化并非直接构建一个"超级时间"（如彼岸、天国或涅槃）来化解现世焦虑，而是通过阴阳变化、盈亏消长之类相对性缓解焦虑的压力。对世俗社会的权力欲望

---

[1] 参见保罗·蒂利希：《存在的勇气》，成显聪、王作虹译，贵阳，贵州人民出版社，1988年。

而言,"沧海桑田"式的变化不仅仅构成了对苦难的象征性慰藉,实际上也是对生命存在的重要反思(关于这个问题,我们在第三章中还要重点讨论)。

中国文化重视现实世界,但同样看重对这个坚固的日常经验世界的穿越。在传统诗文中,"鹿疑郑相"和"蝶化庄生"这类典故[1]的运用极为普遍,而"梦"则无疑构成了对现实穿越的最常见的意象。中国的传统叙事文学描述的大多是世俗经验和人间情怀,但超越性力量,"道德"和"时间"亦暗含其中。即如《红楼梦》这样的皇皇巨著,在王国维看来,也不过是描写了日常生活的琐事而已。可曹雪芹笔下聚散、兴亡、真假的辩证法所依托的,正是"借离合之情,写兴亡之感"[2]的悠久传统。

在《红楼梦》第二回中,贾雨村在林如海家作西宾,因贾敏去世,黛玉哀恸过伤,触犯旧症,遂辍学守丧尽哀,而雨村闲居无聊,饭后出来闲步:

> 这日偶至郭外,意欲赏鉴那村野风光。忽信步至一山环水旋、茂林深竹之处,隐隐有座庙宇,门巷倾颓,墙垣朽败,门前有额,题着"智通寺"三字。门旁又有一副旧破的对联曰:身后有余忘缩手,眼前无路想回头。雨村看了,因想到:这两句话,文虽浅近,其意则深也。曾游过些名山大刹,到不曾见过这话头,其中想必有个翻过筋斗来的亦未可知。何不进去试试……

---

[1] 语出白居易《疑梦》之二,原诗为:鹿疑郑相终难辨,蝶化庄生讵可知。假使如今不是梦,能长于梦几多时?
[2] 见孔尚任:《桃花扇》,卷一,1页,北京,人民文学出版社,1982年。

这段插曲与《红楼梦》的主要情节没有丝毫的干涉，作者忽然笔势一宕，独辟蹊径，将读者引入迷途，显然别有用意。"智通"二字以及门旁的对联，对于热心功名的贾雨村无疑是当头棒喝，隐隐带出一派禅机。可作者写来，字字句句落在实处，不涉虚旷，正是见闻之常。禅意或超越的力量，通过平常的散步见闻委婉地道出，不是一味地凌空蹈虚。

　　问题在于，贾雨村看到这副对联之后，是否有所感悟？从后文贾雨村的心理反应来看，他对这两句话的讽劝意味显然别有会心，但我们从贾雨村到了贾府之后所干的一系列勾当来看，这两句话显然没有起到任何作用。这也让我们联想到《金瓶梅》中的西门庆，他因李瓶儿之死而看透生死玄机，似有所悟，但李瓶儿尸骨未寒，西门庆早已故态复萌。人物虽有超越或解脱的契机，但因受强大欲望的支配，依然故我，这正是"人情之常"。没有任何外力的胁迫，没有任何"平地起土堆"式的勉强，在叙事上也没有离开日常生活本身的情理，但对读者而言，这种超越性的力量却弥漫于作品的字里行间，启人遐思，发人深省。

第二章 作者及其意图

什么是作者

霍桑的隐喻

意图及修正

作者与传统

典故与互文

作者与准文本

评点者的角色

知音

作者的声音

作者之死

重塑经验作者

什么是作者

我们确切地知道,莎士比亚是《哈姆雷特》的作者,鲁迅是《狂人日记》的作者。从现代版权法所规定的文本所有权这样一个意义上来看,这似乎毫无问题。按照一般看法,作者对于他所写出的作品具有毋庸置疑的所有权,负有完全的责任,并享有种种特权。作者是文本意义的提供者,同时也是文本意义的起源和终结。然而,鲁迅在《狂人日记》这篇小说前,冠以自己的名字,其合法性到底是什么?

假如说鲁迅完全抄袭了一篇前人或同时代作家的作品,然后写上自己的名字,这种行为的合法性当然会受到质疑。因此,某个人声称自己是一部作品的作者似乎必须有一个重要的保证,那就是作品的原创性,或者说独创性。我们不妨进一步追问,到底什么样的作品才可以称得上独创或原创?或者说独创指的是修辞方法、情节、结构,还是语式和语态?它最终的底线又是什么呢?

我们不妨举一个极端的例子。阿根廷作家博尔赫斯早年写过一篇题为《两个做梦人的故事》的短篇小说。令人吃惊的是，作者完全抄录了《一千零一夜》中的某个故事，未作重大改动和扩展，只是在这篇小说的结尾处注上"采自《一千零一夜》第351夜"一行文字[1]。可以说，除了题目是作者的独创之外，全部文字只是对《一千零一夜》中某个故事的复述和节略。那么我们是不是可以这样说，博尔赫斯违反了文学写作独创性的原则了呢？当然也许会有人替作者辩护说，博尔赫斯尽管照录了《一千零一夜》中的故事、细节，甚至文字，但作品传达出来的意图和意义与原作迥然不同，因此《两个做梦人的故事》依然可以看成是作者的独创。但问题似乎仍然没有解决。因为我们看到的，只是文本而已，我们又何从知道作者的真实意图呢？即便我们通过作者的现身说法和传记资料知道作者的所谓意图，我们又怎么能保证作者这种说法的真实性呢？比如作者会不会说谎？

在中国古典小说史上，由于"述史"和"演义"的传统与西方文学大异其趣，作者问题历来十分复杂。按照今天的一般观点，我们说施耐庵是《水浒传》的作者，其重要依据仅仅是胡应麟《庄岳委谈》中的一段文字：

> 余偶阅一小说序，称施某常入市肆，紬阅故书于弊楮中，得宋张叔夜《禽贼招语》一通，备悉其一百八人所由起，因润饰成此编……世传施号耐庵，名字竟不可考。[2]

---

[1] 参见博尔赫斯：《两个做梦人的故事》，见《博尔赫斯短篇小说集》，王央乐译，上海，上海译文出版社，1983年。
[2] 郭箴一：《中国小说史》，271页，北京，商务印书馆，1998年影印版。

这段话说得扑朔迷离，其中疑点颇多。即便我们对胡应麟的描述深信不疑，施耐庵充其量不过是"集撰者和润色者"（李卓吾语），原先的底本即张叔夜的《擒贼招语》今已不存，难以考据。然而宋江等三十六人横行河朔，降于张叔夜的史实均可见于《宋史》的记载，而且《宣和遗事》对于三十六员天罡的姓名、诨号、花石纲、生辰纲、李师师以及宋江招安等事件早有记述，更不用说在元人话本和杂剧中，李逵、武松、燕青等人的故事也已广为流布。如果按照现代版权观念来看，施耐庵也只能是作者之一。另外，我们知道，金圣叹曾对传说是施耐庵、罗贯中所作的《水浒传》再次进行了重要的删改：一方面，金圣叹将原书一百二十回删至七十回（俗称"腰斩"），其目的仿佛是为了恢复施著的本来面目，而消除罗贯中的痕迹："一部七十回可谓大铺排。此一回（七十回）可谓大结局，读之正如千里群龙，一齐入海，更无丝毫未了之憾。笑杀罗贯中横添狗尾，徒见其丑也。"[1] 不仅如此，金圣叹还通过序言、读法和评点文字，对全书的人物、情节、写作方法和读者的阅读提出了详细的"指导意见"，而且还伪托施耐庵之名，为贯华堂所藏的古本《水浒传》杜撰了序言[2]，甚至对原作进行了大量修改。这些修改后的文字对情节的发展乃至人物的褒贬都产生了重要的影响，其结果之一，经金圣叹修改过的文字，使《水浒》中最重要的人物形象（宋江）变得面目全非。既然如此，我们是不是也可以说，金圣叹也是《水浒传》的作者之一呢？

更为复杂的情况出现于《金瓶梅》一书的创作和流传过程之

---

[1] 郭箴一：《中国小说史》，271页。
[2] 参见贯华堂古本：《水浒传》序言，见会评本《水浒传》，23页，北京，北京大学出版社，1987年。

中。迄今为止,根据研究者的大量考证,能够自成一说的《金瓶梅》的作者竟然多达五十余位。这似乎从反面给了我们这样一个结论,就《金瓶梅》而言,所谓的统一的作者似乎从来就没有存在过。众所周知,《金瓶梅》的本事与《水浒传》之间亦有着千丝万缕的联系,不仅人物、情节、细节、对话多有雷同,就连叙述文字有时竟然也完全一样:

> 那妇人便笑将起来,说道:"官人休要啰唣!你有心,奴亦有意。你真个要勾搭我?"西门庆便跪下道:"只是娘子作成小生。"那妇人便把西门庆搂将起来。当时两个就王婆房里,脱衣解带,共枕同欢。(《水浒传》第二十四回)

> 那妇人笑将起来,说道:"官人休要啰唣!你有心,奴亦有意。你真个勾搭我?"西门庆便双膝跪下说道:"娘子,作成小生则个!"那妇人便把西门庆搂将起来……当下两个就王婆房里,脱衣解带,共枕同欢。(《金瓶梅》第四回)[1]

通过以上两段文字的比较,如果我们一定要为《金瓶梅》的作者开脱,说他是借用而非抄袭,实在是有些勉强。当然我们也可以说,《水浒传》和《金瓶梅》都源于另一个文本,比如某一个共同的底本。一些学者认为,《金瓶梅》很有可能是某位文人在多种"话本"的基础上加工整理而成的,"从书中情节的粗疏重复和前后矛盾、回目和某些诗赞的浅俗拙劣、文字水平的高低不一、

---

[1] 参见程毅中:《明代小说丛稿》,204 页,北京,人民文学出版社,2006 年。

语言风格的互有差异、思想观念的调和折中等方面看，它不可能是个人创作"。[1]

当然，我们并不是说《金瓶梅》没有作者（我们假定的最后编撰者或作者）的独创性，但总体而言，它更像是一部"拼贴式"的作品，其互文特征非常明显。这种在一部文本中插入其他不同文本的叙事方式，有些类似于西方20世纪后现代主义写作，但在我看来，作者似乎并不是故意要尝试一种先锋性的写作方式，他之所以这么做，与当时特殊的作者观念是分不开的。那时的作者并无我们今天严格意义上的版权观念。因此，所有权意义上的作者并不十分重要，重要的恰恰是文本本身。难以统计的大量民间故事的流传和加工过程，能够充分地证明这一点。比如说，藏族英雄史诗《格萨尔王传》计有二百部左右，诗行达到百万之多，从最初的酝酿到最终完成经历了一千多年，那么，谁是《格萨尔王传》的作者？我们只能说，在这部作品的创作过程中，无数的僧侣、说唱艺人、受过教育的文人、贵族都参与了进来，我们今天所谓的真正作者，实际上已无可稽考。[2]

福柯很早就注意到了文学中常见的作者主导观念与版权法以及文本所有权意识之间的关系。在《什么是作者》（1969）这篇文章中，福柯对作者概念进行了重要的甄别。他正确地指出，不同时代有不同的作者观念，作者观念并非永恒不变。所谓的作者实际上是被不同的社会意识形态所构建起来的，作者的形象和意义也必然随着时间、文化传统、话语形态的变化而发生微妙的变异。

---

[1] 参见程毅中：《明代小说丛稿》，208页。
[2] 参见何峰：《〈格萨尔〉与藏族部落》，西宁，青海民族出版社，1995年。

然而从另一个方面来说，我认为，作者的形象也离不开读者的"虚构"和"想象"，在当今意识形态影响下的读者之所以需要一个统一的、作为故事意义提供者的作者，一方面固然源于他们对财产所有权的根深蒂固的信仰，同时他们也相信，作者是文本意义的源泉、权威和中心，这包含在"作者写作（解释，提供），我们阅读（接受）"这样一个著名的公式中。另外，读者需要一个权威的统一作者也源于他们内心的恐惧，正如我们已经知道的那样，一个文本的意义实际上是无限延展的，没有属于什么中心地位的固定意义等着我们去接受或消费，而正是这一点让我们感到恐惧。福柯也曾经指出，作者是一个由于我们害怕意义增生而构想出来的意识形态想象，因为建立作者的权威性，实际上就是建立一个对意义的管理系统。"我们希望文本有一个统一的作者，因为统一的作者会以文本存在具体意义的观念来取悦我们。"[1]

作者问题，毫无疑问是 20 世纪叙事学和文学理论的中心问题之一。长期以来，结构主义语言学、精神分析学、文化人类学、女性主义等等思潮都从不同侧面对这一问题进行了深入的讨论和辨析，取得了许多重要的研究成果。另一方面，作者观念问题，实际上是一个充满悖论的区域，任何简单性的处理方式都会产生相应的负面作用。

我们不妨回到本节开头的那个问题，鲁迅是《狂人日记》的作者吗？如果按照语言学的理论，鲁迅所使用的语言、文字本身作为一个结构，对作者具有强大的控制力，表面上他是主动的，

---

[1] 安德鲁·本尼特、尼古拉·罗伊尔：《关键词：文学、批评与理论导论》，汪正龙、李永新译，24 页，桂林，广西师范大学出版社，2007 年。

也就是说他在使用语言，实际上也是被动的，因为语言在控制他。在精神分析理论看来，鲁迅写什么并不是他作为一个抽象的主体所能决定的，因为理性在起作用的同时，潜意识也在起作用，他必然会被无意识操控，而无意识当然是社会意识形态压力的结果。再按照文化人类学的观点，鲁迅在写作《狂人日记》时的一系列观念本身就是一个意识形态的建构，如此等等。这样一来，我们也许就进入了另一个时髦而荒谬的的极端。意识到作者问题的复杂性，对作者统一的权威性提出质疑，意识到不同的作者在不同时代的意识形态控制是一回事，而从根本上取消作者的存在则是另一回事。

我们固然可以像罗兰·巴特那样通过宣布"作者已死"将作者永远地放逐掉（当然，巴特是在隐喻的意义上表述这个概念的。他所谓的作者，所指的并不是某一个特定作品的作者），当然也可以像福柯那样，揭示作者的虚构性，而使文本的意义进入一种"狂欢化"的语言状态。但问题在于，对于某一个单独的文本而言，作者没有、也不会死亡。他也从来没有消失过。不管我们愿不愿意看到，事实上"他"一直在那儿，不管这个作者有无名姓，是一个还是无数个，当我们在面对一幅作品时，这个文本背后的作者一直在试图影响我们，作者的幽灵时隐时现，不管文本采取何种叙事手段。

要彻底地弄清作者、读者和文本之间的复杂的关系，我们必须马上进入另外一个话题，那就是意图。也就是说，作者和文本究竟如何向我们传达其意图？两者之间关系如何？我们在阅读过程中如何同时与作者和文本打交道，并与他们进行暗中的交流？

霍桑的隐喻

某年（大概是 19 世纪初期）十月的一个黄昏，一个名叫韦克菲尔德的中年人身穿黄褐色大衣和长筒靴，手里提着一只小旅行袋和一把雨伞，向他的妻子道别。他告诉妻子，自己要搭夜班马车到乡下去。妻子对丈夫的这一平常举动（后来我们知道，它是极不平常的）不以为意，她只是用询问的眼神看了丈夫一眼。韦克菲尔德没忘了给妻子临别一吻，然后就走出了家门。可很快，韦克菲尔德又蹩了回来，他将门推开一条缝，朝妻子微笑了一下，一会就不见了。

这是美国作家纳撒尼尔·霍桑的著名小说《韦克菲尔德》的开头。那么读者也许会问：韦克菲尔德此次旅行的动机是什么？为何要在一天黄昏突然离开自己的家，前往乡下呢？作者霍桑解释说，韦克菲尔德也许对自己已有十年的婚姻感到了厌倦，他只是想离开妻子几天，借此让他的妻子感到吃惊。然而，实际上，韦克菲尔德旅行的目的地并非遥远的乡下，而是他们家附近的一个小旅馆。霍桑的故事写到这里,已经变得有点离奇而神秘了。韦克菲尔德原先的意图相当明确,他打算在这个与他家一路之隔的旅馆里待上一个星期,看看自己的"突然失踪"到底会对行为端庄的妻子带来什么影响。用他自己的话来说,"远远地偷看一下自己的家"。这是一个无害的小游戏和恶作剧。也许我们每个人在婚姻生活中都会产生这样离奇的想法。如果故事仅仅到此为止,也许并不那么令人费解。

然而,故事接下来却被导向了一个令读者措手不及的维度:由于某种原因,韦克菲尔德将回家的时间无限期地向后推延了。尽管他每天都想着回到自己家来结束这个游戏,可是正如读者已经知道的那样,他在这个旅馆里一住就是二十年。在这里,时间对韦克菲尔德本人和妻子产生了完全不同的意义。对韦克菲尔德来说,二十年的时间仅仅相当于一个夜晚,或一个星期,因为他每天都在盘算着何时回家,他在二十年的时间里,每天都在重复着这样一个犹豫不决的念头。甚至他还穿上奇装异服,戴上了假发,把自己完全变成了一个陌生人,潜回自己的家,偷窥妻子的一举一动。从地理位置上来说,由于他的栖身之所与他的妻子只有一路之隔,并随时可以前去"看望"自己的妻子,因此我们也可以说,韦克菲尔德并没有真正离家。而对于他那可怜的妻子来说,时间的运行规则恰好相反,每一分钟、每一天、每一个星期都会变成二十年或永远。二十年的时间事实上也足以将她变成一个寡妇。渐渐地,遗忘开始发挥它那神奇的魔力。到了后来,她对丈夫唯一的记忆,似乎就是韦克菲尔德临出门时推开门,平静而狡黠的微笑。这个笑容在她对丈夫的追忆中闪闪烁烁。这个女人心里是如何想的,她对丈夫的突然失踪和杳无音讯有着怎样的反应,霍桑并没有具体交待，只是通过韦克菲尔德的偷窥，告诉我们这样一些枝节：丈夫离家后的第三个星期，一位药剂师进了他的家门；紧接着的一天，一位神色严肃的医生前去他家给他的妻子诊病。妻子的疑惑、震惊、悲伤和绝望似乎是不言而喻的，因为她的身体似乎是垮掉了。然而正如大部分遭受此类打击的顽强的妇女一样，她在顶住了丈夫失踪的哀恸之后，终于平静地接受了这一事实，并渐渐地把他遗忘了。

十年后，当韦克菲尔德与他的妻子在伦敦的大街上不期而遇时，她已经变成了一个胖胖的老妇人，手里握着一本祈祷书，正在走向远处的教堂。大街上拥挤的人群将他们俩挤到一起，他们两人手碰手，她的胸脯顶住了他的肩膀。两人站定之后，面对面互相注视着对方的眼睛，接下来霍桑这样写道：

> 人潮退去，将他俩各自卷开。端庄的寡妇恢复了原先的步子，接着走向教堂。不过，在门口她停了一下，朝大街投去困惑的一瞥。然而她还是进去了，边走边打开祈祷书。[1]

在小说的最后，韦克菲尔德在阔别二十年后终于回到了自己的家，故事再次回到了小说的开头。他回家的时间依然是傍晚，依然是秋天（他出走时是十月），下着阵雨（我们没有忘记，他出走时手里带着一把伞，那把雨伞现在派上了用场），依然对他的妻子露出平静而狡黠的笑容，仿佛在说："我回来了。"

---

[1] 参见纳撒尼尔·霍桑：《韦克菲尔德》，见《霍桑短篇小说选》，黄建人译，32页，长沙，湖南文艺出版社，1996年。

霍桑的这个故事有那么一点荒诞的成分，但是却并没有荒诞到卡夫卡《变形记》那样严重的地步——一个人早上一觉醒来，忽然发现自己竟然变成了一只甲虫。两位作家的荒诞有着重要的区别：至少霍桑的故事从理论上来说完全有可能在现实生活中发生，而卡夫卡则将生活经验整个地变了形，使作品变成了直截了当的寓言。

如果我们对霍桑的作品，尤其是他的生活和写作习惯有一个大致的了解，我们即可知道，类似的故事在他的创作中十分常见。我有时觉得，霍桑本人就是一个韦克菲尔德这样的人，成天幻想着自我放逐和离群索居。在霍桑那里，寓言、隐喻和幻想与现实生活的界限十分模糊，这也导致了他特殊的修辞方式：所有的作品都带有寓言性质，但与现实生活的关系又没有完全斩断。

不过，作者霍桑通过《韦克菲尔德》这样的小说，究竟想向读者传达怎样的意图呢？霍桑在《韦克菲尔德》中采取了双重叙事结构，一方面交代故事的始末，一方面透过叙事人对故事人物甚至是写作的寓意进行详细的分析和评论，从而将议论与叙事熔于一炉。这就使我们在欣赏他的故事的同时，对作者写作的动机、缘起，包括他对事件的看法，特别是故事的伦理道德内涵，有所管窥。

按照霍桑的陈述，这个故事并非是他虚构出来的，而是伦敦的某一份旧杂志或报纸上登载过的真人真事。他的写作只不过是"照录"故事，然后对其进行评论而已。这种将虚构故事假托于新闻的写作手法在霍桑那个时代并不少见，我们固然不能断定作者的陈述完全是一种托辞，但我坚持认为，这里所谓故事的"本事"，乃是出于作者的杜撰。我的证据虽不十分充分，但也并非无力：《韦克菲尔德》这一类性质的故事，在霍桑一生的创作中并非个案，类似的情节在他此前或此后的创作中曾被改头换面，频繁出现。我们可以随便举个例子。在他另一篇同样著名的小说《小伙子古德曼·布朗》中,这个韦克菲尔德式的冒险故事再次出现。两篇作品的情节、叙事构架包括主题都如出一辙。以下是《小伙子古德曼·布朗》的开头:

> 日落时分,小伙子古德曼·布朗走出家门,来到萨勒姆村街道上,可跨出门槛又回头,与年轻的妻子吻别。而妻子费丝——这名字对她恰如其分[1]——把漂亮的脑袋伸出门外,任风儿拂弄她帽子上粉红的缎带,呼唤着古德曼·布朗。
>
> "宝贝心肝,"她樱唇贴近他耳朵,伤心地娇声曼语,"求你明天日出再出门旅行……"
>
> "我的宝贝,亲爱的费丝,"小伙子布朗回答:"一年到头就这一夜,我必须离开你。我这趟出门,就是你说的旅行,必须现在就走,明天日出时回来……"[2]

这几乎就是《韦克菲尔德》开头的重写。同样是傍晚时分;同样是丈夫向妻子告别,外出旅行;同样是承诺不久后(一天或几天)就回来;对于旅行的目的同样秘而不宣。最为离奇的"巧合"是,韦克菲尔德与小伙子布朗在跨出门槛之后,都再次回过头来,跟妻子道别,而且两个人外出之后,虽然最终都回到了家,但世界就此彻底改变。我们很容易想象到,对几乎足不出户的霍桑来说,跨出

---

[1] 费丝,英文为"Faith",意为"忠实"。故作者如此调侃。另外,古德曼的英文原文为 Goodman,意为"好人",夫妇二人的名字均含有言外之意。
[2] 纳撒尼尔·霍桑:《小伙子古德曼·布朗》,见《霍桑短篇小说选》,黄建人译,155 页。

门槛实在不是一个平常或轻易的举动,其中暗含着的象征意味,或许涉及作者创作的许多重要隐秘。尽管在某种意义上,我们可以将《小伙子古德曼·布朗》看成是《韦克菲尔德》的重写,但布朗的遭遇要比韦克菲尔德更为残酷,更令人触目惊心。我甚至认为,《小伙子古德曼·布朗》是我读过的最"恐怖"的小说之一。

让我们回到刚才那个问题上来。霍桑将一个自己冥想出来的离奇故事假托于报纸上的真人真事,究竟想向他的读者传达怎样的叙事意图?霍桑(透过叙事者)是这样解释的:

在这个神秘的世界表面的混乱当中,其实咱们每个人都被十分恰当地置于一套体系里。体系之间,他们各自与整体之间也都各得其所。一个人只要离开自己的位置一步,哪怕是一刹那,都会面临永远失去自己位置的危险,就像这位韦克菲尔德,他可能被,事实上也的确被这个世界所抛弃。[1]

霍桑的这个解释简洁明确,极富逻辑性。作者的归纳与故事的寓意之间也确实具有某种明显的关联,甚至这段话本身也包含着对这个世界认识的真知灼见,它反映了处于浪漫主义时代的霍桑对这个世界所蕴藏的神秘的感知。如果我们读过卡夫卡的《美国》,就会吃惊地发现,作为霍桑的重要后继者之一,这个见解与卡夫卡的创作构成了怎样的关系。[2] 正如博尔赫斯所指出的那样,卡夫卡与霍

---

[1] 这是《韦克菲尔德》的叙事者在作品结尾所作的总结,从中可以看出作者本人对这个故事的基本立场。参见《霍桑短篇小说选》,黄建人译,155 页。
[2] 弗兰兹·卡夫卡在《城堡》《美国》《审判》中,都重写了霍桑的"离家"主题。所不同的是,卡夫卡的主人公一旦走出家门,就再也回不去了。两人之间的差异性不仅仅是修辞选择的结果,也恰如其分地反映了社会的深刻变化。

桑一样,都是离群索居的人,都爱好幻想,都着迷于寓言式的写作,对于离家出走这样的主题都非常热衷,所不同的是,霍桑的人物走出去之后多半还会回家,而卡夫卡的人物只要跨出门槛一步,他就永远回不来了(我认为,霍桑的发现对博尔赫斯本人的创作影响也十分明显,比如后者的代表作《交叉小径的花园》)。然而,不管霍桑的解释如何精辟,这段话中的道德说教,包括劝谕的意味十分浓郁。用这样一个说教式、总结性的结论来归纳整篇小说的寓意,是极为不适当的。而且我也认为,霍桑本人在作品中夹叙夹议的评论对故事本身的呈现无疑是一种束缚性的力量,事实上也对作品造成了损害。[1]

这种束缚和损害包含了两个方面的内容:其一,《韦克菲尔德》小说中所传达的丰富复杂的意蕴远非霍桑的归纳可以囊括,比如时间对于丈夫、妻子的不同意义;比如隐居在自己家门口这样一个意象所包含的人类欲望的隐喻等等。其二,霍桑对于蛰居与出走,遵从秩序与象征性反抗这样一系列矛盾境遇的焦虑,进行了反复书写,也暗示了新教伦理和资本主义社会秩序以及平庸化的日常生活在作者内心所投下的阴影。正是这一点,霍桑本人并非始终知晓。作品固然有作者理性的观念的成分,但他在写作中无意泄露的秘密有时是作家本人无法想象的。这类无意识的内容在文本中隐伏着,在不同的文本中暗中联络,其意义作为一个充满召唤性的潜在结构,等待着不同时代的读者去一一破解。

---

[1] 如果我们对作品结尾的"结论"信以为真,并以此来解释这篇小说,作品就会变得毫无生气。我们只有将它与霍桑的其他作品互相参读,才会发现真正的"文本意图"。

意图及修正

任何一位作家的写作，用本雅明的话来说，都希望对己对人有所指教。我认为这一论述虽有专断之嫌，但基本上可以成立。写作行为既涉及一个最初的目的和动机，也关系到我们如何认识文学的功能。有些人将文学写作看成是关乎国家民族兴亡的大业，有的人则认为它不过是所谓的街谈巷议。不管什么类型的作品——或褒贬世事、品评人物；或匡扶时弊、劝善惩恶；或寄情山水、聊以自娱，写作都必然会涉及一个意图，或者说意向性的动机。即便是那些自诩为采取中立立场，不偏不倚地记录社会，反映真实的"客观主义"作家，也是如此。因此，我们似乎可以将本雅明的这个论断稍作修改，一个作家之所以写作，乃是因为他有话要说。

然而正如许多作家的创作所显示的那样，作家的初始意图与最终形成的文本之间存在着巨大的空隙，写作过程始终伴随着一系列难以把握的复杂变数。作者在写作过程中既会不断修改其意图——否定、抛弃、订正或重组，甚至可能对原初的意图形成彻底的颠覆。

在安贝托·艾柯看来，在由构思到完成作品的实际写作过程中，存在着两个作者，一个是"经验的作者"，一个是"模范的作者"[1]。作为一个社会的个体，经验作者总是隶属于一定的阶级或社会阶层，总留有那个阶级、阶层和特定身份的种种烙印，总是受制于一定时代的意识形态、宗教和文化氛围、个体的特殊精神气质、长期以来逐渐形成的认知心理和思维习惯。所有这些经验的内容对于写作者而言既是一种资源和动力，同时也意味着偏见和局限。

而所谓的"模范作者"，艾柯认为指的就是文本的叙事策略，是指作家在写作过程中编织或隐藏在文本中，以召唤读者辨识其意义的一系列叙事设计[2]。列夫·托尔斯泰作为一个经验作者，由于他的贵族血统的影响，由于他对于统一的世界秩序有着根深蒂固的向往，由于他所受到的东正教浓郁氛围的熏染，当他在报纸上读到一个妇女因受到年轻英俊军官的引诱而背叛丈夫的新闻时，他的愤怒是可以想见的。他觉得自己有义务以这个新闻为题材写一篇小说，来表达自己的社会责任，这就是托尔斯泰写作《安娜·卡列尼娜》的最初动机。这一意图的局限性和偏见都十分明显。当然我们也已知道，在作者最终完成的那个文本中，所有的这些偏见和局限性得到了很大程度的修正和克服。"模范作者"离不开经验作者的支撑，但是当经验作者向"模范作者"转化的过程中，总会产生各种意想不到的变化。那么，究竟是什么原因导致了列夫·托尔斯泰这一脱胎换骨的变化？在各种各样的解释中，我们知道，米兰·昆德拉说得最为玄妙。他认为，托尔斯泰在写作中听到了所谓小说自身的伟

---

[1] 参见安贝托·艾柯：《悠游小说林》，第一章"踏入丛林"，俞冰夏译，梁晓冬审校，北京，三联书店，2005年。
[2] 同上书，20页。

大声音的召唤。昆德拉曾反复强调,小说本身要比作者伟大得多:

> 但我不认为托尔斯泰在其间改变了他的道德观,我觉得在写作的过程中,托尔斯泰聆听了一种与他个人道德信念不同的声音。他聆听了我愿意称之为小说的智慧的东西。所有真正的小说家都聆听这一高于个人的智慧,因此伟大的小说总是比他的作者聪明一些。那些比他们的作品更聪明的小说家应该改行。[1]

然而,所谓小说本身伟大的声音究竟是什么?它又来自何处?它是某种"神谕"吗?昆德拉面对神秘主义的难局,显然想到了他的上帝。他隐晦地将这种声音称之为"上帝笑声的回声",[2] 似乎有点闪烁其词、敷衍塞责。如果我们套用艾柯的理论,托尔斯泰之所以总是在关键的时候"脱胎换骨",那显然是由于所谓的"模范作者"对"经验作者"的拯救。如果情况果然如此,那么又是谁对这个"模范作者"发出拯救的指令呢?答案如果不是某个天外来客,或上帝式的先验主体,那么它只能是"经验作者",亦即作者本人——不管"经验作者"在昆德拉看来是多么的愚蠢,但"修改"这一行为本身,总由作者的反思来完成并最后执行的。这样一来,问题绕了一个大圈,似乎又悖论性地回到了原点。

不仅如此,还有一个悬而未决的重要疑问需要我们做出澄清:在列夫·托尔斯泰最终完成的那个文本中,作为经验作者的偏见和

---

[1] 米兰·昆德拉:《耶路撒冷演讲:小说与欧洲》,见《小说的艺术》,董强译,198–199 页,上海,上海译文出版社,2004 年。
[2] 同上书,199 页。

局限性真的被克服了吗？或者我们再进一步追问：所谓的偏见难道在写作中是完全无用，只是等待被克服的东西吗？我的意思并不是说，昆德拉或艾柯的意见是荒谬的——实际上他们都注意到了经验和意图在写作过程中的变化、重组和逆转，但对这一重要现象的解释，他们都不约而同地陷入了文本神秘主义。

在我看来，写作活动本身只是提供了一个生产过程或场域而已，作品总是未完成的或有待完成的。在这个场域中，作者自始至终都在与自己的矛盾、怀疑，乃至偏见作战。这种描述虽然"老套"而简朴，却是自古以来小说创作的真正奥秘所在。列夫·托尔斯泰一方面受到自身经验的局限；另一方面，社会和时代风尚的巨大变革对这种局限所形成的挑战，作家本人也能洞幽烛微。写作本身就是这样一个充满各种歧异、矛盾和价值冲突的场所。我觉得在写作过程中，托尔斯泰并未完全摆脱经验所带来的偏见。比如说，社会主义、无政府主义、民粹派思想对感觉敏锐的作者不可能不产生影响，不可能不认识到将土地归还给农民这一类的时代要求的正当性，托尔斯泰固然顺应了这种要求，但他那个特定阶级的烙印仍然存在。在《安娜·卡列尼娜》和《战争与和平》中，托尔斯泰不假思索地贬损农民的例子并不少见，托尔斯泰对安娜，特别是众多女性的看法，也不是没有问题的。这种巨大的内心冲突在他以后的创作特别是晚期作品中，甚至变得愈发明显。

从另一方面来说，文学或艺术活动本来就是一种带有强烈偏见的激情。偏见，不仅仅是作者在创作过程中必须克服的障碍，同时它也是作者从事写作活动的内在动力之一。一个作者的最初动机或意图是否肤浅或愚蠢，甚至不会影响其作品的伟大。巴赫的全部创作都根植于他对上帝存在的虔信，很多的创作动机都直接源于对这个并不存在的造物主侍奉的朴素情感,但没有人会据此而否认巴赫音乐的辉煌。塞万提斯在写作《堂吉诃德》时的最初意图在今天看来也许是可笑的,在结构和情节的安排上也存在着很多的瑕疵,但《堂吉诃德》的总体成就可以使所有这些缺憾都忽略不计。作者对自己笔下的人物、故事和意义的深信不疑有时会克服掉情节上的疏忽和欠缺,[1] 作者固执的信念和激情会使他的文字焕发出意想不到的耀眼之光,从而深深地感染他的读者,也使读者对他笔下的故事信以为真。作者的初始意图是否正确和深刻并不重要。我们今天对于理性、科学、政治正确性的信仰使我们忘掉了文学本来就是一片暧昧不明的沼泽,一个充满魅惑力的世界。

退一步说,即使作者在实际写作过程中克服了经验作者的种种局限和偏见,从而使作品脱胎换骨,我们是不是可以据此认为,原来促使他产生写作动机的那个个体经验就不重要了呢?那个促使作者拿起笔来写作的意图就可有可无了呢?经验作者的品格、人格、道德激情以及种种修养,就完全可以被忽略呢?如果我们这样看待文学,我们是不是从一个糟糕的"作者中心"的绝对主义者走向了另一个极端,变成了更为糟糕的取消作者的相对主义者了呢?

正如我们从霍桑的创作中所看到的那样,作者意图与文本意图之间的确存在着很大的差异,或者说通过阅读,文本实际上所呈现的意图也许更为浩瀚复杂,有些内容甚至是作者没有意识到的无意识领域。博尔赫斯曾经敏锐地指出:

---

[1] 参见博尔赫斯:《纳萨尼尔·霍桑》,见《博尔赫斯文集》(文论自述卷),王永年、陈众议译,49页,海口,海南国际新闻出版中心,1996年。

吉卜林一生为特定的政治理想而写作，想使自己的作品成为宣传的工具。但是他晚年不得不承认，作家作品的实质往往是作家自己不知道的；他还援引了斯威夫特的例子，斯威夫特写作《格列佛游记》时的意图是抨击人类社会的不公正，却留下了一本儿童读物。柏拉图说过，诗人是神的抄写员，神仿佛是使一连串铁指环感应磁力的磁石，感应了诗人使他们背离原来的意愿和动机。[1]

我认为，造成这种差异的原因大致有以下几个方面。

首先，作者的观念和经验与社会一般生活话语之间自始至终存在着一种紧张关系。作者并非是一个单纯的存在，他（她）是与各种其他观念在交锋、交流、纠缠的过程中建立起来的主体。作者在这种交流或交锋中面临的困惑和种种矛盾是可以想见的。过去的作家（甚至也包括霍桑）倾向于为这样一种矛盾或困惑提供一个想象性的解决方案，上帝或道德说教在很多时候就充当了这样一个调停者的角色。他们之所以会这样做，或许是因为他们对这个世界的目的和意义等一系列整体性的观念尚未受到近代科学和世界观的冲击，或者说他们对于这个世界的根本信念尚未最终泯灭，当然我们也可以反过来说，这些作家对世界的意义的空缺有一种本能的恐惧。这样一来，过去时代的作者就乐于提供一个说得过去的意图，或者意义。而现代作家一般会将他的困惑和矛盾一股脑儿地端给读者，自己则狡黠地隐藏了起来，假装自己对人物或事件没有什么看法，假装自己并无一定的倾向，而只是呈现所谓的"客观真实"。说教，或

---

[1] 博尔赫斯：《阿根廷作家与传统》，见《博尔赫斯文集》（文论自述卷），90页。

某种象征性的解决方案，就如同瘟疫一样，现代作家似乎避之唯恐不及。举例来说，弗兰茨·卡夫卡的主题与霍桑一脉相承，但卡夫卡绝不会在任何场合公布自己的创作意图。在马克斯·布洛德所公布的卡夫卡随笔或谈话中（我部分怀疑它的真实性），卡夫卡也采取了闪烁其词的比喻方式。他对自己创作初衷的阐释性意见，俨然是另一个意义上的文学文本。

其次，作者意图与文本意图的差异还来自于不同时代几乎是难以穷尽的读者解读的差异性。就像安贝托·艾柯曾经阐明的那样，实际上，读者在阅读作品的过程中，也不可避免地带入了他的局限性和个人经验，这一方面使得任何一个文本意义无限增殖，另一方面使"误读"成了常态，成了一个只有在理论上才有意义的概念。

最后，我认为造成意图差异的最根本奥秘乃是由于文学叙事方式自身的特性所决定的，或者说是由于语言的性质所决定的。恰如前文所述，一个作者写作的根本缘由在于他有些话要说。这个简短的陈述中包含着两个人所共知的关键：也就是说，他要说什么？以及如何去说？假定文学作者有某个见解需要发表，那他完全可以将它直接陈述出来，或者采用概念和逻辑的方式将这一观点条分缕析地写成一篇学术论文，这可以在最大程度上保证他要说的话得到概念、语法和逻辑的限定，而减少被误解的可能性。那么，写作者为何要采取诗歌这样多少有点晦涩，而且会无限地产生歧义的方式，为何要采取小说这样一个包含着故事中介的戏剧化方式？

当然，我们马上会想到的答案是，作者采取文学的方式写作，是受到抒情的热情或对故事的好奇心的驱使，或者说，作者想取悦于我们，想让我们获得快感。因为诗歌的抒情性，小说的引人入胜的情节，无疑会比学术论文更满足我们内心的欲望，带来审美的愉悦的快感。这一说法也并非没有道理。尽管现代的审美方式出现了许多复杂的变异和革命性变化而渐趋于晦涩，文学的娱乐功能的演变造成了所谓纯文学与大众文学的对立——一般读者在阅读《荒原》或《为芬妮根守灵》时，也很难产生什么快感。但不管怎么说，审美和娱乐确实是文学的基本功能，艺术和文学史在这方面提供了太多的例证，比如说西方宗教音乐、清唱剧、弥撒曲的确在较为愉悦的情境中为我们普及了关于上帝的知识，对于我们确立自己的信仰起到某种作用；而在中国，唐代出现的"变文"这一形式则起源于对于佛教经典的辅助性、通俗化解说。从文学起源的过程来看，文学所指涉的对象并不是一个所谓的被充分认知的客观世界，等着我们去加以记录和说明，从某种意义上说，这个世界本身是沉默的、神秘的、晦涩难解的。正如古人在仰望星空时可能具有的体验一样，星空和月亮固然是一个存在，我们可以观察它，但它到底是什么，它的存在对我们而言意味着什么，我们都无力加以回答，只能通过想象或超验的方式加以象征性的解决。《周易》中所记载的八卦的产生，很形象地说明了这一象征性的方式是如何出现的：

> 古者包牺氏之王天下也，仰则观象于天，俯则观法于地；观鸟兽之文，与地之仪，近取诸身，远取诸物。于是始作八卦，以通神明之德，以类万物之情。（《周易·系辞下》）

"八卦"之于天地万物，不是一个具体的解释和说明，对于神明或者万物之情而言，它只是一个比喻性的结构，通过这个结构去类比神明和万物之情，文学的方式从根本上说也是这样一个类似的结构。

随着科学技术的发展，自然界的许多现象都得到了较为圆满的解释，理性和逻辑的地位也水涨船高，社会意识形态和认识论都发生了很大的变化，语言系统也产生了分化。被现代科学所照亮的世界的范围（不管是物理世界还是心理世界）都在日渐扩大。同时，科学语言被神圣化。正因为这个神圣化，科学语言正在构建一个神话，承诺一劳永逸地解决所有的未知世界的暗昧。尽管文学的重要性大大降低，但我们的认识一旦涉及个体生命存在的具体感受和意义时，这个未知的世界仍然是晦涩难解的，文学作为一种特殊的指涉或隐喻方式，其存在的意义远未终结。18世纪以来资本主义的发展，在创造出前所未有的物质财富的同时，也使得个人的虚无、绝望感和疏离感迅速增加。正是在这个意义上，卡夫卡重新乞灵于所谓的寓言，将文学的时钟回拨，将记录"尚未进入公众意识的真实"看成是文学最重要的使命之一。

众所周知，写作《摩罗诗力说》时的鲁迅，其意图和思路大致是清晰而明朗的；而在写作《野草》时，作者则令人吃惊地陷入了神秘和晦涩。然而鲁迅并非故意要隐瞒自己的观点或发明一种艰深的修辞，来与读者为难。《野草》文本的晦涩不过是鲁迅内心个人困惑的表征。他要说的话注定无法用相对明晰、富有逻辑性的语言来加以表达。正因为一系列的矛盾和困惑的存在，其言说的丰富性必须求助于隐喻的方式，因为它从根本上来说就是反逻辑的。在我们看来，《呐喊》和《彷徨》也是这样一个结构。鲁迅实际上是在用两种完全不同的方式对这个世界发表看法，其一是时文、政论和杂文的方式，其二是隐喻的方式。对于后者而言，作品的歧义和丰富内涵不会随着读者的批评和解释而被消耗殆尽，即便是鲁迅本人也无法加以操控和左右。因此从根本上说，文学的言说方式就是一个隐喻的方式：诗歌通过意象去指涉隐藏在它背后的存在或意义，而叙事文学则是通过故事去包裹它所要说的话，这不是一种解释或证明，充其量只是一种暗示和象征性的类比。

当然，从根本上说，文学的言说方式之所以是一种隐喻的方式，还有一个重要的理由，那就是文学语言本身实际上也是一个隐喻。作者所描述的世界并不能像电影场景那样让我们直接看到，而必须通过语言符号的中介作用于读者的想象。作者的意图是一回事，他通过语言文字所呈现"文本意图"当然是另一回事。语言和它的所指物之间的关系并不像果皮包裹着果肉那样光滑而圆润，它往往像教士穿着的宽大的道袍，上面总是布满了各种各样的皱褶。语言和它所要描述的事物之间总是有太多的歧义，太多的空隙，太多的短缺，太多的剩余。所以福楼拜曾经戏谑地提到，作者总是想敲打语言的破铁锅，企图去感动天上的星星，其结果不过是让狗熊跳舞而已。

一旦正确地理解了这一点，我们就可以明白：为什么作者将自己的初始观念试图贯彻于整个作品，说到底是一个荒谬的想法；为什么对意图的始终不渝，往往恰恰是造成其作品枯索乏味的可靠保证；在写作过程中，将初始的意图置于合适的位置，从而解放自己的想象力，恢复一种开放性的写作，将变得何等重要；为什么一个作者对文本的控制力总是一把双刃剑：控制使作品流畅、统一、富有条理性，但同时也可能为这种控制所伤，使作品的内涵等同于观念的铺陈，使文本意图变得狭窄而单一。

如果文学仅仅是为了表达某种观念，那么你就必须面对以下这个事实：你也许比一部分读者要高明，但你不可能比所有的读者都高明。

作者与传统

诗人,任何艺术的艺术家,谁也不能单独地具有他完全的意义。他的重要性以及我们对他的鉴赏就是鉴赏他和以往诗人以及艺术家的关系。你不能把他单独地评价;你得把他放在前人之间来对照,来比较。我认为这是一个批评的原理,美学的,不仅是历史的。他之必须适应,必须符合,并不是单方面的;产生一项新艺术作品,成为一个事件,以前的全部艺术作品就同时遭逢了一个新事件。现存的艺术经典本身就构成一个理想的秩序,这个秩序由于新的(真正新的)作品被介绍进来而发生变化。这个已成的秩序在新的作品出现以前本是完整的,加入新花样以后要继续保持完整,整个的秩序就必须改变一下,即使改变得很小;因此每件艺术作品对于整体的关系、比例和价值就重新调整了;这就是新与旧的适应。[1]

---

[1] T. S. 艾略特:《传统与个人才能》,见赵毅衡编选:《新批评文集》,卞之琳译,29 页,天津,百花文艺出版社,2001 年。

这是英国著名诗人和批评家 T. S. 艾略特在他的重要论文《传统与个人才能》(1917)中的核心观点。这篇文章的影响如此的广泛和深远，以至于我们一旦谈论起作者与传统的关系，不得不首先对他的观点进行一番回应和清理。正如我们上文引述的这段论述中所显示的，艾略特在这篇文章中主要讨论了以下两个著名的观点：其一，任何作家的创作都无一例外的与传统构成某种关系。从表面看，作者的文本具有独创性，但它仍然是传统的某种回声，经由这个观点，艾略特进一步指出，"一个艺术家的前进是不断的牺牲自己，不断的消灭自己的个性"，[1] 他断言，一个二十五岁以上仍然要继续写诗的人必须具有一种历史意识的领悟力。其二，传统本身是一个无形的结构，真正具有创新性的作品不仅会自动被这个结构所容纳，同时随着这个新成员的进入，结构（传统）本身亦会随之调整它的秩序，从而保持它的完整性。艾略特说，"诗不是放纵感情，而是逃避感情，不是表现个性，而是逃避个性"，"要做到消灭个性这一点，艺术才可以说达到科学的地步了"。[2]

应当说，艾略特的这些重要论述，对整个西方文论，尤其是对 20 世纪三四十年代的新批评思潮产生了相当的影响。这一惊世骇俗的观念似乎也是对 18 世纪末以来欧洲文学个性论、直觉论、表现论的一个巨大的反思。艾略特的行文风格既武断、感性，又简明、清晰。这使得他的观点便于广泛传播，同时也易于受到攻击。自从兰色姆开始，西方不同时代的学者对这篇论文主要观点的质疑和驳正

---

[1] T. S. 艾略特：《传统与个人才能》，见赵毅衡编选：《新批评文集》，卞之琳译，31 页。
[2] 同上书，31 页。

从未停止。坦率地说，这篇文章中确实包含了许多的新见解，同时也有明显的错误预设。其中广受诟病的仍然是这样一系列问题：什么是传统？哪些作品可以从历史的长河中被挑选出来成为传统的支架？如果传统意味着挑选，谁有资格成为这样一个挑选者？那些被权威的所谓传统界定所湮灭掉的无名作者，未被传统接纳的大量的民间语文，究竟与这个传统是什么关系？

艾略特似乎没有认识到，对传统的建构本身也是一个特殊的意识形态的产物。伊格尔顿就曾指出，艾略特的"传统论"实际上是一个极右的权威主义观点——人们必须为一个非个人的秩序而牺牲自己微不足道的个性；另外，艾略特的传统事实上也是经过高度选择的产物，"为了获准进入此传统，这一新来者原则上必定从一开始就已经被包括在此传统之内"，[1] 因此，传统并不是一个人人都可以进入的开放结构，一个新来者要想进入这个传统，必须取得有些类似于"传统俱乐部"的会员资格，而这个资格的认定又取决于传统的"恩典"。这种自相矛盾实际上已经把传统变成了另外一个上帝："一部文学作品只有存在于此传统中才合法，正如一位基督教徒只有生活于上帝之中，才能得救。"[2]

T. S. 艾略特的确有这样的一个倾向，即将传统视为具有某种本质意义的同时又是神秘莫测的价值系统。这一系统是如何建构起来的，这里姑且不谈，但正如我们已经知道的，传统也有大小之分、主次之分，不同传统之间也有差异和冲突。任何一个族群、民族、国家都有自己不同的"传统"，但随着近代西方资本主义的扩张，随

---

[1] 特雷·伊格尔顿：《二十世纪西方文学理论》，伍晓明译，39 页。
[2] 同上书，39 页。

着殖民主义历史的深化，相当多的"在地传统"受到了具有优势地位的"他者传统"的冲击和压力。同时，在一个国家的内部，不同的部族、种族之间的传统所形成的压抑与被压抑的关系也十分普遍。从中国近现代历史的变化中，我们可以清晰地看到这种压抑性力量的专横和残暴，以及随之而形成的种种历史后果。这种压抑当然包括西方列强基于强大的经济、军事优势所建立起来的一整套殖民主义逻辑和话语的外在压力，同时也包含中国近现代知识分子在这种压力下所作出的一系列应对的策略。余英时先生认为，在西方入侵和殖民主义的巨大压力下，中国的回应几乎全部都是激进主义的方式，即全盘西化。"西方化"实际上已经成了一个近代启蒙运动和文化运动的核心价值之一。这个看法虽有偏颇之嫌，[1] 但它对这种压抑性后果的描述，则是人所共知的事实。鲁迅先生认为中国的书一本都不要读，吴稚晖呼吁我们把中国的线装书通通扔进茅厕坑，陈独秀认为中国古代文化都是孔孟之道，无一字有价值，都是其表征之一。即便是今天，仍然有一些中国作家坚持持有"中国的文化之根在西方"这样荒谬绝伦的观点。这一系列言论和主张既是西方文化压力的产物，同时也反映了中国那个特殊时代的思想者急于摆脱历史重负，使自己融入先进国家的强烈冲动。正是从这个意义上来看，这些观点虽然偏激，但却并非不可理喻。

近些年来，随着强国梦意识的高涨，所谓的"国学热"、中国传统文化热也在急剧地升温。小学生读经以及传统京剧进入课堂；电

---

[1] 余英时先生在论证他的这一观点时，将"国粹学派"和"激进派"对西方文化的认同视为一个过程的两种不同形式，同时亦将1949年以后的社会主义实践描述为"反西方的西方化"（anti-Western Westernization），较之具体的历史进程，似有简单化之嫌。参见余英时：《现代危机与思想人物》，31–43页。

视媒体对传统经学,特别是史学和佛教经典的大众化诠释与传播;意识形态主管部门对所谓"中国特色""中国气派"和"中国风格"的特意强调;"孔子学院"在海外的大量设立等等,都从不同的侧面为我们勾勒出了所谓中国传统文化复兴运动的轮廓。当然这一过程也引发了国际政治和学术界对中国民族主义的猜测和质疑。如果考虑到近现代西方殖民主义的历史背景,考虑到现代性压抑下的中国传统文化遭受到的遮蔽、轻忽和否定的状况,作为一种矫正或反向运动,这种在"民族文化复兴"的口号下所出现的一系列"反正",也可以说是一个必然过程,并不值得大惊小怪。但问题是,这样一种传统文化热潮背后的动机、意识和思维模式却并非没有隐忧。

在文学创作界,对所谓的"民族文化特色"的过分强调似乎是1980年代著名的"世界与民族之争"大讨论的翻版或深化。这一趋势演变下去,很可能走到一个新的极端,重新造成作家视野的僵化和封闭。我们似乎忘记了真正具有特色的东西,恰恰是在与他者的比较中最终呈现出来的东西,而真正的特色恰恰是那些不需要特别加以强调的东西。相反,当我们需要造假的时候,这种特色才会被加以妥善地利用。

正如爱德华·吉本(Edward Gibbon)在《罗马帝国衰亡史》里所论述的那样,骆驼作为一种阿拉伯文化生活的标志性特色,在《古兰经》中竟然连一次也没有被提到。博尔赫斯进一步分析道,正因为《古兰经》中没有提到骆驼,我们反而可以证明它是真正的阿拉伯的经典。因为对于其作者穆罕默德来说,骆驼太常见了,常见到没有必要在他的书中特别地加以说明。反过来说,假如一个外国旅游者需要在文章中伪造"阿拉伯特色"的时候,他们最先想到的很有可能就是骆驼或沙漠之类的东西。

另外还有一个例子，也许并非特别恰当，但我以为它有助于我们来理解"特色"和"强调"之间的关系，有助于我们理解"特色"恰恰是不需要特别强调的东西。

在《红楼梦》的第三回，当林黛玉跟着王夫人去拜访贾政，作者写到正房的陈设和布置时，一连用了两个"半旧的"来形容"青缎靠背坐褥"和"弹墨椅袱"，这是小说中极平常的场景描绘，很容易为读者所忽略，但这一微小的细节却引起了脂砚斋的注意。在甲戌本的旁批中，脂砚斋特地点出"'半旧的'三字有神"，并进而引发了一大段评点议论。要知道，林黛玉是第一次进入传说中有"温柔富贵乡"之称的荣国府，但眼中所见却是一色的"旧"，仅仅从这一点即可以看出，曹雪芹本人是见过大世面的，他之所以敢这么写，正是基于自己的记忆和日常经验，而非出于一个穷汉对高门巨族的想象和虚构。即便在"钟鸣鼎食之家，诗礼簪缨之族"，家居用度之物自然有新有旧，如果我们设想一个没有经历过这种生活的作者去描述这个场景，自然是免不掉"商彝周鼎，绣幕珠帘"的连篇累牍的套话，所谓"胫骨变成金玳瑁，眼睛嵌作碧琉璃"。自己固有的东西，比如繁华和显赫，正是不需要特别强调的东西，所以曹雪芹敢于写旧。对于某个事物的特征过分强调，恰恰多半是某种不自信的流露，似乎要急于证明什么东西。

在这一点上，我和博尔赫斯的看法一样：只有当你不去人为地寻找什么特色的时候，这种特色才会自然而然地显示出来。

如今的传统文化热与近代激进思潮对中国文化的全盘否定，从表面上看一正一反，恰成对照，但从思维习惯或逻辑思路上来说，两者如出一辙。仍然是非此即彼，仍然是传统/现代、新/旧、中国/西方等一系列简单二元对立的再现。这种二元对立将传统看成是一成不变的、高高地耸立在远处的统一的存在，变成等着我们去继承的所谓遗产。实际上，如果这个传统果真存在，我们既不可能回去，也不可能简单地加以继承。因为传统从大的方面来说是所有的前人的文化创造的总和，而其中的大部分是隐没不见的，它是需要当代的作者通过写作去发现并使之呈现的东西，也就是说，只有通过创造性的劳动，传统才会呈现出来，并被赋予意义。

如果我们将近现代以来中国文学的演变看成是一个较小的传统，那么它不仅是单纯的中国文化或西方文化的二分法所描述的那么简单，而是你中有我，我中有你，经过了不同时间的杂糅的结合体。即便我们对这个小传统不满，也无法将它从我们的记忆和文化中抹去。而从大的文化传统来看，中国社会自东汉末年佛教输入，到突厥、胡、蒙元、女真文化的融入，也经历了一个漫长的历史过程。作者与传统的关系，我习惯上将它看成是作者不断地从前人那里汲取资源的关系，这也是艾略特的观点。

但实际上，作者选择什么样的资源并非是一个单纯的"寻根"举动。我的意思是说，作者不仅仅被动地接受传统的指导，同时它也反过来创造自己的先驱者，使那些被湮灭或忽视的先驱者从历史灰暗的时间中呈现出来。正如卡夫卡的创作照亮了他的先驱一样，没有卡夫卡的写作，布朗宁、布洛瓦、邓撒尼不会因为卡夫卡而从沉睡中苏醒；芝诺、克尔凯戈尔、陀思妥耶夫斯基也不会在卡夫卡式的写作意义上被重新发现。[1]

---

[1] 作者创造他的先驱，这一观点是博尔赫斯在《卡夫卡及其先驱者》一文中提出来的。他所列举的卡夫卡的先驱者包括布朗宁、布洛瓦、邓撒尼、芝诺等作家，甚至也包括中国的韩愈。请参阅博尔赫斯：《卡夫卡及其先驱者》，见《博尔赫斯文集》（文论自述卷）。

典故与互文

说到作者与传统的关系，我们自然不得不涉及中国的文化史。中国自古以来即有所谓"解经"和"述史"的深厚传统。怀特海曾经将整个西方哲学史看成是对柏拉图的注解，那不过是一种象征性的说法，而中国哲学的发展历程倒是的确离不开对"六经"的阐释。章学诚认为，孔子的"述而不作"，述的是"周公之旧典"；而所谓"好古敏求"，求的则是"周公之遗籍"。[1] 司马迁也曾说："居今之世，志古之道，所以自镜也。"[2] 中国人对传统的重视由来已久。历史或传统似乎不仅仅是一面现实的镜鉴，同时也是稽古尊道这样一个思维方式的必然。

儒家与道家似乎都遵从所谓的"道"和"一"，但这个"一"并非是西方意义上的"绝对存在"，它可以"一而多，多而一"。正因为

---

[1] 章学诚：《文史通义·原道上》，96 页，杭州，浙江古籍出版社，2005 年。
[2] 司马迁：《史记·高祖功臣侯者年表序》，740 页，北京，中华书局，2005 年。

中国没有形成人格化的上帝,所以对"道"的解释上也言人人殊。然而儒家和道家对于"道统"的理解也有很大的不同。清代的惠栋曾说,"道家以一为终,故庄子曰:'得其一而万事毕'。而圣人(儒者)以一为始,故夫子曰:'吾道一以贯之'。此儒与道之别也"[1]。

然而无一字无来历的泥古之风过分强调传统,必然会与人的自然性情、欲望、人伦日用、布帛菽粟等经世目的发生巨大冲突,它自古以来受到广泛的质疑,当然是必然的。颜习斋曾谓:

> 吾读甲申殉难录,至"愧无半策匡时艰,惟余一死报君恩",未尝不凄然泣下也。至览和靖祭伊川,"不背其师有之,有益于世则未"二语,又不觉废卷浩叹,为生民仓惶久之。

习斋对于"学术"与"时艰"之间关系的反省振聋发聩,伤痛之情溢于言表。王昆绳说他"开二千年不能开之口,下二千年不敢下之笔"[2]。正如胡适后来所批评的那样,中国的学术发展到后来都成了所谓纸上的学问。学者的风习趋向于钉饾考据,训诂名物,寻章摘句,也被程明道直接斥之为"玩物丧志"。实际上,从李斯之议焚书,至宋儒如陆九渊所谓"学苟知本,六经皆我注脚"的惊世骇俗之论,一直到清代颜元重提"读书无用论",特别是章实斋"六经皆史"的提出,可以清晰地看到中国文化传统中所谓"尊德性"与"道问学"之间反复论争的历史轨迹。

不管怎么说,中国文化从总体上崇古重道的传统,对中国人文

---

[1] 参见钱穆:《中国近三百年学术史》,373 页,北京,商务印书馆,1997 年。
[2] 同上书,198 页。

化性格中的厚古薄今的倾向产生了重要的影响。中国的词章之学作为文化中相对次要的部分，小说作为不登大雅之堂的末流小道，当然也受到这一传统的浸染和制约。强调文学传承的一贯性，所谓"服习积贯"，所谓"后之视今，犹今之视昔"的思维模式确实影响到了中国的叙事文学的基本构架。中国古代文学，不论是骚、赋、诗、词还是小说，对于传统的重视，与史家对"先代三王之治"的过分尊崇如出一辙。"述今"与"稽古"从根本上来说是一回事，即便是文人雅集的随意吟咏，所谓的抒情也要借助于古代的历史史实和文化遗存。与司马迁的描述一样，我们似乎只有在探求古代的奥秘的同时，才会从镜子中看到自己。他们都有一个共同的倾向：沉迷于不断追溯失去的记忆，打捞被时间所覆盖的历史文化碎片。文学的写作既可以看成是对过去的记忆，也被看成是一种历史碎片的反复的叠加，更是对一种历史遗迹的追怀与凭吊。而在其中扮演了最重要角色的就是典故。

现代作家废名曾认为，中国文学与西方文学构成最重要区别的关键，就在于典故的运用。这种断语正确与否我们暂且不论，[1] 至少他对这一文学现象的揭示是极有针对性的。我们注意到，时至1917年，当胡适发表他的《文学改良刍议》并倡导文学革命的主张时，所提出的"八不"主张之一即是"不用典"。从胡适对典故的断然拒斥，我们可以想见，使用典故的习惯到了近代并未稍减。典故作为一种历史故实的浓缩或提纯，作为一个文本对另一个文本的

---

[1] 如果仅仅就文学的修辞学而言，西方语言和文学中典故的运用也相当普遍。但西方的语言和文化系统相对驳杂，不同的语言、民族、宗教群落，在使用"典故"过程中缺乏中国文化的内在统一性，当然典故也确实没有重要到"无典不成诗"的地步。

征引，既是历史对于现实的直接切入，同时可以看成是现实对历史的有意识的指涉（具体的意义千差万别）。

一个"古典"被嵌入到文本之中，作者通常不需加以任何解释，其意义如何，不仅涉及典故的原意，也涉及具体的上下文关系。当然，"古典"也有难易之别。按照对读书人"通古今之变"的要求，一般的历史故事，通常为广大的读者所习知（这里的读者当然指的是读书人）。但有时情况也会变得相当复杂：作者使用典故时，固然必须以假设读者能够看懂并理解为前提，但文人雅士"炫博矜奇"的恶习往往难以遏止，典故对读者的阅读挑战不言自明。比如说，即便是对于贾宝玉这个层次的读者而言，"绿蜡"一词的出典也实在是太难了。从薛宝钗对他的大肆嘲弄来看，宝玉对钱珝咏芭蕉一诗的无知，显然是很不应该的。[1]

对典故的理解在相当多的时候，牵涉到作者意图和文本意义的复杂关系。能否理解典故，是阅读是否有效的重要保证。举例来说，当读者面对"义山之叹韩碑"这一常见典故时，首先必须知道"义山"是谁，"韩碑"究系何指，具体的考证自然会涉及李商隐的《韩碑》、韩愈的《平淮西碑》以及相关的历史史实。再比如，当我们读到"贾氏窥帘韩掾少，宓妃留枕魏王才"这句诗时，你必然会为贾氏和韩掾指的分别是谁，宓妃与魏王曹植到底有什么牵扯而大伤脑筋。可是，对于古代的读书人来说，这些典故无疑都是再普通不过的常识。我们不妨把这类的典故称之为明典。它既是一种召唤，也是一个障碍，既有古意，也有后来的引申。

还有一类典故，即便你不知道出典及其意义，却也并不影响对

---

[1] 参见《红楼梦》第十八回。

文本的阅读和欣赏。我们姑且将之称为暗典。

当然，作家和诗人在使用典故时也不是任意的（在诗词的酬唱中，作者为了显示自己的博学而生硬使用典故的事，也不罕见，不过得另当别论），对典故的挑选和征引，必然会涉及作者使用典故的契机。也就是说，作者从历史的记忆中所打捞之物，必然与作者的意图、社会及政治环境、个人遭遇构成某种关系：或类比，或反讽，或寄情伤怀，或托古言今。同时，典故也有"古典"和"今典"之分。作家不加解释地征引当时的实事（因为他同时代的读者大多人所共知，作者无须专门解释），可后来的读者就会茫然不知所指，这种情况可以视为"今典"。"古典"在历史的发展过程中被反复引用、镶嵌，对训练有素的读书人来讲，也许不是很大的问题，但若遇到今典，由于作者语焉不详，读者往往视为畏途。赵瓯北曾认为，苏东坡诗文中的"古典"大多常见，且易于索解，但苏轼写作中常常出现的当时的社会时事（亦即今典），往往让后代的考释者煞费苦心。陈寅恪也认为，相对于古典，对今典的理解和阐释要困难得多，他感慨《哀江南赋》不易阅读，主要针对的是庾信大量使用的"今典"。

使用典故，即在一个文本中插入、镶嵌其他的文本内容，作为一种写作方式，在形式上十分类似于西方后结构主义的"互文"（intertextuality）概念。这一概念通常被认为是从巴赫金的复调和"接触域"（zone of contact）的理论发展而来的，它指的是文本对前人某一个特定的文本的利用，造成不同文本之间的穿插与编织，通过模仿、降格、讽刺和改写等叙事策略，在不同文本的意义之间，形成矛盾或空隙，来实现文本的某种复杂意图。[1] 其中最为普遍的

---

[1] 参见廖炳惠：《关键词200》，137页，南京，江苏教育出版社，2006年。

做法，是对其他文本进行修正，故意歪曲和反讽，使之具有某种颠覆性的效果。也就是说，后结构主义对引文的使用往往是一种反讽性、戏仿性或歪曲性的借用，它仅仅是作为一种修辞方法而出现的。托马斯·品钦对《白雪公主》的改写，海勒在《上帝知道》中对《圣经》文本的引用和歪曲，甚至包括当代中国作家王朔对革命话语或语录口号的挪用，都可以看成是这方面的实践。

因此，中国传统的典故与西方意义上的"互文"概念，在实际上是有根本区别的。尽管典故的使用确实含有修辞的意味，但仅仅将典故的使用视为一种修辞方法的见解，是极为肤浅的。作为一种叙事或修辞的方式，它早已随着白话文运动和五四文学革命而寿终正寝，但作为一种文化心理和文化习惯的征候，典故的使用涉及中国人特殊的文化认同机制，以及对历史记忆的认识观念。同时它也是一种特殊的言说方式：典故的使用可以在瞬间使所有的历史记忆即刻复活，从而使现实与传统、个人经验与历史记忆迅速联通。而一个典故在作者的策略中就像是一条看不见的绳索，将长达数千年的历史沉积物串联了起来。因此典故的关键功能，是迫使读者在阅读过程中对历史的记忆或碎片进行温习，从而将新与旧、现实与历史融为一体。

另外我们也必须看到，从内容上来看，"典故"亦非一成不变的被动事物，它一旦进入一个新的文本，其意义也会随着文本的上下文关系，随着作家的现实意图而发生微妙的变化，从而不断产生出新的意指，也就是说，伴随着典故的使用，它的意义也在不断的增殖之中。陈寅恪的"以诗证史"，对典故的考证就是当然的前提。然而柳如是的诗文中所使用的典故并非第一次出现，在她之前，已经有不同的人使用过。仅仅考察典故的初始来源，是远远不够的，陈寅恪还必须仔细地区分柳如是笔下的典故究竟是针对哪一个引用者的意图,是苏轼、黄庭坚,还是其他什么人。典故作为中国文人处理历史与现实关系的特殊的个案,是一个结果而非原因。

　　我的意思是说,我们之所以会使用典故,是由于中国人对于无可把握的时间和标志物的辨识习惯所决定的。比如说,在中国古代传统中,对于自然之物的欣赏远远不及对于历史风物和名胜古迹的欣赏,相对于未受人文事件历史影响的纯粹的自然风景,中国人更喜欢品味"名胜古迹"的意蕴。考究其中的原委,恰恰是因为"名胜"往往是作为历史和时间的标志物而出现的——它可以勾连起过往历史的碎片,而产生思古之幽情。熟读《春江花月夜》的读者都知道,月亮并非是自然之物,它是所有的诗人对月亮的比喻、隐喻、象征和记忆的结合体;同样,马嵬坡也不是简单的地名,因为安史之乱,这个名词具有了全新的意义,无数的文人都在这个地名中留下了他们的痕迹。关于自然和"名胜"之间的关系问题,我们在第三章中还要详细探讨。

作者与准文本

一个文本在编辑、印刷、出版、行世的过程中，在正式文本之外，也会增殖出一些其他的文字信息。这些信息通常以序言、跋、作者简介、内容提要、出版说明、编校体例乃至于书籍的封套广告等种种面目出现。为了提高书籍的销量，或者使文本增加某种权威性，聘请（或假托于）某个贵族或重要人物撰写序文，在古今中外的出版界十分常见。如金圣叹假托施耐庵，冠于贯华堂本《水浒传》前的序文；再如毛宗岗假托金圣叹，冠于《三国演义》前的序文等等。印刷出版者出于商业的考虑，或出于帮助读者了解文本的来龙去脉等目的所增加的这些文字，虽然绝大部分与正式文本的作者没有什么关系，但依然会对读者的阅读产生一定的影响。比如说我们通常会因为一部佳作糟糕的内容提要或序言而败坏阅读的兴味，从而造成遗珠之憾；相反，我们也完全可能因为一篇精彩的序言而对平庸之作白白耗费宝贵的精力。

这些依附于正式文本并与之一同呈现的文字信息，通常被称为准文本（paratext），也有人翻译为"侧文本"。这些信息中有一部分非常重要，比如由作者直接为自己作品的出版所撰写的序、跋等等。由于传统的作者中心论这一观念早已深入人心，作者对自己作品所做出的阐释性意见，包括写作缘起等内容，读者似乎没有任何理由轻轻放过。但不管怎么说，即便是作者本人的序、跋，对阅读而言，它也仅仅是参考性的，而非强制性的。读者完全可以跳过不读。不过，当某一类序跋与正文的内容构成了更为紧密的关系时，读者往往不能将它视为备用性的提示信息，对这样的准文本等闲视之。比如说，韩邦庆为《海上花列传》一书所做的那个著名的跋，即属此类。

韩邦庆在这个跋中，对读者的种种反馈意见进行了评述（这部小说首先在杂志上连载），随后突然笔锋一转，居然极为严肃地对《海上花列传》几个虚构的主要人物后来的命运，做出了补充性说明。应当说，在对准文本的使用过程中，这是一种明显的"犯规"行为。因为这些文字已不是一般意义上的跋，它实际上部分地"侵入"了正式文本，也就是说，它超越了一般意义上跋的形式规定性。我们都知道，《海上花列传》的几乎所有人物，完全是作者虚构的，不可能有什么未来的真实命运。作者这样做，不仅故意混淆了虚构与真实的界限，同时也使准文本与正式文本的关系变得暧昧起来。这个"跋"事实上变成了正式文本的延伸或继续。尽管如此，这个跋是在正文完成并出版后才出现的，并不能反映作者原初的写作意图，也不能说它是作者叙事手段和策略的一个部分，它更像是一个戏谑的玩笑。我认为它很有可能是因为《海上花列传》出版以后，读者对该书情节的戛然而止有所不满足，作者通过这个跋，给读者一个带有玩笑性质的回应。仅此而已。

然而，作者蓄意将所谓准文本，比如序言、写作缘起等等附加信息，强行拉入正式文本，并将它视为一种有目的的修辞手段时，情况将会产生实质性的变化。让我们先来看一看下面这段文字：

> 在利德尔·哈特所著的《欧战史》第二十二页上，可以读到这样一段记载：十三个团的英军（配备的一千四百门大炮），原计划于1916年7月24日向塞勒—蒙陶朋一线发动进攻，后来却不得不延期到29日上午。倾泻的大雨是使这次进攻推迟的原因（利德尔·哈特上尉指出）。当然，表面上看来并没有什么特殊之处。可是下面这一段由俞琛博士口述，经过他复核并且签名的声明，却给这个事件投上了一线值得怀疑的光芒。俞琛博士担任过青岛市 Hochschule〔1〕的英语教员，他的声明的开头两页已经遗失。〔2〕

这是阿根廷作家博尔赫斯的小说《交叉小径的花园》的开头。毫无疑问，这个开头是以某种"准文本"的面目出现的，它看上去更像一份前言或写作说明。一个完全由作者博尔赫斯本人所虚构的故事，被伪托在一个名叫俞琛（口述实录）的英语教师的名下。为了使这段前言更像是一个"文本缘起"式的准文本，作者不仅在后面的正式故事（亦即俞琛的口述）中使用了第一人称（前言部分则是第三人称），而且为了和前言部分的"开头两页已经遗失"这样的字句相统一，"正文"的故事是以省略号开头的。

---

〔1〕 德文，意为高等学校。
〔2〕 博尔赫斯：《交叉小径的花园》，见《博尔赫斯短篇小说集》，王央乐译，69页。

博尔赫斯之所以这么做，是由他的叙事意图（包括作者所要达到的叙事效果）所决定的。作者将一个虚构的名字俞琛与一个真实的名字利德尔·哈特并置，试图造成故事实有其事的假象，从而部分地消除掉虚构与历史文献的界限。当然，富有阅读经验的读者定能一眼识破作者的"诡计"，他们断然不至于愚昧到相信这个故事果真出于俞琛口述的地步。这种对准文本的借用，或者说挪用，而形成的文字内容，我们不妨将它称之为"伪准文本"。这样一来，我们也许已经明了：就文学叙事的研究而言，真正重要的并非准文本，而是"伪准文本"。作为一种叙事手段，它最明显的特点之一就是"伪托"。这是一个古已有之的叙事技巧，在古今中外的叙事艺术中并不罕见。博尔赫斯对这一技巧的使用还是比较克制的，并不像纳博科夫那样，将它推向了一个极端。

纳博科夫的《微暗的火》（1962）可以看成对准文本加以利用的登峰造极之作。全书共由五个部分组成：目录、前言、正文、评注、索引。整个作品是叙事者金波特为一个名叫约翰·弗朗西斯·谢德的诗人的遗著所编定的遗稿目录。当然，这个金波特是作者伪托的遗稿整理者。他和谢德一样，都是作者虚构的人物。在这部小说的前言部分，金波特交代了谢德的生平，并记述了自己与诗人谢德的交往，追述谢德写作长诗《微暗的火》时生活和言谈的点点滴滴。正文部分就是谢德那首长诗，题目就叫《微暗的火》，据说是此人于去世前二十天里所创作的一首英雄对偶诗体的诗作，共四章，999 行。评注部分则是金波特对这首长诗所做的注解式评论。值得注意的是，这个部分在纳博科夫的小说中占据了二分之一以上的篇幅。最后一个部分则是所谓的索引部分，主要是人物与地名的索引。

这几部分的内容，无一例外地都是以"准文本"的形式出现的

（金波特编定的"正文"是一首长诗，而如读者所知，纳博科夫所写的这部书是小说，因此长诗"正文"恰好是作者的引文，当然可以视为准文本），因此，这部小说也可以被解读为完全没有正文的小说。

简单地来说，所有这些伪准文本（包括目录）都是作者精心建构的结构和形式的一部分。他在修辞上的意图，一方面要将人物、叙事者、作者之间的关系彻底混淆，另外一方面也试图将文学写作、批评和学术研究之间的界限模糊掉，从而使小说变成实际意义上的学术论文。

作者叙事上的技巧极其花哨和夸张，其实远比我们所简单分析的更为复杂。比如说，这个名叫金波特的伪托的叙事者，身份也十分可疑，他很有可能是小说中另一个人物波特金的化名。出于某种迂腐的或想入非非的幻想，波特金把自己想象成了金波特（某个不存在的流亡的国王）。同时金波特对长诗《微暗的火》的注解，按照小说的提示，也很有可能出自于诗人谢德本人之手，金波特在某种意义上是剽窃了别人的成果……诸如此类。在纳博科夫的后半生，尤其是当他去了美国之后，他明显变成了那种智力过剩的作家。

在我看来，这部作品并不像麦卡锡或安东尼·伯吉斯所吹嘘的那样，有什么了不起的原创性，其唯一的成就，似乎就是这样一个建立在准文本游戏基础上的复杂的结构，其艺术感染力甚至远远不如他前期的优秀之作《普宁》和《黑暗中的笑声》。作者经过了多重伪托，将自己的意图重重包裹起来，文本歧义迭现，疑窦丛生，在叙事上倒是获得了极大的自由。纳博科夫采取这种形式，固然有智力游戏和卖弄学识之嫌，但他这么做，也不是没有形式上的明确考虑。因为这样的形式能够更方便地凸显他对美国学院政治及其历史现实境遇的抨击与反讽。

然而，即便就这种形式和结构上的安排而言，这部作品也不像玛丽·麦卡锡所惊叹的那样，具有什么无与伦比的独创性。爱伦·坡问世于 1837 年的小说《亚瑟·高顿·皮姆的陈述》在这方面的探索，与纳博科夫相比，可以说有过之而无不及。安贝托·艾柯曾经对它进行过重要的文本分析，这里不再赘述。[1] 而意大利作家卡尔维诺一直致力于"引言式"的准文本写作，而后来他终于写出了《寒冬夜行人》这样的"集大成"之作。作品的故事时序极为混乱，这种混乱不是由于普鲁斯特或福克纳式的人为结构安排，而是印刷厂的工人在把书籍装订成册时所犯下的错误所致。这当然也是一种狡狯的伪托。

我这里着重要说的是，在中国，18 世纪中期问世的《红楼梦》已经在这方面做出了富有革命性的尝试。我们先来看看此书开头部分的一段文字：

> 此书开卷第一回也，作者自云：因曾历过一番梦幻之后，故将真事隐去，而撰此《石头记》一书也，故曰"甄士隐梦幻识通灵"。

这一段文字乃是典型的作者自述，交代写作《红楼梦》的缘起，庚辰本和甲戌本都将它列入凡例，置于正文前，以准文本的面目出现，然而，戚序本等其他版本则直接将这个凡例放入正文（即第一回）。从这个过程中即可看出，对当时的作者和读者而言，准文本与

---

[1] 参见安贝托·艾柯：《悠游小说林》，俞冰夏译，21–25 页。

正式文本之间的界限并没有那么绝对。蒲松龄在《聊斋志异》中所讲述的故事亦时常假托于他所杜撰的无名作者，以表明某个离奇故事并非自己的虚构：或是出于道听途说，或是出于知情人的披露。

在《红楼梦》开头这段文字之后，作者在正文部分再次对自己虚构的故事的作者进行了假托，即《红楼梦》的全部故事的来源，乃是由于女娲补天后所留顽石去人间游历的经历，这段经历被一字不漏地刻在大荒山无稽涯青埂峰上的一个巨石上，字迹分明，编述历历。有一个空空道人访道求仙路过此处，偶然窥见此文，一字不差地抄录传世。与纳博科夫、博尔赫斯或卡尔维诺不同的是，曹雪芹的假托，并不要求读者对故事的来源信以为真。对于读者而言，女娲补天一类的故事毫无疑问属于神话范畴，因此作者明白无误地告诉读者，这种托之于顽石的说法本身即是假的，或者说是象征性的。然而接下来，作者笔锋一转，这样写道：

> （空空道人）因毫不干涉时世，方从头至尾抄录回来，问世传奇。因空见色，由色生情，传情入色，自色悟空，遂易名为情僧，改《石头记》为《情僧录》。至吴玉峰题曰《红楼梦》。东鲁孔梅溪则题曰《风月宝鉴》。后因曹雪芹于悼红轩中批阅十载，增删五次，纂成目录，分出章回，则题曰《金陵十二钗》，并题一绝云：
> 　　满纸荒唐言，一把辛酸泪！
> 　　都云作者痴，谁解其中味？
> 至脂砚斋甲戌抄阅再评，仍用《石头记》。

这段文字已是小说进入正文的部分，但看上去仍具有凡例的性质。至此，如果我们将作者看成文本信息的提供者，按照准文本的

提示,《红楼梦》的作者(编定者)共有以下七位:

一、以叙事者面目现身说法,交代写作缘起的那个作者

二、石头

三、空空道人

四、吴玉峰

五、孔梅溪

六、曹雪芹

七、脂砚斋

其中的石头和空空道人,因其明显的神话氛围,读者不可能将其视为真正的作者;吴玉峰、孔梅溪只不过是传抄者,除了更改书名之外,并不能说是真正意义上的作者。但"石头"虽不是可信的"作者",但因为曹雪芹的假托,却成了地地道道的超级叙事者——在《红楼梦》的前八十回中,石头时常以讲故事的人的口吻露面,且自称"蠢物"。而书中主要人物之一的贾宝玉作为石头的现实化身,则有时被称为"石兄"。

曹雪芹的身份比较复杂。按文本的叙述,他的地位有点类似于批评《水浒传》的金圣叹。他对文本的贡献只是五次增删,纂成目录,分出章回而已,至多只是一个参与者或编订者。当然,以上的所有内容均可以看成"伪准文本",全都是作者的假托,是对准文本的某种利用。正如脂砚斋在甲戌本《红楼梦》第一回的眉批中所提醒的那样,如果曹雪芹只是一个批阅增删者,"那么从开卷至此的这一篇楔子又系谁撰?足见作者之笔狡猾之甚……这正是作者用画家烟云模糊术"。[1]

---

[1] 会评本《红楼梦》(脂砚斋评批),黄霖校点,7页,济南,齐鲁书社,1994年。

然而，作者多次假托不存在的其他"作者"，使用这样一个烟云障眼之法的目的何在？要回答这个问题，既要考虑到作者的叙事意图，亦要将这样一个叙事策略置于中国小说传统和时代背景中加以考虑。我想提出以下三点加以简略说明。

首先，中国古代小说的作者隐去姓名，假托他人的例子十分常见，这和小说在中国传统文化中的地位有很大的关系。中国的取士制度，虽然也曾一度覆盖文学，或曰词章之学，但小说作为"史余"甚至都不能进入文学的真正范畴。它处于文章—诗—词—曲—说话的最末端。用庄子的话来说，要凭借小说志于大道，或博取所谓"县名令问"，是很荒谬的。这也造成了中国古代的士人甚至文人耻于小说的风尚。在这个风尚的压力下，作者假语村言，隐去自己的姓名，毫不足怪。

其次，自清初特别到了康乾之后，因写作小说而罹祸的例子也时有发生。所谓"避席畏闻文字狱"，一般的日常生活清谈都会有捕风捉影之虑，而招来祸患，更不用说小说、故事、述史这样一种文学方式，本来即有"含沙射影"的潜在危险。曹雪芹这篇楔子刻意假托石头的亲历亲闻，将真实背景虚化，进而强调"朝代年纪，地舆邦国，失落无考"，以避免它与真实的历史与现实发生关联，可谓用心良苦。在这样一个前提下，所谓的准文本或伪准文本被用来屏蔽真正的作者声音的做法，或许就不难理解了。

最后一点，我以为尤为重要。作者的"烟云障眼之法"实际上是和作者内在的叙事意图密切相关的。在《红楼梦》中，作者的意图正是通过一系列辩证来实现的，如实在与虚幻，人伦与天数，入世和出世，色与空，写意和写实，诸如此类。然而我认为，《红楼梦》中最核心的一组关系，毫无疑问就是真与假的关系。要实现这一叙事目的，作者必然要将真假、虚实界限的消除作为前提。在《红楼梦》所提供的七个作者（或文本来源）中，我们可以清晰地看到，作者故意模糊真假界限的明确意图。正如上文所说，石头是纯粹的假；空空道人是假中有真；而吴玉峰、孔梅溪如仅仅从姓名上来看，则完全可能是现实生活中的人，作者将这些"天人"和"世人"并置在一起，其意图不难揣测。

最可惊异者，与西方小说对准文本的运用很不同的是，曹雪芹所假托的对象竟然包括了他自己——西方现代小说对准文本的利用无论在形式上多么复杂，但他们所假托的对象无一例外都是"他者"，而曹雪芹把真正的作者（他本人）放置于"伪准文本"之中，这就使得"伪准文本"的性质发生了更为复杂的变化：假托中居然埋藏着真实，问题中预留着答案，谜面中隐含着谜底。

《红楼梦》的形式探索尽管十分大胆，但它的大部分伎俩和花招都是内在的，含蓄而不动声色，并未在外表形式上使用另一套结构符号，也未对传统叙事的形式本身构成颠覆性的革命，更没有像意识流小说那样强迫读者改变阅读习惯。这种在形式上探索的内在性与中国传统叙事重视内在超越的精神是一致的，与中国传统文化中辞与意的关系、文与质的关系的辩证思考也是一脉相承的。

在曹雪芹的这篇楔子中，只剩下一个疑问还没有解决，那就是"脂砚斋"到底是何人？他的功能和角色的意义如何？他与作者的关系究竟怎样？很显然，如果说曹雪芹是真正的作者，他怎么会在自己过世之后，仍然写出"至脂砚斋甲戌抄阅再评，仍用《石头记》"这样的话来？如果说这段话是脂砚斋后来加的，那么脂砚斋的身份与吴玉峰、孔梅溪之流则显然不能同日而语。吴玉峰和孔梅溪出于曹雪芹的杜撰，是一种假托，那么脂砚斋则实有其人，他不仅是传抄者，甚至参加了文本的编纂、修订和评点。

至此，我们可以做一个简单的归结：曹雪芹是真正的作者，脂砚斋是文本意义上的加工者和评点者。按照已有的考证，我们知道，脂砚斋的加工和评点与曹雪芹写作的本意之间的关系固然复杂（据说他们是朋友，曾在一起商量讨论过作品的写作。至少脂砚斋是《红楼梦》写作过程的重要知情人），但它与文本意图又构成什么样的关系呢？我们必须认真地去探讨一下中国传统小说评点者的功能及其扮演的角色。

评点者的角色

　　与现代意义上的文学批评和文学评论所不同的是，中国古代小说的批评文字镶嵌于原作的文本之中。对于阅读而言，它的强制性是一望而知的：读者不可能在阅读作者正文的过程中，对这部分增殖出来的文字完全无动于衷。一般而言，批评者的文字往往通过回目前的前批、题诗，回目后的总评，以及镶嵌于所谓正文中的眉批、旁批、夹批等手段编织进正式文本，从而与正文完全融为一体，无法分割。这在某种意义上构成了正文之外特殊的"附加信息"。它和我们前面所讨论的准文本或伪准文本的概念是完全不同的。

　　追溯这一形式的来源，学术界见仁见智，已经有了不少重要的研究。然而我觉得这一形式的出现与中国传统文化独特的阐释学和注释学实践有着相当深的关联。比如说对《春秋》经的阐释而形成的三传，使得《左传》《谷梁》和《公羊》与经文一并传世。从某种意义上说，"传"并非仅仅是"经"的附庸，它在对"经"的质疑、补充或解释的过程之中，也使自己变成了完全自足的文本。甚至我们今天在阅读《春秋左氏传》的时候，出现了完全颠倒了的关系：即经文（原作）往往成了"传"的附庸或参照物。再比如说，裴松之注《三国》也并非仅仅是对陈寿文字的注脚，他有一套完全属于自己的注释理论，实际上早已超越了他所注释的对象，形成了真正意义上的另一种写作。所谓："引诸家论，辨是非；参诸书说，核讹异；传所有事，详委屈；传所无事，补阙佚；传所有人，详生平；传所无人，附同类。"[1] 我们固然可以说，裴注是《三国志》的附着物，也可以反过来说，《三国志》是裴松之的写作提纲。自裴注出现之后，后世所流传的《三国志》史、注往往并刻行世，无法分割。

另一个有名的例子是，汉代桑钦所著的《水经》一书，由郦道元作注之后，在流传过录的过程中，竟至于经、注混淆，难以辨别。而且，今天的一般读书人只知有郦道元而不知有桑钦，在正式文本与注释文本的关系上，形成了喧宾夺主、本末倒置的局面。直到清代的戴东原才终于为经、注内容作出了令人信服的区分。不论是《春秋》的传，裴松之、郦道元的注，还是孔子所谓的"述"，都暗示了中国古代的作与述的复杂关系。实际上，述就是作，或者说，写作往往是通过"注述"这一特殊的形式而展开的。只有了解了这一点，我们才能理解中国古典小说的批评者的角色及其实际功能，我们才能理解金圣叹、毛宗岗一类的批评者为何竟敢于修改原作者的文字，甚至添枝加叶，刀削斧砍。

中国古典小说评点从功能上来看，评点者不仅会像现代批评家

---

[1] 钱穆：《中国史学名著》，93页，北京，三联书店，2000年。

那样，对原作的修辞、手法和结构作出某种评论性的意见——如"入画""如见"，还有"如画""传神""精妙""草蛇灰线"一类的普通圈点，也会对作者隐含于文本中的许多奥秘和未发之覆加以揭示，从而对读者加以提醒和指导。甚至，他们会在批评的过程之中，直接发表自己的感慨与兴叹，对世道人心发表评论性意见。兴之所至，有的评点者竟自己会讲述一个与正文毫无关系的故事，从而使得读者不得不停止对原文本的阅读，而进入评点者的故事。[1]所有这些内容，评点者出于不同的目的，强行将之编织进文本，与作者的原创意图本无牵扯。但这些评点文字在原作的第一文本之外形成了第二文本，或次生文本，它对于读者的影响也是不容低估的。一方面，由于采取了交织镶嵌的方式，次生文本本身也构成了读者的阅读对象。另一方面，评点者的文字不断地指涉原著的修辞或寓意，不论这样一种指涉是否妥当，都会对读者的阅读产生重要影响。

假如有一种批评者，他与作者是过从甚密的朋友，并参与了作品的构思，见证了作品的写作过程，甚至给原作者提出过很多具体建议，当原作者过世之后，他再来评述其作品，这情形自然又有所不同。这其中非常突出的例子，就是脂砚斋和畸笏叟对《红楼梦》的评点。除了一般评点文字的功能以外，他所披露的秘密，不仅涉及对文本意义的探幽烛微，甚至牵涉到原作者的写作意图。

即如"秦可卿淫丧天香楼"中的那个众所周知的"公案"所昭示的，我们在作品中看到的是文本意图，而评点者则披露了被作者

---

[1] 比如脂砚斋在甲戌本《红楼梦》第三回的眉批中，忽然给读者讲起了一个乡下人进京的村俗笑话。

删改掉的初始动机。而据说曹雪芹之所以修改原先的文字，乃是听从了评点者的劝告。不论是毛宗岗、脂砚斋、张竹坡，还是金圣叹，他们作为职业批评家的声誉是出于后世的误会，实际上，他们都是相当业余的批评家。一般读者只要是能读得懂《水浒》和《三国》，从理论上来说，都有可能成为一个合法的批评者，事实上也是如此。一般读者或文人，在阅读作品的过程中也会信手涂鸦，在书中的眉页之间留下自己的阅读痕迹。如果假设此人拥有的本子恰好是一个孤本或善本，那么这位无名读者随手写下的意见也会随着本子的传抄、影印与过录一并流传，永垂不朽。而且读者在传抄过程中，也有随手篡改文字的"恶习"，这就使得衍文和错讹不断，有时甚至难以通过考辨加以还原。我们不妨略举一例，以说明之。《红楼梦》第八回写到宝钗、宝玉比通灵之时，黛玉从外面进来，有这样一段文字：

> 一语未了，忽听外面人说：林姑娘来了。话犹未了，林黛玉摇摇地走了进来。

其中的"摇摇"二字，脂砚斋觉得写得很好且传神，特地加以圈点，并评价为："二字画出身。"这自可说明"摇摇"是原作的文字。可是在另一些《红楼梦》的通行本中，"摇摇"的后面多出了"摆摆"两个字，变成了"摇摇摆摆"。按照俞平伯的解释，这也许是某个无名读者觉得"摇摇"二字不通，遂径自加入"摆摆"二字，以至于弱不禁风的林黛玉竟然有了大腹便便的轻浮之态。

由于"评点"这样一个特殊的文本存在，作者与读者的关系也发生相应的变化。与西方叙事学意义上严格的作者—批评者—读者之间的关系相比，中国传统小说中的三者界限并不那么明确，同时它与现代版权法意义上的作者和读者概念也迥然不同。在中国古典小说自写作至被阅读的过程中，评点者既是读者，也是批评者，同时就像我们刚才所论述的那样，也兼有了作者的功能——这不仅是由于评点者提供了次文本或准文本，同时也会对作者的文字、回目进行编删和修改，以体现自己的意图。而对于一般的读者而言，他所面对的文本因不是单纯的作者正文，既有评点者的次文本，也有许多无名作者在阅读过程中所留下的痕迹，这就构成了一种全新的对话关系。阅读过程既是一种现时性的赏析过程，同时这一过程也在相当程度上被历史化了：读者在与作者对话的过程中，实际上也在与不同时代的读者同时进行对话，这也使得阅读变成了一种真正意义上的"共时性"行为，而真正的作者意图则被浓缩成了一个典故——它的真实性和权威性既不突出，也非不存在，它被作为文本意图的有机部分，通过多重解释放置于一系列复杂的对话中，经过读者的反复阐释得以显现。

我们知道，对阅读的强调而形成的"读者理论"，在西方大致是20世纪以后才出现的新的命题，而在中国小说的阅读经验中，这种开放性的阅读从来都是一种习惯和常识。

知　音

今天我们一般都会同意，一部作品的意义或意图的实现，在相当程度上有待于读者的解读。以今天的通行观念视之，在意义实现的过程中，作者作为一个绝对的文本及意义的提供者，已降格为一名旁观者，与此同时，文本也变成了一个召唤结构：文本意图能否实现，相当程度上取决于阅读是否有效。而所谓的"典型作者"或"模范作者"，也可以被解释为一种叙事的期待——在建构作品时，这个模范作者与读者在暗中交流，并希望读者按自己的意图去进行解读。但这样一种解读过程的成功与失败取决于很多方面的因素，并不单单由作者或读者负责。

艾柯曾经试图通过一个例子，来说明这个过程的复杂性：假设有一位读者正在经历失去亲人的巨大痛苦，假如朋友为了排解他的痛苦而请他去看电影，再假设他所观看的恰好是一出喜剧片，"阅读"过程会发生什么样的情景呢？他看见电影院里所有的人都开怀大笑，自己却不明所以。他不知道观众为什么要笑，尽管他强迫自己沉浸于剧情的氛围之中，可是由于巨大的悲痛完全将他笼罩，而无法去发现作者的意图。他抗拒作者的召唤，拒绝与作者进行任何合作，因此欣赏与阅读过程完全失败。[1] 这当然是一个十分极端的例子，在统计学上可以忽略不计，但它却形象地说明，作品在被阅读过程中所发生的诸多作者完全不能预料的未知情景。讨论这样一种情景对阅读的影响，包括意识形态话语、流行文本对读者的塑造所产生的影响，并不是没有意义的。

据说弗兰茨·卡夫卡巨大的影响力触动了爱因斯坦的那颗好奇心。他想知道卡夫卡何以有这么大的名声，便向朋友要了一本《审判》，埋头阅读。一段时间以后，爱因斯坦将书还给朋友时，坦率地承认，这本书完全无法卒读。他还抱怨说，卡夫卡的大脑实在是过于复杂了。

没有人会怀疑爱因斯坦的智商，很多人都将他看成这个世界上最聪明的人。事实上他也并不缺乏哲学、艺术和文学的一般修养。有人也许认为他无法理解卡夫卡，或许是受制于特殊的卡夫卡式的文体。因为作为一部现代主义小说，它的文体恰恰是建立在对一般读者拒绝的前提之下的，它所召唤的是一个特殊的、训练有素的知识分子群体，作品与读者的紧张关系是被蓄意制造出来的，阅读失败或许是作者一种预先的设计，是所谓现代主义美学的一个部分。但这种说法也未必正确。

写到这里，我想起了二十多年前的一件往事。

一天，我和作家李洱在华东师大的校园中散步，忽然看见一个女生坐在树林里旁若无人地大笑。她坐在一张石桌旁，一边读书，

---

[1] 参见安贝托·艾柯：《悠游小说林》，俞冰夏译，10页。

一边发出大笑。李洱对我说:"你猜猜看,她在读什么书?"我当然不知道。我们胡乱闲扯了一阵,刚想走开,那个女生再次爆发出的笑声,终于勾起了我们的好奇心,于是决定去打扰她一下,看看她读的究竟是什么书。有经验的读者也许已经猜到了答案,她在阅读的正是卡夫卡的《审判》。

我们完全不能相信自己的眼睛。对于我们这些自诩为卡夫卡专家的文学专业的人来说,卡夫卡一直是令人望而生畏的作家,不仅深奥难懂,而且令人觉得恐怖。为了弄清他的叙事意图,即便是外国文学专业的学生也往往被他折磨得神思恍惚。可是,这个女生却一边阅读一边大笑不止,这到底是怎么一回事呢?

通过交谈,我们知道,她和爱因斯坦一样,竟然也是第一次阅读卡夫卡。据她解释,卡夫卡实在是她读过的最有幽默感的作家。这个论断给我们带来的吃惊是显而易见的,于是我们不得不小心翼翼地向她请教,《审判》这本书中究竟有何种情节、故事或语言让她觉得好笑?她就一连举了好几个例子,来证明《审判》的"搞笑"性质。其中包括:

(1)警察前来执行逮捕 K 这样一个严肃的使命,可一进门就把 K 的早餐抢过来自己吃掉了,似乎吃掉 K 的早餐是他们此行的真正目的。

(2)这两个威风凛凛的警察不知何故,很快就被主管要求褪下裤子打屁股。

(3)K 确信自己没有犯罪,无须到庭应诉,却在通往法庭的道路上飞奔。

(4)K 进入法院,发现法官的办公室竟然是一间卧室。K 要想进入法官的办公室,必须先将卧室里抵住门的那张床移开。诸如此类。

这段经历，使我们彻底改变了对卡夫卡的阅读印象，也把我们从阴森的"卡夫卡梦魇"中拯救了出来。这个女生虽然不是文学专业的专门人士，可她对卡夫卡的理解是有道理的。我不久后前往北京的歌德学院，参加卡夫卡诞辰一百一十周年的学术研讨会，与会的一位捷克学者发言的题目就是《卡夫卡的喜剧》。据她说，卡夫卡在写作《审判》时，确实是将它当作喜剧来写的，而且每写一段就会朗诵给他的朋友们听。他的那些朋友无一例外都笑得在床上打滚。

问题是，这位女生的智商不见得超过爱因斯坦，也没有任何证据证明她的文学修养超过那位相对论的发明者，可是卡夫卡的喜剧意图为何对她敞开？我认为这里有两个重要的因素不可忽略：首先是因为这个学生是女性（我认为我这么说，态度是严肃的，不带性别的偏见）。因为按照我的个人经验，男性与女性在阅读和理解方面的差异性是十分明显的。我知道，有很多的女性读者，毫无缘由地对列夫·托尔斯泰表示本能的厌恶。关于这一点，至今我无法理解。其次，我认为这个学生与爱因斯坦的期待完全不同——爱因斯坦的期待是卡夫卡何以伟大，甚至可能是，卡夫卡何以能成为描写官僚制度、荒谬感和异化的"欧洲的良心"？而这部分内容，作者恰恰是通过寓言或悖论展开的，其叙事方式独特而深奥。而这个女生只是把《审判》当成了一般的通俗或流行小说，用于满足自己的阅读快感，正因为这种愉悦和放松，她和《审判》之间建立起了一种特别的互动关系。

文本意图的实现过程既复杂又诡异，它不仅取决于不同读者的气质修养、生活经历和阅读方式，也和不同时代加诸读者的意识形态的规训力量密切相关。废名曾经固执地寻求和他个人的性情、修养、情感类型完全一样的读者，这个读者甚至被看成是作者的复制品。但这种寻求绝对的理想读者的举动，注定是要失败的。

世界上并不存在着这样一个绝对的、固定不变的读者主体。即如废名本人一样，写作《桃园》时的作者与写作《莫须有先生坐飞机以后》的作者并非同一个主体。同样的道理，即便是同一个读者，在不同的情境下阅读同一部作品，其意会的内容也迥然不同。除了时间的变化之外，我认为作者意图与读者产生的"冥会"，在相当程度上也是由于"命运"参与的结果。

卢卡契作为欧洲最重要的学者和批评家之一，一直对卡夫卡的作品怀有轻蔑。他在相当长的一段时间中，曾坚持认为，卡夫卡的小说完全是无病呻吟，没有任何意义和价值。因为在卢卡契那样一个坚固、明晰的大脑看来，一个人是无论如何不会在一觉醒来后变成甲虫的。他崇尚巴尔扎克式的明确叙事，而将卡夫卡称为"堕落的作家""非理性主义的代表"。然而，最终促使卢卡契改变看法的并不是时间，而是"命运"向他呈现的奥秘。随着纳吉政府的倒台，他突然像《审判》中的 K 一样，被莫名其妙地逮捕和审判。卡夫卡的大门顷刻之间就奇妙地向他敞开了。他所感觉到的巨大荒谬感，卡夫卡早已为他作出了详尽的说明。他终于承认，卡夫卡写的是真正的现实，因为这样的现实也发生在他的身上。

陈寅恪在《陈述辽史补注序》中，也曾记录了他的一段阅读经历：

> 寅恪侨寓香港，值太平洋之战，扶疾入国，归正首丘。……回忆前在绝岛，苍黄逃死之际，取一巾箱坊本建炎以来系年要录，抱持诵读。其汴京围困屈降诸卷，所述人事利害之回环，

国论是非之纷错,殆极事态诡变之至奇。然其中颇复有不甚可解者,乃取当日身历目睹之事,以相印证,则忽豁然心通意会。平生读史凡四十年,从无似此亲切有味之快感,而死亡饥饿之苦,遂亦置诸度量之外矣。[1]

在这里命运的瞬间所提供的契机,使得读史四十年经历的陈寅恪对许多"不甚可解者"而至于"豁然心通意会",这种亲切有味之快感的产生固然与太平洋战争爆发之际的社会现实对历史著述互相印证、发明有关,而"苍黄逃死"的遭际变化也为这种意会提供了恰当的氛围。如果没有被捕和审判的经历,卡夫卡的文本意图也许仍然对卢卡契保持缄默;如果陈寅恪没有乘渡船返国九死一生的经历,四十年读史的经验也不能保证他对历史文献的意会和心通。文本之于读者,在何时会显示它的特殊意义,抛开读者是否优秀不谈,实在是渺不可知。我们通常说,文本是一种秘传的经验,并不是一种唯心主义的虚妄之言。意图就是这样一个幽灵:花非花,雾非雾,来去倏忽,无迹可寻。意义的产生有赖于读者的阅读,但这种合作也不是简单的写作—阅读关系,它也涉及一系列的机缘。

西方的读者理论和"接受美学",从"作者权威论"一跃而至"读者中心论",似乎有某种极端化的嫌疑,所谓一人一义,十人十义。对读者地位的过分强调,固然可以解放阅读被禁锢的想象力,凸显阅读主体的主动性,但却忽略了文本自身的规定,特别是作者意图、文本意义,以及读者意会的暗中交流。到了后来,望文生义,

---

[1] 陈寅恪:《陈述辽史补注序》,见《金明馆丛稿二编》,234页,上海,上海古籍出版社,1980年。

穿凿附会，更是无所不至。

　　读者之于阅读文本，我以为有些类似于杜牧所说的"丸之走盘"，一方面"丸之走盘，横斜圆直，计于临时，不可尽知"，另一方面，"其必可知者，是知丸之不能出于盘也"。[1] 中国古代的阅读理论特别强调意会、冥会和会通，作者所召唤的是一个可能的潜在读者，也就是能够发现文本意图的那个敞开的时间中的读者。而阅读目的只有在发现"模范作者"之后才能实现。冥会和意会，指的就是两者的相遇，不过两者何时相遇，以及能否相遇，这就涉及许多复杂的条件和因素。也就是说，写作和阅读的关系，从来都不是哪个主动、哪个被动，谁是主导、谁是附庸的关系。阅读的成败取决于两者的会通，写作者的姿态，说到底仅仅是一个邀请而已。

　　因此，在中国的传统文学写作中，写作行为往往被解释为一种寻找知音的过程。所谓"嘤其鸣兮，求其友声"。[2] 在对读者的寻求中，作者并不强求这种知音，或者说并不过分祈求这种阅读的成功。作者往往将阅读的失败、知音的缺席作为一个写作的前提予以接受。"峣峣者易折，皎皎者易污；阳春白雪，和者盖寡"（李固《遗黄琼书》）；"文章千古事，得失寸心知"（杜甫）；"不惜歌者苦，但伤知音稀"（《古诗十九首》）；"都云作者痴，谁解其中味"（曹雪芹）。所有这一类的感伤之语，既是对知音难觅的感慨，同时也是对理想读者的召唤，既有悲凉，也有自信。

　　"知音"当然不是一般读者，但在中国的文化传统中，"知音"

---

[1] 参见杜牧：《注孙子序》，见《樊川文集》（卷一），陈允吉校点，上海，上海古籍出版社，2007年。
[2] 《诗经·小雅·伐木》，见《〈诗经〉新注全译》，唐莫尧注译，357页，成都，巴蜀书社，2004年。

却并不排斥一般读者的存在。我觉得更为重要的是，这种看似消极的寻求知音的理论和写作策略，却真正保证了写作的开放性：作者并不仅仅在为他的同时代人或一般读者写作，他所面对的是开放的时间之中潜在的理想读者。作者所预设的读者，既包括同时代的各种层次的读者，也包括那些假设中的未来的读者。由于他所预设的这些"未来读者"在时间的长河中几乎是无限的，文本可以在相当程度上超越时代的限制，成为金匮之藏，名山之业，而传之后世。在这个意义上，我们完全可以理解杜甫"尔曹身与名俱灭，不废江河万古流"的豪迈与洒脱。

另外，对开放时间中"知音"的寻求，也在相当程度上改变了作者与时代风尚之间的关系。对知音的寻觅，对后世读者理解的确信，使作者志存高远，更有勇气对抗时尚和社会意识的压力。而不媚世、不趋时，自古以来就成了写作者品质和修养的一种象征。

作者的声音

很多人坚持认为列文就是列夫·托尔斯泰的化身；林黛玉的情感和观点部分代表了曹雪芹。虽然这种看法未必没有道理，但列文和林黛玉毕竟不能等同于作者，这是基本常识。因为我们毕竟还有种种确凿的理由认为，安娜·卡列尼娜或贾宝玉的身上也或多或少留有作者观念和情感的痕迹。我们也没有什么确凿的证据来论证，沃伦斯基或薛蟠身上"不正当"的欲望，托尔斯泰或曹雪芹就完全没有份。

对于读者而言，作者是一个缺席的存在。他是一个隐身者，一个幽灵。如果你在书场里听人说书，遇有疑惑不解之处，也许可以向说书人提问，但绝大部分文学文本的读者却无此权利。一般情况下，我们既不能知道他的门牌号码和电话，也不能邀请他去咖啡馆面谈。即便你和作者见了面，正如我们多次强调的那样，作者对自己作品的解释，也往往不一定是标准答案。作者写作的理由，当然是要告诉我们一些什么，但他要说的话却是通过故事、人物所编织起来的语言中介而呈现的。我们只能发现叙事者（即在文本中讲述故事的那个角色），却看不见作者。叙事者在他的舞台上，用一层布幔将作者与读者隔开了。也许布幔被风吹起，让我们看见作者露出的黑色的礼服，也许这层布幔本来就是半透明的，我们似乎一直能看见作者的身影，影影绰绰，但却不够真切。

叙事者往往被缺乏经验的读者误认为作者。我们只需要举一个简单的例子，即可对这样一个至今仍很普遍的看法加以必要的澄清：作品中的叙事者可能是一条狗——也就是狗来讲述自己的故事，但我们知道，作者却不可能是狗。

不过话说回来，那么多的读者，坚持将作者的声音与叙事者的口吻相混淆，也并不是完全没有理由的。

首先，欧洲早期小说的叙事者与作者的声音确实难以区分。另外，作者的观点、立场和情感倾向确实经常通过叙事者的口吻加以呈现。问题在于，作者通过叙事者来呈现自己声音的方式被赋予了太多的修辞性的装饰，读者也许不得不小心翼翼地加以辨别。我们不妨来看一看下面这段文字：

> 读者诸君，在咱们同程共进之前，我觉得应该说明一下：在这部历史的全部进程中，我打算不时地离开正文，发些议论。至于什么地方才相宜，这一层我本人比任何浅薄无知的批评家更难判断。这里我要求他们别多管闲事，对于与他们无关的事少来插嘴。在他们没有树立起法官的威信以前，我是绝不请他们来裁判的。[1]

---

[1] 亨利·菲尔丁：《弃儿汤姆·琼斯的历史》，萧乾、李从弼译，13 页，北京，人民文学出版社，1984 年。

这是英国 18 世纪作家亨利·菲尔丁《弃儿汤姆·琼斯的历史》中的一段话。我们知道，作者的故事采取了第三人称，但第一人称的"我"却在文本中频繁出现。那么这个直接跳出来和读者对话的"我"究竟是谁呢？"我"并非故事中的人物，也就是说，他是一个外在于故事的符号。在引文中，"我"邀请读者一起开始一段旅程，共同欣赏弃儿汤姆·琼斯的故事，同时"我"又被赋予了一定的特权：可以随时中断故事，来发表一些议论，并要求读者预先接受这个附加条件。而"我"之所以有这个特权，是因为"我"的地位比那些浅薄无知的批评家更优越。

鉴于"我"是弃儿汤姆·琼斯故事的提供者或讲述者这一事实，18 世纪甚至以后的很多读者都会将这个"我"直接视为作者本人。这个"我"所暗示的作者形象，非常符合读者建构的早期作者的两大功能：提供故事，并加以合适的评论。

从司马迁和蒲松龄的叙事中，我们也可以看到相似的方式，提供或讲述一段故事，同时对故事的寓意（包括故事中的人物）发表自己的评论和看法，但司马迁或蒲松龄与菲尔丁的角色也有一定程度的不同。司马迁通过"太史公曰"，蒲松龄通过"异史氏曰"明白无误地宣示了作者的存在，从而使作者的现身更加清晰，同时对作者评论与文本叙事进行了一些区分。与司马迁和蒲松龄相比，菲尔丁笔下的"我"更为暧昧，也更为自由。我们一厢情愿地将这个"我"等同于菲尔丁本人，恰好给菲尔丁提供了一个机会，他可以从容地把自己（经验作者）隐藏起来，从而对这个"我"精心打扮和修饰，甚至压抑他的偏见，以弗洛伊德所谓"超我"的角色与读者展开对话。

但不管怎么说，在欧洲 18 世纪以前的小说中，作者声音与叙事代言人的声音互相混淆,是十分常见的。作者直接从文本中现身,表达自己的政治和艺术见解、评论人物的例子固然极为普遍;作者通过叙事代言人与读者直接交换信息的做法也司空见惯。我们再来看看另外一段文字:

> 我是傻瓜吉姆佩尔。我不认为自己是个傻瓜。恰恰相反。可是人家叫我傻瓜。我在学校里的时候,他们就给我起了这个绰号。我一共有七个绰号:低能儿、蠢驴、亚麻头、呆子、苦人儿、笨蛋和傻瓜。最后一个绰号就固定了。我究竟傻些什么呢?我容易受骗。他们说:"吉姆佩尔,你知道拉比的老婆养孩子了吗?"于是我就逃了一次学。唉,原来是说谎。我怎么会知道呢?[1]

这段文字来自于辛格那篇众所周知的杰作《傻瓜吉姆佩尔》。在这里,尽管作者与菲尔丁一样使用了第一人称,但任何读者都不会将这个"我"误认为作者辛格:吉姆佩尔是傻瓜,作者显然不是。作者与叙事者"我"之间的距离之大,足以构成某种喜剧效果。这篇小说完全通过傻瓜吉姆佩尔的自述来讲述他自己的故事,作者隐藏得很深。

在欧洲小说史上,自传体小说叙事传统由来已久,我们在阅读《大卫·科波菲尔》的时候,作品中的"我"虽然不能等同于狄更斯,但读者通过"我"(叙事者)的语调和立场来揣摩和辨认作者

---

[1] 辛格:《傻瓜吉姆佩尔》,见《辛格短篇小说集》,万紫译,北京,外国文学出版社,1980年。

（狄更斯）的声音，可以十分方便地与作者建立起某种同盟关系，从而完成在阅读中十分重要的价值认同。也就是说，作者虽然隐身，但在叙事丛林迷宫中留下了清晰的路标，读者的阅读旅行不会有迷路的危险。

而在《傻瓜吉姆佩尔》中，读者要想寻求与作者的同盟关系，相对要困难一些。因为傻瓜成了一个颇有意味的"中间物"：要让读者完全去认同傻瓜的思维，是不可想象的。因为从作品中的细节来看，这个吉姆佩尔确实是一个不折不扣的傻瓜。于是，作者在这个思维和逻辑混乱的低能儿的傻瓜形象中，悄悄地塞进了一些特别的内容。具体来说，这个吉姆佩尔虽然傻，受到全镇人的欺负和侮辱，但却是全镇唯一有道德的人，从而在傻瓜与"镇上的人"之间制造了严重的对立，迫使读者在两者之间作出道德抉择。正是通过这样一个抉择的过程，读者终于发现了作者那个隐蔽的"幽灵"，从而与作者试图披露的重要价值之间建立认同关系。

因此也可以这么说，作者辛格"躲藏"起来的目的，恰恰是为了"显露"。这有点类似于捉迷藏的游戏。任何一个躲藏者都会面临一个永恒的困境或悖论：他躲起来的目的，当然是希望伙伴们找不到他，但与此同时，假如伙伴们真的找不到他，他的处境也许更为悲惨，因为游戏本身已经面临瓦解的危险（按照游戏规定，当寻找者找到躲藏者之后，两者位置互换，游戏继续进行）。当然，皆大欢喜的状况是，寻找者经过一些困难、挫折，最终找到了那个躲藏者。困难不能太小，因为那样游戏就太容易了，从而会使它的魅力打上折扣；当然，困难也不能太大，否则寻找者会心生厌倦而失去游戏的耐心。

在小说中，作者沉默或隐藏的目的之一，暗含着希望读者发现自己这样一种强烈的期待,当然他不太希望这个过程过于直接和简单。在辛格的这篇小说中,读者在阅读时也许会偶尔迷路,但当你读完这篇小说,某种价值的认同过程仍然是清晰可见的,没有任何问题。在作者与读者捉迷藏的游戏中,美国作家威廉·福克纳所发展出来的全新技巧,使读者的价值认同面临危机。在《喧哗与骚动》(1929)中,作者通过明显歪曲叙事者的形象,从反面显示作者的存在。这种技巧,在叙事学上通常被称为"反讽"。

> 我总是说,天生的贱胚就永远都是贱胚。我也总是说,要是您操心的光是她逃学的问题,那您还算是有福气的呢。我说,她这会儿应该下楼到厨房里去,而不应该待在楼上的卧室里,往脸上乱抹胭脂,让六个黑鬼来伺候她吃早饭。这些黑鬼若不是肚子里早已塞满了面包与肉,连从椅子上挪一下屁股都懒得挪呢。[1]

这里的"我"指的是叙事者杰生,他同时也是小说中的一个重要人物。引文中的"她"是杰生的姐姐凯蒂,而所谓的"黑鬼"则指的是他家中的黑人家仆。与辛格一样,作者福克纳在叙事中完全隐身,让叙事者兼重要人物的杰生来讲述自己的故事。作者与叙事者之间的距离已经拉大到足以构成反讽的地步:明智的读者一眼就能判断出这个杰生不是一个好人,比如他骂自己的姐姐是"贱胚"(由于在前两章中,读者已经对凯蒂的善良和不幸有了明确的认知,

---

[1] 威廉·福克纳:《喧哗与骚动》,李文俊译,184 页,杭州,浙江文艺出版社,1992 年。

杰生这样谩骂自己的姐姐，恰恰能够激起读者的愤怒）；把凯蒂的化妆说成是"往脸上乱抹胭脂"；将自己家忠顺的仆人（比如那个著名的迪尔西）直接称为"黑鬼"。

读者当然不会把杰生的残忍自私、根深蒂固的种族歧视等品行误植到作者身上，更不会与杰生这个恶棍建立什么价值认同。福克纳的政治见解和价值立场如何，读者不得而知，但正因为作者使用了明显的反讽叙事，读者会理所当然地认为，作者的见解、道德立场以及价值观与叙事者完全相反。也就是说，作者透过杰生这个形象，从反面显示了自己的存在，从而与读者建立认同关系——杰生的行为越功利、自私，越残忍、丑恶，读者对于善良、宽容和美好价值的吁求就越强烈，两者之间的认同关系也就越牢固。杰生越是恬不知耻地为自己辩护，躲在杰生背后的那个作者的声音就变得越是清晰。尽管福克纳的意识流技法给读者带来了巨大的阅读挑战，作者所期待的与读者的价值交换过程仍然明晰可见，作者的情感、立场虽然隐蔽，但也不会导致读者认知上的混乱。

我们最后要讨论的，是法国作家罗布-格里耶的一系列文学实践。作为法国"新小说"的重要代表人物，罗布-格里耶致力于所谓的"客观化"或"非人格化"的写作，试图用完全不带任何感情色彩的语言，准确而客观地发现隐藏在一系列事物表象之下的"深在"的真实。正如被广泛流传的罗布-格里耶那句名言所云：世界既不是有意义的，也不是荒谬的，它存在着，如此而已。在罗布-格里耶看来，作家的使命不再是赋予笔下的事物和人物以意义，而是不偏不倚、冷静客观地揭示存在的真相。与过去作家重视人物的倾向不同，罗布-格里耶认为，真正应该重视的不是人，而是物。或者说，应当将人降格到物的地位，以便于作者的冷静观察。

他自称这一思想的来源是福楼拜和卡夫卡，我认为有"谬托知己"之嫌。福楼拜我们先不讨论，对于卡夫卡来说，他在一定意义上确实有使人退化到动物层面的倾向，但人（或类动物）既处于丧失全部文化记忆或主体性的黑洞中，同时也从反面试图寻找记忆和主体。即便是格利高里变成了一只甲虫，即便 K 无法接近那个充满象征意义的城堡，即便卡尔一旦离开了舅舅的家（类似于霍桑笔下的那个可怜的韦克菲尔德），他就再也回不了家了；但是所有那些失去了身份与合法性的人物，对于"故乡""家"，或多或少有着模糊而顽强的记忆。卡夫卡揭示的这个世界堕落到什么程度，也从反面揭示出价值和意义匮乏的程度。他的作品固然可以看成是一种记录，也可以被视为对价值、意义乃至于上帝困难的寻找（正是在这个意义上，卡夫卡被人视为圣徒）。关于这一点，在《城堡》中表现得更加明显。对于卡夫卡而言，经历荒诞和非存在的只是一个具体的个人（有点类似于耶稣的形象），而并非全部人类。用保罗·蒂里希的话来说，卡夫卡发现荒谬的潜在动机是为了承担这一荒谬。卡夫卡从未狂妄到要像格里耶那样面对整个世界发言。他只是记录下他看到的废墟景观和自我的内心挣扎，看看自己能否通过承担这些荒谬而获救。卡夫卡的真正重要启示之一在于他的谦逊，而这一品质直接来自于陀思妥耶夫斯基。他从来没有将个体的命运上升到人类普遍命运的程度，而是一再强调，他的写作仅仅在个人特殊经验呈现的意义上才能成立——他笔下的人物之所以遭遇不幸，仅仅是因为"他的上帝"心情不好。而不是将个体的不幸，简单地视为人类的普遍状况。他临终前嘱咐马克斯·布洛德将自己的作品付之一炬，也多少证明了他的这种谦卑。

因此，我认为，罗布-格里耶的小说与其说是对卡夫卡的继承，还不如说是对卡夫卡的误解。但不管怎么说，罗布-格里耶实际上也发展出了一套既有别于巴尔扎克，也有别于福楼拜和卡夫卡的所谓"写作学"。我们先来看看格里耶在《嫉妒》（1957）中的一段描写：

> 餐厅里点了两盏汽灯。一只放在平柜的边上，在它的左端；另一只则放在餐桌上，占据了没人就座的第四个位置。
>
> 餐桌是正方形，桌面的折叠部分没有支开（这么点儿人也着实用不着）。桌子的三面放了三套刀叉，第四面就是那盏灯。阿X仍然坐在她的老地方；弗兰克在她右手——也就是说，在平柜跟前。[1]

这段场景描写了一次平常的家庭聚会。本该出席这场聚会的共有四个人，但作者只让两个人出场——阿X和弗兰克。第四个人是弗兰克的妻子克里斯吉安娜（对应于餐桌上的第四个位置）。本来，她要跟丈夫弗兰克一起出席这场聚会，因为孩子发烧而留在了家中。因此，本该由她占据的位置让给了一盏汽灯。当然我们最感兴趣的问题是，还有一个人是谁？因为桌子上放了三套刀叉，这个人无论如何是在场的，但作者故意将他省略了。作者刻意给读者制造了一个并不高明的谜语。谜底一望而知，就是阿X饱受嫉妒之苦的丈夫（同时也是作品的叙事者）。

这部小说对传统意义上的第一人称叙事作了某种改造，省略掉了本该出现的"我"，而把整部小说都变成了"我"的观察之物的

---

[1] 罗布-格里耶（一译：罗伯-葛里叶）：《嫉妒》，李清安、沈志明译，7页，桂林，漓江出版社，1987年。

呈现，变成了没有出场的"我"的一系列纷乱而破碎的心理活动。正因为"我"的缺席，作者将疑似偷情者阿 X 和弗兰克置于静止舞台的中心。那么，"我"都观察到了什么呢？事实上，这一观察的视角也是有选择的，比如种植园（或许在非洲）、露台、香蕉林、河道、室内陈设、地上爬动的蜈蚣等等，这些"物"充斥了整部小说，并反复出现，占据了极大的篇幅，甚至也使得人——阿 X 和弗兰克染上了"物"的性质。

我们知道，传统小说中的"物"和场景大多是为人物服务的，可格里耶将它颠倒了过来，"物"占据了中心，人则被挤到阴暗的边缘和角落，变成了另外意义上的"物"。那么阿 X 和弗兰克有没有偷情呢？答案是：不知道；如果我们追问为什么会不知道？答案是：观察者的视线受到了人为的限定。因为观察者（那个被"隐身"的嫉妒者，同时也是叙事者）只能看到一丝蛛丝马迹，既不能说有偷情，也不能说没有，因为观察者看不到真相。他所能看到的，最多只不过是一些暗示——比如阿 X 和弗兰克曾一起进城购物。在这部作品中，所有的叙述都是不确定的，作者对读者所有的疑问也都视若不见，无可奉告。

在今天看来，这部被有些评论家誉为"20 世纪最重要小说"之一的作品，反而更像是一篇多少有点空洞而玄妙的哲学宣言。它是对柏拉图或索福克勒斯某种观念的简单的借用或证明：我们只能看见事物的幻象，而无法接近那些深在的真实。与此同时，罗布-格里耶也发展出了一套全新的修辞和一系列让读者头晕目眩的炫技。作者想探索的似乎是，他所谓的不偏不倚、不露声色或保持中立的状况，究竟能够达于何等极限？这固然是罗布-格里耶迫切想知道的，但却不一定是他的读者想知道并感兴趣的。除了这些之外，作者也许还要告诉我们，没有明确缘由的嫉妒，是一种真正意义上的嫉妒，它强烈无比，无处不在，通常不需要什么具体的证据。如此而已，岂有他哉？

在罗布-格里耶的处女作《橡皮》（1953）中，作者的客观化美学虽然还未发展到《嫉妒》以及稍后的《窥视者》那样"精深"的程度，但他的不偏不倚已经露出了重要的端倪。其表现在于，作者将所有的人物——不管他是杀人者还是被杀者，不管这些人的道德立场具体如何，不管他们的行为是否正当，全部置于同一个价值层面来展开。也就是说，让所有这些人都趋向于"物"。小说中的侦探瓦拉斯，职业杀手格利纳蒂，被杀者杜邦，警察局长罗伦，医生茹亚尔等人物，无一例外都是失败者，他们都是一个更强大的对手，也就是时间的牺牲品。罗布-格里耶悄悄地改造了古希腊悲剧中的命运观念，将命运的概念偷换成不受任何人控制的"时间"，再把国家机器和社会异化机制作为这个时间容器的"填充物"。这样一来，作者既揭示了社会现实对人的主体性、自主意识的压抑和剥夺，同时也将这一古希腊命运悲剧进行了现代意义上的重写。应当说，罗布-格里耶这样做，并非没有理由。另外，这部小说的现实针对性特别是它的社会批判锋芒也相当尖锐。

但问题是，由于作者的沉默所导致的价值系统的模糊，使读者的认同出现了很大的问题。当读者读到杀手格利纳蒂因为杀人不成功而垂头丧气地徘徊于街头的时候，所有读者都会对他产生强烈的同情，并暗暗希望他的下一次能够顺利地杀死那个可怜的杜邦，以摆脱自己的窘境。

而在《窥视者》中，当手表推销员为了满足自己的欲望而强奸了少女玛丽莲，并将她推下悬崖时，他当然是一个罪犯。但当全岛的人都对这样一个令人发指的行径冷眼旁观时，这个罪犯却在思念着他的玛丽莲。实际上罗布-格里耶处心积虑地想要告诉我们的，是这样一个悖论：真正记住并怀念着玛丽莲的，恰恰是罪犯本人。这样一来，这个罪犯摇身一变，又成了道德的楷模，乃至英雄。也许罗布-格里耶的目的是为了揭露社会机制的残忍与冷漠，但这样一种"不偏不倚"，却为真正意义上价值相对主义的写作打开了方便之门：一切都被许可，一切都有理由，一切事物的存在都有其合理性。

"橡皮"作为罗布-格里耶的重要概念，本来是擦除痕迹之物。罗布-格里耶将其视为社会机制的某种象征，它擦去的似乎是人的自主性和情感。但在我看来，"橡皮"同时也是修辞学上的一个隐喻，格里耶试图擦去的是作者在文本意图中所留下来的任何痕迹，从而屏蔽掉作者的声音，实现他所谓的纯客观叙事意图。

尽管罗布-格里耶走得足够远，但在今天看来，他的这一"纯客观写作"的理论是完全错误的，甚至是荒谬的。退一步说，即便这个世界上存在着格里耶意义上的客观之物，表现或再现这样一个客观，作者当然还得求助于语言这个中介物。而任何语言都是文化的产物，你只要在使用语言，就无法做到客观化或非人格化。

不过，罗布-格里耶的文学实践，毕竟在某种程度上改变了文学写作中的作者观念。其余波所及，对中国20世纪80年代的文学叙事也产生过十分广泛的影响。从某种角度来看，西方小说的发展历史，确实可以视为作者不断从文本中退出的历史。这一进程固然可以从修辞技巧、叙事形式的革新这一脉络上加以解释——以法国文学为例，近现代以来，叙事方式的变革以及"作者退出"的脉络，即可以从巴尔扎克、福楼拜、马拉美、普鲁斯特，到罗布-格里耶等人的创作与彼此关系中，清晰地加以观察。但在我看来，更重要的一个事实是，这些变化是在社会变革的巨大压力下，文学重新寻找自身的一系列困难活动的后果。问题在于，由于社会政治话语、意识形态话语对这一进程的不断干预，我们今天已经很难澄清，它是主动的变革，还是被迫的权宜之计？也就是说，文学在何种意义上成了一种特殊的意识形态，从而落入了政治话语的陷阱？

作者之死

当我们追溯作者从文本中退出的历史进程时,也许不得不提到罗兰·巴特发表于 1967 年的那篇富有想象力和煽动性的论文《作者之死》。

这篇随笔式论文的广泛影响,特别是对它种种有意或无意的误读和曲解,或许是罗兰·巴特本人始料未及的。也许正因为这篇论文所显示的过分的激情,越来越多的人,包括那些学院派的所谓严肃的知识分子,往往将它压缩成了一句空洞的宣言或口号,反复地加以使用。其目的似乎正是巴特本人所希望看到的:放逐并杀死作者。这似乎已经有了某些讽刺的意味,因为实际上,在"放逐作者"这一最终结论出来之前,罗兰·巴特理论建构的起点恰恰是作品的互文性。不过关于这一点,很多读者都视而不见。

我以为,当巴特在分析文本和作者的关系时,当他强调文本是由各种引证和话语所组成的编织物,它来自不同的文化、文本的成千上万个原点,从而质疑那个作为唯一意义提供者的作者时,巴特无疑是正确的；当巴特强调这种编织物并没有一个中心的秘密，也没有底部，它需要阅读者走遍文本的每一个空间和空隙，而不是为了穿透它，进行一次性消费，或者仅仅是为了寻找一种秘密和标准答案时，巴特也是正确的；最后，当他强调给文本一个作者，也就是赋予文本一个统一的意义，"是给文本横加限制，是给文本以最后的所指，是封闭了的写作"[1]时，他仍然是正确的。

  但问题是，当罗兰·巴特据此否定读者在阅读过程中对作者的寻找和认同，并认为只有将作者驱逐，真正意义上的阅读才得以诞生时，他无疑滑向了一个极端。其逻辑上的简单化、绝对化和混乱都是十分明显的。即就文本的互文性而言，李商隐固然引用了"庄生梦蝶"这一典故，但《锦瑟》的作者仍然是李商隐，而非庄周。他并不因此在文本中销声匿迹。因为典故或互文性内容的指涉，读者在阅读的过程中当然会联想到庄子的寓言，但李商隐在何种意义上引用这一典故，还涉及《锦瑟》的上下文情境，特别是作为作者的李商隐的潜在意图。而且，具有讽刺意味的是，如果我们了解一下《锦瑟》的阅读史就可以知道，这首诗在千百年来的阅读中从未形成什么统一的阅读意见，至今猜意未休，众说纷纭。这只是问题的一个方面。更重要的是，读者从未放弃过对所谓作者意图或文本意图的寻找。罗兰·巴特为了证明自己的理论，不免危言耸听，将阅读史中本来就存在，并且从未断绝的作者与读者交流的有机关系描述成一种僵硬的关系，这种看法本身就是去历史化的。再者，如同我们曾反复讨论的那样，经验作者的意见，作者的初始意图，固

---

[1] 参见赵毅衡编：《符号学文学论文集》，510页，天津，百花文艺出版社，2004年。

然会在写作这样一个现实性的过程中得到修正、放弃，乃至否定（巴特在这篇论文中似乎特别强调写作的现实场所），但是，那个经验的作者哪怕是愚蠢的动机或偏见，难道对写作活动毫无影响吗？世界上又有哪一位作者是像一张白纸那样，没有任何污染地、绝对澄明清晰地坐于写字台前，从而在"真空状态"下完成某种写作呢？

尽管罗兰·巴特在论文中没有提及罗布-格里耶，但依我之见，巴特的理论与罗布-格里耶的创作实践恰好互为表里。正如巴特所承认的，两个人不约而同所尊崇的马拉美、瓦雷里和普鲁斯特，作为一种新的文学实践，实际上早已动摇了作者王国的根基。如果我们愿意，我们可以加入更多的掘墓者的名单，比如皮兰·德娄、迪伦·马特、詹姆斯·乔伊斯、加缪、萨洛特、克洛德·西蒙、布尔加科夫、别雷和帕斯捷尔纳克等等。简言之，到了巴特写作此文的1967年，经过长达两个多世纪的文学变革，笼罩在传统的文学或作者身上所有的神秘光晕早已消退殆尽。

这种"祛魅"和"褪晕"的历史进程，可以从不同的角度加以阐释。首先是近代科学以及稍后的科学主义思潮对自然和社会的"去神秘化"，它使得文学表现的对象——自然和社会——在相当程度上变成了可以进行解释的物理世界。同时，文学本身也成为了一个学科，通过社会和意识形态话语的重构，特别是学院体制的依托，文学也在被科学化。文学创作和评论、研究变成了社会生产的一个既非重要，亦非完全不重要的生产领域。文学和文学研究也极大地受制于这样一个生产机制的运行模式。举例来说，如今学院中大量的文学研究论文已不是单纯地探求真知或真相，不是什么单纯的社会科学发现，它只不过是被动的知识生产庞大肌体的分泌物。

其次，近代启蒙运动以来的"写作民主化"思潮也值得关注。

文学写作在过去漫长的发展历程中，的确意味着一种特权。但随着启蒙运动的出现，某些自诩为掌握了真理和真相、拥有绝对经验和知识的个体，用布道者的口吻对读者讲话的历史，正在被彻底改写。启蒙运动所提倡的知识的普世化，使得知识的拥有和解释权不再属于权贵、僧侣和精英。从文学方面来看，时至今日，精英文学与大众文学的界限早已模糊不清。任何一个个体，相对于其他个体，他的视角、经验、立场、观点和美学意图总是相对的。这也意味着，至少从理论上说，任何一种写作都是合理的，但同时，这种写作也只是在相对的意义上才会有其参考价值。

再次，伴随着市场机制的羽毛丰满，社会分工的进一步细化，原先隶属于文学的诸多的特权，比如教育、知识生产和娱乐方面的特权，也被迅速崛起的现代媒体、大专院校、电影、电视和娱乐业瓜分殆尽。在日益复杂的文学和消费行业的社会分工中，文学在一定意义上变成了一个可有可无的尴尬的调味品。与此同时，伴随着文学本身的"祛魅化"过程，作者作为一个写作的主体，也早已百孔千疮。他所拥有的经验和经历越来越同质化，他的言说和表达方式也不得不被迫一再作出调整——传统作者作为一个布道者和上帝代言人的角色所遭遇到的质疑，迫使他作出这种调整。调整涉及叙事的一切领域，包括叙事口吻、聚焦方式、结构和文体等等。

所以，作者声音退出的过程，并非仅仅是修辞革命的结果。作者遭到的"祛魅"，始终与文学的"去神秘化"过程相始终。作者的声音在今天之所以变得那么微弱、游移、讳莫如深、不偏不倚，与其说是一个主动的现代主义策略，还不如说因为文学迫于社会压力而不得已进行退让。也就是说，早在巴特发表《作者之死》之前相当长的历史时段中，作者作为写作的主体，已经遭受到前所未有的致命打击。巴特只不过是一个迟到的牧师，他匆匆赶来严肃地宣布这一消息，在我看来不仅滑稽，其意义也十分有限。

今天有关文学危殆或文学死亡的口号和种种哀叹，无论在中国还是在西方，都喧嚣不息、不绝于耳。即便它所描述的是一个事实，这种哀叹也早已变成了一种毫无意义的陈词滥调，它甚至已经不能惊动社会公众的视听。

然而最具讽刺意义的是，在杀死文学的过程中，文学自身不仅推波助澜，甚至一度还扮演了主角。比如说"文学的科学化"，作为20世纪文学革命的重要口号，本来是为了反对僵化、反对存在的无意义，是希望给机械的功利社会提供某种安慰，可是它却造成了新的机械和僵化。文学的"去神秘化"，使得今天的文学学科，变成了与大众完全隔离的新的"神秘终端"。不论是文学创作还是研究，都变得高度晦涩、精细、艰深，令人望而生畏。就中国而言，近现代以来，文学革命话语中最重要的两个核心概念恰恰是"科学"和"民主"，而中国20世纪80年代的文学革命固然有复杂的历史和现实背景，但其话语背后潜藏的一个声音竟然是"市场自由化"，好像充分的市场化和自由主义能够解决文学的一切问题。

因此我们如果将《作者之死》放到自启蒙运动至今的历史脉络中进行考察，不难得出如下结论：巴特的这一主张不论是作为一种现实描述，还是仅仅作为一句口号，他只不过是给了千疮百孔、奄奄待毙的"作者"最后一击而已。巴特所处的20世纪60年代，"革命理论"作为拯救这个世界的最有力的政治话语，尚未走到它的尽头，而现代叙事学理论差不多要再过十年才会达到它的高峰，巴特无法历史性地预见到革命话语的终结，也无法看到当今文学叙事所面临的种种无力和无奈。今天，"作者之死"这样的口号作为对文学现实的一种描述，甚至都显得已经有些过时了。如果把它视为一种文学解放的策略，它不仅无法解放文学和阅读，反而强化了市场背景中的僵化的文学生产机制。直到罗兰·巴特去世之前，他才对这个问题有所警觉和反省。[1]

---

[1] 罗兰·巴特在去世前曾给意大利著名导演安东尼奥尼写过一封信。在这封信中，巴特提出了作为艺术家的三种素质：关注、智慧和脆弱（中国台湾地区译为：警觉、智慧和不稳定性）。巴特尽管将"艺术家"与"神甫"对举，来凸显艺术家的使命，但他对艺术家的社会责任进行了毫不犹豫的强调，对艺术家的现实处境也进行了富有洞见的概括；同时，他对安东尼奥尼"不强调意义，同时也不取消意义"的辩证法也表示由衷的赞同。安东尼奥尼在给巴特回信的同时获知了后者去世的消息，感觉到了"一种尖锐的痛苦"。参见《艺术家的智慧：法国思想家罗兰·巴特给安东尼奥尼的一封信》，黎静译，载《北京电影学院学报》，2003（5）。

重塑经验作者

今天，貌似公正、不偏不倚的全球化、多元化和自由主义思潮，在某种意义上共同催生了相对主义的文化危机。伴随着意识形态领域的"去政治化"，日常生活的同质化和去价值化，文学艺术领域内的反复祛魅和"去作者化"，我们如今确实在面临文学表达的困境。在文学写作中，作者的退出，早已不再是一种主动的策略和权宜之计，它真的消失不见了。所谓的政治正确性，所谓的行动交往理论，所谓的客观化和中立原则，都是现代法律和社会机制规训的一个后果。这种机制不过是形形色色的功利主义的巧妙伪装而已，文学中的偏见、非理性、偏激的情感和政治色彩正在被别有用心地加以过滤，而这一过程在修辞学上的表现，恰恰是对所谓经验作者的屏蔽和拒斥，从而造成文学僵化的正确、科学、统一。在今天的写作中，已经没有了"作者"，有的是各色各样的"叙事者"。

不管文学自身如何挣扎、反抗，除了对现有体制进行固化与肯定之外，似乎已找不到别的出路。举例来说，很多时髦的"后现代艺术"，在形式变革的旗号下的种种实践，已经沦为了商品社会的一幅广告；而文学对苦难和底层社会悲惨境遇的揭示和记录，在资产阶级的客厅里恰好变成了他们对自我成功的肯定、满足和欣赏。文学的无关紧要或濒临死亡，即便是一个事实，它也是社会机制运行的结果，或者说，它是一种特殊意识形态所炮制的阴谋的一个部分。如果说资产阶级或统治阶级要求底层受压迫民众保持克制，并许诺给他们一个未来的自由乌托邦，他们同样也会这样来要求文学和文学的写作者，以便他们不温不火地保持克制，完成自我规训。文学被别有用心地解释为一种商品，并允许它在自由主义市场经济中进行价值交换。这一阴谋所造成的后果之一，仿佛民众的悲惨境遇是他们自由选择的结果，而文学的濒于死亡也是文学自身的自愿选择，一切都没有什么好抱怨的。这正是我们这个时代最为深刻的特征之一。这种"自我规训"，迫使文学进入一种价值中立的相对主义的实践领域。

"作者"不幸沦为了"叙事者"的同时，也暗示了这样一个判断，即作者的经验历史——他事实上是一个什么样的人，他打算成为什么样的人，他有过怎样的遭遇，他的政治立场如何，他的哲学洞见、道德意识、品格境界和全部的文化修养，在写作过程中都变得一钱不值，无关紧要。

实际上，在近代西方文化影响中国之前，中国历史上类似的"相对主义"历史情境曾一再上演。是非模糊，道德沦丧，人心不古，礼崩乐坏的道德和文化危机，自春秋至晚清也曾不断地发生。墨子所谓"一人一意，十人十意"，正是对这样一个相对主义文化危机的形象描述。每当社会政治出现动荡，帝国面临分崩离析的危机时，文化道德的沦亡总是被描述为危机的前提和征候。这也可以解释为什么一旦社会危机降临，文化界和读书人首先要检讨的并不是具体的政治、经济、社会制度，而首先是文化、道德和所谓"人心"。中国思想界绵延不绝的今古文之争、"道问学"与"尊德性"之争、汉学与宋学之争、考据与义理之争，都可以看成这一检讨的具体过程。

比如说，明亡以后，东林学派对所谓"王学末流"的反思，竟然是从"是非"开始的。顾宪成（泾阳）针对明末"无善无恶"的道德状况，曾经沉痛地指出：

> 人须是一个真。是非之心，人皆有之，只以不争之故，便有夹带。是非太明，怕有通不过去、合不来的时节，所以需要含糊。少间又于是中求非，非中求是。久之且以是为非，以非为是，无所不至矣。[1]

而他的弟弟顾允成（泾凡）则对所谓不偏不倚的"乡愿"更具切肤之痛：

> 平生左见，怕言中字。以为我辈学问，须从狂狷起脚，然后能从中行歇脚。凡近世之好为中行而每每坠入乡愿窠臼者，只因起脚时便要做歇脚事也。[2]

---

[1] 转引自钱穆：《中国近三百年学术史》，16－17页。
[2] 同上书，17页。

在顾泾阳看来，是非观念一旦模糊，它所导致的以是为非，以非为是，无所不至，就会变成一种普遍的社会时趋，而其中的关键恰恰是主体的"真"遭到了蒙蔽。而在泾凡看来，所谓的中庸必须以狂狷为底子，所谓不偏不倚、客观中行只是狂狷的一个歇脚地，狂狷和偏激恰恰就是基础。

有意思的是，当中国社会、文化面临危机之时，传统士人首先想到的，总是恢复主体的地位，从而试图让这个软弱、虚弱的主体重新挺立起来。中国人之所以那么强调道德修养，所看重的恰恰是这个主体的人格修养和道德自觉。从文学方面来说，中国人最重视的反而不是文本的作者（即所谓文本策略），而是躲藏在那个文本作者后面的经验作者（即写作的实际主体）。中国人常说"文如其人"，意思是一个人的人格修养、社会历练所孕育的境界到了什么程度，其作品本身的境界就会相应地到达什么样的程度。这一描述为古往今来的中国读书人所深信不疑。道德决断、人格形成所必需的工夫，既包含了"读万卷书"这样的基本知识建构，和"行万里路"，增广社会见闻的经验积累，也强调所谓"文章憎命达"一类的个人命运遭际的特殊作用。

即以中国小说重要源头之一的史传类作品而论，人们最看重的恰恰不是材料之丰富、体例之完备、文辞之华美，而恰恰是史家的基本品格和立场。《汉书》单从体例而言，即有很多地方胜过《史记》，比如变"八书"而为"十志"，并加入了对后代学术有重要影响的《地理志》和《艺文志》，加入《古今人表》等等。但班固的人品常有遭人指责之处。傅玄说他"论国体，饰主缺而折忠臣。叙世教，则贵取荣而贱直节。述时务，则谨辞章而略事实"；范晔也说他"排死节，否正直"，"轻仁义，贱守节"；郑樵则干脆批评他

"班固浮华之士，全无学术，专事剽窃"。[1]再如，唐代刘知几所著的《史通》，为中国史学界绝无仅有的史学通论，其"史才"、"史学"自不必说，可后人鄙薄他"薄尧舜而贷操丕，惑春秋而信汲冢，诃马迁而没其长，爱王劭而忘其佞，高自标榜，讥呵贤哲"。在传统史学看来，刘知几所缺的恰恰是以基本人格为基础的"史见"。

相反，司马迁的《史记》相较于《汉书》固然尚有未备之处，而相较于《春秋》的经、传，亦多有错讹脱误之处，但这些瑕疵甚至错误从来没有能够掩盖或减损《史记》的伟大。《史记》甚至包括一些明显的自相矛盾和偏见，如将孔子这样一个"素王"列入"世家"，将项羽列入"本纪"，将申不害、韩非与老庄并列等等，后人虽也有质疑，但总体上大多赞同作者的立场和自破其例的勇气，并对他的"偏见"也表示了极大的认同——将孔子纳入世家显然与体例不合，不过足见司马迁对孔子的尊重；将项羽列入"本纪"是由于秦已亡、汉未起这一大段的历史空白无法省略的不得已；而《老庄申韩列传》将法、道并列，恰恰暗示了"法从道来"这样一个卓越的历史判断。[2]

司马迁在史家中的崇高地位的确立，他本人的史才、史学和史见当然缺一不可。但我觉得，还有一个不容忽视的重要原因，即作者本人的命运遭际，促使他将写作看成是对困厄和绝望的超越，其殉道者的道德自觉在后世所引起的普遍敬仰和认同。

中国自古以来就有"天子不观起居注"的传统[3]。对史家而言，"秉笔直书"始终是道德勇气的基本要求。从因"齐崔杼弑其

---

[1] 参见钱穆：《中国史学名著》，83页。
[2] 同上书，74页。
[3] 参见赵翼：《廿二史札记》，卷十九。

君"一句话而被杀的齐太史,到因写下"赵盾弑其君"而差点被杀的董狐,这一类的故事可谓史不绝书。齐太史,他的弟弟、三弟,还有齐国南部"南史氏",如此多的"作者"前赴后继,不惜生命,表面上看,仅仅为了一句话的"记述",而实际的着眼点却在于"是非人心"。他们所争的岂是文章的优劣?

中国的读书人特别重视作者的品德修养,也许是中国传统文化和社会结构的特点所决定的。余英时先生曾指出,由于缺乏外在的教会系统作为凭借,为了保证"道"的统一性,人格与修养就成了行"道"的唯一保证。而当士人要对抗社会的强权(即所谓的"势"),唯有依靠个人的内心的强大道德力量。[1]

其实,在西方的文化传统中,对经验作者的重视也是一以贯之的。从苏格拉底到斯多葛学派,从康德的"道德自觉与决断",到"存在主义"的绝望反抗,对个体道德勇气的强调从来没有中断过。在加缪看来,对绝望的担当,所需要的恰恰是西西弗斯式的存在勇气;而歌德也早就断言:一个人若无勇气,就谈不上任何才华。

当然,我们这里所说的"重塑经验作者",其目的并非要恢复作者无所不知、君临读者之上的传统地位。重塑经验作者,也不是试图切断作者意图、文本意图、读者理解之间的有机联系,使写作重新成为一种道德说教,而是试图恢复被当代的种种意识形态所压抑、遮蔽的"经验作者"的本来面目——这个作者的经验、立场、情感,以及种种写作的偏见,受到社会意识形态的威胁和控制,一旦进入文本,还会受到"第二自我"的质疑、修饰,乃至否定,但他仍不惮于彰显自己的独断于一心的直觉、判断,甚至是偏见。因为他知

---

[1] 参见余英时:《现代危机与思想人物》,29页。

道，文学本来就是一种有着深刻偏见的强烈情感。在今天的信息过剩时代，尽管这个作者知道的并不一定比读者多，但他仍试图以自己的一定之见与读者交流，并寻求认同；这个作者既不踌躇满志，也不悲观厌世。因为他知道，文学虽不是这个世界上最重要的存在，但它所承担的使命不可代替，无可辩驳；这个作者尽管千疮百孔，有如麦尔维尔笔下带着标枪顽强生存的巨鲸，但他仍然能够以非凡的勇气承担自己的命运和失败，因为他知道，文学本来就是失败者的事业，它扎根于传统，而开向未来，必然会在被阅读的无数个清晨和夜晚，显示出它固有的荣耀和光辉。

第三章 时间与空间

时间与彼岸

幽明

麦秀黍离

物象中的时间

时空穿越

概述与场景

停顿

中国传统叙事中的停顿

省略

叙事的重复与错综

《史记》的叙事错综

时间与彼岸

人生好比中途搭火车。你不知道火车从何而来，它似乎也没有一个终点。你上车的时候，车上已经有了很多的人；你下车的时候，车还在继续往前开。每个人都有自己的旅程。你上车晚并不意味着下车也一定晚。每一个旅客的行程都是非等时的：你什么时候下车，取决于你的使命、目的等种种限制。谁在驾驶这列火车？谁规定我们在某一站必须下车？答案也许是上帝或造物，或者是具有与上帝和造物相同性质的"命运"。

我们固然看不见上帝和造物，但是却能够真切地感受到时间的存在。在旅程中，你也真切地知道（或者提前获悉了）这个旅程的全部秘密：无论如何，你的行程将会在未来的某一个时间点上突然结束。那么，这样一来，我们也许会问，时间，这个看似无形却强大无比的存在，会不会就是另一个乔装打扮的上帝？

"坐火车"这个比喻近乎老生常谈。对于中国人来说，他们更喜欢使用另外一个比喻，来表达时间的限制性，那就是"筵席"。

"筵席"之比喻要比坐火车更亲切：坐火车似乎仅仅是忍受和过程，而"筵席"这个词，却绝妙地暗示出了人生的某个被隐藏起来的目的：享乐。然而，享乐也总会结束。俗话说，千里搭凉棚，天下没有不散的筵席。享乐的时间转瞬即逝，如同白驹过隙，令人伤感。《桃花扇》中就有"眼见他起朱楼，眼见他宴宾客，眼见他楼塌了"这样令人痛彻肺腑的哀婉之辞。在叙述一个人的一生时，孔尚任用三个"眼见"，将无形的时钟突然拨快了。更何况，花盛之日即是花败之时，月圆的瞬间即是亏缺之兆，春景之烂漫即有"开到荼蘼花事了"的隐忧。一旦明白了这一点，人生筵席的欢乐，又何尝不是一种悲凉的预演或反衬。既然注定要"散"，你在筵席中是踌躇满志，还是落落寡合；是大快朵颐，还是饥肠辘辘，究竟有多大的区别呢？

在《安娜·卡列尼娜》中，当列夫·托尔斯泰写到主人公列文目睹其兄长去世一节时，给这一节的内容加了一个令人触目惊心的小标题：死。托尔斯泰这么做，从叙事上来说是极不平常的。因为这部巨著并无小标题这一体例。这个"死"好像是托尔斯泰即兴加上去的，既是对读者的郑重提醒，也预示着作者本人内心的剧烈动荡。那么托尔斯泰通过列文哥哥的"死"发现了什么？

在这里，托尔斯泰所描述的并不是一种自然的死亡过程，而是对"死"这个概念的哲学反思。列文的兄长在临终之际拒绝听从上帝的召唤前往天国，让列文深受刺激。这是一种挣扎，也是一种反抗，但在托尔斯泰看来，它是非理性和令人恐惧的。反抗本身就成了哥哥的真正遗嘱：死亡背后是巨大的虚无——没有救赎，没有惩罚，没有上帝，什么都没有。这个"虚无"是对"此在"的彻底否定，是"生"的失败形式。

托尔斯泰真正关心的是,这一失败和否定是人人需要经历的,无人例外。既然人人要死,坠入虚空,根本得不到任何安慰,那么他在世时的一切作为究竟有何意义呢?他是小人还是君子,是富裕还是贫穷,是声望显赫还是籍籍无名,究竟有多大的区别呢?

当然,托尔斯泰所发现的,不过是时间的有限性。对今天的读者尤其是中国的读者而言,列夫·托尔斯泰的反思简直幼稚可笑。因为他所告诉我们的几乎是一个常识。但是真理或者真理性的问题从来不会因为其本身的浅鄙而失去应有的光芒,也不会因为无数次的触碰而稍有磨损。托尔斯泰的问题实际上也是每一种文化、每一个人都曾经无数次加以思考,并试图回答的问题。或者说,死亡和时间的有限性问题,也是世界上一切宗教和哲学思考的起点。

哲学家唐君毅于民国 28 年 10 月曾有夜宿教育部青木关古庙的经历。"静夜寂寥,素月流辉,槐影满窗。倚枕不寐,顾影萧然。平日对人生之所感触者,忽一一顿现,交迭于心。"[1] 因成《古庙中一夜之所思》一文。文中写到:

> 数十年以前,吾辈或自始未尝存,或尚在一幽渺之其他世界。以不知之因缘,来聚于斯土。以不知之因缘,而集于家,遇于社会。然数十年后,又皆化为黄土,归于空无,或各奔另一幽渺而不知所在之世界。吾与吾相知相爱之人,均若来自远方各地赴会之会员,暂时于开会时,相与欢笑,然会场一散,

---

[1] 唐君毅:《我所感之人生问题》,见《人生三书》,13 页,北京,中国社会科学出版社,2005 年。

则又各乘车登船,往八方而驰。世间无不散之筵席,筵席之上,不能不沉酣欢舞,人之情也。酒阑人散,又将奈何?[1]

与列夫·托尔斯泰一样,唐君毅的"古庙游思"亦无甚高明之处。所谓人生无常、时间之残忍、宇宙之虚空与荒凉,作为人生无明的一面,其实是每个人或多或少于夜不能寐的中宵、流连于弥留的病榻之时,都能感念与思考的。不论是托尔斯泰,还是唐君毅,重要的是,正因为这个"大悲"所引起的觉悟,转而对"有限时间"所彰显的根本问题进行思考,而试图有所超拔与解脱。

"酒阑人散,又将奈何",实在是一个古老的问题。个人对它进行日常化思考的同时,不同的宗教早就试图对这个困境给予不同的解答。正因为时间有限的残酷性,宗教、文化哲学、革命学说,乃至一般的社会意识形态都在寻求建构一个时间"之后"的时间,从而赋予生命以经得起推敲的意义。

《圣经》特别是《新约》所构建的末日审判之后的世界,实际上是世俗时间延绵不绝的一种隐喻。仿佛你从一列火车上下来,可以改签车票,踏上另外一段旅程,仿佛一个筵席曲终人散,另一个筵席的大幕正在徐徐拉开。"世俗时间"的终结,恰好预示着"新时间"的开始。问题在于,"新时间"是一个超验的存在,毕竟无法为我们的经验感知所证实。其意义的呈现必须有一个前提,那就是对这个"新时间"的存在,无条件地给予确认。宗教正是这样一种仪式,它训练我们的确信。宗教的基本话语和教义、传

---

[1] 唐君毅:《我所感之人生问题》,见《人生三书》,15-16页。

教和布道的日常形式、种种为宗教经典所记载的"神迹",都是对这样一种确信的训练和培育。

列夫·托尔斯泰的可悲之处恰好在于,在他所生活的那个"末法时代",这种确信的根基早已松动。信仰的大幕已经被拉开,敞开了里面质地虚幻的舞台布景和道具。正是在这个意义上,托尔斯泰愤而将自己描述为一个彻底的虚无主义者,没有任何的信仰。在托尔斯泰笔下,天国似乎已经不存在于时间的终点,而只能存在于"我们的心中"。所以他通过《安娜·卡列尼娜》的写作,与陀思妥耶夫斯基一样,试图承担的,实际上是他们个人无力承担的重负,那就是虚无。这是他们的悲哀,也是他们的光辉所在。他们对死亡和时间的反思,实际上与尼采以来的西方思想大转折一脉相承。这一思考的路径,后来也被卡夫卡、加缪等人所继承。

佛教企图建立的是另一个彼岸世界。这个彼岸世界的彰显,是以对现世生活彻底的否定为前提的。世俗生活,也就是此在的世界,是一个需要摆脱的重负。它被描述为欲望的幻象,随生随灭,既无常也无明,当然也没有什么主宰。甚至对一部分人而言,死亡之后这一过程也不会终止。有罪的人,通过六道轮回而进入的,是另一个生死的循环。而真正的彼岸世界,是一个圆寂或涅槃后"永寂不动"的世界。所谓无老无死,无忧无戚,无污秽而无上安稳的涅槃。实际上这个世界的存在,是通过让时间停止而实现的:既然有生必然有死,有始则必然有终,有喜必有悲,那么只有放弃我执、欲望、贪念等种种生命意志,才能达于涅槃之境。这一重要思想包含在印度原始佛教经典《阿含经》中。

佛教自汉末传入中国之后,中国的读书人,用儒家和道家的思想对佛教外典进行"格义",特别是用《老子》《庄子》和《周易》中的一系列概念与范畴来阐释佛理,这就导致了佛教的中国化过程。关于这一点,这里暂且不加分析。

随着启蒙运动的展开,对于时间和世界的解释权,从僧侣手中转向一般知识阶层和普通大众。科学实践、革命理论和社会意识形态也在试图建立另一个意义上的彼岸世界和乌托邦。它与其说是一个实有的世界,还不如说是一整套悬而未决的计划和展望。当然,它也是一种机巧的延宕:科学不能保证你不死,但它却许诺可以不断地延长你的寿命;革命要求你作出牺牲,因为它换来的是一个"大同世界",时间停止,历史终结;我们为何要忍受压迫、剥削和不公正?因为我们必须忍受,因为我们的忍受和牺牲会在未来得到加倍的报答和补偿。

和宗教一样,所有这些许诺都不能为经验世界所证实。这个未来何时来临,没人知道,但因其无限的延宕,似乎这个许诺的本身就差强人意地扮演了"超时间"的角色。

幽 明

如上文所说,任何一种文明或文化,都试图对"时间的有限性"这个问题作出相应的阐释。中国人对时间有限性的处理,既不是通过建立一个"超时间"或"彼岸时间"来消除我们对时间终止的恐惧,也不是像佛教教义那样,通过否定生命意志和欲望情感,让时间停止下来,达于无生无死的涅槃之境,而是将时间的"矢量"转化为"能量",将物理的线性时间改造为"道德时间",来化解世俗时间的最终限制。

《周易》中对时间的描述是用始、壮、究这样一组概念来表示的。实际上,它所暗示的,是一个强度量,而非广度量。[1] 始即开始,壮是强大,究则是完成或终了。这三个概念并非是一个物理的直线,它们相互之间有着重要的联系,也可以说,"始"就是"究",通过"壮",既可以反观"始",也可提前预知未来的

---

[1] 牟宗三:《周易哲学演讲录》,15页。

"究"。在"始"这个概念中,还包含了中国哲学上的另一个重要概念,那就是"几",所谓"大风起于青萍之末"。周敦颐将"几"描述为"有无之间,动而未行"。而在牟宗三看来,事物生命将发而未发的那个"几"中,即包含着未来的始、壮、究。

那么,具体的个体生命为何要经历时间?他的目的如何?有什么意义?如果将一个人的一生描述为享受生命,那么时间就是一个线性的过程:每过一天时间就减少一天,等到死亡来临,及时行乐的生命就戛然而止。依照儒家的概念,这样的生命无异于酒囊饭袋,虚生浪死,死亡或时间终结确实是无法超越的,它是一把达摩克利斯剑,悬在头顶。所以儒家思想从来拒绝这样来描述时间过程。儒家思想实际上将"死"这样一个概念,进行了悄悄的改造,让"死"变成了"终"。所以,《礼记》说,"君子曰终,小人曰死"[1]。对于君子而言,人的一生并非是享乐的过程,而是一个成就"德"的过程。"成德"是人生最重要的使命,能否"成德"是个体生命成败的关键。至于实际生命时间的长短,自然可以不必考量。这样一来,时间的长度量变成了道德的强度量。中国民间一直有"有志不在年高,无志空长百岁"这样的说法;孔子"朝闻道,夕死可矣"[2]这样的说法,既是对"闻道"的要求,也有对生命无常的慰藉。所谓的"终"既是生命过程的"了",也暗示着生命圆融的"成"。因此,中国人将人的生命过程视为价值实现过程,是发展、延伸、成就"德性"的过程。中国民间将死去的父亲称为"考",将死去的母亲称为"妣",极为生

---

[1]《礼记·檀弓上》。
[2]《论语·里仁篇第四》。

动地对这样一个过程作出了简明扼要的概括:"考"者,"成"也,意思是,这个人的一生成了德,可以无憾。"妣"者,"媲"也,意思是说母亲的品格和人格完全配得上父亲,两者之间没有什么差别。

从这个意义上,我们完全可以理解古人为何重然诺、轻生死,为何能杀身成仁、舍生取义。这不是一句"泛道德化"可以简单说明的。"君要臣死,臣不得不死",这其中也非仅仅只有"愚忠",因为既然君命臣死在当时被视为一种"德",那么这种"愚忠"也含有强烈的"成德"意味和精神的超越意识。伍子胥过韶关,渔人自刎以释疑;赵盾被难,程婴献子救孤,这些道德说教故事虽然有夸饰的成分,于正史未必有据,然而在民间,特别是地方戏曲中,流传甚广,足以说明这样一种观念深入人心的程度。中国人对时间限制性的思考,不是朝向物理线性时间的方向发展,而是朝向道德时间方向发展。

那么人终究有生死、有始终,对于死后世界也就是说世俗时间之外的那个"超时间",中国人又是怎么思考的呢?孔子说,"敬鬼神而远之",似乎将这个问题悬搁了起来。"鬼"者,归也,"神"者,申也,那么人在死后,"归"到哪里去了呢?对于中国人来说,那个鬼(归)的世界既不是如世俗世界一般的实在,亦非绝对的"无",而只是"幽明"。也就是说,它是与我们这个世界重合的另一个世界。从某种意义上说,"超时间"与"世俗时间"是同一个时间,只不过超时间因为是"幽",你看不见它,但它还在。所以说儒者不讲生死,讲的是幽明:幽是晚上,明则是白天;幽是死,明是生;生和死是交错在一起的。牟宗三在《周易哲学演讲录》中说,仰以观于天文,俯以察于地理,即是能知幽明之故：

> （儒家）不讲生死，讲幽明。佛教也好，基督教也好，都讲生死。儒家不讲生死，讲终始问题，讲幽明问题。佛教讲生死，基督教讲灵魂不灭上天国，儒家不讲这一套。你那个了生了死，严格讲，你了不了。所以儒家把生死问题转成终始问题，再从终始问题转成幽明问题……张横渠（张载）说生死是大来大往，根本无所谓死。生是大来，死是大往，往哪里去？往幽那里去，那个地方是幽，这个地方是明，它没有完。这是中国人的智慧，是《易经》的智慧。[1]

中国古代哲学对时间的思考，与印度和西方文化确有很大差异。死亡作为一个时间终结的否定性力量，是西方哲学的终点。中国儒家所谓的"原始反终，故知死生之说"[2]，中国道家所谓"齐万物，等生死"[3]，则是将死亡作为思考一切问题的起点：死即是生，生即是死，生死并没有绝对的分界。死亡一开始就被包含在生的框架内思考，被作为一种成就德性的步骤被预先接受了下来。

人们常说，中国人重道德、重人伦、重现世，这都没有错。这是因为对中国人来说，世界上并没有一个人格化的上帝，等着你去另一个时间维度去伺奉，也没有一个更高层级的绝对天国，等着你去享用。

---

[1] 牟宗三：《周易哲学演讲录》，82-83页。
[2] 《周易·系辞上》。
[3] 《庄子·齐物论》。

从文学作品来看，在中国人对于幽明或未知世界的想象中，"超时间"居然是一个与"现实时间"大致相仿的世界。这可以看出，中国式的超越所具有的人间情怀。陶渊明"不知有汉，无论魏晋"的"乌托邦时间"亦非一个绝对的"超时间"，因为作者在开篇即点明了它之所以存在的社会历史原因——避秦时乱。也就是说，陶渊明的桃花源，既是现实世界的超越，又是它的翻版和特例，自然亲切，可以为一般公众所理解；而道家所谓的"小国寡民"，与其说是一个"超时间"的存在，不如说是一个想象性的政治愿景。即便是文人小说和戏曲诗歌，对于所谓"海外仙山"的想象，基本上也是现实世界的仿制。所谓"海外徒闻更九州"，即形象地说明了所谓的海外仙山不过是另一个中国而已；而《幽明录》《搜神记》《聊斋志异》一类的小说，对幽冥世界的想象，也不过是对人间的复制和模仿。

了解了这一点，我们再来讨论中国文学传统对叙事时间的处理，许多复杂晦涩的问题都可以迎刃而解。

麦秀黍离

在《史记·宋微子世家》中,有这样一段记述:

　　……其后,箕子朝周,过故殷墟,感宫室毁坏,生禾黍,箕子伤之,欲哭则不可,欲泣为其近妇人,乃作麦秀之诗以歌咏之。其诗曰:麦秀渐渐兮,禾黍油油。彼狡僮兮,不与我好兮!所谓狡僮者,纣也。殷民闻之,皆为流涕。[1]

这就是成语"麦秀黍离"的出典之一。当时的殷纣王淫乱于政,箕子屡谏不听,人或劝之离去,箕子说,为人臣谏不听而去,是彰君之恶,而自取悦于民,吾不忍为也。乃被发佯狂而为奴,隐而鼓琴以自悲。后武王灭纣,访问箕子,并封箕子于朝鲜。麦秀之诗应是多年后箕子朝周,过殷墟时的即兴之作。

---

[1]《史记·宋微子世家》,1342页,北京,中华书局,2005年。

历来对这首小诗的解释，以所谓"亡国之痛"居多，这当然没错。诗中最后两句的抱怨可以明显地让人感觉到这种伤痛。但问题是，箕子去周而赴朝鲜之时，纣王已灭，若说表达悲痛哀伤之情，何时不可？为何在返周过殷墟时，这种积压在内心的巨大伤痛才得以爆发？在这里，"时"和"物"都起到了十分关键的作用。所谓"时"指的是纣王覆灭，至箕子返国之间的时间间隔（具体年月长短不详）。随着时间的流逝，箕子留在心中的哀伤和悲痛或许已变得陈旧而迟钝，乃至淡忘，内心的伤痛也渐渐平服，而正是"物"的出现，使这种伤痛重新变得新鲜。这首诗中所使用的"物象"既非断墙残垣的宫殿，亦非元稹笔下作为历史见证人的人物（宫女），而是禾麦。"麦秀"指的是麦已抽穗，"渐渐"是麦芒在风中的摇曳之姿，而"油油"则是禾黍的茂盛光亮。物象的选择虽然平常无奇，却有着惊心动魄的效果。因为原本是生于农田和山野的植物，居然在昔日富丽堂皇的宫殿里长势良好！若说断墙残垣，蛛网处处，自是箕子心中应料之事，亦无足称，正是"麦秀"这种物象，将箕子心中的隐痛一下击中，使他难以自持。禾麦最不应该生长的地方正是宫殿，它反衬出来的，正是昔日的繁华胜景，而且这种反差带有强迫回忆的动力。因此我们也可以说，"物"就是"时"，或者说，"物"正是"时"所寄，"物"不仅让时光倒流，使逝去的时光重现，也寄托着目击者的无常哀痛、沧桑绮思。

我们不妨再来看看"麦秀黍离"的另一个出典，它保留在《诗经·王风》中：

彼黍离离，彼稷之苗。行迈靡靡，中心摇摇。知我者谓我心忧,不知我者谓我何求。悠悠苍天,此何人哉?

　　彼黍离离,彼稷之穗。行迈靡靡,中心如醉。知我者谓我心忧,不知我者谓我何求。悠悠苍天,此何人哉?

　　彼黍离离,彼稷之实,行迈靡靡,中心如噎。知我者谓我心忧,不知我者谓我何求。悠悠苍天,此何人哉?

　　这首诗的作者、具体的写作时间以及诗作中所映射的史实,史乘不载,无可考证,历来众说纷纭。《毛诗序》认为是周大夫行役之于宗周(镐京),过故宗庙时,见到宗室到处都是禾黍,痛惜周室之颠覆,彷徨不忍离去,而写下这首诗。郭沫若则认为是贵族悲伤自己的衰败的伤痛之辞。当然还有其他解释,这里不再列举。这首诗通过黍(高粱)的苗、穗、实,明确地描写了植物生长的三个阶段,经历了一个时间的跨度。但作者不可能一连几个月,都在长满高粱的宫室故庙里徘徊,因此,我认为,这首诗所写的,不可能是单纯的眼前之景。不管如何解说,这首诗的题旨与意蕴与前文所引的《麦秀》诗略相仿佛。所不同的是,这首诗一唱三叹,更具歌咏性。这首诗将诗人内心的彷徨哀伤之情,表达得淋漓尽致,其动人心魄之深切,箕子的"麦秀歌"犹不能及。

　　如果说,《麦秀》诗的怨恨有一个明确的对象——纣王,而在《黍离》中,幽怨指向何人则不得而知;如果说《麦秀》之诗是箕子过殷墟时的即景感慨,那么《黍离》更具文学的虚拟或想象性;如果说《麦秀》中的哀伤确系亡国之痛,那么《黍离》中的"摇摇""如醉"和"如噎"似乎都另有所指。作为《麦秀》的作者,箕子亲身经历了殷商王朝由兴盛而衰落的全过程,《黍离》的作者年代与史实不详,但从诗中"悠悠苍天,此何人哉"(谁把它弄成这个样子?)的强烈的急问语气来看,他显然亲眼见过昔日故庙宫室的盛景。也就是说,不论是箕子还是《黍离》的那个不具名的作者,他们的感慨和哀痛都指向了自己的亲身经历和经验。哀伤之词中,既有着对于与自己关系密切的宫室颓败的感慨,也包含着对于附着于事物(禾黍)的时间流变的绮思。正是从这个意义上说,这两首诗开启了中国传统诗歌极为重要的"怀古"的先河。

至此,我们也许会提出一个更有意思的问题,假如作者所描述的沧海桑田之变,物是人非之情,与自己的亲身经历完全没有关系,时间的流变对于他们又意味着什么?他们如此热衷于"晋代衣冠""吴宫花草"的反复咏叹,其目的何在?其文本意义对于我们今天的读者又意味着什么?

桓温于北伐途中,看见自己当年亲手栽种的一棵树,已然合抱,联想到时光飞逝,不禁触动伤怀,手攀枝条,泫然泣下,发出了"木犹如此,人何以堪?"的感慨。[1] 以今天读者的眼光看来,桓温所抒发的这种感情,未免有点无病呻吟。与"麦秀黍离"的典故相比,桓温既无丧国败家之痛,亦无人生遭际的不平抑郁,他所感慨的对象,指向经过抽象的时间的流逝,并带有某种哲学玄思的味道。木(树木)倏忽之间已亭亭如盖,反衬出人生的短促;"泫然涕下"者,情不能禁也。冯友兰先生对这个典故的分析曾被广泛引用。他认为,桓温的这个感慨境界之高远,尽在"人"这个字上。若桓温说"木犹如此,我何以堪",则意境全失。"人"指的是包括桓温在内的每一个人,他实际上是在代所有的人感慨时光之匆促。言下之意,在这个著名的感叹中,隐然有小我与大

---

[1] 刘义庆:《世说新语·言语第二》。

我、个人遭遇与人类悲悯之别。[1]

冯友兰的这个说法固然能够自圆其说,但我们还是不禁要进一步追问,在中国文人的辞章诗赋中,何曾有过单纯的"我"对生命转瞬即逝的感慨?就我个人的阅读所及,中国传统的士人或读书人,在感慨时间有限性的时候,几乎总是以人的"类群"为主体的(当然,个别的例子也是存在的),像桓温这种"无病呻吟"的例子在中国文学史上俯拾即是,不胜枚举。如西晋"乐山水,多壮游"的羊祜,在镇守襄阳时,有一次去登岘山,忽然莫名其妙地对随从感慨说:"自有宇宙,便有此山。由来显达胜士,登此远望,如我与卿者多矣。皆湮灭无闻,使人悲伤。"[2]羊祜在这里说得很清楚,山川不朽,堪与宇宙相始终,而登山者即如显达胜士,也不过是匆匆过客,转瞬之间湮灭不见。羊祜当然也为自己悲伤,但这个"我"也混迹于古往今来的登山者中间,其意指与桓温大致相同。

宋代词人姜白石途经扬州,看到"胡马窥江去后"的满目凄凉肃杀,感叹"渐黄昏,清角吹寒,都在空城",而引动黍离之思,因成《扬州慢》一词。与"麦秀黍离"一样,姜白石用来描述时光变化的参照物也是山川河流:"二十四桥仍在,波心荡,冷月无声。念桥边红药,年年知为谁生?"二十四桥、月亮和河水都是相对不动的参照物。红药虽然会枯败,但败而复生,唯有人(比如姜白石在诗中记挂的杜牧),却早已灰飞烟灭。因此,禾黍也好,山川河流也好,都是中国人记录时间的历史日晷。物之不

---

[1] 参见冯友兰:《论风流》,见《三松堂学术文集》,614－615页,北京,北京大学出版社,1984年。
[2] 《晋书·羊祜传》。

朽所相对的恰恰是人之短暂。所以，这里的"人"不可能是一个单个的主体，而只能是泛指。

所谓"年年岁岁花相似，岁岁年年人不同"，[1] 何曾是"我"？所谓"生年不满百，常怀千岁忧"，[2] 何必是"我"？所谓"白骨成堆忘姓氏，无非公子与红妆"，[3] 何曾有"我"？因之，不论是桓温、羊祜、姜白石或曹雪芹，文章作品自有境界之高低，但在歌咏时光易逝、胜景不再这一点上，却无境界高下之分。若一定要说到境界之高，我以为它恰恰是源于中国传统文化内在的规定性，源于中国人对于时间的特殊感受和美学特点。

很多学者在论及中国抒情传统的特质时，一言以蔽之，曰：乐而不淫，哀而不伤。这个特质与中国的中庸哲学、中和美学固然有着千丝万缕的联系，但如要做到真正的"哀而不伤"，又谈何容易？我们在前文说过，列夫·托尔斯泰笔下的列文，在目击其兄长撒手人寰之惨况时，联想到死者所奔赴的所在是一片虚无和虚空，焉能不伤？岂仅仅是伤？其哀痛恐惧之情几乎已动摇了作者生存信念的根基。为此，作者甚至不惜再次让上帝"复活"。而中国古代哲学将时间的有限性问题，即生死问题，转化成了"各正性命"的"终始"问题，又将这种终始转化为"幽明"问题，其背后隐含着一个潜在的劝说机制：将死亡和时间的限制作为一种人人必须经历的结果，预先接受下来，在一定程度上消除了个体对时间终结的恐惧，并将这种恐惧转化为哀伤，转化为审美的对象。

---

[1] 刘希夷：《代悲白头翁》。
[2] 《古诗十九首》。
[3] 曹雪芹：《红楼梦》。

中国的传统诗歌、文章、戏曲和小说，对世俗的时间再次进行了改造和穿越，在时间的有限性的悲剧中，加入了某种积极的因素。我以为，这种改造的后果有两个，一个是慰藉，另一个是时序更迭、朝代兴替、生命匆促的升华之美。因中国传统文化中没有人格化的上帝，没有作为与世俗权力相抗衡的相对强大的宗教力量可以依靠，人生在世，或穷或通，或贤或愚，命运自然是人人有别，大相悬殊，而得不到安慰。而在大千世界中，唯一公平的，恐怕只有时间。正如《红楼梦》中所反复咏唱的那样，"纵有千年铁门槛，终须一个土馒头"。具有悖论意味的是，时间的有限性，本来是对生命延续的限制和否定力量，在这里却转变成某种具有强大慰藉作用的解放性力量。

中国民间自古以来就有"三十年河东，三十年河西"的说法。时间有它自己的喜怒无常，有它自身的逻辑，它不为帝王将相所专属。当一个贫穷困顿的人读到辛弃疾"寻常巷陌，人道寄奴曾住"，或刘禹锡"旧时王谢堂前燕，飞入寻常百姓家"这类诗词时，其中包含的巨大的安慰自不待言。相反，当显达之士位极人臣，"威赫赫爵禄高登"之时，也有时光流逝，高处不胜寒之杞忧。"水满则溢、月盈则亏"，不啻是当头棒喝。清代的沈德潜读刘禹锡"沉舟侧畔千帆过，病树前头万木春"一句时，感慨万端，竟至于说，若能参透这两句话中的机关，可以终身没有烟火气。逝者如水，沉舟病树，不废长江恒流，不废春回烂漫。人虽自绝，何伤日月？

因此，对中国人的生存而言，时间确实具有某种终极裁判的意味，也仿佛带有某种宗教性的功能：正因为时光和命运之流转，未来不至于彻底绝望；正因为现实时间有一个终点，所有的悲剧的皱褶终将被熨平。至少从某种象征性的角度来说，世界在其根本意义上是公平的，公平是绝对的，不公平是相对的。也就是说，在中国文化中并非没有"超时间"，只不过这种"超时间"不是通过在现实时间之外再造一个"彼岸"或"天国"来完成，它是在现实时间之内部发展并建立起来的。通过对时间的相对性的确认，将现实世界变成了一个既是实体又能加以穿透的双重结构。

　　远在佛教传入中国之前，中国道家思想很早就对现实时间的虚幻进行了充满直觉色彩的揭示。所谓"朝菌不知晦朔，蟪蛄不知春秋"，[1] 而经过改造的佛教义理则发展出了一套新的关于"色空"的理论。如果说时间是相对的，那么即便是朝菌、蟪蛄这样的生物，也能经历一个它们自己的时间，这个时间是实体，只不过这种实体并不具有存在论上的绝对意义。如果说色空是空，但相对于欲望来说，它仍然是一个实体，所以说"云空未必空"。佛教能够如此快速地融入中国文化，而没有阻滞，我想跟两种文化对于时间的理解的相似性有关。中国人重直觉，但并不排斥理性。这种生存哲学既不是单纯的乐观主义，亦非彻底的悲观，而是天人有际，幽明有分，生死相因，相反相成。"哀"中包含着"乐"，瞬间即永恒；祸中隐伏着福，悲欢相倚；消极中有积极，积极中有悲凉。正因为这样一种充满辩证色彩的文化哲学，中国人对于因现实时间有限性而导致的生死考验，由现实生存导致的逆境和命运，更能够泰然处之，随遇而安，而较少反抗性和改革的主动性。另外，对于物质世界、荣华富贵和种种利益，更少绝对的依赖，同时，能够充分享受有限制的现实时间，"勤靡余劳，心有常闲"，[2] 甚至可以"坐对当窗木，

---

[1] 《庄子·逍遥游》。
[2] 陶渊明：《自祭文》。

看移三面阴",让时间暂时停止。

中国没有发展出现代意义上的科学技术,并不是中国人缺乏这方面的头脑和智慧,而是文化本身并未提供这样的"劲量"和"动力"。而中国文化中的悲剧意识也不会导致西方近代意义上的"绝望",而是一种忧患或悲悯而已。(当然,我这里说的是中国的古代社会,经过近代以来一百多年的现代性改造,在当今的中国,所有的这一切不仅仅是改变了,甚至是发生了根本的颠倒。)正因为这种悲悯,将一人之悲剧、一姓之灭继、一国之兴亡这样的绝对惨剧,变成了天地易容、江山易帜、沧海桑田般的离合之情、兴亡之感。正因为"悲",才会有反躬自省的"悯","悲悯"既是对对象的同情,也有个人情感寄托于其间的感同身受。这就使得悲悯成了中国传统审美心理中不可或缺的因素和必要条件。正如唐君毅十分直白地所袒露的心迹:

> 悲出于爱,吾亦爱此悲。此悲将增吾之爱,吾愿存此悲,以增吾之爱,而不去之。吾乃以爱此悲之故,而乃得暂宁吾之悲。[1]

我以为,中国文化对于时间有限性的思考和处理方式,启发了一种整体性的生命哲学:既有对现实时间的享受,亦有对超时间的豁达和自在;既重视现实利益,也重视生命的圆满(而非权宜);既有建立功业的愿望,也有立德和立言这样的超越意识;既有匡生救

---

[1] 唐君毅:《我所感之人生问题》,见《人生三书》,17 页。

世的现实使命，也有"不为无益之事，何以遣有涯之生"[1]的趣味。而具体的文学写作，叙事的思维也是整体性的。

中国文学史上确实出现过大量正面描述、记录现实社会的作品，但对文学社会性的强调、将文学的功能视为推动社会进步的观念，不过是在19世纪末以后才逐步深入人心。即便是杜甫、白居易这样的作家，纯粹以记述现实为己任，侧重于社会性描写的作品，在他们的全部创作中只占很小的一部分。大量的作品只是感遇、绮思、怀古、悲秋一类被现代文学革命理念斥之为"无病呻吟"的篇章，而其中最多的无疑是对时间的沉思。当然我的意思也不是说，文学的社会性、现实性描述并不重要，而是应该将它视为整体生命关照的一个部分加以考虑，才能显示出这种整体性思维的文化奥秘。

关于这种整体性，《红楼梦》的写作是一个再恰当不过的例子。《红楼梦》中大体有以下三个时间。

首先是佛道的"超时间"。这是曹雪芹结合佛教和道教的时间观所构建的那个笼罩于全篇的外在框架。这个世界无思无欲、无始无终，凌驾于滚滚红尘之上。但它与"红尘世界"也非完全隔绝、不相往来。一僧一道在大观园中频频现身，与红尘互通消息，就是明证。它是"幽"，一般人看不到，但也是现实生活中的贾宝玉（神瑛侍者）、林黛玉（苦绛珠）的出发点和最终归宿。

其二即是以荣、宁二府（特别是大观园）为主体的现实时间。它是"明"，是有限的、相对的，充满了现实层面的尔虞我诈、勾心斗角和互相倾轧。这是一个欲望的世界，或者说一个"色"的世界。但在曹雪芹的笔下，它又是暂时的——大观园里种种名色的宴游、

---

[1] 项鸿祚（莲生）：《忆云词》，丙稿自序。

寻欢作乐和明争暗斗,不过是一场有待终结的筵席。因此,这个层面的现实,带有强烈的否定性意味。曹雪芹反复通过"好"与"了"、聚与散、"铁门槛"与"土馒头"等相互对立的意象,来瓦解这个世界貌似强大的外壳。如果《红楼梦》只至于此,那么它不过是一部相对主义生活世相的美学大全。我们阅读这样的作品,也只能得出一个"及时行乐"的言外之旨。

最后,被隐藏于叙事最内层的,是宝黛的爱情时间。这个时间虽然短暂、相对,但同时又具有永恒和绝对的质地。既是现实,又带有强烈的超越性。在貌似相对主义的哲学框架下,曹雪芹知其不可为而为之,对这个"爱情时间"给予了坚决的肯定,这是《红楼梦》感人至深的奥秘所在。

在《红楼梦》中,这三个时间构成了一个整体性的网络,互相依靠,缺一不可。胡河清[1]先生曾经将这样一种叙事美学归纳为中国"全息现实主义",以试图将它与19世纪盛行一时的批判现实主义作出重要区分,惜乎未及成文,竟溘然长逝。

---

[1] 胡河清(1960—1994),安徽绩溪人。文学博士。先后执教于上海教育学院和华东师范大学中文系。主要著作有《灵地的缅想》(上海学林出版社,1994)、《胡河清文存》(遗稿,上海三联书店,1996)等。

物象中的时间

　　物象本是一个空间概念，可往往却成了时间的贮存器。所谓"浮云一别，流水十年"，如果没有物象的提醒，我们也许根本就看不到时间的变化。落在院子里的雨，也曾落在迦太基；而晴光潋滟的西湖水，也曾洗掉多少前朝歌姬的胭脂粉；照亮了姜公馆陪嫁丫鬟凤箫枕边的融融月色[1]，也曾照亮白流苏寂寞的窗帷[2]。

　　形形色色的"物"，占据了我们生存的空间，也占据了我们纷乱的记忆。如果说时间之箭如奔流东去的长江之水，一去不回，那么江边萧萧的芦笛，却总是让曾经的过去，一次次返回我们的冥想与记忆，重现当年的羽簇之声。中国文学传统中的追忆之光，模糊了过去、现在与未来，让物理时间的真实性变得不堪一击，从而使我们恍若隔世，不知今世何世，今夕何夕。

---

[1] 张爱玲：《金锁记》。
[2] 张爱玲：《倾城之恋》。

中国传统诗文和小说中的物象，从来都不仅仅是一个场景或道具意义上对象化的存在——如铺叙场景陈设，以展现人物活动环境；描写山川风物，以展现大自然的壮美；呈现日用起居之器皿，以暗示人物身份等等。中国文学中的物象更多地被表现为一种"意象"，可以"赋"、可以"比"、也可以"兴"，它投射和寄托了太多的人类情感和过往记忆。从某种意义上说，"物"就是"心"的外在形式。一方面，泪眼可以问花，人与隔雨的红楼，也可以心物相望，彼此窥探心思；另一方面，物象恰恰是时间流逝的见证，是时间箭镞的回响，是瞬息万变的时间之物中较为恒定的标识物。一个普普通通的物象，不仅可以瞬时复活全部的历史记忆，而且可以穿越未来之境，擦去时间全部的线性痕迹。因为中国人相信"后之视今，犹今之视昔也"。[1]

中国人用来记述、追忆时间的物象通常有两类。第一类是名胜古迹，它作为历史遗存，大至巍峨的城池宫殿、巷陌街道，小至埋入沙中的箭头、坐轿前的断肠銮铃。将箭头磨洗即可听到前朝的萧萧马嘶，而感慨东风周郎、铜雀春深；夜雨闻铃则令人肠断欲绝，仿佛连行宫的月色也凄冷刺心。刘禹锡于长庆四年（公元 824 年）从夔州刺史任上调至和州。他在顺江而下，途经著名的西塞山时，写下了这样一首诗：

　　　　王浚楼船下益州，
　　　　金陵王气黯然收。
　　　　千寻铁锁沉江底，

---

[1] 王羲之：《兰亭集序》。

一片降幡出石头。

人世几回伤往事，
山形依旧枕寒流。
今逢四海为家日，
故垒萧萧芦荻秋。

对作者而言，"西塞山"这个物象，因为五百多年前的一次朝代更迭的战事，从晦暗不明的时间之幕中突然浮现于眼前，显出了它绝非一般风物的意义。问题是，作者刘禹锡在追溯五百年前的这个历史故实之时，其叙事时间的设置耐人寻味。其叙事口吻一反追忆的笔触，将想象中的场景作为诗人的目睹场景，直接加以记述。前四句破空而来，有如当年攻克金陵的战事正在发生，将过去时态（回忆时间）变为现实时间。一个"下"字，似乎让读者看到了王濬的船队正浩荡而至。"一片降幡出石头"似乎再次让想象中的历史，真切地呈现在读者的眼前。

而"人世几回伤往事，山形依旧枕寒流"两句中的时间则更为复杂。要弄清楚这两句诗的叙事时间在全诗中的位置，我们首先必须弄清"人世"中的"人"究系何指。从诗歌的上下文来看，这个人既可以实指作者本人，也可以虚指曾经来这里凭吊遗迹的许许多多的后来者（不包括作者）。清代的诗评者屈复就主后说，并认为诗中的"几回"暗指六朝，这样的解释似亦可通。因为东吴是六朝之首，历朝的文人士大夫因晋吴之战而伤感于往事，自在情理之中。既然如此，"人世几回伤往事，山形依旧枕寒流"一句中的时间，则仍可以被解释为历史时间。从时序上来说，它晚于晋吴之战，而早于作者途经西塞山即景抒怀的时间。

最后两句通过一个"今"字带出了作者的身世感慨，也让读者的思绪回到了作者船经西塞山，目睹萧萧芦荻的现实时间。最后的一个"秋"字，则具体地点出季节。那么从开首回忆中的历史人物，至结尾凭吊古迹的那个"秋"之间，作者恰好采取了一个类似于小说中的倒叙结构：由远而近，由虚到实，由回忆到现实。

不过，我认为，这首诗的叙事时间所隐含的真正奥妙，恰恰不在于这样一种先后倒置，而在于不同时间段的历史场景与现实场景之间真正的并置。作者的叙事视线不受物理时间的羁绊，洒脱而自由，倒置不过是一个手段罢了。所有的历史片段、场景和故实，因时间的变化而无法被我们看到，我们能够看到的只是浩浩长江，只是山形和芦荻这样的物象。作者恰如其分地将两种存在物作出了重要的区分：一是我们看不到的时间（历史场景）：它有生有亡、转瞬即逝，不过是过客和影子；二是相对不那么容易变的风物和遗迹：这些有形之物，恰好是无形之物的托迹之所。它们作为勾连和中介，让不同的历史或现实场景呈现了真正的"共时性"。

另一类用于标刻时间和空间的物象，则是自然之景。对杨慎或是辛弃疾而言，滚滚东去的长江，俨然就是惯看秋月春风的白发渔樵，在青山常在的背景中，目睹夕阳几度、朝代兴替、强虏灰飞烟灭。而陈与义在"长沟流月去无声"的寂静之中，也感受到了"二十余年如一梦，此身虽在堪惊"的伤感与悲痛。[1] 在杜甫"国破山河在，城春草木深"的咏叹之中，一国之兴衰，似乎不过是不变山河的浮光掠影。在国家破碎、身世飘零之际，竟然也有"山河仍在"

---

[1] 陈与义：《临江仙》。

的慰藉。

毋庸讳言，在所有山川风物之中，被古往今来的文人墨客歌咏最多的核心意象，正是"月亮"这个超级典故。

每当诗人们抬头望月之时，月亮显然就成了联想和记忆的枢纽。一方面，它所凸显的是同被朗照的共时性幻觉，李白的"长安一片月，万户捣衣声"，似乎整个长安城在融融的月光下都沉浸在一片此起彼伏的杵声之中，而"捣衣"这一行为，与远在千里之外的"玉关良人"联系在一起。"海上生明月，天涯共此时"亦形象生动地将自己与远在他乡的思慕对象，置于同一个苍穹之下。杜甫笔下的"鄜州月"也"省略"掉了长安与鄜州之间的山水阻隔，仿佛自己亲眼看见了他思念的对象泪湿云鬟。谢庄的"隔千里兮共明月"，苏轼的"千里共婵娟"都是人所共知的意象。（除了月亮之外，其他的自然之物也有类似的功能，如王昌龄《送柴侍卿》，正因为"流水通波接武冈"，"青山一道同云雨"，才能有"送君不觉有离伤"，"明月何曾是两乡"的落拓不羁。这里的流水之通，云雨之同，将不同空间、地域之间的物理距离化迹于无形，产生天涯比邻的情怀）。

另一方面，月色自古就有，赏月之人亦如恒河沙数。被月光所照亮的，既有秦、汉的雄关，唐、宋的二十四桥，也有明、清的秦淮河水。将时间"纵轴上"的意象，强行拉至空间并置的"横截面"，自然的物象所串联起来的，恰恰是纷乱历史的时间碎片。有时，"望月"这一日常行为所连接起来的，还有时间长河中的芸芸众生——诗人在这里抒发的幽思，并无一个特定的对象（如妻子、兄弟和朋友），而正是历史性的无名个体。诗歌所呈现的主题既非怀人，亦非思妇，而是对时间本身的抽象思考。

被闻一多称为"诗中之诗，顶峰之顶峰"的《春江花月夜》就是著名的例子。"江畔何人初见月，江月何年初照人。人生代代无穷已，江月年年只相似。"这样的感慨境界雄浑、阔大，直抵宇宙洪荒未造时，既有天道渺远、人如朝露的感伤，也有明月年年代代无穷的通达与坦然。另外，月亮这一特殊的意象，在历代的歌咏和书写中由于被太多的写作意图所熏染，已经成了一个被赋予无数情感意义的典故。从某种意义上说，它甚至已不再是单纯的物象，而成为了一个具有浓郁象征意义的概念。

在张爱玲的《倾城之恋》中，促成白流苏与范柳原的"旷世之恋"的，并非只是日军进攻香港的战争，"月亮"在其中也扮演了重要的角色。小说中写到，白流苏和范柳原住进香港的浅水湾饭店之后，当晚两人外出散步归来，范柳原忽然给白流苏的房间打了一个电话：

> ……她（白流苏）战战兢兢拿起听筒来，搁在褥单上。可是四周太静了，虽是离了这么远，她也听得见柳原的声音在那里心平气和地说："流苏，你的窗子里看得见月亮么？"流苏不知道为什么，忽然哽咽起来。泪眼中的月亮大而模糊，银色的，有着绿的光棱。柳原道："我这边，窗子上面吊下一枝藤花，挡住了一半。也许是玫瑰，也许不是。"他不再说话了，可是电话始终没挂上……这都是一个梦，越想越像梦。[1]

这里描写的月亮，并非一般窗外之景。我们知道，范柳原在此

---

[1] 张爱玲：《倾城之恋》，见《张爱玲文集》（第二卷），72页，合肥，安徽文艺出版社，1992年。

前曾经带着白流苏去散步，对着一堵灰墙，向她絮絮叨叨地解释"天老地荒之真"一类的"胡话"。白流苏作为一个识字不多的普通妇女，当然听不懂。随后，柳原再次向流苏解释《诗经》中"死生契阔，与子相悦；执子之手，与子偕老"这样的典故[1]，言语间，对于这种天老地荒之爱既渴求又怀疑。这也是柳原一次次延宕他的表白的重要原因。当然，白流苏还是听不懂。可是这天晚上，看着窗外的月亮，白流苏忽然哽咽流泪。小说中的人物白流苏"不知道为什么"，可作者张爱玲和读者当然都知道原因。在这里，两人尽管近在咫尺，却还是要通过"明月传信"，而共赏一片月的瞬间，流苏无语泪流，会不会就是作者想象中的天老地荒之真？这里的月亮既是实写，又是暗喻：即便如流苏这样斤斤于婚姻保障的庸碌女子，完全不符合范柳原的天老地荒的梦想，也能望月而流泪，也有人生的超迈之情。

当然，这是张爱玲人为的叙事设计，某种意义上也是作者的自我写照。张爱玲身处新、旧交替的历史转折点上，旧的未除，新的已立。虽然是新旧杂陈，旧文化之熏染和影响在她的思维中留下了很深的印记。但至少在张爱玲本人看来，传统文化的被冷落和被遗忘，已成了大势所趋。张爱玲十分担忧文化记忆功能的丧失，担心有朝一日中国人会读不懂《红楼梦》。既然一切都在不确定之中，更大的破坏与荒凉尚未来临，也许只有窗外的那一轮圆月未变。如此说来，她在小说中如此频繁地使用"月亮"这个意象，也就不难理解了。

---

[1]《诗经·邶风·击鼓》。

时空穿越

中国传统文学中的"物象",因其在相当程度上被文化化和历史化,一个单独的物象往往承载着极为丰富的文化意指和历史掌故,加之时代变化所赋予意象的转喻,真正的"物"或"风景",倒反而湮没不见了。

这种文化和文学趣味,使得"目之所见"往往就是历史重现。咫尺天涯、时空纷乱自然更不在话下。在一定程度上,这一趣味强化了中国传统叙事特别是古典诗词叙事的"共时性"特征。所谓过去、现实和未来,并非简单的时序排列,而是共时性的并置呈现。当然造成这种"共时性"的最根本原因,还在于中国人对时间的理解,而非仅仅是修辞学的选择。

李商隐的《夜雨寄北》是一首清新可诵、文辞简明的怀人之作。未用任何典故,也不涉及文化历史的物象记忆,但就是这样一首小诗,倘若仔细推究它的时间安排,却也颇不简单。

君问归期未有期，

巴山夜雨涨秋池。

何当共剪西窗烛，

却话巴山夜雨时。

若按西方叙事学中的"时态"概念来考量，首句"君问归期未有期"显然是过去时。"你问我什么时候回家，但目前还无法确定"，隐含着对过去事实的一问一答：一为妻问，一为己答。而"巴山夜雨涨秋池"一句，则为羁旅巴山的客观写照，依照诗人的叙事时间，固然是现在时："现在（写作的时间），巴山这个地方正是秋雨绵绵，池塘都满了。"而"何当共剪西窗烛"则是诗人对未来的想象。实际上，事实尚未发生，以后也不一定会发生。这是诗人所希望之事，其魂魄已飞到了未来，设想与妻子在西窗下共话的情景。那么，假设的确存在着这样一个"未来"的话，他们在所想象的场景中说些什么呢？——却话巴山夜雨时。时间又回来了。也就是说，从一个想象中的未来，回到叙事时的现在。简单四句话，几度穿越时空，往复回环，眼前景犹作日后想，他年话翻为今时语。这首诗虽有时空的复杂错综，但即便是一般的儿童，对于文字层的时空意义，亦能轻易理解。作者极尽时空度越之妙，匠心独运而若出自然，这不能不令人联想到中国人对于时空的独特态度与感受。

这首诗亦题为《夜雨寄内》。以诗的内容特别是共剪西窗烛的情景目之，"寄内"亦能合乎常情。假如我们考虑到另外一个事实：李商隐在写作这首诗时，妻子王氏早已亡故，李商隐很有可能是在面对一个回忆或梦中的对象写这首诗，那这首诗的时空关系岂不更为复杂？当然这种推测没有什么实际意义，也未必符合实情。

但中国传统文化中那种日月所照、风雨所至,皆如在目前的时空观,在诗人笔下比比皆是,李商隐并非特殊个案。如"人归落雁后,思发在花前"[1],如"海日生残夜,江春入旧年"[2],再如"云中谁寄锦书来,雁字回时,月满西楼"[3],时序错综,十分平常。宋代杨万里的《听雨》虽有勉强生硬之病,在时空的处理方面,则与李商隐有异曲同工之妙:"归舟昔岁宿严陵,雨打疏篷听到明。昨夜茅檐疏雨作,梦中唤作打篷声。"

奇怪的是,仅就叙事时空而言,中国诗词在叙事时空方面特有的这种自由无碍的手法,却并未直接为小说家所采用(中国古代小说在时空方面与西方小说也有很大的区别,关于这一点,稍后再论)。大概是有感于这一缺憾,近人废名(冯文炳)打算对此加以弥补。至于废名小说的具体地位如何,此处暂可不论,但若将他视为中国现代文学中首屈一指的文体家,我想没有什么问题。他孜孜以求的文体实验枝蔓庞杂、头绪纷繁,亦不免后人所诟病的"晦涩艰深",但他试图让小说重现诗歌的意境和修辞、重现诗歌的时空、将小说写成唐人绝句的实践方面,颇多创获与建树。

他的叙事目的,不是再现戏剧性的故事,而是为了让"字与字,句与句,互相生长,有如梦之不可捉摸"[4],诚如周作人所说:

> 《莫须有先生传》的文章的好处,似乎可以旧时批评语之曰,情生文,文生情。这好像是一道流水,大约总是向东去朝

---

[1] 薛道衡:《人日思归》。
[2] 王湾:《次北固山下》。
[3] 李清照:《一剪梅》。
[4] 废名:《说梦》,见《冯文炳选集》,323页。

宗于海，他（它）流过的地方，凡有什么汊港湾曲总得灌注潆洄一番，有什么岩石水草，总要被抚弄一下子，再往前去，这都不是他（它）的行程的主脑，但除了这些也就别无行程了。[1]

废名独创的"共时性"叙事，亦大多由诗词笔法演化而来，而他实验中的时空穿越之灵动与复杂，则远非古典诗词类似手法所能相提并论。由于废名走得太远，终于走到神秘不可解的极端去了。其实若要硬读，也没有什么不可理解的地方，但是一般读者往往视为畏途。《莫须有先生传》不论成败如何，在时空的探索和安排上，却有前无古人之功；而像《桥》一类的作品，则显然是废名成熟期的作品，清新自然，意味隽永。

废名试图打通诗、文、小说等文类界限的做法，并非难以理解。实际上，中国古代的经、史、诗、小说等各种文类之间的界限，并不像我们今天这样清晰和分明。章实斋的"六经皆史"之说固然流传甚广，而孟子在论述《春秋》时亦有意识地将诗、史并列，他说："王者之迹熄而诗亡，诗亡然后春秋作。"[2]《诗经》所记述的内容（特别是雅、颂）既然为王者之迹，则王朝的衰败导致了《诗经》的衰亡。在这里，孟子明确地暗示了《诗经》也是历史。而《诗经》与《春秋》则前后相续，从历史记述的角度看，《春秋》不过是另一部《诗经》，只不过改变了体裁而已。李商隐在其诗《韩碑》

---

[1] 周作人：《〈莫须有先生传〉序》，见陈振国编：《冯文炳研究资料》，196-197页，福州，海峡文艺出版社，1991年。
[2] 《孟子·离娄下》。

中将《诗经》与《尚书》并称,[1] 甚至有人认为《周易》也是一部史学著作[2]。

由于文、史、经不分,各种不同的文类在写作方面,特别是修辞上的相互借用,就显得十分自然了。

说到时空穿越,我们也许不得不提到20世纪初以来,风行于欧美的所谓"共时性"(特别是"意识流")小说。弗洛伊德的精神分析学说、伯格森的直觉主义理论,对物理时间之外的"心理时间"的确立,起到了十分关键的作用。而威廉·詹姆斯则简明地将人的意识区分为实体和过渡两个部分:实体是意识的滞留之物,而过渡则是穿越与飞行——从一个实体滑向另一个实体,如古诗所云,"记得绿罗裙,处处怜芳草"[3]。

意识飞行的轨迹与途径,并不像我们想象的那样,具有严密的逻辑性与因果关系。我们当然可以借助于日记、笔记或日历主动去追溯"失去的时间",从而建立起物理时间的先后顺序和因果关系。但假如我们因受到物象(如日月星辰、风霜雨雪)的刺激,借助于颜色、味觉或声音,被动地进入非自主意识的领域,那么,意识活动的轨迹,确如废名所言,会变得有如梦境一样不可捉摸。

中国的文学研究和批评,习惯于将意识流小说的主要特征归结为"自由联想"和"内心独白"两个方面,但这样的描述既不准确,也没有什么实际意义。因为所谓的"内心独白"与传统现实主义的人物心理活动(比如在司汤达笔下于连的大段内心活动)难以

---

[1] 李商隐在《韩碑》一诗中有"点窜尧典舜典字,涂改清庙生民诗"一句,将《诗经》与《尚书》对举。
[2] 参见胡朴安:《周易古史观》,上海,上海古籍出版社,2006年。
[3] 牛希济:《生查子》。

区分。另外,"内心独白"与"自由联想"之间也没有什么特殊的界限。实际上,就写作实践而言,欧美作家如普鲁斯特、詹姆斯·乔伊斯、威廉·福克纳、弗吉尼亚·沃尔夫和克洛德·西蒙,也显示出完全不同的趣味与路径。

弗吉尼亚·沃尔夫发表于1919年的那篇著名论文《现代小说》,尽管其论述内容已远远超出了意识流小说的范围,但仍然可以被看成是一个意识流小说的宣言或理论总纲。当时,詹姆斯·乔伊斯的《尤利西斯》已经在伦敦的《小评论》上连载,沃尔夫受到乔伊斯创作的激励和影响,自然毫不奇怪。

总体上说,这篇论文强调精神的浩瀚、细琐,乃至无所不包,力图摒弃传统现实主义对物质的依赖,强调内心生活的真实;对已成为俗套的故事和情节表示轻蔑与不屑;强调非戏剧性,贬抑戏剧性;颂扬心灵,轻视头脑和智力活动;赞赏契诃夫、托尔斯泰以及俄国作家的圣徒般的悲悯,而对英国传统作家诸如威尔斯、贝内特和高尔斯华绥的批评则毫不留情。但总而言之,正是由于对意识流小说实验的辩护,使得这篇论文给人留下深刻印象。

> 向内心看看,生活似乎远非"如此"。仔细观察一下一个普通日子里一个普通人的头脑吧。头脑接受着千千万万个印象——细小的、奇异的、倏忽即逝的,或者是用锋利的钢刀刻下来的。这些印象来自四面八方,宛如一阵阵不断坠落的无数微尘;当它们降落,当它们构成星期一生活或者星期二生活的时候,着重点所在和从前不同了;要紧的关键换了地方;这样一来,如果作家是个自由人而不是奴隶,如果他能写他想写的而不是写他必须写的,如果他的作品能依据他的切身感受而不是

> 依据老框框,结果就会没有情节,没有喜剧,没有悲剧,没有已成俗套的爱情穿插或是最终结局,也许没有一颗纽扣钉得够上邦德街裁缝的标准。生活并不是一连串左右对称的马车车灯,生活是一圈光晕,一个始终包围着我们意识的半透明层。[1]

在上述引文中,沃尔夫并未正面涉及时间或空间问题,但却凸显了对生活的"全新认识"。在沃尔夫看来,生活并不是现成的故事等着作家去记述或杜撰,它是转瞬即逝的纷乱意识的产物,是一阵阵不断降落的无数微尘。生活也不是由固定不变的因果关系构成的清晰可见的悲喜剧,它只是包围了我们的半透明的"光晕"而已。正是基于这一重要认识,沃尔夫构建了她所谓意识流的哲学基础。阅读这篇文章,我们可以明显感觉到乔伊斯的重要影响。但在创作实践上,沃尔夫的作品却缺乏乔伊斯的原创感和雄浑的气势,更缺乏后者对神话、历史、现实的高度概括力。倒是在叙事技巧和技术方面,给人的印象更为深刻,因而招徕了众多的模仿者。在某种意义上,她是一个更为精巧或甜美可口的乔伊斯。

沃尔夫对于故事、故事的因果关系的拒绝,与对"直觉"的强调互为表里。但她似乎忘记了,不论是故事还是"反故事",本质上都是一种修辞或隐喻。拒绝一种修辞的后果,只能是意味着建立另外一种修辞。不管你采取怎样的叙事方式,就其内容来看,写作说到底仍然包含着重要价值呈现。乔伊斯因为历史性地预见到了电影的崛起,预见到小说对故事的讲述权的垄断将会被电影打破,从而

---

[1] 弗吉尼亚·沃尔夫:《现代小说》,赵少伟译,见戴维·洛奇编:《二十世纪文学评论》(上),160-161页,上海,上海译文出版社,1987年。

试图变革小说的语言和文体，开辟新的表现形式。也就是说，小说的形式革命，在很大程度上是一个被迫采取的权宜之计，小说的形式变了，但功能依旧。他的《尤利西斯》和《为芬尼根守灵》仍然是"全景式"的叙事（当然不是巴尔扎克意义上的全景叙事），作品介入社会现实和历史的广度和幅度都是惊人的，气魄之宏大大大超过他早期的《都柏林人》。不管你是否喜欢乔伊斯，都会对他充满激情的实验怀有敬意。而沃尔夫与传统现实主义进行决绝的写作实践，只是抓住了一些较为次要的东西，她的小说试验确实有形式主义的嫌疑。但不管怎么说，这种与传统决裂的叙事姿态，对后来的小说形式所带来的影响是不言而喻的。

与弗吉尼亚·沃尔夫的理论与实践迥然不同的，是另外一个被誉为"意识流小说两座高山"之一的普鲁斯特。我坚持认为，普鲁斯特不管从文学观念还是修辞方式上都与乔伊斯截然不同。普鲁斯特被人看成是意识流小说的鼻祖，这其中包含着惊人的误解。

普鲁斯特对现实主义的厌倦与憎恶是人所共知的，他认为作者唯一的职责仅仅在于解释，而非记录。而后者最恰当的艺术形式是绘画和电影。写作作为一种解释活动，它仅仅是一幅幅杂乱的速写：相对于绘画，速写并不留意事物的整体、逻辑、因果性及其意义，它所关注的是一些特殊的局部，诸如语调、表情、举止等等在别人看来也许是幼稚可笑的东西。他关注的是所有这些反复出现的声调、表情、举止之间的关系——毫无疑问，普鲁斯特试图编织出一张大网。当他从水中拉起来，网中也许没有一条鱼，但每一个网眼上都布满了晶莹剔透的水珠。从这个意义上说，普鲁斯特摆脱了捕鱼者的身份，而把自己悄然变成了水滴的收集者。但是，写作作为一种解释，它描述的对象并非是现实生活中的某一个人，某一件事，而同时是六十个人，无数件事。[1] 也就是说，普鲁斯特所要解释的，并非单一平面的事物，而是以复数形式所呈现的所有事物。这些事物储存在我们的记忆之中，沉睡、发酵、生长，一件事涉及另一件事，一个人牵扯出另一个人，像水面荡漾开的波纹，又像花朵编织成的花环。

不过，要想编织出这样一个网络，最大的障碍就是时间本身。举例来说，如果我们要将昨天、十天前、二十年前不同的记忆片断并置在一起，建立一种新联系，按照传统现实主义的创作方法，我们除了倒叙和插入叙事之外，似乎没有什么更好的办法。而一旦要倒叙或插叙，当然就必须对时间的"穿越线索"作出交代。而频繁"闪回式"的交代不仅会破坏叙事的节奏，也会让读者疲于调整阅读焦距。另外，通过这样重大的"牺牲"，所换来的线性时间的完整性，势必也将被肢解得支离破碎。那么，有没有可能使用一种全新的修辞或记述手段，来抵消时间的干扰和阻碍？

普鲁斯特采取的是最简单也是最温和的做法：改造线性时间，在线性时间所指涉的背景或事件中建立全新的结构网络。普鲁斯特认为，要重新建立新的时间网络，在许许多多个不同的时空片断之间建立联系，必须考虑到以下三种事物之间的彼此沟通：现时的自我；保留其本质的过去的对象物；鼓励我们再度寻求其本质的未来的对象物。[2] 简单地来说，作家必须将现实的感知、经验与过去的记忆、未来的欲望的通道完全打开，让其叙事自由穿行其间。普鲁斯特的主人公在品尝一杯椴树花茶，品尝一块"玛德兰"点心之前，

---

[1] 参见普鲁斯特：《复得的时间》，见崔道怡、朱伟等编：《"冰山"理论：对话与潜对话》，424 页，北京，工人出版社，1987 年。
[2] 同上书，428 页。

现实的自我并无回忆往事的企图。恰恰是味觉（茶花和点心的滋味）突然打开了记忆的阀门，让"我"回到了若干年前的另一个午后。"我"眼睛里噙满泪水，大脑失神，"我"因为沉湎于往事而感到震惊、激动、茫然若失，感到"幸福的晕眩"。随着味觉变淡，我的感觉随之变得迟钝、麻木，过去幸福和悸动的感觉也随之变得黯淡。如果要让这种感觉重现，我必须再次求助于椴树花茶和点心。然而，普鲁斯特认为这种从同一口井中重复取水的办法于事无补。一旦你试图通过茶花和点心的滋味重新沉入往事，那你就进入了"自主回忆"的领域，重回过去的企图将会失败——正如你徒劳地命令自己睡着而使自己入睡，显然是不可能的。你必须重新去寻找新的召唤物，如此这般循环往复。

好在普鲁斯特是一个安卧病榻的冥想者，他有的是时间和好奇心。普鲁斯特发现，生活不过是回忆，而写作不过是恢复失去的回忆的某种手段：

> 一幅生活的画面带来各种各样的感觉。比如说，看到一本已经读过的书的封面，从书名的字体中可能会旋转出一个遥远夏夜的月光。品尝早晨的咖啡，会使我们微微的希望新的一天是美好的，这种美好的日子以前往往在微微的黎明时就从带凹槽装饰的碗里或像凝结的牛奶般的瓷器里对我们微笑了。一小时不仅仅是一小时，它是一只装满了芳香、音响、打算、气氛的花瓶。我们所说的现实，就是同时存在于我们周围的那些感觉和记忆之间的一种关系。[1]

---

[1] 普鲁斯特：《复得的时间》，见崔道怡、朱伟等编：《"冰山"理论：对话与潜对话》，426–427 页。

需要特别指出的是，正如普鲁斯特是通过改造日常时间的线性，而建立另一套属于他自己的"追忆时间"一样，他也是通过蔑视传统的小说文体，而创作出了一种新的文体。普鲁斯特作为一个文体家的地位，恰恰是"无视文体"的自然结果。普鲁斯特在一次对友人的谈话中提到，如果一个作家要尽可能准确地去反映真实，那么就不要过多地考虑文体。当作者在这神秘的区域进行探索，力图抓住构成这真实的千万件小事时，自然而然就会忘记精细的修饰语句的。安德烈·纪德在评述普鲁斯特的艺术成就时，也曾意味深长地指出，正因为作品的风格没有占据主导地位的优点，"因而一切优点无不具备"。[1]

因此，仅仅将普鲁斯特描述成一个文体家显然是错误的。正是作家无所顾忌的勇气，使他自然而然地突破了所有艺术法则的限制，从而创造出新的文体和风格。普鲁斯特与后来那些仅仅追求修辞效果的意识流小说家最大的区别还在于：普鲁斯特尽管厌恶一切陈规陋俗，但他并未完全取消小说的时间、情节和故事，而是将故事（Story）改造成了话语（Discourse），将情节改造成了议论和评述，将日常时间改造成了记忆时间，从而建构了一系列属于普鲁斯特本人的叙事美学。正如吉尔·德勒兹（Gilles Deleuze）所概括的那样：

> "追忆"是根据一种对立的系列而构成的。与观察相反，普鲁斯特提出了感性；与哲学相反，他提出了思想。与反思相反，他提出了翻译。与我们所有官能的逻辑或一致性的用法相反，

---

[1] 参见罗大冈：《试论〈追忆似水年华〉》，见《追忆似水年华》，代序，8页，南京，译林出版社，1989年。

他提出了一种非逻辑的、断裂的用法，他向我们揭示：我们永远也不能同时支配所有的官能，而理智总是延迟到来的。同样，与友情相反，他提出了爱情。与对话相反，他提出了沉默的解释……与词语相反，他提出了名字。与明确的含义相反，他提出了不明确的符号和被隐藏的意义。[1]

对于德勒兹的描述，我们也许还可以补充一点：与整体性的时间相反，普鲁斯特提出了足以对抗统一时间的无数个瞬间，并赋予了它意义。在德勒兹所描述的上述辩证法的背后，普鲁斯特的文本世界与传统作家相比，什么也没有增加，什么也没有减少，它只不过是对思想和语言的碎片进行了奇妙的重组。因此，如果我们将普鲁斯特归入所谓的意识流小说，显得不够谨慎。说普鲁斯特是一个意识流小说家，当然不是对他的赞美，而是变相的贬损，因为普鲁斯特对生活和写作的一切领域，都进行了内在的、有组织的谋反，但这种谋反在表面上看却十分地谦逊，他并未取消任何东西——只是在暗中通过凸显其中的一部分，而使其余的部分没入黑暗。无论是思想和世界观，还是具体的叙事手法，普鲁斯特与另一位意识流小说大师詹姆斯·乔伊斯不能混为一谈，与后来的意识流、法国新小说等"共时性叙事"更是大异其趣，尽管在一定意义上，普鲁斯特的实践的确具有浓郁的共时性特征。

最后，我们也许可以简单地来比较一下普鲁斯特的时空穿越，与中国传统文学历史叙事的共时性倾向之间的关系。要找到两者之

---

[1] 吉尔·德勒兹：《普鲁斯特与符号》，姜宇辉译，104-105页，上海，上海译文出版社，2008年。

间的相似性和共同点并不困难。不论是普鲁斯特还是中国传统的文学、史学和哲学作品，都有着"追忆"的本能；他们都认为，世界的意义和种种奥秘隐藏于已经或正在失去的时间之中；他们都相信，真正的天堂无疑就是失去的天堂——不论是述史还是怀古，或者追溯所谓的"三代先王之治"，中国人在对现实批判和否定的背后，总是能够矗立起一个想象的澄明世界；两者都有对现实时间进行否定和改造的倾向：普鲁斯特是通过忽略现实时间来建立自己的心理或意识时间，而中国人则希望在世俗时间之内建立一个超越性的时间，从而模糊掉历史与现实之间的分界。

当然，两者之间的不同也是显而易见的。首先，中国传统作者对时间的追忆，主要是通过文化发展所积累起来的特殊碎片（比如典故或物象）与过去进行勾连。这些典故、物象，通过不同方式的叠加和改造，通过充分地文化化和历史化，被继承和保留下来。它是任何一个读书人都可以共享的某种"结晶体"。我们借助于这个结晶体的光亮，发现、想象并缅怀过去。而对于普鲁斯特来说，进行追忆的中介物可以是任何一个简单的视觉对象：比如说街道、裙子、马车；也可以是某种感觉和直觉的反馈，比如椴树花的气味、玛德兰点心停留在唇齿间的特殊味觉；也可以是不断重复的贡布雷教堂钟声、夜阑人静的花园里窃窃私语一类的听觉等等。所有这些事物都是新鲜的、即兴而感的、细碎的。任何一个事物，任何一种感觉，都可以随机成为进入记忆之路的枢纽。

其次，中国文人追忆往事，既是历史上曾经发生过的重大事件，如国家兴亡、战争、帝王将相和历史人物的悲欢等等，也有对于沧海桑田、麦秀黍离等时间本身的感慨和兴会。但不管怎么说，所有这些人和事，无一不打上历史的烙印，并贴上时间的标签。也就是说，现实时间的标识物不仅没有褪色，相反它总是在岁月的磨洗中更加地耀眼。在中国文人的笔下，追忆不过是一种想象和联想，它是超时空的。但普鲁斯特式追忆所有的内容，毫无疑问都是来自于经验记忆，他所打捞的是他全部生活经验和记忆的沉积之物。记忆片断的非逻辑性和非因果性，迫使现实时间隐遁。

最后，中国的共时性叙事最终指向的是一种类的存在，也就是说，记忆是整体性的。这个整体是人人参与其中的文化的结合体。个人通过追忆的过程寻找这个整体，并归入它的阴翳之下，与这个整体融而为一，使所有的人变成同一个人，形成中国历史上特殊而牢固的文化认同。而在普鲁斯特那里，追忆不过是一种对个人生命经验的阐释，是对个人记忆的重新整理。它是个人化的，或者说他试图从所有人之中区分出一个特殊个体的存在状况，甚至是这个个体的特殊的语调、表情和举止，从而使自己从这个世界中疏离出来，进行特殊的阐释和说明，并赋予它意义。

概述与场景

众所周知,在写作过程中存在着两种完全不同的时间概念及其交互运动:第一,故事的所指内容必然经历一个时间段,热奈特将它称为故事时间。第二,作者陈述故事的行为也需要一个时间的长度,热奈特将它定义为叙事时间。[1]当然,不同的学者对这两个时间的命名或标记也不尽相同,比如,也有人将叙事时间称为"情节时间"等等。在这里,我们不妨沿用热奈特的概念,用故事时间和叙事时间这种简明的区分,来探讨这两个时间之间的关系及其在文本中的表现。

一般说来,故事时间与叙事时间的关系主要有以下三种:一、叙事时间大于故事时间。二、叙事时间小于故事时间。三、叙事时间等于故事时间。

---

[1] 参见热奈特:《叙事话语 新叙事话语》,王文融译,北京,中国社会科学出版社,1990年。

我们先来看第一种。在詹姆斯·乔伊斯的《尤利西斯》中，作品的故事时间跨度只有一天，作品内容即为主人公布鲁姆在二十四小时内的所作所为和所思所想。但作者向读者讲述或呈现这个故事则用去了超过五百页的篇幅，读者不需要精确地计算即可一眼觉察出，这里的叙事时间要远远大于故事本身的时间。而法国作家维昂在他的小说《回忆》中，描写了一个人跳楼自杀的一瞬，故事时间只有几秒钟，远远小于讲述这个故事的叙事时间。再比如说，列夫·托尔斯泰在《安娜·卡列尼娜》中写到安娜卧轨自杀一节时，从安娜将头伸向两个车轮之间的空隙，到她失去知觉，只有短短的一瞬，可托尔斯泰将时间的指针放慢了速度：他不仅描写了安娜濒死时复杂的内心活动，甚至还写到她死后眼中所见的嘟嘟囔囔的农民（可能是幻觉），以及曾经照亮她一生全部黑暗的温暖阳光。

我们或许已经知道，这种叙事时间大于故事时间的例子，在19世纪以前的小说史上是十分罕见的，即便有，也仅仅属于某些特例。喜欢标新立异的现代主义作家，如上文提到的乔伊斯和维昂，则较多地使用这一技巧。它有点类似于电影中的慢镜头，作者故意将故事的节奏放慢，从而凸显自己的叙事效果。

我们再来看看第二种，也就是叙事时间小于故事时间的情形。这一类的叙事作品，在古今中外的小说中最为常见，甚至在无形中成了小说创作中时间处理的最为重要的法则之一。在传统小说中，几乎没有什么叙事可以例外。我们把这一类最普通因而也是最重要的叙事称之为"概要叙事"。

荀奉倩与妇至笃，冬月妇病热，乃出中庭自取冷，还以身熨之。妇亡,奉倩后少时亦卒。[1]

从荀粲(奉倩)自妇人生病到夫妻二人先后亡故,时间或为数月,或为数年。但作者描述这个故事则仅仅三十余字而已。

这一类的例子在文学史中实在是举不胜举,用热奈特的话说,概要叙事是节奏调节的最重要手段,是小说叙事最佳的结缔组织。但我的意思并不是说,概要叙事本身是一成不变的。在概要叙事内部也有节奏变化、详略不同以及跨度和频率的大小等一系列的差异。从节奏方面来说,叙事者通过"闪回叙事"和"倒错叙事",发展出了倒叙、插叙或补叙等不同的节奏调节手段;而通过"闪进"或"后事前提",则导致了"预叙"或"提前叙事"等技法的普遍运用。即便单单就概要叙事的速度与跨度而言,不同的作家,不同的文本,不同的叙事节点,也会呈现相当大的差别。最为极端的例子当属福楼拜,他在《情感教育》的结尾这样写道:

他旅行去了。(A)。

在轮船上的忧郁(B1),在帐篷下苏醒过来时的寒冷(B2),对名胜古迹的陶醉(B3),恩爱破裂后的辛酸,他全都领略了(B4)。

他回来了(C)。

他出入社交场,又有过其他种种爱情。可是,对初恋的不断眷念,使他觉得别的爱情都淡泊乏味(D1)。随着,炽烈的欲望熄灭了,旺盛美好的感情消失了(D2)。他思想上的抱负

---

[1] 刘义庆:《世说新语》。

也减少了（D3）。日月蹉跎，好几年过去了（D4）；他的精神总是那么懒散，他的感情总是那么迟钝（D5）。（括号及符号为笔者所加）[1]

在这段文字中，福楼拜的叙事呈现跳跃式时间节奏，而故事时间则简直是在飞奔，ABCD 每一叙事句式的时间间隔都是几天、几个月甚至几年。而在句式的内部，B1、B2、B3、B4 或 D1、D2、D3、D4、D5 之间的间隔也有相当的距离。这个为马塞尔·普鲁斯特所赞赏不已的段落，将叙事进行了高度的概述和浓缩。通过保留空白，将句与句（事件与事件）之间的间隔拉长了。这就使得这个结尾不同于一般意义上的叙事，而只是某种提纲，或者说，是名副其实的"概要"。

同样的情形也在威廉·福克纳《喧哗与骚动》的结尾出现。与福楼拜一样，福克纳在结尾处对所有故事人物的交代呈现加速度变化：凯蒂的命运占去了五至六页；杰生则为二页；昆丁为一页。而最后交代汤普森家族的其他黑人奴仆时，每人则占据几行或一行：

  T.P. 他在孟菲斯城比尔街上溜溜达达，穿的是芝加哥和纽约血汗工厂老板们特地为这号人制作的漂亮、鲜艳、俗气、咄咄逼人的衣服。

  弗洛尼 她嫁给了一个在火车卧车里当差的侍者，搬到了

---

[1] 福楼拜：《情感教育》，冯汉津、陈宗宝译，524 页，北京，人民文学出版社，1981 年。

圣路易去了，后来又搬回到孟菲斯。她把母亲接来在这里安了家，因为她母亲无论如何不愿搬到更远的地方去。

勒斯特　一个十四岁的小伙子。他不仅能够把一个年纪是他两倍，个头是他三倍的白痴照顾好，保证他的安全，而且还能不断地给他解闷。

迪尔西
他们在苦熬。[1]

《喧哗与骚动》与《情感教育》的结尾有异曲同工之妙。在小说的主体部分，两个人都很有耐心地将叙事的时间放慢，有时甚至让故事停止，为一些微不足道的言谈举止、风景轶闻不惜耗费大量笔墨。但到了结尾，两人不约而同地突然加快速度。在《喧哗与骚动》中，对迪尔西的交代甚至连一个字也没有，仅仅用"他们"一词将她归入了一个特殊的类别。而"苦熬"则既是最简单、最精炼的概括，同时也是最大的省略与空白。

那么，在叙事过程中，是否存在着叙事时间与故事时间完全相等的状况呢（热奈特将叙事时间与故事时间的相等或重合称为"等时"）？如果确实存在着上述现象，也许我们立刻会想到的较有说服力的例子就是电影画面——电影镜头中所呈现的场景，比如人物活动的画面，其时间与观众看到事件发生的过程基本一致。叙事者在讲述故事，故事也在呈现自己，观众也"同时"欣赏。在文学叙事

---

[1]　威廉·福克纳：《喧哗与骚动》，李文俊译，336页。

中,这样的"等时"状况,也许只有"人物话语叙事"庶几近之。人物对话在展开的同时,人物也向读者说话(尽管我们听不到声音)。不过,严格地来说,这种"等时"(或如查特曼所说的"画面等时")却经不起认真的推敲。因为和电影画面所不同的是,小说中的人物对话或活动,我们并不能直接看到,同时,对话文字无法传达出人物对话的速度、间隔、冷场、停顿等等状况。也就是说,绝对的"等时"至少在小说叙事中并不存在。正如热奈特曾指出的那样,所有的叙事都是非等时的,或者说,非等时是小说叙事的基本前提。而由"非等时"而导致的各种节奏效果,恰恰是小说叙事技巧重要的奥秘之一。

但是,与速度较快、节奏更为自由的概要叙事相比,人物活动的场景(画面)确实会给读者带来某种"等时"的错觉。因此,为了便于接下来的讨论,我们将这种叙事时间与故事时间大致重合的形态称之为场景叙事。通常来说,概要叙事和场景叙事在同一部作品中极易作出区分:

> 这位先生年轻时候娶过品貌双全的小姐,他对她宠爱非常。她给他生了三个孩子,却都在襁褓中夭折了,尤其不幸的是,在这部历史开始前五个年头光景,他又埋葬了他那位亲爱的夫人。[1]

> "倘若虚荣心符合事物的适当性的话,"斯奎尔说,"那么我也有理由来夸夸口。小少爷这种对善恶是非的观念究竟是从哪里学来的我看是不言而喻的。如果没有自然规律,也就没有了

---

[1] 亨利·菲尔丁:《弃儿汤姆·琼斯的历史》,萧乾、李从弼译,第一卷,第二章。

善恶是非。"

"怎么?"牧师说,"你难道否定上帝的启示吗?我究竟是在跟一个自然神论者谈话,还是跟一个无神论者谈话?"

"还是喝酒吧,"魏斯顿说,"什么自然规律不规律的,去他的吧!……"[1]

在第一段引文中,概要叙事的特征十分明显,读者可一望而知:叙事速度极快,通过寥寥数语就概括了长达数年、甚至几十年的故事梗概。而在接下来的引文中,作者展现给读者的是一段三人对话场景。叙事者所呈现的故事本身的时间,与读者阅读这段对话的时间大致相等。

我们或许已经了解,概要叙事与场景叙事,是小说自古以来就存在的两种最基本的讲述故事的方法。两者各有所长,通常交替使用。我们既可以说,概要是连接不同场景的结缔组织——仿佛将珍珠串起来的丝线;也可以反过来,将场景看成是概要叙事参天大树上的一个个花朵、一个个果实。两者如何交替,涉及作者特殊的叙事设计和节奏考虑,以及作者所要达到的艺术效果。

但实际上,问题绝没有这样简单。

对于概要叙事和场景叙事孰优孰劣的种种争议一直贯穿于整个小说史,其最早的源头似乎可以追溯到两千五百年前的柏拉图。在《理想国》的第三卷,柏拉图第一次对"纯叙事"与"模仿"进行了重要的区分。在柏拉图看来,所谓的"纯叙事"指的是,诗人以自己的名义讲话,而不想使读者相信讲话的不是他;而"模仿"则

---

[1] 亨利·菲尔丁:《弃儿汤姆·琼斯的历史》,萧乾、李从弼译,第四卷,第四章。

是，诗人极力造成不是他在讲话的错觉。从某种角度看，柏拉图的"纯叙事"与我们这里要说的概要叙事十分接近；而"模仿"则类似于场景叙事。

在区分了这两个概念之后，柏拉图进而将两者完全对立起来。他认为，纯叙事要优于模仿。不仅如此，他还尝试着对《荷马史诗》进行改写——将原作中的模仿（场景呈现）改为明确的作者口吻，也就是"纯叙事"。后来的亚里士多德并未明确反对柏拉图的这种僵硬的二分法，他有些折中主义地将"纯叙事"和直接表现都称为"模仿"（《诗学》），从而回避了两者的高下优劣之分。新亚里士多德派则一反柏拉图的成见，矫枉过正地提升了模仿（场景叙事）的地位，明确提出模仿优于纯叙事。从此以后，关于两者优劣的争论一直没有停止过。到了18世纪中期以后，"模仿"的优越地位被牢固地确立。19世纪的亨利·詹姆斯再次对这两个重要概念进行了区分和辨析，同时"纯叙事"和"模仿"这两个概念也被另外两个更为精确的概念所取代：讲述（Telling）和显示（Showing）。这也就是后来的小说叙事理论所普遍使用的经典概念。

"讲述"意味着，作者用自我现身（或通过叙事代言人）的方式向读者讲述故事，而"显示"则是直接提供场景画面，而掩盖掉作者的声音，也就是我们通常所说的，让故事讲述自己。

19世纪中后期，第一个在写作实践上将"显示"（或场景叙事）置于优先地位的作家是福楼拜。作为现代小说修辞重要的开创者之一，他虽然与巴尔扎克差不多同属于一个时代，但他的写作和巴尔扎克之间划出了重要的分界线。当然，福楼拜并没有简单地取消掉概要叙事，只不过他减少了概要的使用，而有意识地增加场景描述的分量。可是福楼拜的重要后继者之一普鲁斯特在不遗余力地赞美前者的同时，显然认为他的老师过于保守了，就连《包法利夫人》中一句十分平常的陈述句："这些舒适的老酒馆总是弥漫着些乡村风味"，也遭到了普鲁斯特强烈的批评。因为这个陈述句是作者的声音，是作者或叙事者在概述、评述，或说明酒馆的风格，用柏拉图的概念，这是作者在对读者说话，而不是隐藏他的身份。

而福楼拜让普鲁斯特大加赞赏的是另一些句子，比如说"包法利夫人走近壁炉"。这句话是纯粹的场景描写，作者概述的声音被消除了，而是将人物的行为直接呈现给读者。包法利夫人走近壁炉的原因当然是因为她觉得冷。如果将这句话改成"包法利夫人觉得很冷"就变成了作者的说明和交代，让普鲁斯特完全不能接受。因而，场景也包含作者的引导和倾向，只不过通过人物自身的行为直接呈现，作者隐藏了起来。

正如我们分析过的那样，普鲁斯特在《追忆似水年华》中的实践与柏拉图的做法相反，他极大地模糊了场景和概要的界限，或者说，极力将概要改造成场景。20世纪50年代出现的法国"新小说"则将普鲁斯特的叙事美学推向了一个令人生疑的极端。克洛德·西蒙认为小说的重要职责之一，就是提供画面，通过绘画逻辑来取代概要叙事的时间线性逻辑，《弗兰德公路》就是这方面的代表作。而罗布-格里耶则取消了小说历时性的概述，让自己成为了"现时性画面"的冷漠的提供者。不仅如此，他甚至比乔伊斯还要走得更远：他试图将隐藏在场景叙事中作者所有的情感、暗示、价值取向，一并过滤掉，从而使叙事客观化。

意识流小说也是同样的情形。概要作为场景之间重要的过渡，被认为是无用或有害的黏合剂，必须加以剔除。这类小说，尝试使用单纯的场景拼接，犹如电影蒙太奇镜头的画面剪辑一样，通过不同画面的组接来讲述故事；通过不同的画面空间变化来显示时间的存在，并调节叙事节奏——而不是像过去那样，通过叙事者的概述或快或慢、或详或略地人为地调节节奏。

我们先抛开"概要"与"场景"的孰优孰劣不谈，从整个中外小说的叙事演变的历史来看，确实存在着一个共同的趋向，即由概要叙事向场景叙事倾斜的实际轨迹。我们只要粗略地比较一下由《荷马史诗》《十日谈》《坎特伯雷故事集》到《鲁滨逊漂流记》《人间喜剧》《包法利夫人》《为芬尼根守灵》这样一个序列的小说叙事变化，就不难看到这一轨迹。

而菲尔丁的《弃儿汤姆·琼斯的历史》，则明显带有某种过渡性的特征。在这个作品中，固然出现了大量的场景，然而，概要却并非是作为两个场景的黏合剂而出现的。相反，场景不过是概要叙事中的某种点缀而已。甚至，作者在每一章的标题中，都要列出故事的梗概，从这一点即可看出，作者对概要的依赖到了何种程度。

如何来看待这一叙事上的历史变化？我们也许不得不稍稍跃出修辞学的范围，从社会政治话语和意识形态的变化来加以解释。

不管是在欧洲还是在中国，真正意义上的小说（在本雅明那里，"故事亡而小说兴"被描述成一个历史化的过程），即写在纸上、通过印刷出版而被大量阅读的小说的出现，是很晚近的事。而作为小说的重要源头的口头故事、民间故事、剧场说书和唱词，无一不是口头讲述或声音展示。说唱艺术的重要叙述特征之一，就是概述与说明。它是最直接的交流方式。我们很难想象一个说书艺人，在人头攒动的剧场里，用格里耶式的叙事语态与听众交流，用"现在，柱子的阴影将露台的西南角分割成相等的两半，这个露台是一条有顶的宽廊子，从三个方向环绕着房舍……"这样的口吻讲述他的故事。这样的叙事方式只能出现在作为印刷品的小说中，因为我们可以随时停下来，仔细地来揣摩、端详这句话是什么意思，作者有着怎样的隐晦意图。你甚至可以把这段话反复琢磨二十遍，来消化作者的暗示。但在剧场听书，观众根本没有这样的权利和便利。讲述者必须对故事发生的地点、人物甚至于故事的寓意，作一些必要的解释。也就是说，交流的方式——是说，还是写；是听，还是看，在相当程度上决定了故事的呈现方式。

对受众来说，听一个故事和阅读一篇小说，并不像我们通常所认为的是一回事。传播媒体革命性的变化所导致的叙事变化可以从下面这个例子中得到进一步的反证：即便在今天的中国，很多的老人和出租车司机依然会通过收音机来欣赏评书和故事，只要再简略地分析一下这些故事讲述的口吻，我们就可知道，历经数百年甚至上千年的说书历史的演变，说书技巧或许会有相当程度的变化，但概要叙事的特征或"声口"则无任何改变。

我们重新回到柏拉图的那个著名的判断上来。柏拉图坚定地认为"纯叙事"要优于"模仿"，而后来众多的理论和实践则众口一词地认为"模仿"高于"纯叙事"，这一巨大分歧背后是社会政治、意识形态和传播方式的重要变革。

这些变革所带来的，还有对于这个世界的认知概念的变化。在传统的西方哲学中，一直存在着所谓的语音中心主义的逻辑，即认为声音高于文字、说话高于写作、直接陈述高于转录。既然语言被认为是最透明的媒介，写作所衍生的歧义，对这种语言的透明性观念构成了多么巨大的威胁，自不待言。因此，我们也许会理解柏拉图不合时宜的立场。

而到了17、18世纪，随着劳动分工的变化和资本主义的发展，随着新的交流媒体的出现，可供阅读的印刷作品大量出现，语音中心主义的神圣地位发生了根本的动摇，故事向小说的转化，从一定意义上来说就是"声音"向"书写"的转化。在本雅明看来，故事所依赖的地方掌故、经历和经验，早已发生了根本性的贬值，小说家取代了早先的说书艺人，而成了闭门造车的写作者。

不仅仅如此，在概要叙事向场景叙事发生倾斜的历史进程中，一系列政治、哲学、社会学、科学和心理学的话语被卷入其中。相对于修辞学自身的变革，这一整套意识形态话语所起的作用也许更为关键。

从社会政治层面来说，概要叙事的主体，被认为扮演着一个逻各斯中心主义的上帝角色，它唯我独尊，无所不知。其叙事声口和口吻带有某种理所当然的真理性，它不仅是故事讲述者，同时也像上帝布道一样提供意义。18 世纪以来，随着资本主义社会的发展和中产阶级群体的崛起，这一主体对知识和经验的占有特别是对意义的垄断，遭到了普遍的挑战和质疑。

就哲学层面而论，随着宗教改革和启蒙运动的深入，对世界的解释方式和认知方式也发生了重大变化。统一的、整体性的世界图景分崩离析。为了对抗社会的疏离感和焦虑，现代哲学被迫制造出了普遍意义与社会万象、主观与客观、整体与局部、一般与独特、社会与个人的尖锐对立，从而凸显人的自主意识和主体性。而概要叙事被作为预先提供了答案的统一性的宏大叙事，被认为带有普遍主义的性质，带有陈腐的说教气息，它不是在揭示真实，而是在掩盖真实。

从科学主义的立场来说，现代科学使得从表面看来充实而坚固的物质世界变得不堪一击。物质由原子、中子和质子组成，而外表的坚固质地不过是一个幻觉。同样的道理，人类社会的统一性也是一种表象，其中诸多的局部细节迫切需要得到新的解释和认识。概要叙事所勾勒的故事和命运的统一性和意义，也被认为是一个假象。仅仅就叙事者对他笔下的人物事无巨细无不了如指掌的全知全能这一点来看，似乎本身就是违背科学常识的，理应遭到唾弃。

而从心理学的层面来看，弗洛伊德及其追随者，比如雅克·拉康，通过对人类意识本身的深入研究，将心理学（实际反应）和伦理学（理当如此）作出重要区分。雅克·拉康认为，真实性不仅不能与意义画等号，真实性恰恰产生于意义终止的地方。而概要叙事不仅是"意义"的天然堡垒，而且对于人物在事件中的复杂意识和反应视而不见。

不过，在今天看来，这一系列的话语本身也是似是而非、很成问题的。实际上，隐藏在这套话语背后的依然是一个二元对立、非此即彼的逻辑。实际上，通过空间来取消时间、通过存在来取消世界、通过细节来取消整体、通过现象来取消意义、通过"活得多"来取消"活得好"，诸如此类，其本质依然源于一种意识形态焦虑，是主体在面对社会巨变的一种心理征候。只不过，这些话语通过声称反对一个极端，建立起了另一个极端而已。要洞悉这些话语的悖谬性，我们只需要指出以下的事实即可：文学从来就不是一种科学，它本身就是一套带有强烈价值倾向的话语系统。文学固然可以在一定程度上反映世界，但它从根本上作为一种隐喻的总体特征，并没有发生什么变化。

相对于概要叙事，场景叙事固然可以规避意义、结论、答案，但这种叙事仍然是一种修辞，其仍然隐藏着作者的价值取向，蕴含着语言的暗示、述行、诱导和说服。在写作之前，作者与读者实际上已经达成了某种契约，也就是说，读者预先就给予了作者在讲述故事时的所有自由，包括虚构和夸张。而"虚构性"恰恰就是文学最重要的基础之一。

对概要叙事最集中的指责，就是说它不够"真实"。但问题是，场景叙事的真实性又是从何而来的？我们今天重读《荷马史诗》、《变形记》或《史记》，阅读的目的，并不仅仅是为了从文本中获取所谓的真实性，而是关注作者如何描述历史，为什么要如此描述？作者通过他的寓言和隐喻，要与读者完成怎样的信息和意义的交流？至于说，人会不会变成石头，一个人是不是会长有一百只眼睛，尧是否能活到八百岁，这些文字信息是否符合现代科学并不重要。因为我们预先就接受了文学的隐喻性特征，给予了作者使用任何方法进行虚构和夸张的权力。

另外，退一万步说，假如作品不产生意义，不带有主观性，没有任何倾向，不带来安慰，没有说教与规劝，且不管它能否做到，这样的写作最终又有什么意义呢？

从修辞的角度来看，场景叙事因其情节集中，因其戏剧性的逼真感，避免太多的说教和交代，尤其是没有"时间的倒错"，相对于概要叙事，确有某种优势。叙事文学由"概要主导"向"场景主导"的过渡，确实也反映了叙事艺术内在变化的要求，同时也反映了读者在新的社会背景下，迫切希望了解事件进程和细节的强烈愿望。

概要叙事的种种弊端需要抛弃和革新是一回事，根本取消概要叙事又是另一回事。从叙事节奏来说，场景叙事的"强拍"，与概要叙事的"弱拍"是互相依存的。前者是后者的前提，反过来也一样。文学叙事中最重要的节奏变化即由此产生。否定或取消概要叙事既不现实，也没有必要。

正因为如此，近年来，西方文学理论对概要叙事的重要性进行了重要的反思（可惜的是，中国文学理论界一直沉浸于1980年代低级现代主义的梦境中乐而忘返），比如热奈特将概要叙事看成自文学产生以来最重要的叙事方式；而韦恩·布斯则明确批评了新亚里士多德派对于"模仿"或"显示"的盲目推崇，认为用场景叙事完全取代概要叙事是错误的；而布劳赫则干脆认为，现代小说用所谓的空间取代时间，恰恰是一种意识形态的阴谋，它是一种意识形态话语的暗中设计；而拉什迪则认为用细节取代故事，使得概述故事的能力逐步消亡，是人类社会的最大悲剧之一。[1]

---

[1] 参见萨曼·拉什迪（又译萨蒙·鲁西迪）：《哈乐与故事之海》，彭桂玲译，台北，台湾皇冠文化出版有限公司，2001年。

停　顿

　　我从来没有见过那么不寻常的手提箱。猪皮漂白后做的，新的时候应该是浅奶油色，配件是黄金的。英国货，就算这边买得到，看来也要八百美元，而不是两百美元。[1]

　　这是一种混合式帽子，兼有熊皮帽、骑兵盔、圆筒帽、水獭鸭舌帽和睡帽的成分，总而言之，是一种不三不四的寒伧的东西，他那不声不响的丑样子，活像一张表情莫名其妙的傻子的脸。帽子外貌像鸡蛋，里面用鲸鱼骨支开了，帽口有三道粗圆滚边；往上是交错的菱形丝绒和兔子皮，一条红带子在中间隔开；再往上，是口袋似的帽筒，和硬纸板剪成的多角形的帽顶；帽顶蒙着一幅图案复杂的彩绣，上面垂下一条过分细的长

---

[1] 雷蒙德·钱德勒：《漫长的告别》（*The Long Goodbye*），宋碧云译，12页，北京，新星出版社，2008年。

绳；末端系着一个金线结成十字形花纹的坠子。崭新的帽子，帽檐闪闪发光。[1]

我们先来比较一下上述两段引文。这两段引文都是描写，或者说静止的画面描述。钱德勒的《漫长的告别》是众所周知的侦探小说，问世于1954年，而福楼拜脍炙人口的《包法利夫人》更是文学的经典，有很多人将它视为现代主义小说的开山之作，问世于1857年，两者相隔差不多一个世纪。

钱德勒的这段描述，经济、精简、流畅而充满了玄机。这段引文中真正涉及的画面描写，似乎可以被陈述为：箱子是猪皮漂白后做成的，新的时候应该是浅奶油色，配件是黄金的，英国货。文字具有较强的概括性，作者浅尝辄止，似乎无意在箱子的形状、尺寸等信息上做太多的纠缠。这是侦探小说的叙事节奏所要求的，钱德勒很好地贯彻了这一要求。如果我们对侦探或悬疑小说的叙事形式稍作研究，就可以知道，真正支撑这类小说主干的构架，通常是戏剧性的场景。一个戏剧性的片段导向另一个，而连接多个戏剧性场面的概要叙事（交代）也遭到尽可能的压缩。因此，侦探小说对叙事节奏的最明确的要求就是"明快"，没有什么侦探小说的读者会有耐心去阅读繁琐的交代、时空倒错，更不用说一般画面细节的详细铺叙了。柯南道尔、克里斯蒂都是如此。

但在第二段引文中，我们吃惊地发现，有伟大文体家之称的福楼拜，在描述查理·包法利的帽子时，笔法滞重、笨拙、繁琐而枯

---

[1] 福楼拜：《包法利夫人》，李健吾译，见《福楼拜小说全集》，4页，北京，人民文学出版社，2002年。

燥，看上去毫无必要，让人难以卒读。

尽管钱德勒的叙事晚于福楼拜差不多一百年，其文字也有简明流畅的优点，但我们需要指出的是，这种描述事物的方法恰恰是陈旧而老套的。相反，福楼拜的这段文字虽然乏味、唠叨、繁冗，让人生厌，却更具有"现代气息"，或者说更具有现代小说的一般特征。道理很简单。在钱德勒的笔下，箱子是情节不可或缺的道具之一。在《漫长的告别》中，这个箱子多次出现，构成跌宕起伏的情节中重要的环节。事实上，一只产于英国的奶油原色、黄金饰件的昂贵皮箱，何以出现在一个邋遢潦倒的醉鬼兼浪子的手中？这本身就是悬念的一部分。描写或画面陈述具有十分明确的目的，作者绝不会无缘无故地浪费他的笔墨。

我们知道，传统小说中画面描写的重要原则之一就是明确的目的性：通常我们描述风景是为了抒情，抒写人物的内心情感，或交代人物活动的地理风貌；我们描述主人公的客厅或卧室的陈设布置，是为了刻画他的生活品味和阶级属性；而不厌其烦地描写人物的衣着打扮，也是为了揭示人物的身份和性格特点，诸如此类。一切都恰到好处，具有明确的目的，画面描写对故事情节、人物性格等要素起到某种说明作用。如果一位作家写到，在主人公客厅的墙上挂着一把猎枪，那么训练有素的读者，一定会对作家在这里所设下的铺垫和埋伏心领神会——这把猎枪在故事中一定会被派上用处。对较为迟钝的读者来说，当他读到后文中歹徒闯入室内，主人公退到墙边，突然摸到墙上的猎枪时，也会露出会心的一笑，从而打心眼里佩服作家的睿智：确实如此，墙上是有把猎枪，作者已经交代过了。

张爱玲在《十八春》中描写人物的住处时，写到烟熏火燎的墙上，贴着一幅名画的印刷品，名画的边上还挂着一只腊火腿。这样的画面让读者立刻意识到，这个家庭不仅贫寒，而且多少有点附庸风雅。这些都是老生常谈。

可是在福楼拜的笔下，一切都有所不同。帽子的描述不仅冗长枯燥，甚至全然无用，可写可不写。这是"多出来的"细节。查理·包法利是一个怎样的人？他的身上会发生怎样的故事？并不依赖于作者对帽子的描述。也可以这么说，帽子的描写超出了情节、人物、氛围等一般要素的需要。

据说，在福楼拜的原作中，对于帽子的描写竟然长达数页（这也可以看出，作者显然是故意为之）。他写完后，就把这几页的内容念给他的朋友杜依埃和杜康听，后者大惑不解，并且抱怨说，作者这样写，会把读者弄糊涂的，因为这个细节毫无意义。的确，帽子的描述，乍一看，超出了上下文组织的需要。"多余的细节"，是伴随着现代主义小说而出现的诸多的"怪物"之一。但是，这种多余的细节的出现却传达出了一种小说修辞革命性变化的征兆，那就是描写的独立性。画面描写隶属于人物、故事、情节或作者明确意图的传统被打破了，叙事中出现了很多偶发的、不受作家明确意图控制的空白、断裂和漏洞。或者说，细节单独具有了意义。

我手边有一本书页发黄的詹姆斯·乔伊斯的《都柏林人》，我对这本书爱不释手。但它本来并不是我的，属于另一个我不认识的人。它是如何跑到我的书架上，被我反复阅读？我已经记不清了。这本书的第 25 页，是短篇小说《阿拉比》开始的一页。在这篇小说第二段旁边的空白处，这本书的某一个读者（或许就是书籍本来的拥有者）用铅笔写下了这样一句话：

为什么要写街上的房子及教士？

每当我阅读这篇小说的时候，这句话就会首先跃入我的眼帘，以至于我不得不对这个读者的疑问同时展开思考。很显然，这位勤于思考的读者，对教士后客厅的描写内容，产生了不小的疑惑，因而开始怀疑，作者在此耗费这么多的笔墨是否必要？

还是让我们先来看看乔伊斯是如何写的：

> 我们从前的房客，一个教士，死在这屋子的后客厅里。由于长期关闭，所有的房间散发出一股霉味。厨房后面的废物间里，满地都是乱七八糟的废纸。我在其中翻到几本书页卷起而潮湿的平装书：瓦尔特·司各特的《修道院长》，还有《虔诚的圣餐者》，和《维道克回忆录》。我最喜欢最后一本，因为那些书页是黄的。屋子后面有个荒芜的花园，中间一株苹果树，四周零零落落的几株灌木；在一棵灌木下面，我发现死去的房客留下的一个生锈的自行车打气筒……[1]

上述文字颇像是哥特式小说的开头，如果它出现在爱伦·坡之类的作者的笔下，读者自然不会感到奇怪。可是我们知道，《阿拉比》是一篇精粹的、充满忧伤气息的爱情小说，这段画面描写与后文的故事没有任何关系（后文对这个画面只提到过一次，而且一闪即过）。乔伊斯不仅提到客厅的格局、气味和里面的书籍，还详细地

---

[1] 詹姆斯·乔伊斯：《阿拉比》，宗白译，见《都柏林人》，25页，上海，上海译文出版社，1984年。

描写了后花园的苹果树和灌木，特别显眼的，当然是灌木下面死去教士留下的一个生锈的自行车打气筒。

有很多读者，对作者的语言暗示时刻保持警觉和敏感，似乎每一个句子背后都藏有一个有待揭开的谜团。但乔伊斯只不过随手写出了它们，并未在这些画面与小说情节、人物之间建立通常意义上的联系。或者说，这个画面是独立的、偶发的，既不是铺垫，也不是埋伏，很有可能就是乔伊斯本人童年记忆的某种印象式记录。作者提到那个打气筒，也许仅仅是在作者记忆的某个花园里，树下的确有一个打气筒，没有什么微言大义。

不过，那位不知名的读者在这里提出的疑问是很有道理的。作者的描述，超出了情节或故事的实际需要，在某种意义上，是多余的，如同漫过堤岸的海水。"自行车打气筒"在修辞上当然还有另外的意义，不过这涉及另外的话题，这里暂不赘述。

画面细节描写的独立，在叙事艺术上的意义自然毋庸赘言。在电影叙事中，如果道具或场景、服装和背景人物的设置恰好能够讲述一个故事，没有任何的多余之物（很多制片商为了节约电影的成本，往往会这么做），那么画面人为设计的痕迹、做作和不自然，观众一看而知。可是，当观众在欣赏科波拉的《教父Ⅱ》时，就会吃惊地发现，画面的设计十分地奢侈，远远地超出了交代情节的需要。场景和道具的总体氛围，仿佛一下子使观众回到了20世纪50年代的意大利移民居住区。科波拉所提供的画面，不仅仅为人物或故事、剧情服务，它本来就是充满怀旧气息，充满诗意的审美对象，以至于很多《教父Ⅱ》的观众对电影的故事早已淡忘，而导演精心设计的场景却时过境迁而历历在目。英格玛·伯格曼的《芬尼与亚历山大》也是如此。它当年在苏联放映时曾引发骚乱，但骚乱的原因并不是因为这部电影有什么政治色彩，而是场景的力量所致——伯格曼的画面设置让苏联人对彼得堡和欧洲的全部记忆重新复活，使他们得以在观赏电影的同时"重返"十月革命前的"美好"时光，从而引发他们对现政权的不满与憎恶。

小说的画面意识也似乎是同样的情形。对机械目的性的摆脱（比如对上帝的侍奉）当然意味着叙事的更大自由和想象空间。这一历史进程，自《荷马史诗》以来从未停止过。只不过到了18世纪中期以后，画面或细节的独立突然加快了步伐。

就中国传统小说而论，"多余的"细节、描写和交代，在文学实践中也很常见。传统叙事中一直有所谓"正笔"和"陪笔"之分。如《红楼梦》的第四回，当薛蟠和母亲商议派人收拾京中的房屋，以便日后居住时，薛姨妈道："何必如此招摇！咱们这一进京，原该先拜望亲友，或是在你舅舅家，或是你姨爹家……"这里的"舅舅家"是陪笔，而"姨爹家"是正笔。[1] 因为从后文的叙述来看，宝钗一家最后是在姨爹家（贾政家）落了脚，并未去麻烦舅舅王子腾。所谓正笔，关系到故事线索和脉络，是故事主线的一部分，而陪笔则不参与情节，仅仅是"陪衬"而已。陪笔表面上看可有可无，可写可不写，但实际也很重要。倘若薛姨妈只说，"此去京中，就住你姨爹家"，会显得很生硬、勉强，且不合情理，有故意将薛宝钗送到贾宝玉身边的嫌疑，文章也显得拘谨、干涩，缺乏应有的阔绰和余裕。其中的区别，读者自可细细体味。

场景和画面描写也是同样的道理，如果场景和画面描写刚刚能

---

[1] 参见会评本《红楼梦》中相关脂批，见《脂砚斋批评〈红楼梦〉》，济南，齐鲁书社，1994年。

够展开情节，而没有任何"剩余"，一方面，作品的真实性会令人生疑，同时，文章也缺乏应有的波澜和丰腴。

从时间上来说，画面和细节的描写，当然意味着故事的停顿和中断。用热奈特的概念来表述：故事时间等于零，而叙事时间仍在继续。

举例来说，托尔斯泰将哈吉穆拉特的生死放在一边，转而描述广袤的大森林，故事时间显然是中止了。读者十分强烈地期待了解哈吉穆拉特的最终命运——他不可逃避的死亡，可作者却故意让情节停止，转而描述与情节毫无关系的森林。由此我们不难看出，画面描写或提供细节，在叙事上也是一种重要的节奏调节手段。与概要和场景一样，画面描写对叙事的快慢、强弱的节奏变化起到十分重要的作用。

可是，在作者与读者的暗中交流中，让故事停止，转而描写画面，并非是无条件的。它取决于画面描写的作用，取决于作者对叙事节奏分寸的把握，当然，也会受到读者耐心的节制。雨果在写《巴黎圣母院》时，除了要提供情节之外，他还有一个基本义务，即巴黎圣母院究竟是什么样子？作家有义务交待这一建筑的基本格局。如何写？写多少？特别是在什么时候写？都是作者必须考虑的问题。

对于眼下那些被流行电视剧败坏了胃口的观众和读者来说，如果一个作家大段描述风景和客厅，读者很有可能跳过不读，或者干脆更换书籍。而对于17世纪欧洲那些不知道如何打发时间的家庭妇女来说，不用说小说的画面描写，即便是食品包装袋上的说明文字和广告，她们也可能照样读得津津有味。也就是说，画面描写的修辞美学也受到了社会变革、劳动分工、生活压力等一般社会状况的影响。

在西方文学的叙事传统中,停顿的方式和类型也千差万别。除了风景之外,大量的"插入性叙事"也可以看成是停顿的变体。

在麦尔维尔的小说《白鲸》中,作者尝试用一种气魄宏大的方式展开他的叙事。在主体故事之中,作者穿插进了航海和捕鲸史,以及鲸类在不同语言文化中的词源式考据等大量历史资料,旁征博引,纵论古今,使这部小说具有了百科全书的性质。这部小说也可以被看成是另一种类型的捕鲸考古学巨著。关于这一点,我们稍稍留意一下作品前的"语源"和"选录",就可以了解作者将宗教、哲学和捕鲸史编织进小说的修辞野心。这一类知识性话语的插入,不仅为小说的故事提供了广阔的历史文化背景,同时也为这部浪漫主义的英雄传奇赋予了史诗般的色彩。与风景和器物的描写所造成的停顿不同,插入性叙事的功能并不仅仅为了调节叙事节奏,或提供人物活动的场所。这种在主体故事之外编织进"引文"的手法,并非是现代主义的最近发明,在古老欧洲的小说中早已普遍存在。这使我们可以作出如下猜测:小说(novel)从它诞生的那一刻起,本来就不是什么单纯的讲述故事的形式,它更有可能是一种编织活动,通过经线和纬线的交织来构成百科全书式的图案。在这种古老的编织过程中,停顿是叙事和阅读的常态,它是小说这门艺术自身的文体的规定性所决定的。读者在面临故事中断时,并无任何可以抱怨的理由。

在塞万提斯的小说《堂吉诃德》中,"经线"上的故事,就是堂吉诃德和桑丘·潘沙的冒险经历,而构成"纬线"的内容,则是大量的插入性的、与主体故事并无情节联系的短小故事或片段。这些小故事,可以通过主体故事中的人物之口,在客厅的闲聊中被娓娓道出;也可以从人物在客栈的雨夜所读到的一本书中间接导出。

这些短小的故事也可以看成是故事中的故事，即所谓"元故事"或"二度叙事"中的故事。

这一类讲故事的方式在 16 至 18 世纪的欧洲较为常见。而到了 20 世纪，被誉为"结构现实主义"重要代表之一的略萨，再度复活了这样一种古老的叙事类型。在《胡利娅姨妈与作家》中，作家刻板地用单数章节讲述一个连续的长篇故事，而双数章节则是由一个个独立的短篇故事组成，用以交代主体故事所发生的社会背景。短篇故事当然造成了长篇故事的停顿，但读者也有选择的自由。比如他可以跳过所有的双数章节，直接欣赏单数章节的连续性故事，他也可以按照作者排列的顺序读完整部小说。这种小说与所有的现代主义小说一样，更加风格化和形式化，但仍然是《堂吉诃德》一类故事的仿制和改写。

阿拉伯的民间故事《一千零一夜》则是另外一个类型。其讲故事的方式，被称为"中国式盒子"，也就是故事中套故事的结构。简单地说，故事一方面在讲述自己，一方面也在大量地繁殖另外的故事。一段情节出现分岔，导向另一个情节。与《堂吉诃德》不同的是，在所有这些故事的编织过程中，你看不到"经线"，也看不到"纬线"，故事与故事之间没有情节的逻辑关系，也没有主次之分。一个故事不过是另一个故事的引子，如此循环往复，最终构成一个首尾相接的圆圈。

在欣赏这部奇特作品的过程中，我们会吃惊地发现，每一个故事都是另外一个故事的停顿。换句话说，正因为停顿太多，实际上反而可以被忽略。如果我们没有对主体故事的期待，停顿实际上就不会存在。奇妙的是，在《一千零一夜》中，尽管故事不断地出现分岔，但"叙事时间"作为一个假象，依然被保护得很好。也就是说，叙事者讲述故事的时间丝毫不乱，可他讲出的每一个故事虽然是单一的，可是却通过某种方式连接在一起，并无主次之分。形式上是连续的，内容上却是断裂的。读者在阅读这些实际上毫无关联的单独故事时，依然保持了阅读长篇故事的某种幻觉，不会产生时间上的纷乱感。这正是阿拉伯叙事文化中特有的智慧。

另外，侦探小说和某些畅销类的小说，设法尽可能减少，甚至取消故事的停顿，从而迎合读者对情节的贪婪，这是由于商业出版销售业绩的驱动所产生的叙事变革。作者对读者的好奇心采取了迎合乃至纵容的态度。反过来，被宠坏了的读者也在迫使作者和出版商接连不断、一刻不停地提供悬念和刺激。这没有什么好奇怪的。

当然，正如我们所讨论过的，取消停顿也是某些"现代主义叙事"革新或实验所致力的修辞目标。它们将大量的插入性情节、风景与器物、议论与抒情等描述性画面，共时性地并置呈现，从而取消了作品中的停顿。它们将线性故事改造成描写的叠加，而达到取消停顿的目的。但是这一类尝试，与《一千零一夜》的叙事效果迥然不同：随着停顿的消失，时间的线性也同时被取消，到了后来，故事也被分割成了不同的画面片段，再后来，连故事也消失了。因此，某些现代主义叙事（特别是意识流小说）的"革新"，也可以这样来表述：为了取消停顿，干脆消灭故事。

这就造成"故事"（小说的核心元素）在当今现实中的尴尬处境——一方面，在现代主义叙事中，故事遭到压抑、切割、忽略，甚至取消；另一方面，故事在流行小说和大量的畅销书那里，却被滥用到令人吃惊的程度。

中国传统叙事中的停顿

通过上述分析,我们大致可以知道,在文学叙事特别在小说中,对风景或器物的描写,会造成故事的搁置和中断,亦即发生所谓的停顿。中国的文学叙事当然也不能例外。不过问题是,中国传统文学作品中所描述的风景或器物有时并非是实指之物,也就是说,它在很多场合,其实是概念和想象的产物,风物描写的着眼点并非是物本身,而是依附于物的某种心境、趣味、境界、文化理念和情感状态。这样一来,风景和器物描写所造成的停顿的问题,一下子就变得十分复杂了。

中国传统的山水或文人画中所描绘的梅、兰、竹、菊,在大部分绘画情境中,已经不是画家眼中所见之物,而是某种象征性的符号,代表了某种人格或品格等文人趣味,是所谓"情致"的投射。日本学者柄谷行人认为,在中国的山水画中,画家的观察并不是事物本身,而是某种先验的概念,他们其实根本看不到风景。宇佐见圭司也曾指出:

> 山水画的场不具有个人对事物的关系，那是一种作为先验的形而上学的模式而存在的东西。
>
> 这个场与中世纪欧洲的场的状态在先验上有其相通性，所谓先验的山水画式的场是中国哲人彻悟的理想境界，在中世纪欧洲则是圣书及神。[1]

中国传统诗文中的风景描写，也有与此相似的趣味。其中的假设性多于实指性，作者所描绘的"景"，往往不是事物本身，而是意念中的"景"；其功能不是描绘，而是"比兴"（用朱熹的概念来说，是"兴而比"）。如"关关雎鸠，在河之洲"并非风景或事物描绘，而是为了给下一句"窈窕淑女，君子好逑"的抒情赋予某种类比或起兴的氛围。中国文学中大量的风景、物象，显然被广泛地文化化和历史化了，其中留下了数不清的前人指涉的痕迹（比如月亮这一意象），这就使得中国叙事中的物象变成了一种意象，或者说典故。它是先验而非观察的产物，关于这一个问题，前面多有论述，此处不再重复。

因为中国文化传统的这一显著特点，中国小说中风景或器物描绘，与西方近代小说相比，也具有不可忽略的差异性。我认为，虚拟性、假定性、写意性或象征性，是中国小说风景和器物描写的重要特征。

在小说《水浒传》中，当作者写到不同江、河等物象时，多次使用了完全相同的描绘："一派大江，遍地芦荻。"这种重复并不是

---

[1] 参见炳谷行人：《日本现代文学的起源》，赵京华译，11页。

偶然的败笔——比如作家忘记了曾经使用过这一描述而重复运用，其中多少可以反映出中国作者对于风景的态度。也就是说，作者根本就不在乎他所描述的对象是扬子江，还是浔阳江；也不太在乎每个江面具体的风景应该是怎样的。既然必须要交代一下人物活动的场景，就用一句套话敷衍一下，如此而已。这种风景描绘大多一笔带过，只注重其意，不注重其形。《水浒传》中描写强人出没的树林尤其频繁，但不同季节、地点、规模和形状的山林，到了作者的笔下，几乎都变成了千篇一律的四个字：猛恶林子。至于它如何的"猛恶"，也只有天知道了。而在"林教头风雪山神庙"一回中，风雪描写似乎是不可或缺的，可奇怪的是，施耐庵并没有浓墨重彩地渲染，甚至连敷衍都算不上，仅仅是：

彤云密布，朔风渐起，却早已纷纷扬扬卷下一天大雪来。

或者：

那雪下得紧。

再者：

看那雪到晚越下得紧了。

而此书的评点者金圣叹，却不停地在下雪的文字后面题上"妙绝"二字。我实在不知妙从何来。

《金瓶梅》中的写景也具有高度的概括性和先验性。作者对风景的漫不经心十分明显,其中程式化的痕迹已到了让人吃惊的地步。小说第八回,写到西门庆与潘金莲饮酒幽会时的天色,作者这样描述道:

> 密云迷晚岫,暗雾锁长空。群星与皓月争辉,绿水共青天同碧。僧投古寺,深林中嚷嚷鸦飞;客奔荒村,间巷内汪汪犬吠。

且不说这段描写与西门庆幽会时的具体情境全无多少关联,"密云暗雾"与"群星皓月"的意象并置,也有着明显的矛盾。何况,哪来的"绿水青天"、"僧侣"和"客旅"?作者均未交代。再说,这段驴唇不对马嘴的描写,其必要性也大有疑问,不免使人生出如下的猜测:这段蹩脚的文字,极有可能是作者从别的文本中搬过来,临时拼凑而成,作为潘金莲和西门庆幽会时的省略、停顿之用。

同样是第八回,作者写武松领了知县书礼驮担,从清河至东京朱太尉处下书交割,讨到回书,稍住几天,又取道回山东清河县,一路上历时数月,沿途的风光可想而知,可作者只把它浓缩为短短的一句:

> 去时三四月天气,回来却淡暑新秋,路上雨水连绵。

《红楼梦》的写景较之于《水浒传》《金瓶梅》和其他白话小说,几乎是全新的笔法。其细致和具体,细笔和深描,足以与近现代小说相比拟。难怪脂砚斋、畸笏叟的评点文字对此大加赞赏。如第四十五回中脍炙人口的一段描写:

这里黛玉喝了两口稀粥，仍歪在床上，不想日未落时天就变了，淅淅沥沥下起雨来。秋霖脉脉，阴晴不定，那天渐渐的黄昏，且阴的沉黑，兼着那雨滴竹梢，更觉凄凉。

又如第十七回：

一面走，一面说，倏尔青山斜阻。转过山怀中，隐隐露出一带黄泥筑就矮墙，墙头皆用稻茎掩护。有几百株杏花，如喷火蒸霞一般。里面数楹茅屋。外面却是桑、榆、槿、柘，各色树稚新条，随其曲折，编就两溜青篱。篱外山坡之下，有一土井，旁有桔槔辘轳之属。下面分畦列亩，佳蔬菜花，漫然无际。

这两段描写细腻而又有质感。第四十五回"风雨秋夕"的描摹，使人如见其景，如临其境；而十七回对"杏帘在望"的描述，则工笔刻画，细致入微。

不过，即便是《红楼梦》这样一个"异数"，对风物景致的描写，仍然留有中国传统小说写意性、象征性、虚拟化的特色。最著名的例子，当属第五回中对秦氏可卿闺房的描写：

……说着大家来至秦氏房中。刚至房门，便有一股细细的甜香袭了人来。宝玉觉得眼饧骨软，连说"好香！"入房向壁上看时，有唐伯虎画的《海棠春睡图》，两边有宋学士秦太虚写的一副对联，其联云：

嫩寒锁梦因春冷，芳气袭人是酒香。

案上设着武则天当日镜室中设的宝镜，一边摆着飞燕立着舞过的金盘，盘内盛着安禄山掷过伤了太真乳的木瓜。上面设着寿昌公主于含章殿下卧的榻，悬的是同昌公主制的联珠帐。宝玉含笑连说，"这里好！"秦氏笑道："我这屋子大约神仙也可住得了。"说着亲自展开了西子浣过的纱衾，移了红娘抱过的鸳枕。于是众奶母伏侍宝玉卧好，款款散了……

这段描写虽然不惮其烦，细细写来，但是唐伯虎、武则天、赵飞燕、西施、红娘等人物，要么是历史中的人物，要么是文学作品中的形象，其虚拟性和假定性读者一目了然。其笔法夸张而戏谑，作者一路设譬调侃，并非完全是游戏之笔，亦有深意存焉。其一，借用历史和传说中的子虚乌有的"假"，来刻画秦可卿卧房淫艳的"真"，其暗示性自不待言。其二，宝玉倦怠，想睡中觉，由秦氏引入自己的卧室，基本上是实写。而后文宝玉合眼睡觉，犹似秦氏在前，悠悠荡荡，随了秦氏至一所在，人迹希逢，飞尘不到，则全是入梦后的幻境。在真与幻、醒与梦、实与虚之间，需要有一个过渡，方不显突兀。这一大段戏谑文字，在我看来，就很好地承担了这一功能，让读者由实入虚，由真入幻，竟泯然无迹，十分自然。曹雪芹在文字上的匠心，读者自可细细玩味，这里不再一一分析。

当然，秦可卿的卧室作为一个场所和景观，在小说中只出现过一次，作者采用化实为虚的暗示之法，不求形肖，取其神韵，并加以夸张，自然没有问题。但当作者面对小说中更为重要的场景和环境时，自然不能如此轻松，比如说荣、宁二府及大观园的状貌格局等等。

作者第一次正面描述荣国府，并不是作者全知视角的直接铺叙，而是借助于"黛玉之眼"进行局部"聚焦"。这种写法在中国古典小说中也具有革命性的意义。作者在描述荣国府的场景之前，先有如下一段交代，而这段交代已非过去小说中常见的作者及叙事者声口，而化为了人物的内心活动：

> 这林黛玉常听得母亲说过，他外祖母与别家不同。他近日所见的这几个三等仆妇，吃穿用度，已是不凡了，何况今至其家。因此步步留心，时时在意，不肯轻易多说一句话，多行一步路，惟恐被人耻笑了他去。（第三回）

这一段心理活动极为重要。正因为这个铺垫，接下来的景观和环境的描写、罗列，如街市之繁华、人烟之阜盛，荣府门墙之壮伟肃穆，垂花门、游廊和穿堂的雕梁画栋，人物衣着之华美绚丽，鹦鹉画眉之名物繁复，恰与年幼失怙、门庭萧瑟的黛玉身份，构成强烈对比。因为那段交代，"景语"在这里被悄悄地改造成了"情语"，"目睹"变成了"神伤"，处处反衬着黛玉的落寞。本来僵化无趣的场景描写，顿时转变成黛玉内心的猜度。读者随着作者的笔触，在观看荣国府的大致格局的同时，也对黛玉被收养时的黯然神伤感同身受，描写中包含着另一层"潜对话"。在这里，场所和景物的描绘，不仅没有使故事中断，相反，所有的景致描写都浸透着人物的情感，使读者情不能禁，恨不能为黛玉一哭。

众所周知，若要说到《红楼梦》中最重要的场所与景观，那当然就是大观园了。大观园不仅是作者精心构筑的"乌有之乡"和"乌托邦"，寄托了作者所有对于美的想象，同时它也是人物活动、成长、游戏、宴乐的场所和舞台，其重要性毋庸置疑。如果曹雪芹采取正面的一次性的描述，或按照西方小说通常的叠床架屋式的直接铺陈，将大观园的一楼一屋，一草一木，一山一石交代清楚，自然工程浩繁，不知需要花费多少笔墨。即便作者具有这样的经验和耐心，也未必能够交代清楚。即便作家能够交代清楚，在铺锦堆绣、曼妙多姿的叙事中，忽然横进来这么一段"死文字"，也是曹雪芹万万不可接受的。再说，故事经长时间的悬置自然中断，文气难以接续，自在情理之中。但反过来说，倘若作者对大观园的格局和形制避而不叙，一味虚化，那么大观园也不成其为大观园了。在作者那里，似乎遇到了一个两难的局面。

在《大观园试才题对额　怡红院迷路探深幽》一回（第十七回）中，曹雪芹虽然第一次带领读者步入刚刚完工的大观园，虽是描写交代大观园的各处景致，以使读者对它的格局有一个基本了解，但作者所采用的方法，并未让故事中断，而是别出心裁地让主人公贾宝玉当着贾政之面，为各处景致题名作诗。不仅如此，除了贾政之外，还有一帮酸腐的学究随扈，一同进园，贾政似乎有意让宝玉与这些学究一较才学高下。在这里，作者暗暗埋伏下了两种戏剧性极强的情节冲突。

首先，是贾政与宝玉的冲突。贾政对宝玉管教极严，素知他不读"四书""五经"，却于吟诗作赋颇有歪才，因此有意试探他的诗才。那么，宝玉的题对能否让父亲满意，而逃过责罚，这就构成第一个悬念。当然，贾宝玉的每次题对均让贾政喜出望外，一方面使读者大释其虑，另一方面贾政喜在内心，而又不露声色，甚至反过来大声训斥，这其间又包含着更深一层的父子之间暗中的情感交流。而这种"潜对话"也让读者加入进来，从而构成复杂的喜剧效果。

其次，题对之人除宝玉外，还有一帮学究清客，不管贾政有意无意，学究与宝玉题对所构成的某种竞赛和比照却是事实。宝玉题诗作对能否更胜一筹，也是重要的悬念，而众清客为了取悦贾政，自然虚与委蛇，故意突出宝玉的新奇与不俗，其间又有另一番的心机较量。

另外，这一回的描写所凸显的"功名利禄"与"天性真淳"的互相观照，也是《红楼梦》主题的重要组成部分。虽是写景，却在不知不觉中深化了主题，作者的机心不可谓不深。

因此，这一回的文字从表面上看是为了介绍、叙写大观园的格局和形貌，但这种描述渐渐地成为了背景，从而使这一大段写景文字变成了父子之情以及人物天真烂漫的个性的极富戏剧性的书写。故事不仅没有中断，甚至层层转进，趣味盎然。贾政带着宝玉和清客一边游园，一边题对，竟然使读者在不知不觉中对大观园的基本格局，如名物、山水、房舍、植物、园艺等都了然于心。当然，曹雪芹本人也知道，要全面描述大观园，仅仅通过这一个回目的叙事还远远不够。在以后元春归省之时的题名改诗，刘姥姥醉卧怡红院的游宴，特别是第二十三回众儿女入住大观园等回目，多次分门别类地加以补写。实际上一直到第八十回，这种补写仍在继续。这种反复叙事，不仅使整个场景和环境的交代条分缕析，愈变愈奇，而且毫无阻滞之感，烟波浩渺，漫然无际。既不是单纯的"实"，也不是单纯的"虚"，而是虚中有实，实中有虚，反而会使读者感叹此园的深不可测。

当然，我的意思绝不是说，《红楼梦》中就没有停顿。相反，较之于其他的章回体小说，《红楼梦》中使用停顿的频率和幅度，恰恰更为显著和大胆。这也许要涉及曹雪芹的文体或叙事目的。与以往的小说不同，《红楼梦》既不是惩恶扬善的道德寓言小说，也非穿着

"劝谕"的外衣,描写声色之娱的言情或狭邪小说。它是一部试图超越现实、体现人生境界的百科全书。书中有大量的"插入性叙事"(事实上也造成了故事的局部停顿),诸如神话片段、楹联、谜语、药方、礼单、铭诔、诗词、偈语、陈设器物,诸如此类。但曹雪芹在插入这些自创的"引文"的同时,也对它进行了十分重要的改造,使它超越了器具、名物具体所指,而构成某种有意味的意象。也就是说,作者一方面使这些对象化了的引文具有独立的审美价值,另一方面则试图构建"插入性叙事"与"主体故事"之间的复杂联系,在很大程度上使这些插入性内容变成故事的一个部分,从而最大限度地取消、减弱"停顿"和故事中断。

比如说,在《听曲文宝玉悟禅机 制灯谜贾政悲谶语》一回(第二十二回)中,元春于上元佳节,差人从宫中送来灯谜,而引发了贾母的玩兴,贾母遂命大观园的儿女们也来制作灯谜取乐。贾政朝罢,也来承欢凑趣。他所制作的灯谜是:"身自端方,体自坚硬。虽不能言,有言必应。"因"必"与"笔"谐音,谜底当是砚台。贾政即便是玩笑取乐时,也显得那么一本正经,其无趣与古板跃然纸上,与贾政的身份性格极为相符。从表面上看,这个谜语是插入性叙事,但它并非仅仅是一个对象化的引文,除烘托喜庆气氛之外,也恰如其分地写出了贾政的为人与性格,可谓一箭双雕。

我们再来看看元春等人制作的谜语:

能使妖魔胆尽摧,声如束帛气如雷。一声震得人方恐,回首相看已化灰。(元春 谜底为爆竹)。

天运人功理不穷,有功无运也难逢。因何镇日纷纷乱,只为阴阳数不同。(迎春 谜底为算盘)。

> 阶下儿童仰面时，清明装点最堪宜。游丝一断浑无力，莫向东风怨别离。（探春　谜底为风筝）。
>
> 前身色相总无成，不听菱歌听佛经。莫道此生沉黑海，性中自有大光明。（惜春　谜底为佛前的海灯）。

以上四个谜语分别暗示了四个主要人物的不同命运：元春短寿，迎春不得其夫，探春远嫁他乡，惜春削发为尼。再从灯谜的字面来看，上元佳节本是喜庆之时，可这些谜语词多悲切，悲中含谶，似有无穷的禅机隐含其间。即便是贾政这样一个端方饱学之士，也不免"悲从中来"，相信读者也不会无动于衷。且看贾政的反应与感慨：

> 贾政心内沉思道：娘娘所作爆竹，此乃一响而散之物。迎春所作算盘，是打动乱如麻。探春所作风筝，乃飘飘浮荡之物。惜春所作海灯，一发清净孤独。今乃上元佳节，如何皆作此不祥之物为戏耶？心内愈思愈闷，因在贾母之前，不敢形于色，只得仍勉强往下看去……

上文中的"皆"字不可轻轻漏过，读者须细细玩味。从旁观者贾政看来，适逢上元佳节，而闺中儿女均作悲谶语，仿佛是事先约好了的一般，当然不是巧合，其中似乎暗暗透出了些许未来命运的消息，贾政由是而悲。但从作者的立场来看，这里的"皆"当是作者故意为之。作者将这些谜语都悄悄地改造成了"意象"，用它来暗示不同人物日后的命运，以及由盛转衰、最终"回首相看已化灰"的结局。在这里，原本插入性的引文，竟被作者改造成了事实上的

"提前叙事"。

与此相类似的是,第五回《游幻境指迷十二钗　饮仙醪曲演红楼梦》中,有更多的插入性引文。每一副对联、每一首诗词中,都暗含了玄机,对金陵十二钗未来的遭际和命运都有着详尽的暗示和提前叙事。读者自然不能将它视为一般用以烘托气氛的诗词来欣赏,这里不再一一讨论。

如果考虑到诗词在作品中的比重,将《红楼梦》看成是一种真正意义上的跨文体写作,也未尝不可。一方面,曹雪芹确有明显的使诗词成为独立的审美对象,而编织进小说文本的意图;另一方面,也有一展其高妙诗才的初衷(最明显的对比是,在高鹗续写的后四十回中,大约是高鹗本人不擅写诗,于是,干脆对曹雪芹这种将诗词与小说镶嵌编织的文体意图视而不见,诗词几乎绝迹,实在令人叹息)。更重要的是,作者对诗词的形式和功能进行了改造,使它与主体叙事融为一体。实际上,他是将原本烘托气氛、状物抒情的诗词,改造成了人物的心理活动。举例来说,林黛玉在第二十七回中的葬花诗,以及第四十五回中的《秋窗风雨夕》都有相当长的篇幅,但这里的诗词,均可以视为林黛玉的内心活动。读者在欣赏这些诗词时,也紧贴着黛玉的内心律动,纵然咫尺千里,神思邈远,均自然畅达,毫无停顿、阻滞之感。

省　略

我们已经知道，在停顿中，"叙事时间"在持续，可故事却陷于中断，因而，"故事时间"为零。我们现在不妨来看看与停顿完全相反的另一种叙事形式（热奈特称之为叙事运动），那就是省略。

在省略中，"叙事时间"为零，但故事时间却在暗中持续。那么读者也许会问，既然叙事时间为零，也就是说，叙事完全没有提及，我们如何知道故事仍在暗中持续呢？让我们先来看看下面这段文字：

　　一个富有嫁资，既非常聪明美丽，又是活泼愉快的小姐，怎么竟会嫁给这种像人们常叫的，不值钱的"废物"，我也不多说了，因为这种事在我们这一代里并不稀罕，过去的时代也发生过。[1]

---

[1] 陀思妥耶夫斯基：《卡拉马佐夫兄弟》，耿济之译，5页，北京，人民文学出版社，1981年。

在上述例句中,"我也不多说了"是一句明确的提示语,告诉读者这里省略了一些内容。叙事到这里就停止了,但故事却还在暗中存在。读者特别是那些喜欢幻想的读者,仍然在追问,为什么既有钱、又聪明美丽的索菲亚·伊凡诺芙娜,会嫁给老废物卡拉马佐夫呢?喜欢刨根问底的读者也许不难想象,卡拉马佐夫为了获取索菲亚的欢心,使出了多少狡猾而卑鄙的手段。读者的想象补足了这段被省略掉的内容。

我认为,写作从根本上来说就是省略的艺术。凡写作必有省略。换句话说,没有省略的写作是完全无法想象的。不过,省略的形式、多少、频率、幅度和强度,因人而异,因文而变罢了。

假设有一位小学语文老师,给刚刚学习写作的学生布置作文,让他们写《我的一天》。完全不知作文为何物的写作者,极有可能将它写成一篇流水账。作者往往将他一天中每一个时段的具体活动照录不误。这一类的流水账,通常是"省略"技巧最弱化的写作。但即使这位小学生把每个小时所经历的事全部记下来,"省略"依然存在。因为每一个小时都含有极其丰富的内容和细节。当然,即使是世界上最伟大的作家,当他描述一片小树林时,也无法将这片树林里的每一种花草、树木、石头、昆虫、瓦砾,特别是光线的色彩,都事无巨细地全部展现在读者的眼前,事实上也完全没有必要。

从语言方式来说,写作就意味着对词语、意象、句子、事件等等要素的选择,而任何一种选择都必然以省略为前提。任何一个陈述句都是省略的产物。因此,省略是语言最隐秘的属性之一,也是作者与读者在交流之前预先达成的某种契约。

我们在这里需要讨论的,并非语言属性层次上或契约层次上的无意识省略,而是写作者有意识为之,将其作为一种明确叙事技巧而存在的省略。这里所说的省略，有明确的叙事目的，并且也涉及作者与读者的交流方式，特别是潜在的交流方式，涉及作者对读者智力水平、理解力的基本估计和设定，也涉及叙事中必不可少的快、慢、强、弱等节奏变化。

刚学习写作的小学生，之所以不敢大胆地使用省略这一技巧，除了他们的语言表达能力上的限制之外，更为重要的原因，是他们往往将读者设想为是与他一样智力水平的人。而现代主义的小说实验，过分地使用这一技巧，则与他们排斥大众，将自己的读者设想为博览群书、有教养、足够敏感、特别仔细且有耐心、受过专业训练的人士有很大的关系。也就是说，现代主义拒绝大众，而使用省略的技巧，除了技巧的选择之外，也与他们的精英意识有关。

一般而言，作为叙事技法而存在的省略，通常可以分为以下三种方式：明确省略、暗含省略和后设省略。

我们在前面提到的陀思妥耶夫斯基的一段引文，即是典型的明确省略的例子。在这样的省略中，作者通常在作品中有明确的提示语，诸如"我也不多说了""不再赘言""此处略过不表""暂且不提""不在话下""事情到底如何，我也不知道了"等等，或者干脆用省略符号明确标识出省略的内容。这一类的省略在古今中外的叙事作品中十分常见，其着眼点无非是详略变化、快慢节奏变化，特别在长篇叙事中，更被频繁地使用。也有一些省略并不纯粹出于作者叙事技法的考虑，而是源于社会政治、伦理、道德和法律的限制，不得不加以省略或规避。最常见的就是性描写，这当然是另一个问题了。不过，在当代作家贾平凹的《废都》中，作者故意戏仿古代的禁毁小说，故意炮制被删除或脱漏之文，用方框表述其省略掉的内容，这当然也可以归入明确省略一类。

在明确省略的诸多类型中，有些叙事文本中的省略提示语，涉及视角的限制。在中国小说叙事中，这是一种晚近才出现的省略技巧，这里不妨略加说明。比如《红楼梦》第十五回：

宝玉拉了秦钟出来道："你还和我强？"秦钟笑道："好人，你只别嚷的众人知道，你要怎样我都依你。"宝玉笑道："这会子也不用说，等一会睡下，再细细地算账。"……宝玉不知与秦钟算何账目，未见真切，未曾记得，此系疑案，不敢纂创。

这一段文字写的是秦钟与智能馒头庵"得趣"，被宝玉当场捉在炕上，秦钟为求宝玉保密，许诺说"你要怎样我都依你"，而宝玉的交换条件是"等一会睡下，再细细地算账"，这里显然埋伏着后文。但作者却未交代，而是用叙事者"石头"的声口，自称"未见真切，未曾记得，此系疑案，不敢纂创"一笔带过。从上下文的关系来看，秦钟与宝玉晚上的"算账"也许涉及不太雅训的内容，也许只是孩子间的玩闹，作者无意披露。但曹雪芹并未像过去小说那样，使用作者口吻的"此处不表"一类的字眼蒙混过关，而是直接将叙事者石头推到前台，并告诉读者，算账之事，之所以在后文没有交代，并非作者故意将真事隐去，而是叙事者石头的视角受到了限制，他不是无所不知的全能叙事者。考虑到这种声口在《红楼梦》中反复出现，绝非偶然，我认为颇值得注意和重视。这是中国古典小说的叙事和视角，由"全知"向"限知"转变过程中的重要征候。

鲁迅先生在《祝福》中也有相似的一段描述：

然而她总如此，全不见有伶俐起来的希望。他们于是想打发她走了，教她回到卫老婆子那里去。但当我还在鲁镇的时候，不过单是这样说；看现在的情状，可见后来终于实行了。然而她是从四叔家出去就成了乞丐的呢，还是到了卫婆子家然后再成乞丐的呢？那我可不知道。

鲁迅在这篇小说中，采取了"限知视角"所常有的第一人称叙事。"我"于旧历年底回到故乡鲁镇，因为已没有了家，只得借宿于四叔鲁四老爷家。关于祥林嫂这个人物的所有信息，都来自叙事者"我"的闻见——不同人物的叙述以及叙事者的亲历。作者所谓的"我可不知道"意在说明，祥林嫂在离开四叔家到成为乞丐这段经历，已越出了叙事者闻见的范围。对叙事者而言，它是一个空白，故而略去不书。这里的省略，是典型的"限知性叙事"的省略，在西方19世纪中期以后，被作家大量采用。而中国的"限知叙事"被普遍认为是在晚清至五四之际，由于受到西方文学观念的影响才得以出现的新形式。这实际上是一种误解。

相对于明确省略，暗含省略是一个更为复杂的叙事技巧。叙事语言在陈述一个事实、表述一段信息的同时，暗含着另外的事实和信息，由此构成了"明确信息"和"暗含信息"两个部分，犹如水面波纹之于水底激流。因此，暗含省略同时构成了作者与读者在两个层面上的交流：其一是明确文字信息所导致的对话关系，其二是文字隐含信息所暗示的潜对话关系。

在对"暗含省略"所作的各种阐释和说明中，我以为海明威的"冰山理论"也许最为简洁，也最为形象。在《午后之死》中，作者这样来概括他关于省略的见解：

如果一位散文作家对他想象的东西心里很有数，那么他可以省略他所知道的东西，读者呢，只要作者写得真实，会强烈地感受他所省略的地方，好像作者已经写出来似的。冰山在海底移动很是庄严雄伟，这是因为它只有八分之一露在水面上。一个作家因为不了解而省略某些东西，他的作品只会出现漏洞。[1]

海明威在不同的场合多次谈到过"冰山"这个比喻。可以看出，他对这个形象化的修辞技法十分着迷。事实上，这个比喻也可以被视为海明威对自己独特的叙事艺术的归纳和总结。如果我们对海明威的作品有一定的了解，就不难发现，"暗含省略"对海明威来说，已经不是一种偶尔为之的局部叙事策略，它简直成了作者一种根深蒂固的习惯。我们知道，海明威的叙事以语言精省、简略而著名，而最能体现他"暗含省略"笔法的是人物对话。海明威曾认为，斯坦因女士是因为看了自己的作品才知道怎么去描写人物对话（海明威在心情比较好的时候，有时也承认斯坦因是自己的写作导师之一），可见他对自己在这方面的造诣颇为自得。平心而论，海明威在人物对话方面进行探索的成就，的确配得上他的狂妄自大。《永别了，武器》《太阳照常升起》，甚至包括他的大部分精致的短篇，比如说《乞力马扎罗的雪》《杀人者》《麦康伯短促的幸福生活》都是这方面的代表作。他所构建的人物对话具有丰富的象外之境、言外之意，包含着对话与潜对话的复杂纠缠。我们这里不妨选取文学史所公认的登峰造极之作《白象似的群山》（*Hills Like White Elephant*）

---

[1] 海明威：《午后之死》，董衡巽译，见《"冰山"理论：对话与潜对话》，85页。

来做简要分析。

　　故事发生于西班牙某个无名车站上。故事的主人公是一个男人和一个姑娘，他们在这里做短暂的停留，打算前往马德里为姑娘施行堕胎手术。我们只知道这个姑娘的年纪不大。对于男人而言，我们即便将这部小说读上一百遍，也弄不清他的职业、身份、年龄、道德状况。特别诡异的是，他与这个姑娘究系何种关系？是年龄相当的普通夫妻或情侣？是惯经风月的中年男子对一个不谙世事的女孩不道德的勾引？或者是两人因为一次简单的婚外情而导致女方怀孕？作者一概未予交代。我们甚至也可以作出最为大胆的设想：导致这个姑娘怀孕的并非主人公本人，这个男子也许只是一个陪同的角色，替他人护送姑娘去完成未来的尴尬之事。也就是说，这篇小说中的一切都是不确定的，一切都有可能。

　　整篇小说几乎都用对话写成，如果我们希望从对话中辨别出完整的情节，多半会失望。因为作者的对话将通常意义上的情节——尤其是戏剧性情节——作了最小化的处理。一般来说，对话的作用除了交代情节之外，还承担着揭示人物性格、人物心理的作用，但在《白象似的群山》中，对话描写对其所指形成了明显的偏离。作者似乎故意要与读者展开如下游戏：越是读者想知道的部分，作者越是语焉不详；越是与故事情节、事件始末无关的内容，作者反而不厌其烦，大书特书。最明显的例证之一，就是男人和姑娘偶尔能看见的远处的群山（一般性风景）。它不仅在小说中重复了很多次，而且作者直接将它置于标题中。如果读者认为这是海明威故弄玄虚，故作神秘，仿佛一心要与读者为难，那就误解了"模范作者"的意图。事实上，海明威的描写有一种令人惊叹的真实质地。

　　姑娘为不久后的堕胎而不安。男人为了使她安静下来，而不停地安慰她。姑娘自己也很想从那种充满紧张感的压力下挣脱出来，通过言不由衷的东拉西扯，企图转移自己的注意力，谈论酒、天气、群山等等。但不管他们怎么谈论，那个压力（未来的堕胎）始终存在。如果假设我们就是那两个主人公，我们是否会有另外的表现？

实际上，每一个动作、每一句对话都会指向故事本身，每一个故事都有头有尾，充满戏剧性，清晰而易于理解，各个单列的事件之间都有不容辩驳的联系，这本身就是一个神话。这是近现代小说（特别是 18 世纪后欧洲小说）所建立的一系列假象之一。如果将生活比喻为草地，将戏剧性的生活比喻为草的生长过程，在日常生活中，我们经常看到的只是草地而已，我们看不到草是如何生长出来的。海明威在这里所描写的正是日常生活的常态。所以，海明威在这里完成了一个"颠倒"，由于我们已被近现代小说塑造成了它所期望的"典型读者"，反而会觉得海明威的"常态"过于虚妄。

这个短篇从头至尾都在扯淡，却给读者带来巨大的情感浓度和密度。它带给我们的拂之不去的压迫感，贯穿于阅读的始终。海明威是一个折中主义者，他对福克纳式的极端化小说实验嗤之以鼻，而希望通过一些微小的改造来强化自己的创作意图。"省略"就成了他标志性的方式之一。省略的目的不是为了忽略，而恰恰是为了"呈现"。在海明威那里，隐藏就是凸显，忽略意味着重视，语焉不详恰恰是故意强调。用海明威自己的话来说，作者对于埋入海面冰山的八分之七完全了然于胸，他只是故意不去直接描述它，而是希望通过露出的部分来暗示它的存在。

我们在这里所讨论的海明威的理论及实践，是暗含省略较为典型的例子，如果我们从更宽泛的角度来观察，这种技法在不同类型的叙事文本中也大量存在，是写作最古老的技法之一。雷蒙德·钱德勒在《湖底女人》(*The Lady in the Lake*) 中有这样一段对话：

> "我的天！"金斯利低呼："你的意思是，昨晚有个女人跟他过夜。今天早上在浴室里把他给杀了？"
> "你认为我想跟你说什么？"我问他。
> "你小声点！"他怒斥道，"真是太吓人了，为什么是在浴室？"
> "你自己小声点。"我说，"为什么不是浴室？你想得出还有哪个地方让男人完全没有防卫？"[1]

金斯利是一个胆小怕事的人。当侦探马洛向他报告说，克里斯被一个女人杀死在浴室里时，金斯利的惊恐可想而知。问题是，这一段看似平常的对话，却没有一个字正面写到他的恐惧。但是，他的胆怯、惊异，甚至于失去控制的内心状况，通过对话暴露无遗。他毫无必要地怒斥马洛"你小声点"，已经明确地表示了他的心理状态。更有意思的，是马洛的回答。"你自己小声点"，这句话省略掉了一部分内容。在马洛看来，自己并没有高声说话，语调平常，而金斯利处于紧张与惊恐中，内心失衡，再轻的语调也会被他的听觉放大，也会觉得很刺耳，才会转而呵斥对方小声点。马洛的回答无疑是另一种幽默的提醒：我的话声音并不高，是你自己由于情绪失控而大喊大叫。因此，这里的暗含省略，不仅指涉了丰富的言外之

---

[1] 雷蒙德·钱德勒：《湖底女人》，苏山译，106 – 107 页，北京，新星出版社，2008 年。

意,同时也使叙事隐隐透出某种喜剧效果,而这种效果很隐蔽,并未破坏冲淡掉对话本身的紧张气氛。

我们或许可以再来看一看另一个类型的比较暧昧的暗含省略。我们之所以说它"暧昧",那是因为这种省略作为一种叙事技法,作者修辞的意图并不十分明显,以至于它在多大程度上构成暗含省略,似乎还有疑问。但因为这一类的例子在小说(特别是中国传统的叙事)中并不罕见,所以完全有进行讨论的必要。

我这里要举的例子是《水浒传》。在金圣叹看来,《水浒传》的作者当属省略技法的大师,但这种省略的意图必须与另一个"知音读者"(金圣叹本人)的解释、评点结合起来,才能显示出全部的价值。在《水浒传》第二十二回《横海郡柴进留客 景阳冈武松打虎》中,有如下一段文字:

> 三个来到酒店里,宋江上首坐了,武松倚了哨棒,下席坐了,宋清横头坐定……三人饮了几杯,看着红日半西,武松便道:"天色将晚,哥哥不弃武二时,就此受武二四拜,拜为义兄。"宋江大喜。武松纳头拜了四拜,宋江叫宋清身边取出一锭十两银子,送与武松……武松拿了哨棒,三个出酒店前来作别。武松堕泪,拜辞了自去。宋江和宋清立在酒店门前,望武松不见了,方才转身回来。[1]

在这段描写之前,作者已交代,武松与哥哥武大多时不通音信,因而思念家乡和兄长,要回老家清河看望武大。宋江等不敢苦留,

---

[1] 参见《水浒传》(会评本),418页,北京,北京大学出版社,1987年。

只得送武松归乡，并且长亭复短亭，一路送出去十几里。最后，在官道上的一个小酒店里设宴饯别。文字中早已弥漫了浓浓的惜别之情。上述引文中的事件，就是发生于小酒店内外的一幕。

金圣叹认为，这段描写表面上看是宋、武二人结拜作别，但其中也暗藏着重要的潜对话，那就是武松思念兄长，恨不早日归家的迫切心情。这股潜流单单从文字的字面意思上是无法辨认的，只不过文句中有些关键之处，隐约泄露了这方面的讯息。这个"关键"就是宋、武两人之外多出来的那一个——宋江的弟弟宋清。在宋、武二人送别和结拜的整个过程中，宋清的角色绝非多余。他在这个段落中出现了五次，其中三次是明确被提及，另两次是通过"三个"这样的提示暗示宋清的存在。金圣叹在宋清几次出现的过程中，都加入了自己的评点。如作者写到"宋清横头坐定"时，金圣叹批曰："六字直刺入武二眼里心里"；宋江叫宋清取银两奉送时，金圣叹又批道：（宋江叫宋清）"五字直刺入武二眼里心里。"而写至武松拿了哨棒，三个走出酒店前来作别时，金圣叹这样批道：

> 二宋眼前多却一个，武二心头尚少一个，只两个字，便将兄弟离合之际，写得出神入妙。[1]

他明确提示读者：正因为宋清的存在，武松眼中看见别人兄弟团聚，反衬出自己骨肉分离，天各一方。他认为武松最后的堕泪，也有另外的含义：

---

[1] 参见《水浒传》（会评本），418页。

堕泪自感宋江，故也。然多半因为宋清在旁，刺心刺眼。盖武二一心只在哥哥，却见他人兄弟双双如也，自虽金铁为心，正复如何相遣。看上"三个"字，下"自去"字，明明可见。读书固必以神理为主，若曹听曹说，无谓也。[1]

文中虽然没有一个字提到武松思念武大，然而武松的思念兄长之情却若隐若现。即便金圣叹的这些分析无懈可击，但对读者而言，还有下列问题有待澄清：金圣叹是从文中读出来的潜对话（暗含省略），还是作为一个读者的感悟玩味所得？"省略"是作者意图的固有策略，还是读者的附会？作者在写作这段文字时，是有意暗藏机关，还是信手写来，无意中造成读者解读上的另一番风景？简单来说，金圣叹所看出来的"潜台词"，是作者意图，文本意图，还是读者望文生义？此处颇难考辨。

因这样的例子在《水浒传》中大量存在，此处只作为一个问题提出。考虑到金圣叹本人曾删改过《水浒传》这一事实，所谓的作者意图、文本意图和读者发现三者之间构成的关系，势必更为复杂。但不管怎么说，我认为金圣叹在此也给我们提出了一个重要问题：不管是明确省略还是暗含省略，如果作为一个技巧使用，必然有待于读者最终的合作。作者想当然，读者未必然；作者未必然，读者未必不然。其中的纠葛，实际上牵涉到省略这一叙事策略在实现过程中的种种变数，论者不可不慎。

除了明确省略和暗含省略之外，还有一种近年来十分常见并渐趋流行的省略形式，需要略作说明，那就是后设省略。这种省略指

---

[1] 参见《水浒传》（会评本），418页。

的是，在首度叙事中并未出现省略，但在第二、第三次对同一叙事内容进行"重复叙事"时，才被显示出来的。因此，后设省略是一种被追加的省略。

一般来说，就传统的小说而言，这样的省略往往出现在倒叙、闪回（电影）中对某个故事、情节或场景的片段的再度叙事中。而在现代小说和电影中，它在所谓的"重复叙事"或"分段叙事"中，早已被广泛使用。也有人把这种省略称之为"假设省略"。为了使这样一种省略的技巧变得比较直观并容易理解，我们可以先来看看下面这个电影中出现的例子。

一位音乐家独自一人住在一个古堡里，为这个古堡时常闹鬼而烦恼。为了了解闹鬼的真相，有人为音乐家请来了一个通灵的法师举行"降神会"。据说这个法师能跟鬼魂交谈。法师向鬼魂提出了一系列问题，但均得不到鬼神的回答，仪式就在一种有问无答的状况中结束了。对所有的观众来说，这是一个失败的仪式。但这仅仅是一个错觉。因为在法师向鬼魂提问的时候，音乐家用一台录音机录下了整个过程。当夜深人静时，音乐家再次重放白天的录音（重复叙事）。当法师问道："你叫什么名字？"时，鬼魂出人意料地出现并给出了明确的回答："乔治。"

这是加拿大著名的恐怖电影《冤灵》[1]中的一个场景。鬼魂的声音在首度叙事中实际上已经存在，但它不显示自己。或者说当事人（包括听众）无法听到。再次叙事（通过录音机）则补足了前一次的省略。当然，这样的例子在文学叙事中也不少见，尤其是在近

---

[1] 又译《夺魄冤灵》（*The Changeling*），加拿大著名恐怖电影，1979年出品，由乔治·斯科特主演。美国《娱乐周刊》曾将它列入世界十大恐怖电影之一。

年来的"重复叙事"的作品中,显得较为突出。

为了更好地理解文学叙事的这种省略,我们有必要首先对"重复叙事"或"错综叙事"进行简单的阐释。

叙事的重复与错综

在文学写作中，作者常常必须处理同一个故事片段、场景或事件的重复书写。热奈特将多次描述实际上只发生过一次的事称之为"重复叙事"[1]。我们知道，在传统叙事特别是线性叙事中，尽管作者偶尔也会使用"重复"这一技法，但这种叙事属于单一性质的重复，总体上仍然是讲述只发生过一次的事。重复不仅被认为不必要，不符合线性叙事简明流畅的总体要求，甚至会被批评者指责为语言臃赘或技法不成熟。因此重复虽不免出现，但往往是作为一种瑕疵而受到指责。

不过，一个事件在叙事中被多次讲述，在长篇小说中确实难以避免。作者第二次乃至第 N 次提到同一事件时，为防止呆板、简单的重复，通常会变换叙事手法，造成对同一事件描述的某些参差变化，从而尽最大可能回避简单重复。

---

[1] 参见热奈特：《叙事话语 新叙事话语》，王文融译。

我们将在重复叙事中，力求造成不同叙事效果的这一技法，称之为叙事错综。错综一方面固然是重复，可更重要的是寻求变化，造成某种错落参差的再度叙述。如在《红楼梦》第四回贾雨村在判断葫芦案时，门子递与雨村一张护官符，在介绍王家的显赫家世时的俗谚是这么写的："东海缺少白玉床，龙王来请金陵王。"可是到了第十六回赵嬷嬷的口中则变成了："东海少了白玉床，龙王来请江南王。"赵嬷嬷的话是对"葫芦案"一节的照应和重复，但又不是简单重复。作者故意使文句出现错落变化。这里的"错综"，一方面活灵活现地显示出赵嬷嬷说话的声口，另一方面也暗示了护官符上的文字，在民间多有流传。内容相近，而文辞或许不一，引述者偶有错讹、差异，反而更显真实。

在传统的线性叙事中，"重复叙事"的例子并不少见，形式也多有差异。比如，在柯南道尔的名作《巴斯克维尔的猎犬》中，作者通过华生的第一人称叙述、华生的书信和华生的日记三种方式的"错综"，对同一个事件进行反复叙事，来消解内容重复有可能给阅读者带来的厌倦。有人也许会问，既然"重复"会使读者厌倦，作家为何还要做这种吃力不讨好的事呢？我的回答是，柯南道尔必须这么做，这不是他愿不愿意的问题，而是侦探小说这一特殊的文体决定的。案件的过程通常盘根错节，每一个悬念的出现或消解，往往都意味着作家不得不将讲过的故事再讲一遍，一次叙事往往根本不足以交代故事的来龙去脉，更不用说满足读者对悬念的期待了。

除此之外，还有一种"重复叙事"，作家经常遇到，但却是无法回避。我指的是"倒叙"。一般来说，凡有倒叙，必然有"重复叙事"需要面对或处理。

因为所谓的倒叙，是从故事的某一时间点 X 回溯，交代 X 时间之前所发生的事。但是，等到倒叙完成之后，作者仍然必须又重新回到 X，让故事继续向前推进。这样一来，主体叙事内容必然会与倒叙内容形成一个时间上的交接点 X。正因为倒叙的存在，作者往往有必要两次描述 X，从而完成主体叙事与倒叙内容的衔接。当然，在一般情况下，叙事者是被动的：为了保证故事在时间上不发生错乱，作者不得不如此。有时，为了避免简单重复，作者往往会在第一次描写 X 时，尽可能作一些简化或省略，等到完成倒叙后，再次描述时再加以详叙。当然，也可以完全把这个顺序颠倒过来，第一次的描写十分详尽，第二次则是象征性地重复或简单提及。

　　不管怎么说，这一类的重复叙事，也会考虑到某种错综效果，虽然内容一样，文字、视角等等也会发生微妙变化，在《卡拉马佐夫兄弟》中，作者写到拉基金与阿廖沙从林间小路走出来，一边交谈，一边返回修道院的院长室时，突然发现前面出了乱子，作者先通过拉基金之口来描述这个乱子：

> 哎哟！什么事情？那边出了什么事情？……是不是又是卡拉马佐夫家的人搞起乱来了？一定是这样，那不是你父亲？在他后面的是伊凡·费多罗维奇。他们从院长屋里冲出来挤着往外走。伊西多尔神父从台阶上朝他们背后吼叫。你的父亲也吼叫着，还挥舞着手。一定在骂人。噢，你瞧，米乌索夫也坐上马车要走了，你瞧，已经走了。连马克西莫夫地主都在跑。一定是出了乱子；这么说，根本没有吃饭！是不是他们把院长给揍了？要不然也许是他们挨了揍了，这才该哩！……[1]

---

[1] 陀思妥耶夫斯基：《卡拉马佐夫兄弟》，耿济之译，115－116 页。

拉基金的叙述口吻中，多少有点幸灾乐祸的意味。他是现场的目击者，一边观看，一边描述，其角色有点类似于电视实况直播的解说员。当然，与他同行的另一个人物阿廖沙也看到了同样的情景。不过，他的内心反应如何，读者不得而知。拉基金的叙事具有一定的概括性，同时也散乱无序，与当时的混乱氛围颇相适应。由于距离太远，混乱中的对话或叫骂他们俩都听不见。那么对于读者而言，至少有以下两个问题亟待澄清：一是发生了什么乱子？二是乱子是如何发生的？作者在前面已经交代，阿廖沙的父亲明明已经离开了修道院，也就是说，乱子发生时他不可能出现在现场，那么这会儿他是从哪里钻出来的呢？所有这些疑问为作者接下来的倒叙进行了充分的铺垫。因此，接下来作者写道：

>   拉基金并没有说错。真的出了乱子了，一个前所未有，出人意料的乱子。而一切都出于"灵机一动"。[1]

接下来，叙事者直接用倒叙交代整个事件的始末，以满足读者的期待，并消除其疑虑。问题是，当叙事者交代完了整个倒叙的内容之后，按照线性叙事的规则，他必须回到拉基金叙事的时间节点上，从而完成某种时间的"交集"。事实也是如此，陀思妥耶夫斯基对拉基金叙事的每一句话都进行了再次叙述。这一次作者描述的内容更为详细、生动、完整。所不同的是，重复叙事时，作者采取了第三人称（这里不再引述）。

---

[1] 陀思妥耶夫斯基：《卡拉马佐夫兄弟》，耿济之译，116页。

这样的详略交替、侧面（人物目击）与正面（叙事者描述）的交替、第一人称与第三人称的交替，完美地构成了重复叙事的错综关系。读者两次读到同样的内容而没有任何重复和拖沓之感。

如果说在传统线性叙事中，作者不过是偶尔使用重复叙事这一技法，或者说在倒叙的过程中，为完成事件在时间上的衔接，作者不得不去处理时间或事件的"交集"，那么到了 19 世纪末以后，随着"共时性叙事"的产生，"重复叙事"开始被作为一个明确的叙事策略加以利用。也就是说，作者故意地使用重复这一技法，以达到他的某种叙事目的。

需要指出的是，重复叙事的大量涌现，并不仅仅是文学修辞学革命的后果，也涉及主体认识世界、真理和真相诸多观念的变化。简单地来说，我们假设文学所呈现的内容是一个真相的话，那么这个真相的表述涉及两个过去常被忽略，而在今天却越来越重要的概念，那就是"声口"与"视点"。也就是说，作为内容的真相是否可信，"谁在说"（声口）以及"谁看到"（视点）就变得十分关键了。

在过去的文学作品中，重复叙事较少出现的原因之一，是大部分作品都采取了作者全知的声口和视点，因此根本不需要太多的重复。可在现代小说中，随着作者全知口吻的退出，作者大多通过叙述代言人或人物，直接描述事件并发表看法。这样一来，这个讲述者（叙事者或人物）的道德状况如何，他是在什么场合下说的这番话，这个人的阶级、身份如何，有无信仰，诸如此类的个人特性，就会大大影响读者对事件的评价，也影响到他所讲述的故事的可信度。由此作家们广泛采用了多视点、多角度的叙事方式，让不同身份、信仰、阶级属性的个人讲述同一个事件，让读者自己去判断事件的真相和意义，而作者本人则相对处于沉默的位置，这就从根本上造成了重复叙事的滥觞。按照现代小说重复叙事的不同类型，我们不妨略举数例，逐一进行简单分析。

我们首先要提到的，是"多视点叙事"，它在20世纪的小说和电影中曾被广泛使用。最著名的例子也许就是威尔斯的《公民凯恩》。这部里程碑式的电影，通过不同人物的不同角度来评价凯恩的一生。而所有这些人物，因为与凯恩的关系亲疏、远近的程度不同，各人的看法与结论自然大相径庭。每一个人物与其他人物的讲述内容，可能会形成某种"交集"的部分，这就使得重复叙事成为不可或缺的支持手段。

在文学上，我们也可以提到威廉·福克纳的《当我弥留之际》（1929）。全书共分为59个段落，每个段落都是某个人物的内心独白。作者对人物眼中的事件不作任何评价。由于在这本书中担当叙事者的人物一共有15个，也就是说，每个人物出场四次左右（当然，福克纳不是绝对平均分配的），整个故事被分割成了若干个散乱无序的片段。故事的始末，需要读者去自行拼合。在拼合的过程中，读者当然会发现，某一个事件的片段被不同的人物讲述了多次，其中既有重复，也有参差错落，这就构成了某种错综效果。由于每个人物的叙事口吻都不太一样，15个人物的讲述被分摊在59个段落之中，就自然涉及顺序和频率的安排。比如说，是否可以让一个人物连续两次出场（福克纳正是这样做的）？这样一来，就出现了极其复杂的叙事节奏变化。这是威廉·福克纳较为擅长的叙事方式之一，我们在阅读《喧哗与骚动》那部艰涩的著作时，早已有所领教。通过人物的内心独白来讲述故事，鉴于每个人的立场不同，事件在反复被提及时，自然会造成一定的差异，这里无须详加分析。

"目击者提供证据体",是多视点叙事与传统线性叙事相结合的产物。这一类的叙事技法,既保留了传统线性叙事时间的整一性,也采取了多视点的叙事手法。比如说,某人出了车祸,但目击这场车祸的人物却有十位,那么事后在警察对车祸的调查中,十位目击者无疑都会被要求讲述同一个事件,即车祸是如何发生的?这就使得重复叙事的密度大大增加。在这类作品中,事件大多是单一的。一个事件的发生是既定事实,但这个事件是如何发生的?细节如何?需要不同的当事人(目击者)进行追溯。这类作品通常也汲取了侦探故事的结构元素,往往通过警察和记者担当串联人物的中介,而情节的推动力往往就是对真相的调查。

黑泽明的电影《罗生门》,就采取了典型的目击者提供证据体展开叙事。而在小说中,采用这种方式叙事的作品更是比比皆是。比如说,加西亚·马尔克斯受到广泛争议的作品《一件事先张扬的谋杀案》也是比较有名的例子。

如果说在传统小说中,重复叙事中被重复的内容往往只有详略变化,却无观点、视点、事件内容、性质和评价的不同,在"目击者提供证据体"一类的现代作品中,作者所安排的不同目击者,对同一事件的看法、见证会造成极大的差异、矛盾,甚至是悖谬。而事件的始末如何,完全由读者在综合不同观点并加以归纳和分析后得出。这当然是作者暗中故意安排的,其目的不是为了保持时间上的整一性,而是为了构建空间上的对话关系——由作者表面上的"隐退"而导致的不同声音之间的直接对话。

不过,在现代小说中,不同叙事者对事件的指涉所构成的交集,也不是简单的重复,而是复杂的错综。目击者甲和目击者乙见证了同一事件,在各自叙述中必然会有重复,为了避免简单的复制,作者频繁使用的技巧之一，就是我们前面所提到的"后设省略"——让甲在叙事中将故事故意遗漏掉一部分，由乙在叙事中加以补充；或者让甲故意在说谎，由乙来提供反证，诸如此类。目击者提供证据体的叙事虽然采取了多视角，但由于核心事件通常单一，这类作品在阅读上，至少在还原故事方面，不仅不会给读者带来很大的挑战和考验，相反还会使读者通过不同的声音描述，强化对故事的印象，因此，这一叙事方式，为不同时期的作家乐于采用。比如土耳其作家帕慕克的《我的名字叫红》，也是这种叙事方式的简单变体。

我们最后要讨论的，是分段错综叙事。这也是重复叙事中比较常见的一个类型。我们知道，一般的线性叙事，故事时间的顺序大多是清晰而统一的，假如按照故事时间的延展顺序分为四个段落的话，我们可以简略地将之概括为 ABCD 式的顺序。考虑到时常会出现的整体倒叙，这个线索可以改为 DCBA 式；如果是非整体倒叙的形式，从理论上来讲，故事的讲述方法可以有几十种甚至上百种的变化，这里不再一一讨论。但不管采取哪一种方式讲故事，在传统小说中，作者（叙事者）必须提供足够的提示信息，以确保时间之链的清晰，从而避免叙事时间的错乱给读者带来的困扰。

但现代主义小说，尤其是意识流小说，完全不管这一套，它完全可以选取 ABCD 中的任何一点展开叙事，而不加任何提示。这就造成了故事和叙事时间上的错乱，读者必须通过自己的研究和拼接，来让故事复原，找到它的自然顺序。《喧哗与骚动》就采取了 CABD 这样的方式，而且在每一个时间段落的内部，都采取了内心独白的跳跃式叙事。这样一来，读者要还原故事的时间顺序，当然是十分困难的。福克纳也许并不要求任何一位读者去复原这个时间，但假如读者要较真的话，作者所安排的事件时间是经得起考验的。这一类叙事阅读上的障碍自然毋庸讳言。

我们这里所讨论的分段错综叙事,既非传统意义上严格的线性叙事,也不是意识流小说的共时性叙事,而是两者综合基础上的一种改进型策略。在这样一种为当代作家普遍使用的叙事结构中,"重复"就扮演了极为重要的角色。这种叙事的特征之一,就是将 ABCD 各个故事的组成部分改为四个单独的故事单元。如果具体地来看,每一个故事都是独立的,相对完整的,有情节,有悬念,但每个独立的故事对另外三个故事之间也有某种事件和时间上的交集,也就是说,构成局部重复。这种叙事把本来要一次讲完的故事切割成四个小故事来讲述,通过局部重复,互相包孕,或彼此镶嵌、编织,从而复原为一个完整的故事。

从理论上来说,这个故事如果是四段式,可以简单地表述为 B(a) D(c) C(b) A(d)——这里的 a 表示 A 的局部,以下类推。当然,如果读者愿意,你也可以将这个顺序做任意的调整,比如 B(ac) D(bc) C(ab) A(cd) 等等。我们也注意到,最近一个时期以来,很多电影都采取了这样一个叙事方式。如塔伦蒂诺的《低级小说》(*Pulp Fiction*, 1994)、汤姆·提克威的《疾走罗拉》(*Lola Rennt*, 1998),以及曼彻夫斯基的《暴雨将至》(*Before the Rain*, 1994)等等。这类作品表面上看十分复杂,但由于分段错综叙事的使用,也具有强烈的直观性,观众很容易接受,也易于将整个故事复原。姜文的《太阳照常升起》也试图采取这一方式,但由于技巧不够成熟,特别是局部重复失败,使故事的流畅性和直观性受到限制,叙事也变得令人费解。

《史记》的叙事错综

这里需要指出的是,重复或错综,并非新近出现的修辞手段。就其功能来说,"重复叙事"也不仅仅是一种交代故事的结构手段。实际上,"重复"本身,也是叙事节奏的一贯要求。这一点在诗歌和音乐作品中表现得最为明显。比如押韵就是一种潜在的重复,尽管重复的不是词语而是声音。正如韵律和乐句的重复或变奏,对音乐创作不可或缺一样,词语、意象和句式的重复在诗歌中也十分常见。比如:

> 采采芣苢,薄言采之。采采芣苢,薄言有之。采采芣苢,薄言掇之。采采芣苢,薄言捋之……[1]

其中的节奏和韵律感十分明显,给人以一唱三叹之感。

---

[1]《诗经·周南·芣苢》。

在小说叙事中，重复所带来的节奏的调节作用也不容忽视。若说到中国传统文史中的重复叙事或错综叙事，多见于史传一类的作品，比如，司马迁的《史记》就十分典型。因其采用纪传体，同一历史事件涉及不同的国家、集团与个人，在本纪、世家和列传中都有交集，所以重复叙事实在是无法避免。如楚汉相争，其事则一，其文则由《项羽本纪》与《高祖本纪》分叙之，两文叙事之犬牙交错，实由体例使然，难以规避。再如楚、晋交兵，在楚为楚事，不可不叙；在晋为晋事，亦不能省略。在《史记》一类的纪传体作品中，这种特殊的叙事要求，对于作者而言，其实是一个难题，当然也是衡量作者修辞技巧和才华的重要标尺。为了避免简单重复而带来的臃赘和刻板，司马迁也往往借重于错综的安排。综述《史记》的错综技法，我以为主要有以下几个方面：

其一是省略式的错综，也就是我们此前讨论过的后设省略。比如说"武王伐纣，至盟津而还"，这是一个具体的历史事件，它在《殷本纪》和《周本纪》中皆有叙述。我们先来看一看，在《殷本纪》中，作者是如何描述这个事件的：

> 西伯既卒，周武王之东伐，至盟津，诸侯叛殷会周者八百。诸侯皆曰："纣可伐矣。"武王曰："尔未知天命。"乃复归。[1]

读者阅《史记》至此，当然会有一个很大的疑问：周武王既然兴师动众，大举东进伐纣，至盟津时，诸侯亦纷纷响应。八百之数，盖言应者云集，可谓万事俱备，只等号令。然而周武王于这样一个

---

[1] 《史记·殷本纪》，78 页，北京，中华书局，2005 年。

大好时机，突然莫名其妙地宣布班师，而放弃此次讨伐，其间到底发生了什么事？是什么原因导致这场讨伐的流产？这里确实存在着作者的故意省略。但这个省略是重复叙事中的一个重要环节，属于后设省略：他省略掉的部分或尚未浮现于读者眼前的谜底，需要再度叙事将它揭晓。一直等到《周本纪》重述这个历史事实时，读者才会豁然开朗。《周本纪》中的相关文字是这样的：

> 九年，武王上祭于毕。东观兵，至于盟津。……武王渡河，中流，白鱼跃入王舟中，武王俯取以祭。既渡，有火自上复于下，至于王屋，流为乌，其色赤，其声魄云。是时，诸侯不期而会盟津者八百诸侯。诸侯皆曰："纣可伐矣。"武王曰："女未知天命，未可也。"乃还师归。[1]

周武王之所以突然决定班师，是因为他听到了"天命"，而"天命"的具体表现，就是"白鱼跃入王舟"和"火覆王屋，流为赤乌，其声魄云"等异象的出现。这里的补充叙事完全填补了首度叙事中的空白，并由此构成了重复中的省略与补足关系。当然，两段文字本身也多有差异，这里不再一一分析。

在《史记》的重复叙事中，最为常见的错综关系是详略之别。即多次叙事详略有别，避免简单重复。但其间也有事件、文辞的错杂。如"管仲相齐"这个事件，在《管晏列传》《鲁周公世家》和《齐太公世家》中都有记述，其中《管晏列传》的记载最为简略，语多不详：

---

[1]《史记·周本纪》，87–88页。

及小白立，为桓公，公子纠死，管仲囚焉。鲍叔遂进管仲。[1]

而在《鲁周公世家》中，这个事件的始末要详细一些：

（庄公）八年，齐公子纠来奔。九年，鲁欲内子纠于齐，后桓公，桓公发兵击鲁，鲁急，杀子纠。召忽死。齐告鲁生致管仲。鲁人施伯曰："齐欲得管仲，非杀之也，将用之，用之则为鲁患。不如杀，以其尸与之。"庄公不听，遂囚管仲与齐。齐人相管仲。[2]

这段描述解释了管仲作为公子纠的师傅，本常居鲁国，为何会入齐为相的大致过程。但作为"管仲相齐"这个故事中最为关键的人物鲍叔牙，则一字未提。我们再来看看在《齐太公世家》中，司马迁是如何描述这个故事的：

……（桓公）得先入立，发兵距鲁。秋，与鲁战于乾时，鲁兵败走，齐兵掩绝鲁归道。齐遗鲁书曰："子纠兄弟，弗忍诛，请鲁自杀之。召忽、管仲雠也，请得而甘心醢之。不然，将围鲁。"鲁人患之，遂杀子纠于笙渎。召忽自杀，管仲请囚。桓公之立，发兵攻鲁，心欲杀管仲。鲍叔牙曰："臣幸得从君，

---

[1]《史记·管晏列传》，1695页。
[2]《史记·鲁周公世家》，1280页。

君竟以立。君之尊，臣无以增君。君将治齐，即高傒与叔牙足也。"君且欲霸王，非管夷吾不可。夷吾所居国国重，不可失也。"于是桓公从之。乃详为召管仲欲甘心，实欲用之。管仲知之，故请往。鲍叔牙迎受管仲，及堂阜而脱桎梏，斋祓而见桓公。桓公厚礼以为大夫，任政。[1]

毫无疑问，《齐太公世家》对此事的描述最为详尽。它不仅记述了整个事件的过程，甚至就连具体事件中并非十分关键的地名，如乾时、堂阜等等，都交代得清清楚楚。不过，与《齐太公世家》相比，《鲁周公世家》也并不是前者的简单的概括。因为《鲁周公世家》中也有一个重要的信息，为《齐太公世家》所不载，那就是当鲍叔牙向齐桓公献计，诈称召管仲甘心，实则得而重用之时，在鲁国方面，有没有什么高人看穿了鲍叔牙的计谋，进而加以阻挠呢？此人即是施伯。可惜的是，施伯之言未能为鲁庄公所采纳。需要指出的是，施伯劝谏一节，是鲁国的史实，与齐国并无相干，故《齐太公世家》按例略而不书。但对读者来说，若要周知整个事件的来龙去脉，此一细节也不可谓不重要。

因此，作者司马迁在重复叙事中所考虑的详略变化，也将事件描述的侧重点和错综变化一并加以考虑，使同一事件的重复书写条分缕析，斑驳错杂，趣味横生，饶有韵致。这样的例子在《史记》全书中实在不胜枚举，这里不再一一论列。

在《史记》的重复叙事中，历史事件多有详略错综变化，已如前文所述。读者自不难理解作者的苦心。倘若涉及人物话语（人物

---

[1]《史记·齐太公世家》，1248 页。

言论，对话等等）的重复叙事，按理则应当前后一致。但细推《史记》的人物话语描写，尽管是同一个人物于同一历史情境下的言论，前后文叙之，也有太多的错杂和异文。从文字、语气，到话语内容，颇多差异，很少有前后一贯的例子。如在《秦始皇本纪》中，对于钜鹿之战的描写，与《项羽本纪》中的记述略相仿佛，但人物话语则出现了较大的差异。

> 三年，章邯等将其卒围钜鹿，楚上将军项羽将楚卒往救钜鹿。……夏，章邯等战数却，二世使人让邯，邯恐，使长史欣请事。赵高弗见，又弗信。欣恐，亡去，高使人捕追不及。欣见邯曰："赵高用事于中，将军有功亦诛，无功亦诛。"项羽急击秦军，虏王离，邯等遂以兵降诸侯。（《秦始皇本纪》）[1]

> 章邯军棘原，项羽军漳南，相持未战。秦军数却，二世使人让章邯。章邯恐，使长史欣请事。至咸阳，留司马门三日，赵高不见，有不信之心。长史欣恐，还走其军……欣至军，报曰："赵高用事于中，下无可为者。今战能胜，高必疾妒吾功；战不能胜，不免于死。愿将军孰计之。"（《项羽本纪》）[2]

钜鹿之战，对于秦王朝和项羽而言，都是性命攸关的重大战役。故二纪皆有所述。唯长史欣往见赵高未果、还军复命时的一段话，二纪文字出现较大差异。尽管文辞的意思差不多，但若将其视为直

---

[1]《史记·秦始皇本纪》，193页。
[2]《史记·项羽本纪》，218页。

接引语，必有一是一非，一真一伪。因《项羽本纪》记载此次战役的文字甚详，加之细绎说话人的语气和口吻，笔者认为，《项羽本纪》所记长史欣的言论为直接引用，也即长史欣原话的直接记述。而《秦始皇本纪》则是间接引用，或者出于叙事者之简单概括。笔者之所以有这样的猜测，还有一个理由，就是"将军有功亦诛，无功亦诛"这句话，原不出于长史欣，而是出于另一劝降人物陈馀之口：

> 陈馀亦遗章邯书曰："……夫将军居外久，多内却，有功亦诛，无功亦诛。且天之亡秦，无愚智皆知之。今将军内不能直谏，外为亡国将，孤特独立而欲常存，岂不哀哉！"[1]

陈馀写信劝降这段描写不见于《秦始皇本纪》，而在《项羽本纪》中则紧接于长史欣复命之后。在《秦始皇本纪》中，大概是司马迁用归纳文字概括长史欣的话时，因陈馀之言颇简略，且与长史欣话语的内容甚近，故临时移花接木，借来一用。

在司马迁写作的时代，因无现代汉语式的标点符号的严格限制，直接引语与间接引语之间的界限本来就不甚清晰。再考虑到司马迁所述史料颇为繁杂，人物言论出现诸多差异亦在情理之中。但是有一点可以确定，即司马迁在面对人物对话的反复叙事时，确实已考虑到了使用直接引语和间接概括之间的文字的错综变化。其匠心之细密如此，也不能不让人惊叹。

众所周知，史传一类的文体对中国小说（特别是章回体小说）

---

[1]《史记·项羽本纪》，218页。

的形式，产生了多方面的影响，但恰恰是重复叙事这一重要的结构和叙事方式，对小说的影响十分有限。究其原因，在历史记述中，重复叙事出现较早，并发展得相对成熟，与纪传体编著体例有很大的关系。若把重复叙事抽象为一种单纯的结构形式，古代小说或许并未有如此的自觉。而作为一种叙事传统，在历史著作中，这样的叙事手法从未断绝。如近人陈寅恪所撰的《柳如是别传》，虽非严格的纪传体，但由于他对历史写作的传统资源十分敏感，恰恰保留了丰富的重复叙事的特征。

不过，作为一种叙事手段，西方迟至 20 世纪后才出现较为成熟的重复叙事，在中国汉代的历史学著作中，就已发展得十分完备，这也的确是事实。中国当代小说在追新逐异的同时，如何面对这一中国传统的历史遗存，也是一个值得认真探讨的课题。

第四章

语言与修辞

语法与修辞

聚焦

距离与人称

人物话语

方言与普通话

语言的准确性

抒情与议论

陀思妥耶夫斯基与复调

语法与修辞

我们在第一章已经提及，将文学视为个人经验，或所谓心灵的再现的反映，是一个似是而非的论断。这是因为，文学所依赖的唯一的媒介是语言，在俄国形式主义者看来，文学乃是有意识的对语言的运用或组织形式。诚如雅各布森所声称的那样，文学是针对日常语言进行改造，并施以有组织的暴力的行为。世界上并无一种专供文学使用的特殊的符号系统。文学与日常生活用语或所谓的标准语言共同使用同一个语言系统。有人认为，日常用语是指事性、技术或说明性的，而文学语言似乎充满了诗意和情感，引发读者丰富的想象。这样的简单区分实际上是完全错误的，对于我们的讨论并没有什么帮助。因为日常用语在特殊的语境下所表述的能指（signifier）一点也不比所谓诗歌少。

那么，日常用语为何就不是诗呢？有一种意见认为，日常生活语言的交流性和实用性，使得语言的所指功能出现了固化的对应，语言与其所指的联系形成了一种自动化的默认和辨识过程。而文学特别是诗歌,就是要对日常用语进行有组织的"谋反":"以各种方法,使普通语言'变形'。在文学手段的压力下,普通语言被强化、凝聚、扭曲、缩短、拉长、颠倒。"[1] 俄国形式主义者将文学语言看成是对日常语言的一种疏离过程,或者是"陌生化"过程。当然,这种疏离、歪曲、颠倒和变形,并非是一劳永逸的。因为文学语言的任何变革都有可能反过来被日常用语所吸收,而成为一种新的"定式"。疏离的力量,在这种"定式"中会逐步丧失殆尽。因此,为了使文学语言保持活力,就得不断地提供新的"陌生化"形式。

索绪尔发现了语言的"隐喻"与"换喻"功能的区别。隐喻似乎是选择性的,而换喻则是联系性的。任何语言都包含着这两种基本的运动形式。选择性意味着替代性——选择一个词语,同时意味着舍弃更多的词语;而联系性则是由一个意象导向另一个意象的指涉过程。经过现代语言学和叙事学话语的反复改造,文学语言通常被解释成对日常用语的某种有规律的违反行为——所谓将隐喻的"纵组合"强行排列到换喻的"横组合"上。杏花、白马、秋风、江南、塞上、春雨六个词汇本来都是出于纵组合上的、被选择的词语或意象,在语言使用中,通过适当的谓语(动词)或形容词的介入,构成一个表意的序列。但诗人通过有组织的蓄意的"谋反",对我们习以为常的动宾或主谓结构进行了歪曲,从而使这六个词组合成了另外一种运动序列:白马秋风塞上,杏花春雨江南。

将文学语言看成是对日常生活语言的"有组织的违反",对我

---

[1] 参见特雷·伊格尔顿:《二十世纪西方文学理论》,伍晓明译,4页。

们研究语言的质料或表述结构提供了很多富有启发的思考。但问题是,这样一种富有洞见的发现,在文学批评和叙事理论的一再使用下,已日渐钝化和僵硬,且造成了极为普遍的简单化,甚至是明显的谬误。为了说明这种谬误,我们不妨略举一例,对此加以说明。我们都知道,中国唐代以后的诗人,咏杨贵妃、李隆基之恋的诗歌极多,李商隐的《马嵬》是这样写的:

> 海外徒闻更九州,
> 他生未卜此生休。
> 空闻虎旅传宵柝,
> 不复鸡人报晓筹。
>
> 此日六军同驻马,
> 当年七夕笑牵牛。
> 如何四纪为天子,
> 不及卢家有莫愁?

即便是今天的读者,也不会将这首诗的语言运用,与日常生活混为一谈。因为不论是它的字面意思,还是它所涉及的内容或暗示性,都不是一看便知的,其中确实包含了太多的与日常语言的巨大差异。本来处于纵组合的"他生"、"此生","虎旅"、"鸡人","宵柝"与"晓筹"等意象,被强拉到横组合上。同时,这首诗也暗含了典故,需要读者对"卢家莫愁"和"海外仙山"这样的传说有所了解。其次,诗句之间多用省略,语言跳跃,与日常用语大相异趣。再者,语言形式方面也使用了工整的对仗,而对仗则是中国古代诗歌在形式上标志性的特征之一。而且这首诗的对仗的工严，已经到了令人吃惊的地步。比如"牵牛"和"驻马"，不仅有"牛"和"马"的对仗，还有"牵"与"驻"的对仗（"牵"中有"牛"，"驻"中有"马"）。

用俄国形式主义或者索绪尔的理论来分析这首诗，来分析文学语言对日常用语的谋反，虽然差强人意，但大致上还能说得通。因为这首诗的文学性和语言形式与日常用语的巨大差异十分明显。但是，如果我们再来看看另一首诗，就会发现一些我们会忽略的问题。我所选择的是众所周知的白居易的《长恨歌》，这首诗的开头是这样写的：

> 汉王重色思倾国，
> 驭宇多年求不得。
> 杨家有女初长成，
> 养在深闺人未识。
> 天生丽质难自弃，
> 一朝选在君王侧。
> 回眸一笑百媚生，
> 六宫粉黛无颜色。

在这开头的几句诗中，我们根本看不到文学语言对日常语言的什么"有组织的暴力"和"陌生化过程"。甚至，如果说它就是地地道道的日常用语，也不为过。既看不到隐喻和换喻的变化，较之于日常用语，其运动结构也并无特异之处。若说它出于某个乡村妇孺之口，也没有什么问题。那么，我们是否就可以简单地说，这首诗缺乏文学性，或者它的文学语言的特性不那么明显呢？因此，仅仅用陌生化或隐喻与换喻的变化来说明文学语言的特点，是有很大的弊端的。为了说明文学语言的特质，阐述文学行为与语言行为的关系，仅仅将文学用语与日常用语进行模棱两可的区分，是远远不够的。我们似乎还要引入其他的语言分析系统。

以奥斯汀（J. L. Austin）为代表的美英"语言行为理论"，将所有的语言大致区分为两类：一类仅仅是对事物的性质、特征、真伪进行一般性的描述，比如太阳每天从东方升起，或者乔治·布什曾经是美国总统等等，这类语言被称为"记述语言"（constative）。另一类语言不仅表示某种许诺或意义，同时也暗示着实现或执行这个许诺和意义的行为，这类语言被称之为"述行语言"（performative）。[1] 这类语言的典型例子是，"所有的以第一人称单数的动词形式表现陈述式的主动语态"，[2] 如我愿意，我决心，我宣布等等。在这些例子中，"我"不仅仅表示某种意愿，同时也将实施这些意愿。也就是说，述行语言不仅仅是记述，同时暗含着某种承诺或许诺，并执行它。在日常语言行为中，单纯的记述性语言和述行语言均是与一定的语法和句法结构相适应的。这一理论既简单，又深奥；既清晰，又让人难以理解，不过，对美国的文学研究产生了相当大的影响。

文学语言不是与日常生活语言相对立的一套符号系统，而是更接近于所谓的述行语言。文学语言不仅在记录某个实践，同时也在极大地干预读者对这一事件的判断，引导并说服读者，赋予语言以

---

[1] 参见安德鲁·本尼特、尼古拉·罗伊尔：《关键词：文学、批评与理论导论》，汪正龙、李永新译，226 页。
[2] 同上书，229 页。

特殊的含义。文学语言在一定程度上被看成是一种许诺，或一种在暗中劝说读者"执行"这个许诺的诱导。在文学写作中，这种许诺，并不仅仅是指作者、叙事者、人物对读者许下承诺并寻求实现，同时也指向文学语言的实际功能。简单地来说，文学语言的结构本身，就是这样一种许诺。

保罗·德曼在考察了奥斯汀的语言行为理论的基础上，进一步对语言的"语法认识论"与"修辞认识论"，进行了重要的区分。德曼认为，所有的语言，都含有语法结构和修辞结构。或者说，即便是在最普通不过的日常生活交流中，语法结构和修辞结构都是共生共存的。正因为这种共生共存的特点，在一个普通的陈述句中，所谓的字面意义与比喻意义就存在着极为复杂的纠葛。保罗·德曼举例说：

> 当阿尔奇·邦克的妻子问他是想从鞋孔上面系他的保龄球鞋带还是从鞋孔下面系鞋带时，他问道："有什么区别？"作为一个异常单纯的读者，他的妻子耐心地解释了从鞋孔上面系鞋带和从鞋孔下面系鞋带的区别，不管这个区别可能是什么，但解释激起的只是愤怒而已。"有什么区别"并不是询问区别，而是包含我根本不在乎"区别是什么"这个意思。同一个语法形式产生了两个互相排斥的意义：字面义询问概念（区别），比喻义却否定了这个概念的存在。[1]

---

[1] 保罗·德曼：《阅读的寓言》，沈勇译，10页，天津，天津人民出版社，2008年。

保罗·德曼进而追问道，是否存在着提问者真的想知道如何系鞋带这样的"字面义询问"呢？当然我们无法绝对地加以判定。只有等到一个文本外的意图的介入，比如阿尔奇·邦克对他的妻子明确地表示发怒，意义的混乱才会最终澄清和消除。因此，保罗·德曼认为，只有当我们无法依据语法手段或其他语言学手段来确定两个意义究竟哪一个意义占有优势时，这一疑问句的语法模式才会变成修辞式的模式。[1]

保罗·德曼倾向于将文学语言视为一种修辞语言。"修辞从根本上将逻辑悬置起来，并展示指称反常的变化莫测的可能性。"[2] 他引用门罗·比尔兹利的话来说，"文学语言的特点是含蓄意义（修辞意义）同明晰的意义之比明显超过标准"。[3]

我认为，保罗·德曼的发现，其重要性不仅在于他对所谓文学语言及修辞关系的界定，而且，他对这种文学修辞方式再次进行了区分，将它描述为两种完全不同的实践过程：其一是"语法的修辞化"，其二是"修辞的语法化"。"语法的修辞化"指的是，通过陌生化、反常化和种种扭曲（正如我们在李商隐诗中所常常看到的比喻、暗喻、大量用典、对仗等一系列陌生化手段），使逻辑和意义悬置起来，使语法变形。而所谓的"修辞的语法化"指的则是，通过表面上对井井有条的语法的尊崇或依赖（当然还有戏仿和欺骗），来实现自己的叙事意图。白居易的《长恨歌》即是这方面的例子。这样一来，德曼的描述和区分，对索绪尔或俄国形式主义的相关论述构成了重要的补充。

---

[1] 保罗·德曼：《阅读的寓言》，沈勇译，11页。
[2] 同上书，10页。
[3] 同上书，11页。

因此，不论是在所谓文学的"述行"功能意义上来看，还是从保罗·德曼修辞的意义上来看，文学语言都不仅仅是一种简单的、不偏不倚的关于某种信息的指称性陈述，它总是明确或隐晦、有意或无意地对读者产生实际上的作用。即便这一语言把自己伪装成单纯记录的时候，也是如此。它不仅在揭示某种意义，颠覆我们的判断，同时也在诱导我们的价值认同，甚至干预我们的生活方式。

因此，文学也可以被看成是一种"说服"。在李商隐的《马嵬》这首诗中，"如何四纪为天子，不及卢家有莫愁？"固然是明目张胆的"说服"语言，仿佛是前六句记述性语言在铺垫后的图穷匕见。实际上，即便是在前六句中，暗中的"说服"企图也隐约可辨：海外九州的虚妄之于此生已了的无奈；军中传柝的凄冷之于深宫鸡人报晓的温暖；六军驻马的肃杀之于七夕宴游的嬉笑等等，也带有强烈的反讽性指涉，暗含着作者的道德和价值劝谕。

作为一种说服的艺术而存在的修辞学起源，在西方可以追溯到公元前5世纪。柏拉图在《理想国》中对修辞学持否定和批判态度，亚里士多德虽然也将修辞学看成一种有用的工具，但由于西方理性主义的传统根深蒂固，逻辑始终居于某种优先地位。随着18世纪浪漫主义的兴起，这一格局才受到根本的动摇。尼采更是将修辞视为全部语言学的基础。这一过程也在文学写作中得到了相应的呈现。在西方早期的叙事常识中，叙事、抒情和议论熔于一炉（中国古代的《诗经》和《楚辞》也是同样的情景），说服者的角色往往由抒情和议论来承担，而叙事被普遍视为一种记述，尽管这种记述并不单纯。但是，自从小说作为一个以叙事为主的文学形式，从叙事长诗中被分离出来之后，抒情在叙事文学中的痕迹遭到了剔除，而议论虽然并未绝迹，但它的比重和功能也大大地被压缩了。议论或直接向读者说话的作者和叙事者话语，实际上变成了一种叙事的引导（diegesis）。作者的旁白、总结或评述，与故事本身所透露的信息并不总是和谐一致的，更为常见的情形也许刚好相反：作者试图说服读者的言论和故事寓意，经过不同读者的解读，构成了彼此的妨碍、干扰和冲突。读者面临两个选择：其一是放弃自己在故事中所获取并了解的信息，而遵从作者的引导；其二将"作者之言"作为一种无害的陈词滥调悬置起来。从历史发展的进程来看，很难说哪一种选择最终占据了上风。但是，不可否认的是，从具体的文学写作的实践来说，作者明确的声音从文本中退出，在19世纪之后，已经形成了一种影响深远的潮流，关于这一点，我们在前文已作过充分的讨论。

这种趋势可以简单地被概括为讲述向显示的转化。从语言学发展的脉络来看，我们也可以将这样一种转化描绘为"语法逻辑的说服"向"修辞的说服"转化的过程。但是，将讲述与显示，纯叙事与模仿，语法修辞化或修辞语法化完全对立起来，甚至将修辞内部的手段（如象征和讽喻）完全对立起来，也许暗含着更大的危险。

正如保罗·德曼曾指出的那样，修辞是语言的另一个维度，它不是文学所特有的功能，也广泛地存在于一切语言之中。正因为修辞性的存在，使语言在表述上成为了一种"不可靠的存在"，作家对读者说服力的产生，在相当程度上受制于语言的这种不确定性和不可靠性，同时也依赖于它。关键在于作家如何运用语法和修辞手段，去调节叙事信息，特别是"语式"和"语态"，来达到自己的叙事目的。

聚　焦

　　一般来讲，叙事修辞学中最为核心的问题，涉及以下两个方面：其一是谁在说；其二是谁在看。

　　谁在说，涉及叙述的声口，亦即谁在讲述这个故事的信息。缺乏文学训练的一般读者，也许会不假思索地认为所有的叙事都是作者在讲述，文学的作者与早期书场里那个讲故事的说书人，其身份是一致的。这当然是错误的，正如我们在前文曾提到的那样，故事完全可能以一条狗或一个妓女的口吻来讲述，作者当然不可能是狗，也不一定是妓女。所以，我们为了讨论的方便，将那个讲述故事、提供故事信息的讲述者统称为"叙事者"。即便是一个作家以第一人称写作自传，也是如此。因为自传中的"我"，也不能完全等同于作者本人。

　　那么，叙事者在讲述一个故事的时候，必然会具有不同的讲述口吻。作家既可以以"超级叙事者"的面目出场：既讲述故事，又评述故事，让读者相信，讲故事的人正是作者本人，从而给读者一个"纪实"的幻觉；也可以拉大作者与叙事者之间的距离，让故事中的某一个人物担当叙事者角色，作者可以躲在后面不出场。当然，作者也可以进一步拉长叙事内容与作者之间的距离，作者对叙事者的立场、人物观点，甚至是事件的意义，采取冷漠的中立立场，甚至故意制造一些自相矛盾的悖谬，让作者的意见变得暧昧不明。

这样一来，我们很快就会理解，"谁在说"关系到作者与叙事内容的远近，我们可以简单地将这种叙事信息调节的手段概括为"距离"。

第二种手段是"谁在看"。也就是叙事者采取怎样一个"视点"给读者讲故事。或者说，谁在看，涉及叙事者对故事中事件或信息的"知晓度"。早期的小说，不论是中国还是西方，叙事者的知晓度几乎是无限的。西方现代文学理论将这个无所不晓的讲述者，称为"上帝"。其中的讽刺意味十分明显，作者不可能是上帝，他不可能对自己讲述的所有事件都亲眼看见。若他非要这么做，读者很快就会发现其中的虚假成分。

在沈从文的小说《柏子》中，小说开始的讲述者是一个"目击者"和"旁观者"。水手们的船都靠岸了，他们在卸货。一边唱着歌，以便紧张有序地劳作。再后来，天渐渐地黑了，有些水手爬上高高的桅杆，挂上灯笼。到了夜晚，天就下起毛毛雨来。那么，谁在观看水手们的劳作，经历从船靠岸到夜晚的时间变化呢？谁在向我们讲述上述的故事信息呢？因为这个叙事者将城市里的文人高雅的生活与这些水手猪猡一样的生活进行了对比，因此，我们知道，这个人是一个不同于水手身份的外来者。很可能是城里人。我们读完整篇小说，也许会确信一个目击者和旁观者的存在。

如果沈从文的小说仅仅为了记述一个旁观者的目击信息，当然没有什么问题。一个旁观者（无所事事的旅游者或城里人）偶尔看见水手们在卸货，当他看见这些笨手笨脚的像动物一样的人，却有着巨大的快乐，就触动了自己的遐思，从而将自己的城市生活与水手们的境遇作一比较，发一通不着边际的感慨。"旁观者"的叙述，在修辞上是无懈可击的，读者也不会提出任何疑问。但问题在于，小说接下来要描写这些水手冒着迷濛细雨，去岸边的吊脚楼嫖妓的具体场景，读者也许马上就会意识到，这个事件的目击者或旁观者，是不可能跟随水手们一同前往的。也就是说，人物（水手）嫖妓的隐秘，不可能被叙事者（旁观者）所悉知。那么，如果作者仍然采用小说开头的这种叙事笔法，直接描写发生在吊脚楼内部的场景，让这个目击者直接看到这个场景并向读者实况报道，那么这个可疑的叙事者，如果不是传说中的隐身人，一定就是上帝本人。

沈从文尽管没有系统研究过现代西方叙事理论，但他也显然意识到了问题的存在。他必须寻找出另一个代言人。也就是说，从嫖妓的水手中，挑选出一个人物，让他带领读者去吊脚楼的"销金窟"中一探究竟。在这里，叙事的视点突然发生了某种变化。

谁在看？开头是一个旁观者，他能够看到水手卸货的场景，但后来因为他无法跟随水手们进入吊脚楼，他的位置被迫让给另一个"亲历者"，这个人就是小说中所谓的柏子。沈从文是这么写的：

> 他们（水手）的生活就是这样。若说生活还有使他们在另一时反省的机会，仍然是快乐的罢，这些人，虽然缺少眼泪，却并不缺少快乐的承受！
>
> 其中之一的柏子，为了上岸去寻找他的幸福，终于到了一个地方了。

先打门,用一个水手通常的章法,且吹着哨子。[1]

上述引文中的第一段,其叙事的口吻仍然是旁观者的语调。将水手视为一个类群,来进行评述。但第二段中的"其中之一"四个字具有石破天惊的叙事效果。因为这四个字,作者的笔触从作为类型的水手的描述,过渡到一个个别的水手柏子身上,从而轻巧地完成了叙事视点的转换与过渡:第一段是散点叙事,叙事者相对比较自由,可以描述目击内容,也可以评论人物,而当柏子出场后,似乎有一束光亮投射到这个人物身上,形成了某种聚焦。

因此,"谁在看"涉及的正是叙事的视点或聚焦问题。如果我们把有待叙述的事件或内容比喻为一个黑暗的空间,将叙述主体比喻为某种光源,光线照亮这个黑暗,就会出现许许多多的选择:他可以一下子就照亮所有的空间,让读者一开始就看到它的全貌;也可以只照亮一个局部,让读者通过被照亮的部分去想象黑暗中隐伏的部分;甚至也可以只照亮某一个局部的器物,而对这个器物在空间中的位置、作用、功能不作任何解释。

依据叙事主体对叙事内容的知晓程度的不同,投影或视点的不同,热奈特将这种聚焦变化分为以下三种类型(当然,不同的叙事理论会有不同的概念,我们这里所依据的是热奈特的简单分类):无聚焦、内聚焦和外聚焦。[2] 第一个类型我们可以称之为无聚焦的叙事,亦可称为"零聚焦叙事"或"散点叙事"。从某种意义上说,它也是全知视角的叙事。我们先看下面这个例子:

---

[1] 沈从文:《柏子》,见凌宇编:《沈从文小说选》,31 页,北京,人民文学出版社,1982 年。
[2] 参见热奈特:《叙事话语 新叙事话语》,129-130 页。

且说近来苏州有个王生,是个百姓人家。父亲王三郎,商贾营生;母亲李氏;又有个婶母杨氏,都是孤孀无子的。几口儿一同居住。王生自幼聪明乖觉,婶母甚是爱惜他。不想年纪七八岁时,父母两口相继而亡,多亏得这杨氏殡葬完备,就把王生养为己子。渐渐长成起来,转眼间又是十八岁了,商贾事体,是件伶俐。[1]

从这段文字中,我们可以看出,与人物相比,叙述者在各方面均居于优势地位。苏州王生家的情况,叙事者尽在掌握之中。叙事者不仅可以随时评价人物,如"聪明乖觉","是件伶俐"等等,而且在叙事上享有完全的自由。他可以任意述及各个人物,时间上亦可以任意省略,叙述完全没有聚焦——读者在阅读上有一个强烈的印象,叙述内容不过是叙事者所掌握的全盘情况中的一个部分。叙述者在选择上有完全的自由,视点不受到限制。这一类的无聚焦叙事,其特点是,叙事者不管是从人格上还是其掌握的信息的多少,均要高于人物,且叙述语言多采用概述法。

与上述引文的无聚焦叙事相比,在下面这个场景中,焦点的设置则迥然不同:

她走进药房,就见大扶手椅翻倒,连《鲁昂烽火》,也扔在地上,摊在两只杵当中。她推开过道门,望见郝麦一家大小,全在厨房,个个拿着叉,系围裙系到下巴,周围有沙糖、

---

[1] 凌濛初:《拍案惊奇》,133–134 页,北京,人民文学出版社,1995 年。

方糖、装满一颗一颗红醋栗的棕色坛子,桌上有天秤,火上有锅……[1]

在这段叙述中,叙事者所披露的信息受到了严格的视觉限制。药房中的基本状况并不是由叙事者直接告诉我们的,而是通过一个中介,即人物爱玛视线的引导。人物的眼睛有如叙述者的某个探照灯,它照到哪里,哪里的空间就呈现出来,而且并不是一下子全部都呈现出来。包法利夫人走进药房,看到了一部分;她推开过道门,进入厨房时,又看到另一部分。两者之间构成了时序上的先后关系。也就是说,人物看到多少,叙事者就呈现多少,读者同时也阅读到多少。房间里当然还有其他物件,但由于人物"没有看到",叙事者略过不记,让它们仍然在黑暗中沉睡。在这里,福楼拜采取了一种典型的限制性的叙事视角,让叙事者的视线受到人物视线的严格限制。或者说,叙事者的视线聚焦的范围,投影的大小,与人物视线基本相等。

热奈特将这样一种形式的聚焦方式称之为"内聚焦",我则倾向于将它称为"人物聚焦"。其特点是,叙事者的视线等于人物视线,且大多提供画面描述,而非概要。问题在于,尽管福楼拜的这段叙事聚焦的方式十分典型,是不折不扣的人物聚焦,但在实际写作中,完全严格的人物聚焦通常十分少见。在大部分场合,这种人物聚焦也会混杂许多无聚焦的违规现象。我们接下来再看一段《包法利夫人》中的描写:

---

[1] 福楼拜:《包法利夫人》,李健吾译,见《福楼拜精选集》,665 页,济南,山东文艺出版社,1999 年。

包法利夫人注意到，有几位命妇，没有拿自己的手套放进他们的玻璃盏。

酒席上座是一个老头子，独自坐在全体妇女中间，伏在他的满盘菜上，饭巾挽在后背，仿佛一个小孩子，一面吃，一面嘴里一滴一滴流汤汁。眼睛有红丝。他带的小假发，用一条黑袋子系牢。**他是侯爵的岳父拉外笛耶尔老公爵，……他一辈子荒唐，声名狼藉，不是决斗、打赌，就是抢夺妇女，荡尽财产，害得全家人担惊受怕**。他期期艾艾，指着盘子问；椅后一个听差，对着他的耳朵，大声告诉他菜名的名目。爱玛不由自主，时时刻刻，望着这搭拉嘴唇的老头子，像望着什么了不起的庄严的东西一样。[1]

在这段描写中，主导的语调或语式仍然是人物聚焦。酒席上的情景，基本上是通过爱玛的眼睛观察到的，但仍然存在着某些孤立的违规现象（热奈特称之为"音变"）。黑体字的部分是从哪来的？这些叙述内容爱玛不仅看不见，甚至无从知晓。因为"他一辈子荒唐，声名狼藉"这样的概述只能来自于叙事者。在这里，仿佛是电影中的旁白，叙事者无视主导语式的体例，公然直接披露某些他认为重要的信息。我们知道，《包法利夫人》之所以在小说的叙事技法上具有十分重要的地位，恰恰是因为福楼拜一改巴尔扎克以叙事者声口控制、调度一切的策略，而采取了依照人物视线聚焦的方式，来展开故事的手段。但是，在主导语式的背景中，违规的现象比比皆是。

---

[1] 福楼拜：《包法利夫人》，李健吾译，见《福楼拜精选集》，453 页。

人物聚焦（内聚焦）的方式虽然多种多样，但热奈特进而将它区分为"固定式"、"不定式"和"多重式"，我不认为有多大的必要。因为这样的分类，反而会使问题复杂化。特别是对于揭示聚焦的性质和语式并无多大的帮助。我认为，在人物聚焦（内聚焦）上，值得细分的恰恰是另外两种形式，我将它区分为"视线聚焦"和"心理聚焦"。

视线聚焦即如上文所述，是通过人物的眼睛（视线）观察、记述叙事内容的语式，通常的句式可以概括为："我看见"，"我们望见"，"他注意到"，"她发现"等等，叙事者明确标识出人物所见之物或亲历场景，而展开故事。

而所谓的心理聚焦，并非仅仅省略掉了视线聚焦的上述标识语，更为重要的是，它在叙事上的自由度，远非视线聚焦所能比拟。甚至，它足以导致一种全新语式的出现：

泪水大量地涌进加布里埃尔的眼睛。他自己从来不曾对任何一个女人有过那样的感情，然而他知道，这种感情一定是爱。泪水在他的眼睛里积得更满了，在半明半暗的微光里，他在想象中看见一个年轻人在一棵滴着水珠的树下的身形。其他一些身形也渐渐走近。他的灵魂已接近那个住着大批死者的领域。他意识到，但却不能理解他们变幻无常、时隐时现的存在。他自己本身正在消逝到一个灰色的无法捉摸的世界里去：这牢固的世界，这些死者一度在这儿养育、生活过的世界，正在溶解和化为乌有。

玻璃上几下轻轻响声吸引他把脸转向窗户，又开始下雪了。他睡眼迷蒙地望着雪花，银色的、暗暗的雪花，迎着灯光在斜斜地飘落。该是他动身去西方旅行的时候了。是的，报纸说得对：整个爱尔兰都在下雪。它落在阴郁的中部平原的每一片土地上，落在光秃秃的小山上，轻轻地落进艾伦沼泽，再往西，又轻轻落在香农河黑沉沉的、奔腾澎湃的浪潮中。它也落在山坡上那片安葬着迈克尔·富里的孤独的教堂墓地的每一块泥土上。它纷纷飘落，厚厚地积压在歪歪斜斜的十字架上和墓石上，落在一扇扇小墓门的尖顶上，落在荒芜的荆棘丛中。他的灵魂缓缓地昏睡了，当他听着雪花微微地穿过宇宙在飘落，微微地，如同他们最终的结局那样，飘落到所有的生者和死者的身上。[1]

在詹姆斯·乔伊斯《死者》的结尾处，这一段叙述的聚焦，与其说是人物视线所见，不如说是人物的心理活动和联想——叙述角度受到限制而形成的心理投影。"又开始下雪了"，固然是目中所见，但同时也可以看成是人物意识的活动过程，从语调上来看尤其如此。因此这段文字虽然也有"望着"、"看见"这样的提示语，但整段叙事是由心理意识所主导的，是十分典型的"心理聚焦"。文字有一种岑寂、舒缓和内省的美。

这种方式与视线聚焦所不同的是，首先，叙事者将"目中所见"转化为"心中所想"，从而赋予文字以强烈的冥想和联想氛围，语调沉潜、幽静而凝重。其次，视线聚焦不论是描写风景还是场景，都带有明确的"现时性"特征，或者说，多以现在为唯一关照对象，而心理聚焦则可以使作家的笔触在过去、未来、现在之间自由滑动。

---

[1] 詹姆斯·乔伊斯：《死者》，王智量译，见《都柏林人》，262–263 页。

再次，视线聚焦的描绘是人物所见现实的"实有"，亦即实际画面和场景，而心理聚焦既可以描述现实画面，也可以描述想象中目光和视线之外的可能场景，如乔伊斯笔下落在中部平原、小山、艾伦沼泽、香农河和墓地的雪花等等，而所有这一切作者都是无法真正看到的。甚至，心理聚焦还可以描述根本不存在的事物，比如说加布里埃尔在想象中看见一个年轻人在一棵滴着水珠的树下的身影，而事实上这个场景并不实际存在，而是出于作者的想象。乍一看，心理聚焦似乎又回到了全知视角的无聚焦，但两者的根本不同是，无聚焦的讲述者，是无所不知的叙事者，其基本语调是讲述或交代，基本语式是概述；而心理聚焦则依然是画面的呈现和显示，只不过这种显示具有相当大的自由度，其范围除目中所见之外，心理幻象、意识活动的任何领域都囊括其中。可以说，心理聚焦较之全知视角的无聚焦，不仅享有无聚焦的各种自由，而且，因其视线受到人物心理活动的种种限制，就避免了无聚焦的作者声口以及遭人指责的种种弊端。

最后需要指出的是，心理聚焦与"意识流"也有根本的不同。意识流将人物的心理活动放大到整个作品，其隐含的目的之一，是以空间的并置来取代时间的线性，自由联想和内心活动常常没有逻辑可言，信马由缰，自由驰骋。同时，意识流不仅仅是展示人物的思维空间，同时更重要的，它是作为一种结构手段而出现的，比如说，它担负着通过空间化的场景交代故事这一重任。但心理聚焦只是人物局部性的意识呈现，它实际上是人物视线聚焦的变体，这种聚焦方式很早就已出现，只是到了晚近的创作中，才受到作家们普遍的重视。

至此，我们已经讨论了文学写作中最常见的两种聚焦方式（语式）：作者交代一切的无聚焦，以及通过人物视线和心理活动来呈现叙述内容的人物聚焦。但除此之外，我们似乎还有必要来讨论一下另外一种聚焦方式，也就是叙事者假装对它描述的一切了解不多，假装客观地交代事件，假装对叙述内容之间的冲突、矛盾以及种种悖论无力控制，叙事者只是作为一个旁观者而存在。热奈特曾经将这种从外部现象入手，不带任何倾向的聚焦方式称之为"外聚焦"（他的意思大概是指，从外部视线所获得的旁观性的聚焦，以此与内聚焦相对应）。我则倾向于将它称之为"非人格化的聚焦"。

我们已经知道，在无聚焦的语式中，叙事者几乎无所不知，也就是说，叙事者所知要远远大于人物；而在人物聚焦中，叙事者由于通过人物来展开故事时间，他（她）所知道的和人物一样多；而在非人格化的聚焦中，叙事者所知道的要远远少于人物。实际上，这是一个超级视角的聚焦：叙事者既不是作品中的人物或代言人，也不是作者，而是一个超级旁观者（有点类似于冷眼旁观的造物或上帝）。在这类叙事的聚焦或投影中，不仅物成了主体，而且人也成了物的一部分，或者说，成了符号化的物。叙事者对于他笔下的故事、人物不带任何主观色彩，不作任何道德和价值判断，采取冷漠的客观化视角。这类聚焦在现代主义和后代主义作品中有较多的呈现。如我们所讨论过的法国新小说的代表人物罗布-格里耶，就是一个极端的例子。在《咖啡壶》或《海滩》这样的作品中，物占据了一切，甚至人物存在的痕迹，只能通过咖啡桌上的汤渍和海滩上所留的人物的脚印来加以猜测性的辨认。这种极端化的尝试我们固然不能说它全无必要，但作为一种文学实践，它只具有理论上的意义。

通过叙事者所知的"少"，来呈现叙事内容的"多"；通过貌似的冷漠，来反衬其隐秘的情感；通过假装对价值的困惑，来呈现叙事内容的丰富性和复杂性；通过反讽来强化作者的立场；作为一种修辞方法，它并不是现代主义的首先发明，而是普遍存在于古今中外的叙事作品中，现代主义的部分尝试只不过使它趋于极端化罢了。

不论是无聚焦，人物聚焦，还是非人格化聚焦，在任何作品中都不是绝对的。正如我们很难找到一种完全的无聚焦叙事一样，我们同样也无法找到严格意义上的人物聚焦或非人格化聚焦。最常见的是交替或融会使用。

19世纪中期以后的西方现代主义理论与实践蕴含着的错误，在于不仅将这些聚焦方式孤立化和绝对化，同时也在这些方式中，划分出高低等级和优劣。正如我们所看到的，无聚焦固然有很多问题，但它至今仍然是作者最常使用的语式之一，它与人物聚焦或非人格化聚焦一样，归根到底都仅仅是一种修辞的手段而已。退一步说，写作和阅读的过程，实际上是读者与作者完成某种"邀约"的过程，任何一种修辞方式都是邀约所许可的，任何一种修辞都是对语言的运用形式，以期造成某种效果，以便于与读者展开复杂的对话。作家当然有选择修辞方式的种种自由，但作为一种手段，却无绝对的有用、无用和高下、优劣之别。比如，我们固然可以通过强调"非人格化聚焦"来达到某种叙事效果，也可以通过戏仿或模拟中世纪以前的最古老的无聚焦叙事来达到另外的效果。

最近一个时期以来，经过狂飙突进的现代主义洗礼的西方现代文学艺术，似乎越来越注重改造、融合不同聚焦手段，而非一味地制造不同聚焦的对立。拉什迪和帕慕克、库切的很多作品都向我们展示了这一新的趋向。在帕慕克《我的名字叫红》这部作品中，作者将整个故事分为五十多个片段，每一个片段表面上都是通过特定的人物聚焦而展开。但这种人物聚焦实际上不过是一个幌子而已，因为在每个人物聚焦的内部，实际的写作仍然是无聚焦的散点叙事。作者所凸显的并非人物聚焦的限制和节制，恰恰是说教、议论、抒情的自由。正因为这些议论和说教被置于人物聚焦的假象之下，叙事者无须对这些说教和议论完全负责，通过不同人物之间的关系，读者自然会加以判断并得出自己的结论。这种方式毫无疑问是对福克纳等现代主义作家的改造，同时也广泛地利用了传统小说的修辞技巧。

距离与人称

　　常有初学写作的人，为选择什么样的人称而苦恼。其实，这样的苦恼在很大程度上是不必要的。那种认为变换一个人称即可以让故事脱胎换骨的想法，是根本错误的。我并不认为采用第一人称是加缪的《局外人》得以成功的关键，同样，我也不认为由于采取了很少有人使用的第二人称，高行健或米歇尔·布托给叙事的修辞带来了怎样了不起的变化。

　　人称、隐含在文本中的作者、叙事者以及人物之间，确实存在着某种或明或暗的纠缠，甚至也在一定程度上影响到读者的判断和认知。同时，不同人称的使用，对于叙事主体控制、调节叙事信息之间的距离，会产生一定影响。当然，人称的设定，也涉及叙述语调的安排和选择。但这种设定对写作的影响没有那么绝对。

　　不论第一人称、第三人称，还是所谓的第二人称，真正值得我们重视的，是人称的设定与本文意图、立场以及读者认同和判断之间，构成何种关系。我们还是先来看一看第一人称叙事。

我们固然可以将第一人称叙事,简单地概括为以"我"为叙事者的叙事。但在实际写作过程中,情况要复杂得多。在陀思妥耶夫斯基的作品《卡拉马佐夫兄弟》中,作者采取了第一人称叙事。其人称一开始就陷入了某种混乱。这个"我"并非在小说正文部分才开始出现,而是在作者开篇的自序《作者的话》中就出现了。那么,这个"我"与正式文本中作为叙述代言人的那个"我"到底是不是同一个人呢?我们很快就找到了如下证据——在这部巨著的第一部第一卷的第二小节,作者就如此写道:

> 对于这,我现在先不谈它,况且关于费多尔·巴夫洛维奇的这位长子还有许多话要讲,现在我只能先说一说他身上最必要的情况,不说这类情况,我这部小说就没法开头。[1]

这段文字中的作者口吻十分明显。这当然会使我们联想起《作者的话》中的那个"我"(亦即隐含的作者),联想到作者的现身说法。由于这个"我"在作品中多次出现,这样一来,我们自然会认为,陀思妥耶夫斯基的叙事方式与菲尔丁一类的传统作家没有任何区别,是一种作者全部或部分介入的叙事。我们将《卡拉马佐夫兄弟》与《弃儿汤姆·琼斯的历史》作一个对比即可了解,这里的"我",所暗指的,似乎是坐在书房里进行写作的那个作家,即便两者不能完全画等号。但问题在于,《卡拉马佐夫兄弟》中的第一人称代词,除了"我"之外,还有许多频繁出现的另一类第一人称代词,那就是"我们","我县","我们小城"等等。这一类的代词似乎在

---

[1] 陀思妥耶夫斯基:《卡拉马佐夫兄弟》,耿济之译,10 页。

向读者发出这样的信号,所有的被记述下来的故事,都发生在"我们的小城"。那么这样一来,文本开头出现的那个"我"就不仅是一个作家,或叙事者,同时他也是故事发生地小城的居民之一——"我"因为在那里生活,所以听说或目睹了卡拉马佐夫一家的故事。"我"甚至还参与并目击了最后的审判。也就是说,"我"不仅仅是一个作家,还是一个事件的见证者,甚至是作品中的人物(作者对这个人物进行了隐身处理)。考虑到陀思妥耶夫斯基的写作年代,正处在文学观念发生巨大变化的关节点上,这种人称上的变化是极不寻常的。传统小说中的"我"通常指向隐含作者,即无所不知的上帝式的叙事者,而陀思妥耶夫斯基则对这个"我"进行了重要的扩充,让其身兼三职:叙事者(隐含作者)、事件的见证者和人物。

因此,如果我们简单地来归纳一下,可以将第一人称叙事大致分为以下三种类型:作者口吻的第一人称;作为观察者和见证者的第一人称;以及作为作品中心人物内心意识反映的第一人称。

在第一种情形中,虽然叙事者"我"并不一定就是作者本人,但他至少以作者的口吻发表意见、看法和评论。在中国传统小说中,很多作品都以"说话者"和"说书者"自居,而将读者称之为"看官"、"诸位"和"列位"等等,与读者直接进行对话。一般来说,在这个类型中,第一人称"我"的观点,与实际作者的观点存在着某种一致性。或者说,作为作者代言人的叙事者是忠实可靠的。尽管读者往往并不这么看。

而作为观察者和见证者的第一人称,叙述者"我"与作者之间的距离,相对于第一种情形要复杂得多。"我"不过是作为作品中的人物之一,经历或目睹了事件的发生。像塞利纳《茫茫黑夜漫游》,马克·吐温《哈克贝利·费恩历险记》,塞林格《麦田里的守望者》，甚至普鲁斯特的《追忆似水年华》都是如此。在中国近代小说中，像吴沃尧的《二十年目睹之怪现状》也是这方面的经典作品。在这一类叙事中，"我"可以是一个旁观者，同时也可以作为作品中的实际人物，相当深入地介入故事；"我"既可以明确意识到自己的作家身份（如塞林格和普鲁斯特），也可以仅仅作为一个事件的目击者或转述者提供故事来源；作为叙事代言人的那个"我"可以是忠实可靠的，也可以是不可靠的——比如说我们很难将《茫茫黑夜漫游》中的那个"我"等同于作者本人。"我"既可以作为一个自传性人物得到深刻的反映（如《追忆似水年华》），也可以仅仅起到故事的组织者的作用，类似于某种结构符号。比如在现代小说中，出现了大量以警察或记者作为结构人物，去调查"案情"的小说——在这类作品中，"我"的性格、道德状况和立场都不明显，重要的是，"我"如何去通过调查去描述事件或其他人物。

与第一种情形（作者口吻的第一人称）所不同的是，作为观察者的第一人称的"我"，作为人物，在叙述内容中实际存在并参与故事，尽管"我"的存在或隐或现，对于"我"的表现内容可多可少。

我们现在再来看看最后一种，即作为作品中心人物内心意识反映的第一人称。在这个类型的叙事中，"我"是作品中的中心人物或主要人物，有关"我"的一切，就是叙事内容的焦点所在。整个作品变成了"我"的心理意识的呈现：通过"我"的视线和意识活动，来展示"我"的经历和情感。当然，作者可以通过"自叙传"一类的方式，像郁达夫的《沉沦》那样，通过"我"的自述展开故事。但由于我的视线通常投向外部世界，无法使视线在自己身上完成聚焦，这就使得这样一种人称方式，与我们刚刚讨论的第二种

（作为观察者和见证者的第一人称）难以区分。如何将这种投向外部世界的视线转向自身呢？最好的办法，也许就是将"视线"改造为"内心活动"。现代主义小说大量尝试了这一类的方式，我们先来看看下面这个实例：

> 母亲今天死了。也许是昨天死的，我不清楚。我收到养老院的一封电报，电文是："母死。明日葬。专此通知。"从电报上看不出什么来。很可能昨天已经死了。[1]

这段文字是加缪《局外人》的开头。我们已经知道，"我"就是作品中的中心人物莫尔索。莫尔索既是叙事者，又是故事的见证人，同时也是故事的焦点人物。这篇小说通过莫尔索特有的语言、语调来讲述整个故事。这段文字既可以看成是作者通过人物"自叙"，交代故事情节，同时它也可以看成是人物内心的某种意识活动。也就是说，通过对语调的恰到好处的控制，加缪不仅提供了关于人物"我"的具体信息——电报和母亲的死亡，同时也恰如其分地展示了人物的心理状态，并进而塑造人物。这段文字既是叙事，亦是人物内心情感的直接呈现。

通过这段文字，莫尔索的形象在不经意间真切地出现在我们面前。这个人浑浑噩噩，对这个世界表现出一定程度的冷漠，就连母亲是今天死的，还是昨天死的，都搞不清楚，而且似乎也不想搞清楚。语言上的颠三倒四也深刻地反映出这个人内心的某种逻辑混乱：

---

[1] 加缪：《局外人》，孟安译，见《外国现代派作品选》，353页，上海，上海文艺出版社，1981年。

"我"先说母亲今天死了，语调十分肯定，转而又说"也许是昨天死的，我不清楚"，最后又说"从电报上看不出什么来"，"很可能昨天已经死了"，文字上的这种混乱，让读者隐隐约约地感觉到，这个人物思维的条理性已经丧失。但莫尔索何以变得如此？这正是加缪《局外人》所要表达的主题。

另外，这段句子的语式极为短促，没有严密的逻辑性，大量使用句号，也很好地模拟了"我"的心理律动。

如果说作为观察、亲历、见证的第一人称叙事，"我"或多或少会让读者联想到写作中的那个"作家"，将"我"的观点和立场与作者可能有的立场进行比照和猜测，那么在这一类叙事中，作者似乎突然从我们眼前消失了。由于作者将叙事的权利完全交给了人物，也就是通过人物自己呈现自己，作者当然无需对这个人物的言行负责。这就使得作者与人物之间的距离被拉大了。鉴于这个人物的最后下场（被处决），读者不会相信莫尔索就是加缪本人，但是，如果说作者和人物的观点之间就没有什么联系，也不尽然。读者会慢慢地发现，作者对人物的态度也持部分赞同或同情，也就是说，这个第一人称的叙事者，尽管表面上与作者的距离比较远，但实际上却很近。

当然，作者与第一人称叙事者之间的观点截然相反的例子也很常见，因为前文已有分析，这里不再重复。

在第一人称叙事的三个类型中，后两者目前仍在广泛使用，显示出较强的生命力。而第一种作者口吻的叙事，因其将真实作者未加改造的爱和恨直接带入作品，通过作家直接现身，发表意见，评论人物，对作品本身带来的损害是显而易见的。但我们必须严格区分以下两种状况：作者明确介入叙事，是一种陈腐的写作观念所致，还是一种修辞或技巧的借用。作为一种陈腐不堪的写作观念，作家强迫读者接受自己的爱憎和看法的做法，在当今的创作中已经十分罕见；但作为一种修辞手段，借用作者介入这样一个叙事手法来调节叙事者与叙事内容之间的距离的例子，在最近的写作中也常常可以看到。

举例来说，拉什迪的《午夜之子》（*Midnight's Children*，1981）在改造传统的作者介入式的修辞方面，做出了重要的尝试。这部作品采用第一人称，讲述"我"及其家庭在印度独立前后的历史岁月中所经历的悲欢离合。"我"既是叙事者，也是人物，同时更重要的是，"我"还是一个正在写作《午夜之子》的作家。作者结合了"元叙事"的诸多技巧，除了描述故事之外，也将自己如何写作这个故事的生活和创作状态，一起带入了作品。与传统的作者口吻不同，拉什迪"作者介入"的目的，不是为了让读者信服作者的观念，而是与读者一起对自己讲述的可信度进行辨析。叙事者甚至处处提醒、诱导读者，对"我"所讲述的故事进行质疑。比如，这个叙事者坦陈自己记忆力之不可靠，质疑记述的可信度，提醒读者时刻保持警惕，从而进一步拉大了读者与叙事内容之间的距离，造成了某种新的"间离效果"。

奇妙的是，拉什迪甚至将读者也一起写入了小说。"我"一边讲述自己的故事，一边交代写作这篇故事的具体过程，与此同时，还有一个"读者"在阅读"我"的文稿，并与"我"一起讨论事件的真伪，辩论写作的主题，交换对事件的看法，修改写作方案。这个"读者"就是"我"的管家兼秘书（或许还是情人）。这个女管家因为性别、阶层、观念与叙事者迥然不同，她对历史和社会事件的看法与作为男性的叙事者当然有所差异，这就构成了某种特殊的对话关系。不仅如此,她同时还是一个"暴君式"的读者,她强迫作者提供她所乐闻的故事,并按照自己的意见敦促作者修改创作计划,改变故事的走向。正因为她与"我"可能是情人关系,她对于"我"的写作过程的干预能力不容低估,这就导致了"我"在写作过程中所面临的诸多不确定性,也增加了文本的虚拟性效果。

实际上,人称的区别并不是绝对的。我们知道,通常的叙事大多由第一或第三人称来承担,但即便在同一个文本中,这两种人称也经常镶嵌、纠缠在一起,并无绝对的分界。比如说,《包法利夫人》中的那个"我"和"我们"只是在开头出现了一下,随后的大部分篇幅都是标准的第三人称叙事。而在《卡拉马佐夫兄弟》中的"我"、"我们县城"的第一人称,在作品中也时隐时现(就像《红楼梦》中那个来无影去无踪的"石兄"一样),大部分内容都是由第三人称完成的,"我"只不过是对第三人称故事做了一些限定而已。

较为严格的第一人称叙事,当然是人物自述式的叙事。相对于第三人称,它既有优势,又有某种局限。当"我"在表达自己的内心所想时,通常要比第三人称更为自然、自由,语调也更令人亲切。但缺陷也很明显,我认为最大的局限,是"我"的视线存在某种"死角"。由于"我"的意识和视线总是投向外部世界,"我"很难对"我"的长相、仪表、人格、道德水平,特别是情感状况,做出直接的客观描述(反讽除外)。如果作者硬要这么做,可能会引起读者对作者的不信任,乃至反感。

因此,人称的选择,其关键在于叙事效果。其中特别重要的是,如何安排和调节叙事者与叙事信息之间的距离。

最后我们也来略微谈一谈写作中不太常见的第二人称。在传统小说中，第二人称叙事也不是说不存在，但它往往只是作为一个片段而出现，作为对其他两个人称的补充修辞，最常见的是小说中的通信，或者作者出于某种目的而进行的直接抒情。另外，第二人称的"你"，有时候也会被作为读者的指代而出现，即叙事者假定与读者正在进行某种形式的对话。

第二人称在抒情性文体中的使用较为普遍，而且确实具有某种独特的直抒胸臆的优势。我们从诗歌中可以找出很多第二人称进行抒情的例子，比较著名的如叶芝的《当你老了》：

> 当你老了，头白了，睡思昏沉，
> 炉火旁打盹，请取下这部诗歌，
> 慢慢读，回想你过去眼神的柔和，
> 回想它们昔日浓重的阴影；
>
> 多少人爱你青春欢畅的时辰，
> 爱慕你的美丽，假意或真心，
> 只有一个人爱你那朝圣者的灵魂，
> 爱你衰老了的脸上痛苦的皱纹；
>
> ……
>
> （袁可嘉译）

这里的"你"既可以指向具体的恋人[1]，也可以指向某位不知名的女性或者读者。因为采用了第二人称，抒情变得直接而强烈，甚至也使读者被深深地卷入其中。

我们知道，在流行歌曲中，这样的例子更为常见，这里不再细述。在小说中，严格采用第二人称来叙述故事的作品并不多见，但也不能说绝无仅有。高行健的《灵山》即属此例。比较著名的例子，还有米歇尔·布托的《变化》。高行健或布托笔下的"你"，不是作为一个抒情的对象指代，而是作为故事的讲述者而出现的。他们在尝试这种冷僻的叙事人称时都充满了热情。"你"可以指代"他"，也可以指代"我"，甚至也可以指代假设中的读者。

但依我的观点来看，除了更为矫揉造作之外，这里的第二人称与第一、第三人称其实并无多大的不同。我并不认为，将这个"你"换成"我"或者"他"，会对整个作品的叙事造成多大的差异。这种别出心裁的叙事变化，也许对我们的阅读习惯会提出某种挑战，另外，从小说修辞上也可以聊备一格，但从实际叙事效果来看，它的做作和不自然都是十分明显的。[2]

---

[1] 有一种说法，叶芝这首诗写于1893年，是为一位名叫毛特·岗的女士而写，她是爱尔兰独立运动的著名人物，也是作者多年心仪的对象。

[2] 米歇尔·布托是法国新小说派的代表作家之一。我曾有机会两次与他见面，一次是在北京的会议上；一次是在上海朋友的家中。我们当然也讨论了使用第二人称的必要性，但他总是回避这个问题，一度让我大惑不解。

人物话语

在文学叙事中，作者除了描述事件进展、人物行为之外，亦会大量涉及作品中人物话语的展示或表现。中国现行的很多教科书都将"话语叙事"简单概括为"人物对话"，这是不正确的。因为文学作品中的话语叙事，"对话"固然是其中最重要的一个部分，但不能说所有的人物话语都是以对话的形式展开的。人物不仅可以自言自语，而且当叙事者转述人物话语时，往往总是单方面的，并不存在着什么两个人的对话。所谓的"对话"，往往集中出现于戏剧性的场景之中。这些都是常识性的问题。

通常，按照一般见解，人物话语的表现形式，具体来说似乎只有两种类型，其一当然是"即时性话语"，有些教科书将之称为"直接引语"，意指用引号标识出来的人物话语；其二是被叙事者转述的人物话语，也被称之为"间接引语"。两者的界限因为引号的使用似乎泾渭分明。

中国传统叙事中虽无引号的标识，但总是用某种特殊的提示语，将两者作出清晰的区分。"我说"、"他道"、"他喊"、"他说道"、"我问"等等附带提示语较为多见。两者之间在表现力方面的差异，通常是这样被解释的：即时性话语保留了人物的具体口吻，因而充满了戏剧性，并且带有强烈的人物个性特征，通常生动活泼；而叙事者转述话语则较为经济、简明、清晰、充满概括力等等。这样一来，关于人物话语叙事的所有问题似乎就圆满解决了。但我们知道，实际发生在创作中的情形要更为复杂。我们来看看下面这个例子：

> 依照学校的章程，文法学院学生应该在物理、化学、生物、论理四门之中，选修一门。大半人一窝蜂似的选修了论理：这门功课最容易——"全是废话"——不但不必做实验，天冷的时候，还可以袖手不写笔记。因为这门功课容易，他们选它；也因为这门功课容易，他们瞧不起它，仿佛男人瞧不起容易到手的女人。论理学是"废话"，教论理学的人当然是"废物"，"只是个副教授"，而且不属于任何系的。在他们心目中，鸿渐的地位比教党义的和教军事训练的高不了多少。不过教党义的和教军事训练的是政府机关派的，鸿渐的来头没有这些人大，"听说是赵辛楣的表弟，跟着他来的；高松年只聘他做讲师，赵辛楣替他争来的副教授。"无怪鸿渐老觉得班上的学生不把听讲当作一回事。[1]

这是钱钟书《围城》中的一节，写的是方鸿渐的心理活动。上述文字中所有带引号的内容都是传入方鸿渐耳中的学生议论。这些

---

[1] 钱钟书：《围城》，214-215页，北京，人民文学出版社，1991年。

内容当然是直接引语，亦即出于学生之口的原话。出现这样的话语引用，除了明显的引号之外，并无多余的"他们说"、"他们道"或"鸿渐听到"一类的提示语，而是将它直接引入叙述者的陈述话语之中。因此，直接引语不仅有了间接转述的意味，同时又保留了说话人的口吻。

在这里，钱钟书在叙事上显然遇到这样一个两难的选择：如果将引号去掉，将学生的议论全部改造成叙事者转述话语，对说话人的口吻的模仿语调就会彻底丧失，叙事话语势必枯索乏味。而如果将学生话语还原为严格意义上的即时性话语（直接引语），叙事者就必须交代话语发生时的具体场景，比如："有一次，鸿渐离开教室时，忽然听得有两个学生议论道：'只是个副教授……'"如此等等。而这样一来，也让作者无法忍受。因为人物在怎样的场景中说话并不重要，重要的是话语本身所蕴含的信息。若将话语发生时的时间、地点、背景事无巨细统统罗列出来，文体之冗赘是可想而知的，而且在叙事上也不太符合人物沉思的节奏。

当然，钱钟书之所以这么做，也不一定是他刻苦钻研叙事理论的结果。文学变革的主要动力之一往往是来自实践本身。更何况这也不是什么了不得的发明。类似的写法在福楼拜的作品中就已很常见。这种将即时性人物话语植入叙事者转述话语的表现形式，热奈特将它称之为"自由间接叙述体"。其特征是与其说人物话语由叙事者讲述，不如说人物借叙述者之口讲话，人物话语与叙事者话语两个主体缠绕在一起。我们来看看始作俑者福楼拜是如何叙述的：

他（包法利）的母亲赞成他这样俭省；因为自己家里吵凶了，她待不住，像往常一样来看他；可是老太太对儿媳妇似乎有成见。她觉得"他们的家境不衬她这种作风";柴啊,糖啊,还有蜡烛,"就像高门大户一样糟蹋,"光是厨房烧的木炭,足可以上二十五盘菜。[1]

这里的自由间接叙述体特征十分明显。首先,在"他们的家境不衬她这种作风"这一句式中,因为用了引号,看上去是母亲的原话,但是,如果这句话是对儿子说的,又是老太太的原话,应该改为:"你们的家境不衬她这种作风。"这里用了"他们"一词,显然是老人对邻居或别人说的,而事后被叙事者"采集到"。如果是这样,这里应该是转述的转述,但仍然保留了说话人的口吻。而后面一句"就像高门大户一样糟蹋"当属老太太的原话,因为这句话的存在,前面的"柴啊,糖啊,还有蜡烛"仿佛也多少带有一点老太太说话的口吻。在这里,叙事者的转述话语与即时性人物话语之间的混同,较之钱钟书更为普遍,也更为自由多样。这样的例子在《包法利夫人》中俯拾即是。

自由间接叙述体的使用,当然会改变叙事节奏,增加叙事的自由度,但我觉得,这种话语叙事的最重要的功能之一,是取消了概述与场景的截然对立,使场景具有概述的精省,也可以反过来说,概述具有了场景的戏剧性效果。

热奈特曾经指出,普鲁斯特对人物话语叙事的重要贡献之一,是将即时性的人物话语,改造为间接叙述体的转换话语,叙事者既不完全介入,又不完全身处局外,既有模仿性,又不完全让人物自己说话,通过混淆人物话语与叙事话语之间的明确界限,将场景最

---

[1] 福楼拜:《包法利夫人》,李健吾译,见《福楼拜精选集》,447页。

终改造为了概述。诚如热奈特曾分析过的,"我告诉母亲,我无论如何都要娶阿尔贝蒂娜"这个陈述句,是典型的叙述者转换话语或概述话语,但"无论如何"又完全保留了说话者进行强调的口吻,因而实际上让读者感觉到了即时性人物话语的存在。[1]

每一位作家在处理人物话语叙事时,所用的方法不尽相同。加西亚·马尔克斯既不同于福楼拜,也不同于普鲁斯特,他完全保留了传统的叙事者转换话语与即时性人物话语的所有规定性,也就是说,他并未对所谓的直接引语与间接引语做任何改变,在描述"即时性"话语时,既不取消引号,也不省略"说道"一类的提示语,但他却达到了与上述作家完全相同的叙事目的和效果。读过《百年孤独》的人都会有这样一个强烈的印象:马尔克斯最为擅长的语式是讲述性的,而非呈现性的。或者说,在他的作品中,概述的比例要远胜于场景。他的办法之一,就是在大量的概述性叙事中随时插入点缀性的场景,也可以说,在叙事者转述话语为主导的语式中,不时插入即时性话语,比如:

> 回到家里,那个最小的奥雷良诺想把额上的灰擦掉,这时却发现那灰痕竟洗不掉。他的哥哥们也一样。他们用水和肥皂,用泥土和丝瓜筋,最后还用上了浮石和碱水来擦洗,结果额上的十字怎么也去不掉。而阿玛兰塔和其他去望弥撒的人,都毫不费力地就洗掉了。"这样更好了,"乌苏拉送别他们时这样说,"从今以后谁也甭想冒充得了你们。"他们由乐队开路,成群结队地在爆竹声中离去了,留给众邻们的印象是,布恩地亚家族

---

[1] 参见热奈特:《叙事话语 新叙事话语》,115–116 页。

的种子将繁衍不息，绵延很多个世纪。[1]

在这一段文字中，主导的语调是讲述式，或者说是概述式，并非即时场景的直接呈现。但它读起来确实又很像是场景。奥雷良诺们回到家中，想洗掉安东尼奥神父在他们额上画下的十字，但怎么也洗不掉。母亲乌苏拉就安慰他们说：这样更好，从今以后，谁也甭想冒充得了你们。读者感觉到，母亲的安慰是当时发生的，因为直接引语就紧接着奥雷良诺洗不去十字的苦恼，但实际上却发生在很多天以后。这是对即时性话语的双重借用：其一是借用这种话语，使概述染上场景的色彩；其二是跳跃式连接，让话语在情境上承接上文，但时间上却是几天甚至几年之后，既保留了即时性话语的生动性，同时又赋予了概述的巨大自由。

当然，马尔克斯这么做，还有一个潜在的修辞考虑：一般而言，人物直接说话，往往比叙事者转述能更好地塑造人物形象，但类似于大仲马小说中的那种无休无止、连篇累牍的对话，有时不仅不能凸显人物性格，反而会使读者感到厌倦。在马尔克斯的小说中，人物即时性话语的数量受到严格的控制。当读者在大段的叙述者转述之后，突然读到一句即时性人物话语，其印象之深刻是不言而喻的。我以为，马尔克斯在《百年孤独》中塑造得最为成功的人物形象，是乌苏拉这样一个既慈祥又勇敢决断的母亲，但她的话语往往很少出现在正式场景的对话中，而恰恰是作为某种点缀，镶嵌到叙事者的转述话语中。既像是语录，又像是乌苏拉话语的某种精选。因为

---

[1] 加西亚·马尔克斯：《百年孤独》，黄锦炎等译，205 页，上海，上海译文出版社，1984 年。

这种颇费匠心的安排，乌苏拉的形象不仅没有削弱，反而更加生动，令人难忘。

马尔克斯在这里所调节的，是人物即时话语的数量和频率。但我的意思并不是说，在《百年孤独》中，作者就完全轻视或取消场景，而是"正式场景"与"概述"相比，少得不成比例。同样，作者对于大段的人物对话也显得十分排斥，《百年孤独》中的人物对话，通常在使用上十分吝啬，一旦作者正面描述较长的场景和人物对话，独特文体所暗示的这个场景的重要性往往十分美妙，值得读者加以认真的体味。我们不妨来欣赏以下的这个场景：

> 在大家准备着霍塞·阿卡迪奥行装的时候，乌苏拉回想着这些事情。她思忖着自己是不是也干脆躺入墓中，让人家盖上沙土为好。她毫不畏惧地向上帝发问，他是不是真的以为人的身体是铁打的，忍受得了这么多的痛苦和折磨。问着问着，她自己也糊涂起来了。她感到有一种无法抑制的愿望，真想像外乡人那样破口大骂一通，真想有一刻放纵自己去抗争一下。多少次她曾渴望过这一时刻的到来，多少次又由于种种原因产生的逆来顺受而把它推迟了，她恨不得把整整一个世纪以来忍气吞声地压抑在心中的数不尽的污言秽语一下子倾倒出来。
>
> "活见鬼！"她叫了起来。
>
> 阿玛兰塔正要把衣服塞进箱子去，以为母亲被蝎子蜇了一下。
>
> "在哪儿？"阿玛兰塔吃惊地问。
>
> "什么？"
>
> "蝎子呀！"阿玛兰塔解释说。

乌苏拉用一只手指指着心口。

"在这里。"她说。[1]

这一段对话之意味隽永，读者一读之下，即可领会。可作者是如何通过如此简单的对话，表达出深邃细腻的意蕴的？我们或许已经注意到了这段对话的"非逻辑性连接"，这的确是马尔克斯人物话语修辞的重要特征之一。之所以有"活见鬼"这一声叫喊，是由于乌苏拉这样一个任劳任怨、富有韧性的母亲，在接踵而来、无休无止的人生痛苦的折磨中，已经有了某种失控的迹象。通过这一声破空而来的叫喊，发泄胸中的愤懑。乌苏拉想把胸中数不尽的污言秽语发泄出来，与实际上干干净净的"活见鬼"三个字之间的差异，本身即显示出母亲的善良。

但母亲的这一声叫喊，却引来了阿玛兰塔的注意。不明就里的阿玛兰塔若要接话，她首先应该问的或许是"您怎么了？"一类的话。假如她真的这么问，读者不妨设想一下，乌苏拉又该怎么回答呢？按照最一般的写法，乌苏拉也许会这样说："没什么。"她的烦闷一言难尽，确实无从表述。假如对话如此这般的进行，话语本身枯索无味不说，而且话语内容与上一段叙事者的描述构成了简单重复。这是马尔克斯所不能忍受的，因此作者让阿玛兰塔的"接话"跳跃了好几个层次，直接询问蝎子在哪儿。由此，将对话强行拉入了另一个轨道。沉浸在自己没有头绪的烦恼中，乌苏拉当然不知道阿玛兰塔对于蝎子的误会，她不得不进行反问："什么？"，由此对话再次被岔开。如果接下来的对话顺着这样的轨迹保持下去，当阿玛

---

[1] 加西亚·马尔克斯：《百年孤独》，黄锦炎等译，236-237页。

兰塔说出"蝎子呀"这样的解释时,乌苏拉就应该加以更正:"没什么蝎子",谈话应该就此结束。可作者却奇妙地再次让对话改变方向:乌苏拉虽已明白了阿玛兰塔的误解,不仅没有加以澄清,而是将错就错,借用了那个实际上并不存在的蝎子,来说明自己的烦恼。

对话岔出去很远,又被拉了回来。

顺便说一句,人物对话的非逻辑性连接,在日常生活中时常发生。也就是说,马尔克斯在设计这段对话时,虽有十分明显的修辞考虑,但却并不违背日常生活经验。虽在读者意料之外,却又完全合乎情理。

最后,我们不妨再来讨论一下这段对话中的另一个微小的枝节问题。如果作者这样写:"乌苏拉用一只手指指着心口:'在这里。'"它与原文有何区别?或者说,作者在写到乌苏拉"在这里"这样的陈述时,为何要另起一段,把一句话分成两句?

我们此前已经提到,马尔克斯在描述人物对话时的一个习惯(实际上也反映了作者的匠心)是,将人物即时性话语嵌入叙事者的话语之中——既非完全叙事者转述,亦非完整的场景呈现。但因为引号的存在,人物即时性话语在大段的概述性陈述句的丛林中,就显得十分醒目,实际上有强迫读者关注人物话语的强烈暗示。我们如果对这两种不同的话语叙事作一个比较统计,就不难发现作者的如下策略:在《百年孤独》中,人物话语固然时常混杂于概述性话语中,但更经常地出现在概述性话语的末尾,从而造成自然分段。说到这里,我们也许会马上想到马尔克斯的另一个叙事习惯:作者似乎不太喜欢分段,而一旦出现分段,往往就是人物即时话语的直接呈现。换句话说,人物即时话语的出现,通常成了叙事分段的最明显的标记。

乌苏拉的叫喊引来了阿玛兰塔关于蝎子的误解，她借用蝎子这个换喻，来表述自己内心的刺痛，是整个这一段对话的核心。在表面语言的逻辑上是如此，在隐含的意义上是如此，甚至在叙事者要消除可能会给读者带来的误解方面，也是如此。所以作者不让"在心里"这三个字在读者眼前匆匆划过，而是另起一段，作为一种不动声色的强调，郑重其事地将它呈现在读者面前。

　　在《百年孤独》中，作者对人物话语设置的种种特殊考虑，很值得我们细细揣摩。作者的精省和节制，何以成为一种强调，迫使读者对它加以重视？这是马尔克斯的独特的话语叙事修辞，而实际上却没有破坏读者的任何阅读习惯。他的语言修辞是在隐秘的内部悄悄完成的，而不是像威廉·福克纳、詹姆斯·乔伊斯那样，通过改变话语的序列、时空等外部条件而实现的。

方言与普通话

说到中国文学中的人物话语叙事，我们也许不得不考虑到书面语体与口头用语、方言，与作为统一标准用语的普通话之间复杂的纠葛。

自晚清以降，白话文运动、五四新文学运动，以及以言文一致为旨归的大众语运动，所凸显的白话与文言的对立，是一个人所共知的历史事实。但除了雅俗、文白对立之外，还有一个重要的方面不容忽视，那就是方言问题。也即如何处理方言与规范标准化的统一语言之间的关系。到了20世纪30年代，随着大众语运动的深入，特别是抗战文学的兴起和全民动员的内在要求，方言与统一国语之间的对立日渐突出。

在特殊的意识形态和历史情境之中，方言问题遭遇到了一个悖论性的处境：一方面，语文运动的目的是大众化，要实现这个大众化目标，就必须大量使用大众所习见的方言土语；另一方面，假如不同地域的作家都用方言土语写作，那么不同方言的文体所造成的隔阂是显而易见的，反而无法带来真正意义上的大众化。这里实际上暗含着建立统一的民族国家的语言策略问题。

正如我们所知道的那样，在20世纪30年代相关的语言论争中，大部分学者在对待方言的态度方面达成了一致：这就是以标准语（普通话）为主要枝干，而不断补充各地的方言。用方言来逐步丰富标准语，并最终让它成为标准语的一部分。从理论上说，这样的设计似乎没有什么问题，但在实际创作中，方言土语的利用所遭遇到的压力和压抑是可想而知的。

作家所面对的不仅仅是方言与普通话的矛盾，同时也还有汉语与所谓国际化文字（世界语，拼音化）之间的矛盾。这当中自然也涉及翻译语体对普通话的深刻影响。所谓欧化语体在20世纪三四十年代的创作中的痕迹显而易见，在一定程度上，也成为现代汉语语法体系的一个重要部分。

沈从文是一个特别有意思的例子。他一方面强调自己的乡下人身份，强调作为湖南人或湘西人的区域文化背景，强调地域化在建立民族国家过程中的重要作用，但另一方面，奇怪的是，他对待方言的态度却十分明确、决绝。他不仅对当时的一些作家采用方言土语写作提出了尖锐的批评，同时也在自己的文学实践中始终如一地坚持用标准语写作。至于说，他的作品中保留了一定数量的方言土语，主要是习焉不察的习惯未能过滤干净所致，而绝非是一种主动的修辞追求。总之，他的语言实践与现代语言运动的总体目标是一致的。

在晚年的一次座谈会上，当有湘西的听众向他提问，为何他一方面强调湘西的文化特色，一方面却反对使用湘西的方言土语时，沈从文即用《海上繁华梦》做例子，提出用纯粹的方言写作的"致命危害"。[1]但在其回答的背后,实际上根本不是一个使用多少的问题,而是一个要不要使用的问题。也就是说,以沈从文为代表的现代作家自觉地投身建立统一民族语言的历史进程,滤除方言土语的影响,是一种主动的语言策略。尽管沈从文拒绝使用方言土语来创作,但他的作品中依然保留了浓郁的地方特色。要解释这个问题,其实并不困难。不同地域的作家通过对风景、器物、地貌、人情、习俗的描述,通过对方言中特殊词汇的择用或"转译",也可以在一定程度上呈现这种地方特色。

我们在此要重点加以讨论的是,方言土语遭到普遍的压抑之后,它对人物话语(尤其是人物对话)产生了什么样的影响?我们知道,人物话语叙事的策略选择,又必然会涉及"直接引语"与"间接引语"的比例,甚至影响到作家叙事文体的诸多方面。这不仅仅是一个词汇问题,同时也是语音和语法问题。如果单从词汇方面来说,方言土语让位于普通话的替代性词汇也许并不困难,即便作家使用了一定数量的方言词汇,通过注释,也可以为读者所了解(沈从文本人曾写"度数"为"豆瘦"来显示湖南话的语音特色)。在《红楼梦》、《金瓶梅》、《拍案惊奇》这样的小说中,事实上也保留了较多的地方词汇,即便不加注解,读者无法确知词汇所指,说话人的口气以及其中蕴含的情感,也可以通过上下文加以猜测。

《海上花列传》运用纯粹的"苏白"来写作,作者的叙事语言与宋元以来白话小说和明清的章回体小说区别不大,关键的问题是人物话语。因作家用地道的苏白,即苏州的口语来表现人物话语,

---

[1] 参见王亚蓉编:《沈从文晚年口述》,75-77页,西安,陕西师范大学出版社,2003年。

这里就涉及语音和语法的各种变化。张爱玲曾花费多年心血将《海上花列传》"翻译"成通行的国语体。尽管她对《海上花列传》十分喜爱和熟悉，多年来反复研读，尽管她所精通的上海方言和苏州话同属吴方言系统，各方面较为接近，但她的翻译仍然不够完美，甚至很多地方味道尽失。

实际上，普通话或标准语对于人物话语的影响，就中国地理范围来说也颇不平衡，不能简单地一概而论。普通话采用了以北京语音为标准语音，以北方方言为基础的方案，因此，如果一个北京作家用方言写作，那么方言即为普通话，或近似于普通话，在人物话语的设置方面的自由和优势，自然十分明显。尽管也可能会夹带特殊的词汇和语法，但作家受到的限制实际上可以忽略不计。而北京之外广大的北方地区，包括东北、河北、山西、山东、陕西、河南一带的作家使用方言土语，亦具有某种优势或便利。在近年来的曲艺和说唱艺术中，东北话、陕西话和河南话在全国流行就是一个明显的例子。而早在20世纪60年代，川剧《抓壮丁》被拍成电影后，能够迅速风靡全国，其重要的原因之一，也在于人物话语所使用的川白亦属北方语系。

因此，标准语（普通话）加之于人物话语叙事的压力，对中国的北方语系与非北方语系的作者来说，是完全不同的。北方语系的作者，当然也会遇到不符合现代汉语语音、语法、词汇之处，略略变通即可，而闽南、粤、客家、吴方言区作家若要描写人物的话语，必须先加以转换，亦即将人物话语翻译为普通话。

举一个最极端的例子，在吴方言区，词汇中从不使用"爱"这个概念，取而代之的是"欢喜"这个词。作者若描写一见钟情的恋人互相表达爱慕之情，"我爱你"这三个字不是不能写，只是在吴方言区的口语习惯中，显得特别可笑而已。倘若作者写成"欢喜"，也大谬不然，因为在标准的普通话中，"欢喜"一词与"爱"的本义已经有了相当大的差别。

因此，非北方方言语系的作者在描写人物话语时所遇到的普遍语言焦虑，是不难理解的。在普通话的规训中，"翻译"是写作的日常行为、自动行为，甚至是一种无意识行为。也就是说，作者往往用他的语言系统中并不存在的表达方式，来表达自己的日常生活经验而不自知。但这样一种"翻译"对作品的叙事所带来的影响是不容低估的。这种影响不仅仅在于通过"翻译"，是否保留了人物日常语言的原味：过滤掉了什么，或增加了什么，是否准确传达了说话人的口吻、暗示、身份特征和戏剧化效果（王安忆曾试图在她的叙事中加入少量的上海方言，以保留一部分吴语的特色，比如她在《长恨歌》中所尝试的那样），而且也涉及作者在描述人物对话时所采取的语言策略———旦作家意识到了"翻译"的实际存在，他必然会在叙事者讲述话语、人物话语或间接叙述体的转换话语之间，做出自己的选择，并寻求适当的平衡，以抵消或减少自己在语言方面的某种劣势。如此一来，这样的调整，就势必在相当程度上，影响到作家的叙事安排和文体效果。

当然，这种调整尽管是"被迫"的，但其后果也不是完全负面的。一些非北方方言区的作者所采取的策略，是尽可能压缩即时性人物话语的比例；而另一些人则像普鲁斯特一样，通过将"人物即时话语"改造成"间接叙述体的转换话语"，来进行话语叙事的革新；还有的作者则将"讲述话语""即时性人物话语"和"间接叙述体的转化话语"加以混用并有意识地改变三者之间的传统比例，来体现自己话语叙事的特色。甚至，有些作家则干脆取消引号。

就我的阅读印象所及，出生于苏州的作家苏童，是较早取消人物话语引号标识的作家，他的这一做法如今已蔚然成风。引号的取消，从表面上看是一个微不足道的修辞变化，实际上却暗含了文化心理和文学观念的巨大变化——比如，这种方式受到新生代作家和"80后作家"的普遍欢迎，颇值得关注，但有一点是可以肯定的，取消引号，极大地模糊了讲述话语、即时性人物话语和间接叙述体的转述话语三者之间的界限。

我们也应看到，近年来，在东南沿海经济发达地区，特别是上海和广东，相当多的方言土语，也已渐渐为普通话所接受，其中犹以港台地区为最。而随着经济市场化的深入，随着移民和人口流动的加剧，随着以普通话为标准语的大众传媒的普及，特别是中、小学校对普通话的推行，就目前来看，普通话对非北方方言区的语言压抑已大大缓解。相反，一个新现象的悄然出现，却是我们始料不及的，那就是，方言正在加速度地消失。一个土生土长的苏州的中学生不会说苏州话，已经是十分常见。

经济全球化和统一意识形态所造成的文化差异的消失，在语言上的表现十分突出。语言在"指事"或"及物"方面表现出一种前所未见的"任意性"和"简约性"。另外，对于一部分沉湎于网络的年轻人来说，不用说方言，即便是标准的普通话本身似乎也成了一种繁琐的"方言遗存"。他们觉得很有必要发明出一系列更经济、更简便、更前卫的符号，对普通话进行某种渗透和改造。这些符号容纳了英文、港台地区的口语、计算机编码、生僻的古汉语词汇等等，从而试图搭建一个新的交流平台，创建一个新的语言共同体。

当然，这已经是另一个问题了。

语言的准确性

马拉美曾声称，准确性是对语言唯一的和最后的要求，准确就是美。福楼拜的写作也因语言的准确足为后世的楷模，但什么是"准确"，以及如何做到这样的"准确"，仍然是一个相当复杂的问题。我们已经知道，如果离开了上下文的特殊语境，所谓的准确性是无从谈起的。

在中国的古代文献中，对于语言的准确性的强调也随处可见。不过，这种对语言规范的要求，在相当程度上并不仅仅是一种文学实践的产物，而是某种传统、礼俗、伦理和习惯的外在规定性。比如说，人物的名、字、号、谥等称呼的使用惯例和规定，在日常生活中不是什么很高的要求，而是基本常识。古人极为注重所谓的"名"与"实"之间的关系。一名之立，当非儿戏。名不符实所带来的后果似乎十分严重，我们从《史记·晋世家》的相关描述中可略见一斑。穆侯太子名"仇"，少子名"成师"。晋人师服大概觉察到了这两个名字中的某种玄机，遂感慨道：

> 异哉，君之命子也！太子曰仇，仇者雠也。少子曰成师，成师大号，成之者也。名，自命也；物，自定也。今適庶名反逆，此后晋其能毋乱乎？[1]

后来的历史进程似乎印证了师服的不安。文侯仇早亡，而封于曲沃的成师则一直半独立于晋，引发一连串攻晋的变乱，并最终以曲沃为根据地，屡次大举伐晋，至曲沃武公（晋武公）并晋地而有之，入主晋国。究其根由，我们可以从历史、社会等多方面加以解释，但《春秋》和《史记》对此事的记载都不约而同地追溯到太子仇与少子成师的"名不正"，所谓"末大于本，不乱何待？"[2] 足见古人对名实之辩的敏感与敬畏。我们今天对此已大多陌生。今天的人随口称自己的妻子为"夫人"，在古代当然会变成笑话。

古代汉语中某些一般动词，在今天早已被混用，而在过去却有明确的规定性。比如在欧阳修的《新五代史》中用词之谨严，受到后世普遍的赞誉：攻打一地为"伐"；对方有罪而攻之称为"讨"；天子御驾亲征叫做"征"；用兵之后获得土地才能叫"取"；取之艰难用"克"；敌方如是一个人来归投称作"降"；如果对方是带着土地来投降的就只能用"附"。所以赵翼在《廿二史札记》中曾极赞之，说欧阳修用词之简严、文笔之洁净，非薛史可比，甚至连《史记》也有所不及。

欧阳修的这种"简严"，对我们今天的大部分读者来说，显然是

---

[1]《史记·晋世家》，1352页，北京，中华书局，2005年。
[2] 同上书，1353页。

太过奢侈了。说到古代汉语遣词造句的谨严,我们还可以再举一个更为极端的例子。在《春秋》中,有这样两句最简单的记述:

陨石于宋五(有五个陨石坠落于宋境)。

六鹢退飞过宋都(六只鹢倒退着飞过宋国的都城)。

上述文字描述简洁、精省,似乎没有什么问题。但在读者眼中,句法上的不同,也很容易分辨。同样的《春秋》文字,为何在"陨石于宋五"一句中,数量词"五"置于句尾,而在"六鹢退飞过宋都"一句中,数量词"六"则跑到了句首?作者为何不统一句法,写成"五陨石坠于宋"呢?我们且不管这样的细辨是否有意义,还是先来看看《公羊传》是如何来解读这两个句子的:

曷为先言霣而后言石?霣石记闻,闻其磌然,视之则石,察之则五……曷为先言六而后言鹢?六鹢退飞,记见也,视之则六,察之则鹢,徐而察之,则退飞。(《公羊传·僖公十六年》)

《公羊传》的意思是说,陨石坠落,人先听到声音,故是记闻,先听到有东西从天上降落,细一看是石头,数一数是五个。句子的用词的顺序模拟了当时由闻及视的实际情境,极为严格。而在"六鹢退飞"一句中,则是记述目中所见,初一看是六个,但不知道是什么鸟,所以记数词应置于最前,再一看是鹢,仔细观察发现他们是退着飞的。句子的用词顺序由六至鹢再至退飞,也再现了当时目

击者的神态。《谷梁传》的解释与《公羊传》大同小异。今人钱穆对此评价说:

> 《公》、《谷》纵是村学究,对此两条用力发挥,说君子于物无所苟,石鹢犹且尽其辞,而况于人。[1]

在钱穆看来,《春秋》中的石、鹢之辩,也许本没有什么微言大义,但即如《公》、《谷》作者这样的乡村学究,也要用力发明其隐藏的深意,用于说明君子不苟的大义,这也从另一个侧面说明,中国古代的语言问题,实在不仅仅是一个语法和修辞问题,而是寄托了许多伦理道德的规箴,用词的谨严、准确与做人的不苟是一致的。

《春秋》是五经之一,《新五代史》则是正史,其语法和用词之精严,自然无须多论。而像传奇、话本、章回体一类的小说,《西厢记》、《牡丹亭》一类的戏曲,尽管是不登大雅之堂的俗文学,但由于它与史传的笔法一脉相承,也留有很多类似的痕迹,对词语准确和严谨的要求也非同一般。

在《水浒传》的第一回中,作者写史进派庄客王四去少华山,请朱武、陈达、杨春等来庄上赴席。王四到了少华山,取了回书,因贪杯多喝了几碗酒,走到山林里被山风一吹,醉倒在树林中。当王四醒来时,怀中性命攸关的文书已落入摽兔李吉之手。接下来,作者有这样一段文字:

> 却说庄客王四一觉直睡到二更方醒觉来,看见月光微微照

---

[1] 钱穆:《中国史学名著》,55 页。

在身上，吃了一惊，跳将起来，却见四边都是松树。

这段文字虽简练，初一看也觉稀松平常，并无奇特之处。但细细回味，则是锦绣传彩之笔，极为出神入化，有鬼斧神工之妙。这里亦涉及一个次序先后问题。那就是王四酒醒之后，首先看到什么？

若是没有野地醉酒经历的作者，或是习惯于想当然的俗笔，很可能看见的是树林或乌鸦一类的东西，甚至会用"王四醒来，已过二更"这样的句子，如此这般，匆匆带过。施耐庵让王四首先看到的，是照在身上的"微微月光"，以此来反衬时间与情境的巨大反差：王四取了回书返回庄子时，还是白天。醒来时，已过了二更时分。若先写他看到松树，再看到月光，时间变化中的对比和反差，就没有这样强烈和惊心。再者，他在醉倒时或已意识丧失，故而醒来后看见月光才会"吃了一惊"，并"跳将起来"。在我看来，人在酒醉之后，虽然意志和意识薄弱，但对"摽兔李吉上前搀扶，并从他口袋中摸去书信"一节，应该还有一丝朦胧的记忆。所以此处的"吃了一惊"和"跳将起来"，似乎暗示王四对回书的失落已经早有预感，而跳将起来之后，才发现四周都是松树（摽兔李吉已不见了）。接下来，作者再写王四伸手去腰里摸文书，只是为了进一步确证自己的悲哀罢了。

寥寥数语，不仅真切地模拟了醉汉初醒的神态和特殊情境，而且也使人物被省略掉的心理过程隐然可见，使读者如入其境，十分传神、准确。《水浒传》前七十回的文字之美，恰恰在于朴素中见神奇，警露虽深而若出自然，读者不可轻轻放过。金圣叹对这段话也有一段评论和感慨，写得十分贴切，我抄在下面，读者自去细细体味：

> 尝读坡公赤壁赋"人影在地,仰见明月"二语,叹其妙绝,盖先见影,后见月,便宛然晚步光景也。此忽然脱化此法,写王四醒来,先见月光,后见松树,便宛然五更酒醒光景,真乃善于用古矣。[1]

不过,如果我们用所谓的"准确性"来评述中国经、史乃至于小说、戏曲的语言特点,极易引起误解。古人用词固然严谨不苟,但相反的例子也大量存在。至1917年胡适在《文学改良刍议》中提出"八不"主张,所谓言之无物、不讲求文法、无病呻吟、滥言套语等,所针对的恰恰是语言的"不准确"。胡适的指责并非空穴来风。先不说古代文章、诗、词中纷丽浮华、空洞无物的语言现象不胜枚举,即以《论语》这样的儒家重要经典而论,后世对它的两千多家解释,之所以造成众说纷纭,迄今尚无定论的状况,除了思想界的争论各有其背景之外,文字的模糊性也不能不说是一大弊端。即以我们今天所津津乐道的所谓"春秋笔法"而论,文字皱褶中暗藏的微言大义,固然可以被看成是一种"准确的"最高表征,同时也可以被描述成极不准确的成例。借助于注释,我们可以知道"郑伯克段于鄢"这句简单的陈述句中所包含的政治和道德意蕴;也可以知道陈寿"素丝无常,惟所染之"是寓贬于褒;借助于王弼或朱熹的释义,我们能够了解《周易》中诸多的言外之致,但假如王弼与朱熹的解说发生矛盾(事实也是如此),后来的读者又将如何?

因此,我倾向于认为,严格意义上的所谓语言的准确性,并不

---

[1] 《水浒传》(会评本),78页,北京,北京大学出版社,1987年。

是一种僵化的存在。"准确性"与"模糊性"、"多义性"本来就是互相包蕴的，古汉语如此，现代汉语也是如此；中国文字如此，外国文字亦如此。也就是说，准确性恰恰是以"不准确"为前提的，这是语言本身的特性所决定的。文学创作中所要求的语言的准确性，要看作者在多大程度上传达了他的意旨，还必须了解作者采取了何种语言策略。

我们不能将"格利高里一觉醒来，发现自己变成了一只甲虫"视为无病呻吟；也不能将《红楼梦》或《金瓶梅》中许多反讽性的戏谑和夸张，斥之为虚妄。不论是哪个民族的语言习惯，不论作者采取了怎样的语言策略，作者在通过一段语言"复现"或"表现"一段场景时，文本作用于读者的，不是具体可见的事实，而是通过语言中介，作用于我们想象的某种"邀请"。语言在根本上来说总是暗示性的。也就是说，读者对于某段文字的想象如何，作者也不能完全掌控，这涉及读者的经历、气质、修养等诸多方面的接受条件。中国古代文学特别重视意会和"冥会"，似乎将文学看成是某种秘密的容器。中国古人对于语言指事的明晰性的追求毋庸置疑，但同时也将想象的自由置于重要地位。

温庭筠在《菩萨蛮》中有"小山重叠金明灭，鬓云欲度香腮雪"一句。自古以来对于"小山"的解释多为女子卧室围屏上的画景（如许昂霄《词综偶评》），亦即实有其景，作者在这里不过是对卧室陈设的"客观描摹"，但全词中作者并未实写画屏一物，读者如此解读，实为某种读者意图的补足，并无确据。而"小山"若果然是画屏之景，那么"明灭"又作何解释呢？大抵只能解读为画屏上的金粉有所脱落而成斑驳之状，或画屏描金在晨光中闪烁不已，故而或明或灭。这种解读似乎也可以说得通。我们虽不能说这样的解释一定不合理，作者语言上的这种模糊性所导致解读方面的可能性，实际上是无限的。我们知道，在温庭筠的这首《菩萨蛮》中，"明灭"一词充满了动感。若实指画屏上的金粉脱落，这种动感则丧失无疑。

废名对此两句诗提出了较为独特的解释。他认为这首诗用的是倒装法，写的是妆成之后的顾盼流波。"小山"指的是妇女头上的钗头，而"金明灭"则是妇女头上的金钗、银钗一类的头饰的光影和色彩。因她正在"照花前后镜"，所以发髻和金钗在镜中呈现随着自己的位置和光线的明暗不同而明灭不定，而下一句则承接前句，将云和雪这样的自然之物接续前句的"小山"，极力描写一个新妆的脸，粉白黛绿，金钗明灭。[1]

废名的着眼点其实还不在于对"小山"一词的解释，而在于小山、金（山中灯火或星辰）、云彩或雪这样的自然之物，其实本与妇女的妆扮无关，作者却硬将这些本来子虚乌有之物与妇女的妆容加以并置，从而强迫读者对小山、金、云、雪展开想象，从而借用自然之物，来丰富对于妇女形貌的描绘。我们固然可以认为，废名的解读可能是一种误读，然而由于作者的词句中并未作出严格的规定，我们却不能简单地忽略废名解读的有效性。退一步说，即便有足够的证据证明他的解读是错误的，这种有效性依然存在。顺便说一句，注释之于诗词欣赏，既是帮助，同时也是囚笼。

废名对另一位诗人李商隐诗的解读，可以使我们更进一步地理解废名在修辞学上的重要发现。他在分析"姮娥无粉黛"[2]一句

---

[1] 废名：《谈新诗》，收入《论新诗及其他》，26-27页，沈阳，辽宁教育出版社，1998年。
[2] 废名的引文为"嫦娥无粉黛"，或是异文，不知所据。

时，令人信服地揭示出作者"情理之无"与读者"想象之有"之间的复杂关系。李商隐若正面写月色之皎洁，当然是"以有写有"，而此句的"无粉黛"，从"皎洁"的意义上来说，固是实写。但奇妙的是，李商隐却将与月亮决无干涉甚至抵触的"粉黛"意象拉入到诗中。[1] 通过"无"的否定，既保留了语言与所表现之物的逻辑联系，且未违反日常生活的基本经验。但"粉黛"这一意象一旦出现，就不是能够被"无"这个字所能轻轻擦去的——在指事状物的意义上，"粉黛"是一个"无"，它的确是被擦除了，但从联想的意义上说，"粉黛"始终存在，而迫使读者将月亮与粉黛一同想象，这就造成了中国语言文字上最微妙的"无中生有"。

这里有两个层次可以加以分析：在无的层次上说，它保留了语言指事的情理与日常生活的经验的统一，可正因为"无"的存在，从中生出来的那个"有"，则具有无限的意象处理上的自由度。"无"在实指意义上展开，而暗含的"有"则在想象、联想、类比等种种修辞意义上呈现意象的飞翔。正如"海不扬波"，"纤尘不染"，"也无风雨也无晴"一类的句子所带来的想象一样，读者不可能绕开"波浪"、"纤尘"和"风雨"等意象去捕捉它的实指意义。简单地说，逻辑上的"无"，恰好为联想中的"有"开启了想象之路。李义山在《杜工部蜀中离席》中有"雪岭未归天外使"一句，常使人称赏不已。雪岭高耸、闭塞阻隔之意象，与"天外使"的意象并置后，天远云邈、山高水阔之境也同时出现于读者的想象中。"未归"一词则明确地告诉我们，"天外使"并不存在，是出于作者的想象。同样，李璟的"青鸟不传云外信"虽是用典，也有异曲同

---

[1] 参见废名：《新诗问答》，收入陈振国编：《冯文炳研究资料》，136 页。

工之妙。

中国语言文字最为重视基本的"象",也重视经过逻辑推理后的那个抽象的"数"。通过"象"与"数"的结合,以类万物之情。但总体而言,对"象"的重视最为根本。这从《春秋》中占卜时对"象"、"数"的重视程度不同,就可见一斑。但意象的有限性,特别是意象在状物时的种种逻辑限制,会对语言的表现力构成一定的影响,况且意象一旦使用,往往会因磨损而丧失弹性。这就迫使作者在寻找新意象的同时,通过设喻、取譬、类比或联想等技术手段,对"象"的功能、内涵、表现力进行进一步开掘,通过"有与无"、"象与意","虚与实"、"实有与假定"等复杂的修辞手段,化腐朽为神奇,来保持意象的活力,层层转进,愈变愈奇。

中国传统文学一方面十分看重语言的准确性,看重语言在指事状物方面的精当和贴切,另一方面对语言能否"尽意"更为关注。虚拟、象征、写意和联想所带来的自由、灵动甚至是暧昧,从"状物"的层面上来看,或许是对"准确"的一种反动,但从"尽意"的角度而言,恰恰是更高境界上的"准确"。这就导致了"准确"与"模糊"之间的复杂错综。更何况,中国人所谓的"尽意",诚如荀粲所言,是"尽而未尽"。正因为"言不尽意",故而才需要"立象而尽意";正因为意之幽微,非象所能包举,导致了"立象"修辞的复杂变化。

抒情与议论

在奥维德的《变形记》中,当长着一百只眼睛的阿尔古斯被朱庇特派来的使者墨丘利杀死之后,阿尔古斯的头颅流着血,一路滚下山坡,使崎岖的岩石上都沾满了污血。按理说,阿尔古斯是不可能被杀死的,因为他的一百只眼睛如同天上的繁星,可以轮流休息。但墨丘利用芦笙催眠,竟然诱使阿尔古斯将他的一百只眼睛同时闭上了。奥维德的叙事到这里突然出现了如下的文字:

> 阿尔古斯,
> 你倒下了;
> 你那些眼睛里原有的光芒都熄灭了,
> 你的一百只眼睛都静默在同一的黑暗之中。[1]

---

[1] 奥维德:《变形记》,杨周翰译,21页,北京,人民文学出版社,1984年。

这是十分明显的叙事人直接抒情。毫无疑问，我们在阅读古希腊的这类神话故事时，并不会为叙事中频繁出现的这类抒情性段落感到任何不适。相反，如果没有这样的抒情，反而会令人费解。多少年来，我对于奥维德的《变形记》一直爱不释手，对于作者融抒情于叙事的文体极为沉迷，以至于常常这样想：如果小说这样一个特殊的文体，并未从叙事长诗的母体中分娩出来；如果叙事、议论和抒情没有被后来所谓的体裁的僵硬规定性加以分工或限制，叙事文学的历史和走向又将如何？

换句话说，究竟出于何种原因，抒情和抒情性被最终挡在了小说的门外？如果我们进一步追问，小说的形式和叙事方法的种种规定性，与资本主义的产生和发展，特别是劳动分工，到底构成了什么关系？瓦特在《小说的兴起》中实际上已部分回答了这个问题，这里不作进一步展开。西方古典叙事诗分化或分裂出来的两个部分（即小说和抒情诗），分道扬镳，各司其职，也使得作家的职别出现了进一步的细分，如诗人、小说家、散文家、剧作家等等。同样，每一个体裁中，又可以区分出更多的类别。

众所周知，在中国古代，一个文人同时作为一个诗人，散文家，官员，医生，学者，书法家，画家，不仅十分常见，甚至在某种意义上还是必须的。而今天，我们不仅可以在小说中区分出侦探、悬疑、言情、玄怪等各种类型，我们当然也被告知：抒情是诗歌的特权，小说是叙事的艺术，议论是政论、时评一类文字的领地。如果仅仅就小说而论，抒情与议论遭到摒除，似乎早就成了通例，到了今天，甚至就连作家的倾向和立场都遭到滤除。

在西方现代性观念输入到其他国家和地区之前，中国、印度、日本、阿拉伯等不同国家和地区的文学中，抒情性一直是叙事文学中非常重要的一个部分。中国文学的文类虽然很庞杂，但文类之间并没有不可逾越的障碍，也就是说，文类的文体和体裁限制或区分，并不像我们今天想象的那么严格。抒情、议论与叙事在不同的文本中多有重叠。另外，在中国文学中，叙事和抒情本身的界限实际上亦很难作出清晰的区分：物象可以是意象，事件可以是意境，"景语"可以是"情语"。

诞生于 11 世纪初的《源氏物语》，是日本古典小说的巅峰之作。从"物语"一词的字面意思来看，它是故事或杂谈为主的叙事作品，但在日本的物语传统中，注重传奇的"创作物语"与注重和歌形式的"歌物语"是两种最基本的流派，而紫式部则糅合了两个流派的优长。从结构和文体方面来看，它虽以叙事为主，但亦纳入了大量的诗歌，可以说歌文杂陈，韵散交织，叙事与抒情并重。《源氏物语》中单单是日本的和歌，即有八百多首，其中还不包括作品中嵌入的几百首汉语诗句（特别是白居易的诗句）。正因为文体上的这一特色，这篇作品给我留下的强烈印象并不在于它的叙事方面——比如故事的曲折、传奇性、戏剧性，人物的刻画，心理描写的细致入微，或人物命运的波诡云谲，而恰恰在于它浓烈的抒情氛围。

大量诗歌的引入固然是造成这种氛围的重要原因，但另一方面，这部作品的"视境"似乎蒙上了一种滤光器。作者在描述宫廷生活、贵族宴集、缠绵悱恻的人物恋情的同时，也对它进行了重要的提纯和抽象。经过滤光、提纯和升华，作者笔下的"叙事之文"似乎悄然变成了"抒情之思"。故事固然也指向社会现实生活，但着眼点则是这些生活在人物心理感情上投影的绮思。人物、故事、风景和器物似乎都成了抒情的对象，同时也是它的材料。作者笔下的社会生活也被强大的抒情性所穿透，而升华为一种对"韶华易逝"，对"物哀"的诗性悲悯。

当然，中国读者对紫式部这部作品的体裁或文体并不陌生。从《诗经》到《红楼梦》，在中国叙事传统的发展中，叙事与抒情的杂陈，韵文和散文的交织，讲唱不分，写实与写意的融合，始终是一个重要特色。从三百篇—离骚—汉赋—乐府—格律诗—变文—戏曲—小说这样一个文体体裁的发展过程来看，对所谓抒情性的重视一目了然。《诗经》虽不能与古希腊"史诗"相提并论，但以诗歌的形式来叙事，这一特征则无多大分别。所不同的是，史诗以叙事为主导，而《诗经》（尤其是"风"和"小雅"），则是以抒情为根本目的。

西方的小说经历了与史诗的分离，中国唐宋以后的小说的成型与发展，也可以看成是小说自觉的某种征兆。以中国古典小说最高成就的明清章回体而论，在被称为"市井小说"或"社会世相小说"的《金瓶梅》中，依然保留了很多民间唱词、曲子的形式，而在《红楼梦》中，诗词、乐府、赋，以至于灯谜、对联等抒情形式举不胜举。尤其重要的是，《红楼梦》虽然是伟大叙事文学的典范之作，但同时它也是一部刻意将叙事意境化的小说，亦即作者所追求的并非叙事在反映社会生活方面的准确和深刻，而是寓意和抒情的超越性效果。正如浦安迪所指出的那样，《红楼梦》的作者所真正追求的并非客观世界的真实，而是境界本身。[1] 这一特征，可以被看成中国古典小说抒情倾向的某种集萃或缩影。

我们知道，16世纪之后的章回小说的兴盛，与戏曲、杂剧特别是"讲唱文学"的关系十分密切。我们且不讨论具体的戏曲作品如

---

[1] 参见浦安迪：《中国叙事学》，北京，北京大学出版社，1996年。

何对章回体产生影响,只就唐代的"变文"形式作一点简单的分析。

在敦煌莫高窟的变文的唐人写本中,我们可以清晰地看到讲与唱、韵与散是如何紧密地交织在一起的。较之于今天的鼓词与弹词,变文的形式似乎无甚高明之处,但在唐代则无疑是一个崭新的文体。很多学者都注意到了印度佛教文学对变文的影响,甚至,亦有学者认为,紫式部的《源氏物语》与"变文"的形式也有内在的关联。

在印度文学中,颂偈一类的韵文,常作为某种概括性的纲要,置于记叙之文的前列。而这一形式传入中国之后,中国人将讲唱的文体用于宣讲佛经,因此最早出现的变文作品大多以佛教故事为主,如《八相变文》、《维摩诘经变文》、《地狱变文》、《大目前连冥间救母变文》等等。到了晚唐五代,文人雅士们拟写的"俗变文"也比较常见,如著名的《伍子胥变文》、《王昭君变文》、《西征记》(《张义潮变文》)等。在这一类的变文中,韵、散两个部分互相交织,有时甚至难以区分,如在《伍子胥变文》中,就有这样文字:

> 子胥即欲前行,再三苦被留连。人情实亦难通,水畔存身即坐。吃饭三口,便即停餐。……

在这里,叙事亦以六言诗或四言诗的形式呈现,"人情实亦难通"是明确的感叹文字,而"水畔存身即坐"则是标准的交代性叙事。这种叙事与抒情融为一体的文体和写作方式,必然对后世的小说产生深远影响。在我看来,变文对章回体的最重要的影响,也许体现在体裁和结构上。当然,其他类型的讲唱文学、戏剧、戏曲的作用也不容忽视。

然而,讲唱文学和戏曲的影响,却并非章回体小说抒情性的唯一来源（事实上，在章回体小说中，不同作品之间的差异也很巨大。即便是《红楼梦》中浓郁的抒情性特征，在不同风格的章回小说中也仅仅是一个特例。举例来说，《红楼梦》与《三国演义》在文体上的差异性十分显著）。除了变文、戏曲文体的影响之外，中国古典小说的抒情性特征还涉及以下两个重要方面。

首先，我们可以从中国古代思想、哲学观的层面上加以探讨，其中特别重要的是"物我关系"，也就是主体与客体的关系。西方的主、客体二分所形成的历史难题，迟至康德、胡塞尔和海德格尔，才一度试图加以调和。胡塞尔试着重新确立主体的地位，将外部世界与主体看成是一枚硬币的两面，客体被定义为意识的意指（intended），但胡塞尔的先验主义之所以受到普遍质疑，其原因正如伊格尔顿所指出的那样，他实际上将实在对象放在了括号中，从而恢复先验主体的合法地位。而在中国的传统思想中，物与我之间并无阻滞和间隔，中国的自然宇宙观，视物皆虚以涵实，并无纯物质之实体观念。中国文学的精神，不求透过自然之物以接触宇宙之真理，而是以宇宙之物之生机洋溢于目之所遇，耳之所闻，最终物我两忘，甚至物染人情。诚如严羽所谓"羚羊挂角，无迹可求。空中之音、相中之色、水中之月、镜中之花、剔透玲珑，不可凑泊"，亦如东坡所云"飞鸿踏燕泥"，鸿飞冥冥，实皆为虚。[1] 这里的"虚"，当然不是西方概念上的"无"，而是物我交融的"无迹"。中国文学从根本上说，重诗歌，重境界，重抒情，重内在，重不拘泥于物的超然和解脱。

---

[1] 参见唐君毅：《中国文化之精神价值》，213－222 页，南京，江苏教育出版社，2006 年。

其次，由于中国小说的文类极为复杂，各种不同的文体形式之间多有融合和借鉴，不仅传奇、笔记、小品、话本之间可以互相借用，甚至小说也可以与史传、散文、诗词和戏剧的体裁彼此相通。特别是到了近现代，不同文类之间的融合出现了全新的变化。

中国近现代文学与古代文学之间的关系，也非学界通常所描述的那样，形成了所谓的"断裂"。从文学演化和革命的意义上说，这种断裂或变革的痕迹固然十分显著，但也不能一概而论。我认为，中国现代文学一方面受到了西方文学和文化观念的深刻影响，从具体形式到表达的主题和题材，都发生了巨大变化。但另一方面，这些作家也通过各自的写作，对中国传统小说的叙事进行了确认。现代抒情小说和"诗性小说"的产生和发展，即是一个重要的例证。这些作家以沈从文、废名、萧红、师陀、汪曾祺为代表，但每一个人所继承的中国传统小说的类型都大不一样。如沈从文的抒情性或许来源于六朝散文、唐代传奇，甚至包括《庄子》这样的作品；汪曾祺则如同他本人所陈述的一样，受到晚明小品，特别是归震川的影响；而废名的抒情特点既有佛教文学的印记，也有魏晋时代散文，特别是陶渊明的影响，当然也还有中国古典诗、赋的影响——废名曾打算将现代小说的体裁和结构进行改造，试图在小说中重现唐人绝句式的意境。不过，中国现代作家的抒情化小说写作，与《红楼梦》的实践相比，已经有了根本的变化：他们并不谋求戏曲、诗歌和小说文体上的结构穿插，而是将古代不同小说文类的抒情性进行了抽象（沈从文在晚年将自己的叙事特色简单地归结为"抽象的抒情"，并非没有道理），重新安排情节人物事件和诗性之间的比例关系，从而创造出一种冲淡、诗化、以抒情性为其基本特征的"新文体"。当然，这种新文体在一定程度上，也受到西方文学的影响，但在我看来，这种影响并不是最根本的，更不是唯一的。

从日本文学的发展来看，平安时代以《源氏物语》为代表的抒情文学，也在后来的近现代文学创作中可以找到它的痕迹和回声。在川端康成、三岛由纪夫、谷崎润一郎，甚至包括村上春树的作品中都可以看到这一抒情传统的潜在作用。

小说叙事的抒情性，在西方文学发展史上由于 fiction 或 novel 的产生而逐渐式微（西方文学中也有抒情性小说的存在，如契诃夫的《草原》等等，不过仅属特例）。小说被看成是以叙事为主导的艺术，而抒情的任务则大多交给了诗歌。即便我们把西方现代性侵入的因素考虑在内，在东亚或其他地区的现代文学中，抒情与叙事之间本来就没有明显的分野，"抒情性"本身也在潜滋暗长，从未真正断绝。这一东、西方文学发展过程中出现的差异性，不能被视为一种特殊的个案而被忽略，相反，它应该作为我们重新思考抒情与叙事关系的重要前提，为丰富当代小说正日益枯竭的艺术生命寻求出路。

论述至此，需要说明的是，"抒情性"并非是一种人为的、随意附加于小说叙事的调味品，更不是什么灵丹妙药，我这里所说的抒情性，主要是指在写作过程中的情感控制，以及种种复杂的情感呈现方式。那种动辄无病呻吟的抒情，那种简单升华式的咏叹，当然不值一提。在新中国成立十七年特别是"文革"的作品中，那种随处可见的虚假的政治性抒情所带来的危害，我们早已耳熟能详了。

叙事作品中的议论及其处理方式，则是又一个重要问题。由于议论总是涉及作者的声音，特别是作者在表现这种声音时的各种方式——比如说，作者是将自己的观点和声音直接说出来，还是通过人物的行动来陈述作者隐含的观点？作者是保持沉默，还是直陈己见？"议论"的功能和作用总是和"作者声音"的合法性纠缠在一起。关于这一点，我们在"作者与意图"一章中已作过详细讨论。

但问题是，从"作者之死"或"作者退出"这样的历史视野，来推论"议论"在小说中的由盛转衰，也实在是过于简单了，也不符合文学史发展的实际状况。正如我们已经讨论过的，普鲁斯特的《追忆似水年华》似乎重新让读者认识到了议论的重要性，并给予它十分重要的地位。从文体上看，普鲁斯特对议论进行了重要而微妙的变革："布道式的说教"为充满各种矛盾的内心感慨所取代，叙事者的议论，虽然涉及政治、社会、艺术、沙龙等诸多方面，但充其量则是一些为读者提供参考的信息和花絮。

不管怎么说，议论可以在较短篇幅的作品中遭到摒弃和压抑，但却很难从长篇小说中彻底遁迹。即便作者愿意通过保持沉默来维护叙事的所谓"合法性"，但叙事者、主人公、人物话语叙事中的议论却始终存在。在此我们需要进一步探讨的是，作者的思想观念、立场与其作品中的人物话语的议论究竟是什么关系？不同人物话语的议论，在修辞上又是什么关系？我想陀思妥耶夫斯基的创作，为我们提供了一个最佳的案例。

陀思妥耶夫斯基与复调

在中国或西方的早期叙事作品中，作者不惮于直接阐明自己的观点和立场（这种阐述通常以议论为基本表现形式），而且这种观点，作者自以为是正确的。同时作品中的人物议论亦在说出某些观点和主张（通常通过人物话语来呈现），但这些观点相对于作者的直接陈述，居于次要或从属的地位。作者观点（或隐或显）无疑提供了一个标尺。通过这个无形标尺的衡量，"正面人物"通常被设计成支持作者的观点的人物，而反面人物（包括那些具有某种瑕疵的人物）则相反。我们这样来描述作者观点与人物议论在早期小说中的具体展现，当然并不严谨。因为在实际阅读过程中，读者的反应要复杂得多。

比如，读者在读《三国演义》的时候，并不总是认为罗贯中的观点是正确的、能够被全盘接受的，从而像作者明确或暗中所期望的那样去"抑曹扬刘"。在"正面人物"诸葛亮与"有瑕疵的人物"之一魏延之间的争执中，一部分读者也许顽强地抵抗罗贯中的说教，认为魏延是正确的,而将诸葛亮斥之为迂腐。而在对曹操和刘备的评价方面,读者对作者的反抗和背叛更为常见。

在传统小说中,作者观点,叙事代言人的观点和单纯人物观点之间的关系,在作者的意图中,通常是清晰的。尽管读者往往会不予理睬。但是,这一情形到了陀思妥耶夫斯基那里,一切都被人为地反转、颠倒,甚至混淆了。

我特别提到"人为"一词,其实无非是想说明:陀思妥耶夫斯基这么做,完全是一种有意识的修辞行为。陀思妥耶夫斯基作品中充满了各种声音,既有作者观点,也包含各种形形色色人物的议论,而且这些声音和议论,不仅在作者、叙事代言人、主要人物、次要人物之间形成了种种矛盾和纠缠,甚至在某一个人物的观点内部,也充满了矛盾和悖论。

另一方面,各种人物的议论和观点,一个人物不同时间段的观点,到了陀思妥耶夫斯基的笔下,都居于同等地位。正是通过这样一种修辞安排,早期小说中常见的那种专断而统一的声音遭到了滤除和屏蔽。很多学者通常将陀思妥耶夫斯基的这种叙事策略,称之为复调。而巴赫金于1929年出版的《陀思妥耶夫斯基诗学问题》一书,则被认为是复调小说理论的奠基之作。

与列夫·托尔斯泰一样,陀思妥耶夫斯基不仅仅是一个小说家,同时也是一个思想家。而通过小说来表达像野草一般茂密的思想,成为两个作家共同的追求,这也许是俄罗斯文学的传统之一。就列夫·托尔斯泰而言,他独白式的、既坦率无隐又自信专断的声音在小说中随处渗透,无所不在。在他固执的信念中,将小说中的各种声音纳入到一个统一的系统中,一直是作者所孜孜以求的。作者的观点,特别是大段议论的直接呈现,在《战争与和平》中表现得最为明显。正是这一点，使他在后世广受诟病。以至于以赛亚·伯林以《战争与和平》为例，通过"狐狸"与"刺猬"的那个著名的比喻[1]，来暗示托尔斯泰作为一个伟大的作家，也并非无所不能。他只能做好"狐狸"的事，但托尔斯泰的巨大野心，常驱使他去承担他实际上无力承担的刺猬的职责———一旦托尔斯泰在作品中直接表述自己的思想，他几乎立刻就会给作品带来某种始料未及的损害。

顺便说一下，我基本上不能同意伯林的观点。其中的理由之一，是我对托尔斯泰的直觉与伯林的观察恰好相反：托尔斯泰身上的"狐狸性"并非出于托尔斯泰的天性，而是当时俄罗斯社会和思想界"复调"话语的直接体现。若无此俄罗斯社会、思想的"多声部性"的直接影响，为伯林所称道的托尔斯泰作为"狐狸"的一面，也许根本就不会出现。综观托尔斯泰的大部分作品，他本来就是一个"刺猬型"的人物。因为他的思想虽然复杂，但从未掩盖他对所谓"根本问题"的持续关注，尽管托尔斯泰过于直白的陈述往往总是在损害他的作品。

与列夫·托尔斯泰相比，陀思妥耶夫斯基的思想无论其广度和深度，还是呈现方面的复杂性，都远非前者所能比拟。但陀思妥耶夫斯基无处不在的观念不仅没有损害他的作品，反而成了他作品中最为重要的内核和特性，而受到普遍的赞誉。陀思妥耶夫斯基的叙事方法，极大地影响了后世的小说创作，这不能不归功于他独特的文体形式，归功于他处理不同阶级、不同集团、不同人物的声音时

---

[1] 古希腊诗人 Archilochus 曾云：狐狸知道很多事，而刺猬只知道一件大事。以赛亚·伯林借用这个比喻，将思想者分为"狐狸型"和"刺猬型"两种。前者用简单的思想系统摄所有的行为，而后者的思想则向多个方向和层次拓展。余英时在解释伯林的这个比喻时，释"狐狸"为"博雅"，释"刺猬"为"专精"。参见余英时：《论戴震与章学诚》，83 页，北京，三联书店，2000 年。

所采取的艺术方法。M.巴赫金在论述陀思妥耶夫斯基复调的成因时，曾这样指出：

> 陀思妥耶夫斯基正因为具有同时立刻听出并理解所有声音这一特殊才能（堪与他这才能媲美的，只有但丁），才能够创作出复调型小说，陀思妥耶夫斯基所处时代客观上的复杂性、矛盾性和多声部性，平民知识分子和社会游民的处境，个人经历和内心感受同客观的多元化生活的深刻联系，最后还有在相互作用和同时共存中观察世界的天赋——所有这一切构成了陀思妥耶夫斯基复调小说得以成长的土壤。[1]

正因为如此，巴赫金特别强调陀思妥耶夫斯基小说中多种声音的相互作用，而非构成某种统一体的不同层次和相互联系。在他看来，陀思妥耶夫斯基总是小心翼翼地维护和保存各种声音的独立性，而将自己（作者和叙事者）退到了一个近似旁观者的地位。巴赫金引用卢那察尔斯基的话进一步描述道：

> （陀思妥耶夫斯基）打算把人生的种种课题，交给这些各具特色、为欲念所苦恼，燃烧着狂热之火的许多"声音"去讨论，自己却好像只是出席旁听这类牵动神经的论争，怀着好奇心看着一切如何收场，事情往何处发展。在很大程度上，事实确乎如此。[2]

―――――――
〔1〕 M.巴赫金：《陀思妥耶夫斯基诗学问题》，白春仁、顾亚铃译，63页，北京，三联书店，1988年。
〔2〕 同上书，66页。

我们只要细读陀氏的任何一部重要作品，如《白痴》、《地下室手记》、《群魔》、《罪与罚》、《卡拉马佐夫兄弟》等，就会立刻发现，陀思妥耶夫斯基小说中的每个人物，不论他们的学养、身份和地位如何，几乎全都是"思想家"，或者说具有典型的思想家气质。作者本人的思想呈现，固然与他自己所创造的人物的思想之间，有着极其重要的关联，同时，也与作者所创造的这种特殊的小说文体和结构形式密不可分。

法国作家安德烈·纪德在考察了陀思妥耶夫斯基的部分日记和信件之后，认为作者一旦离开了小说，当他正面直接陈述自己的思想时，往往会显得笨拙，而那些直接被陈述的思想本身，也似乎平淡无奇，没有什么让人惊叹的地方。这也许的确是事实。正如巴赫金所强调的那样：

> 陀思妥耶夫斯基从来不给自己留下内容上重要的东西，他留给自己的只是少量必需的交代情节、连缀叙述的一些东西。因为如果作者留给自己许多重要的内容，小说的大型对话就会变为完成了的客体性对话，或是变为故意为之的花哨的对话。[1]

从表面上来看，陀思妥耶夫斯基确实将作者和叙事者的某种权力都交给了自己笔下的人物，作者似乎退到了一个情节组织者和结构者的地位。但如果我们就此切断作者与人物、思想之间更为深刻

---

[1] M.巴赫金：《陀思妥耶夫斯基诗学问题》，白春仁、顾亚铃译，116页。

的联系，而简单地用巴特式的"作者退出"理论来解释陀氏的小说，将作者降格为一个不偏不倚的"客观"叙事者，将会误入歧途。小说这一形式，在表现陀思妥耶夫斯基思想的复杂性时所展现的种种优点，是显而易见的，但据此将昆德拉所谓"小说自身的智慧"提高到一个令人咋舌的地位，而将它绝对化，则是另一个错误。

很多学者在谈论陀思妥耶夫斯基作品时，都不约而同地提到他令人震惊的谦卑。安德烈·纪德曾将陀思妥耶夫斯基思想及其呈现方式，与尼采进行了重要的比较。他认为，尼采与陀思妥耶夫斯基思考问题的出发点是完全相同的，但结论却完全相反。尼采笔下的超人的格言是"变得无情"，力图超越人性，"肯定自我"；而陀思妥耶夫斯基则提出"放弃自我"。"尼采预感到了一个顶点；陀思妥耶夫斯基只在那里看到失败。"[1]

我们或许已经部分理解了作者的谦卑、放弃和退出的姿态，与作品的复调文体、结构之间的某种关系。任何一种叙事方式的确立，都不单纯是修辞学的变化——尽管修辞学的种种特征往往更容易加以辨认，它总是与作者的观念、经验、精神困境、特殊的社会意识形态紧密联系在一起。也就是说，陀思妥耶夫斯基在选择复调来结构这一小说，并呈现他的意识状况，绝非是偶然的技巧上的选择，其背后隐含着极为复杂的宗教、社会和个人生活方面的诸多因素。巴赫金已经敏锐地观察到作家的才能和当时俄罗斯社会思想多声部性之间的关系，我觉得需要特别加以补充的还有以下几个方面。

---

[1] 参见安德烈·纪德：《关于陀思妥耶夫斯基的六次讲座》，余中先译，135 – 136页，桂林，广西师范大学出版社，2006年。

首先,纵观陀思妥耶夫斯基的大部分小说(特别是他晚年的《卡拉马佐夫兄弟》),作者贯穿始终的主题似乎只有一个:那就是我们在多大程度、何种意义上,需要一个上帝。或者说,上帝存在的意义究竟是什么。当然,这个问题也不是作者凭空想出来的,而是当时精神生活的普遍困境之一。他与尼采有着完全相同的初衷和动力。巴赫金曾正确地指出:"如果一定要寻找一个为整个陀思妥耶夫斯基世界所向往又能体现陀思妥耶夫斯基本人世界观的形象,那就是教堂。"[1] 教堂是一个隐喻,它不仅仅是形形色色的、遭遇危机的灵魂对话的场所,同时也暗示了对话的根本指向——上帝。上帝存在观念的分崩离析所造成的信仰危机和价值混乱,我们也许通过佐西马长老去世前后,小镇上居民的精神恐惧和混乱状况窥见一斑(《卡拉马佐夫兄弟》)。这是长期以来困扰作者的首要问题。

在纪德看来,不仅是法国文学,而且包括了整个西方大部分小说,关注的只是人与人之间的关系,激情与理智的关系,家庭社会阶级之间的关系,但从来不关注自己与上帝的关系,而在陀思妥耶夫斯基的作品中,人与上帝的关系要超过其他一切关系。纪德对整个西方小说史的描述或许有点偏激和绝对,但他对陀思妥耶夫斯基作品的概括十分准确。歌德曾说,人世间的一切挣扎和努力,在上帝的眼中,不过是永恒的宁静而已。这里明显可以看出歌德俯瞰人类的"超级视角"的存在,在陀思妥耶夫斯基那里,这种类似的超级视角也一直存在。尼采也许走得更远,他在写《查拉图斯特拉如是说》或《看,这个人》时,刻意模仿圣经的形式,似乎要与上帝决一高下。可《福音书》给陀思妥耶夫斯基所带来的反应,则是让

---

[1] M.巴赫金:《陀思妥耶夫斯基诗学问题》,白春仁、顾亚铃译,57 页。

他把自己的头压得更低，显示出一种谦卑的顺从。"从第一次接触起，他就感到《福音书》中有一种高级的东西不仅高于他，而且高于整个人类。"[1]

我的意思不是说，因为这个"超级视角"的存在，陀思妥耶夫斯基就取消了普通人物身上的复杂性。相反，正因为自我放弃式的谦卑，他笔下人物所有的复杂性得以完好地保存。实际上，在我看来，陀思妥耶夫斯基对上帝的思考，已经在相当程度上越出了《福音书》的框架。因为他要全力论争的，已经不是上帝是否存在这一问题，而是我们对一个更高存在的神秘体验，这种体验根植于日常生活。用陀思妥耶夫斯基本人的话来说，即便上帝被证明已经死了（他曾在西伯利亚的囚牢中多次呼唤这个上帝，而他缄默不语），那也不能说明任何问题，因为凭借这个更高存在的神启之光，人类完全可以重新建立一个新的上帝。陀思妥耶夫斯基认为，我们每一个人都有一个更为高级、神秘的生存理由，它与我们为自己所设定的世俗目标大相径庭。他从心底里认为，人与人之间的差别其实很小，无论是道德上，还是在对神和存在的理解上。一个人很难说高于另一个人，而作者亦没有任何理由让自己凌驾于他的人物之上，作者应该比人物更低，哪怕这个人物是一个罪犯。

在《卡拉马佐夫兄弟》的三个主要人物中，德米特里·费多罗维奇这样一个常人眼中的恶棍和杀人犯，却是一个具有真正高尚心灵的人：他木讷而凶残，却有着极高的道德理解力；他外表凶悍，却对佐西马长老极其谦卑；他一刻不停地追逐女人，却被证明他对女性有着天使般的纯洁和发自内心的敬重。相反，阿廖沙作为一个

---

[1] 安德烈·纪德：《关于陀思妥耶夫斯基的六次讲座》，余中先译，56–57页。

浊世中的"圣徒",这个一心要跟着佐西马长老去侍奉上帝的人物,被小镇上所有的居民认为无懈可击的道德楷模,却并非十全十美。他不缺乏对淫荡和邪恶的理解力,甚至他在与哥哥伊凡讨论有关上帝存在的问题时,竟公然主张以血还血,以牙还牙。如果一个读者想在隐含在小说中的人物身上寻找一个价值认同的对象,这个对象既不是德米特里,也不是伊凡或阿廖沙,而是他们的总和。而在《罪与罚》中,拉斯科尔尼科夫作为背负两条人命的杀人者,最终却成了小说中真正意义上的获救者,不论是作者还是读者,都会受到巨大的感染,而将这种获救内化为每一个读者的获救。这种巨大的转换力量的产生,不仅源于修辞学的成功,也得益于作者"把头垂得更低"的谦卑。因为这种谦卑,陀思妥耶夫斯基完全保留了这个世界和他笔下人物的复杂性;因为这种谦卑,他的这种复杂性不会导向任何外在的确定价值目标——比如说无政府主义、社会主义、民粹主义等等。因此,陀思妥耶夫斯基对上帝的思考和认识,对苦难和超越的思考,与"复调结构"之间确实具有极为重要的关联。

　　从另一方面来说,我认为,陀思妥耶夫斯基复调形式的确立,与作者本人在特殊时代的自我意识的巨大分裂是不可分割的。作者曾历尽磨难,并多次濒临死亡。特别是他在西伯利亚的流放经历,更是人所共知的事实。生活中哪怕是片刻的安宁和平衡,对陀思妥耶夫斯基来说,都很难维持。同时,我认为他不定期发作的癫痫也是一个重要的驱动力。我们或许已经注意到,他小说中的人物,也大多经受着同样疾病的困扰。我们甚至可以这样说,陀思妥耶夫斯基几乎每一部重要作品中,都存在着癫痫病发作的案例:如斯梅尔加科夫、基里洛夫、梅什金公爵等等。安德烈·纪德据此推测,癫痫对陀思妥耶夫斯基伦理道德观的形成过程起到了某种不容忽视的作用，而在我看来，这种生理上周而复始的不平衡状况，与他个人精神的焦虑状况，是遥相呼应的。陀思妥耶夫斯基本人也曾论述过这种不平衡和欲望与一切巨大的精神改革之间的关系，并断言："任何的改革者首先是一个精神不平衡的人。"[1]

除此之外，陀思妥耶夫斯基的精神危机，也是当时社会信仰和精神生活危机的集中反映。巴赫金所谓"多声部性"的社会与精神生活危机，在陀思妥耶夫斯基的笔下，不仅囊括了宗教界人士或知识阶层，甚至波及一般的社会公众。在《卡拉马佐夫兄弟》中，佐西马长老去世后，寺庙里观者如云的状况，从一个侧面反映出它的深度与广度。陀思妥耶夫斯基的重要贡献在于，他并不是人为地去统一这种多声部性争论和复杂性，或者将它加以简单概括，统一在自己的创作中（我们知道，在当时特殊的社会条件下，陀思妥耶夫斯基也不可能做到这一点），他的方法是相反，放弃这种统一性和概括，而让自己的这种意识分裂状况分散到作品的每一个人身上。从这个意义上来说，陀氏作品中并不存在真正意义上的叙事代言人，也不存在主要人物与次要人物在表达思想方面的"层级"高低之分——甚至越是次要的人物，他的议论和言论往往越是不容忽视。

在表达自己思想的深度和复杂性方面，正如巴赫金所阐述的，陀思妥耶夫斯基与其说在构建自己作品中的人物，还不如说是在构建和分配这些人物的议论。

最后，我们也许可以这样说，陀思妥耶夫斯基开创了现代小说影响深远的典型范例，即将作家本人的自我矛盾、不连贯乃至于迷失，完整地储存于不同声音的容器中，而不是归纳、调节不同声音

---

[1] 参见安德烈·纪德：《关于陀思妥耶夫斯基的六次讲座》，余中先译，139 页。

与自我，最后完成自我意识的勉强统一。陀思妥耶夫斯基这样做，也非推卸一个作家的责任，或者将自己的困惑和烦恼一股脑地推给读者，让作家从他的作品中退出。我倾向于认为，他这样做的深刻动机之一，恰恰是为了重新寻找自己。也就是说，他既没有将处于困境中的自我意识简化，也没有滑向我们所常见的价值相对主义和虚无主义。更为重要的是，作者并未消失，他存在于任何地方。他像一个幽灵，附着于任何一个人物的身上。正如纪德所指出的：

> 真正的艺术家在创作时，总是处于对自己的半无意识中。他实际上并不知道自己是谁。他只有透过自己的作品，以自己的作品，在自己的作品之后，才能真的认识自己……（陀思妥耶夫斯基）迷失在他小说中的每一个人物身上，因为，在他们每个人的身上，我们都能找到他……一旦他要以自己的名义来说话，他就该有多么笨拙；而相反，当他本人的思想通过人物的口来表达时，他又是多么雄辩啊。他正是通过赋予人物以生命，才找到了他自己。他就活在他们每一个人身上，他就这样把自己交托给了人物的多样化，其最初的效果，就是保护自身的前后不连贯。[1]

陀思妥耶夫斯基可以是他作品中所有人物的总和，也可以是作品中的每一个人——他既是令人尊敬的佐西马长老，纯洁的阿廖沙，同时也是德米特里和伊凡，甚至在一定程度上，他也是癫痫病患者斯梅尔加科夫和老卡拉马佐夫，因为每一个人都是另一个人，其性

---

[1] 安德烈·纪德：《关于陀思妥耶夫斯基的六次讲座》，余中先译，36页。

情、欲望、修养、美德乃至罪恶，在世俗的眼光来看因人而异，可在上帝的眼中，都具有完全相似的性质。

既然对于上帝的信仰分崩离析，既然一切都被预先许可，那么上帝的终极审判必然要让位于世俗法律。而法律在陀思妥耶夫斯基那里，不过是一种特殊的官方意识形态而已。我们从《卡拉马佐夫兄弟》的"审判"一章可以清晰地观察到作者对现代法律制度荒诞性的深深担忧。顺便说一句，除了弗兰茨·卡夫卡之外，我还没有见过任何一位小说家对现代法律制度本身进行过如此深入的思考，而卡夫卡思想的先驱者之一，正是陀思妥耶夫斯基。

卡夫卡没有沿用陀思妥耶夫斯基的"复调"，但他却继承了前者真正的思维方式和圣徒般的谦卑，他也继承了陀思妥耶夫斯基所发现的处理自我矛盾的重要方法，并对前者的所有主题都进行了抽象，使自己脱离了"多声部性"，而成为形式单纯却内涵复杂的寓言。

如果我们有必要对陀思妥耶夫斯基的复调及来源进行概括，我觉得以下三个方面是显而易见的：

首先，它源于作家本人的经验和经历。他的内在矛盾，他的敏感、疾病，他持续不断的厄运所导致的自我分裂（卡夫卡也一样。如果卡夫卡有一个仁慈的父亲，他的母亲并未早亡，卡夫卡能否从家庭一般伦理中洞见全部现行制度的荒谬性，当属疑问）。

其次，复调是当时特殊社会状况的反映。这不仅有巴赫金所说的社会各阶层，各团体的多声部性，同时也是宗教信仰危机在整个欧洲文化思想上严重迷失的反映。

最后，我们可以说，复调是陀思妥耶夫斯基创造的一种新的修辞和结构方式。我觉得前面两点尤其重要。原因之一是我们往往因为修辞的成功而忽略掉它的前提和背景——如果我们仅仅将复调视为一种结构方式，那么我们就会犯下很大的错误，其结果是丢掉了陀思妥耶夫斯基作品中最好的东西。

卡夫卡没有采用复调，但他却是陀思妥耶夫斯基最好的继承者，而米兰·昆德拉仅仅将陀思妥耶夫斯基的"复调"修辞与欧洲的巴洛克以来的音乐的复调形式加以融合，组装出一套"结构装置"，来丰富小说的叙事手段。他在自己的作品中也进行了诸多的尝试，可在我看来，这样的努力没有什么特别重要的意义，因为充其量不过是陀思妥耶夫斯基复调的外衣而已，只能造成对陀思妥耶夫斯基的简单化，甚至是误解。

现代主义小说早已发明了太多的多声部性的复调形式，其复杂的对话关系和形式的考究程度已远非陀思妥耶夫斯基所能想象。20世纪以来，小说家也已经发明了太多的修辞方式，以至于有人颇为夸张地惊叹说，小说这一门类所有的形式和可能性都已经被彻底穷尽了。从最严格的意义上来说，任何一位伟大的作家，必然会以一种新的形式去开始他的每一部作品，而这种新形式必然会留下已有形式的痕迹。同时，作者选取、改造和创造新的形式来写作，从根本上是表达的有效性所决定的，而这种有效性则在相当程度上与作者所处的时代的社会状况构成复杂的关系。一代有一代的文学，虽不免老生常谈，却包含了朴素的真知灼见。

图书在版编目（CIP）数据

文学的邀约/格非著.-上海：上海文艺出版社.2021（2022.3重印）
ISBN 978-7-5321-7911-4
Ⅰ.①文… Ⅱ.①格… Ⅲ.①文学研究 Ⅳ.①I0
中国版本图书馆CIP数据核字(2021)第031545号

发 行 人：毕　胜
责任编辑：胡艳秋
装帧设计：胡斌工作室

书　　名：文学的邀约
作　　者：格　非
出　　版：上海世纪出版集团　上海文艺出版社
地　　址：上海市闵行区号景路159弄A座2楼 201101
发　　行：上海文艺出版社发行中心
　　　　　上海市闵行区号景路159弄A座2楼206室 201101 www.ewen.co
印　　刷：杭州锦鸿数码印刷有限公司
开　　本：710×960　1/16
印　　张：23.75
插　　页：5
字　　数：266,000
印　　次：2021年4月第1版 2022年3月第2次印刷
Ｉ Ｓ Ｂ Ｎ：978-7-5321-7911-4/Ⅰ·6275
定　　价：78.00元
告 读 者：如发现本书有质量问题请与印刷厂质量科联系　T:0512-52605406